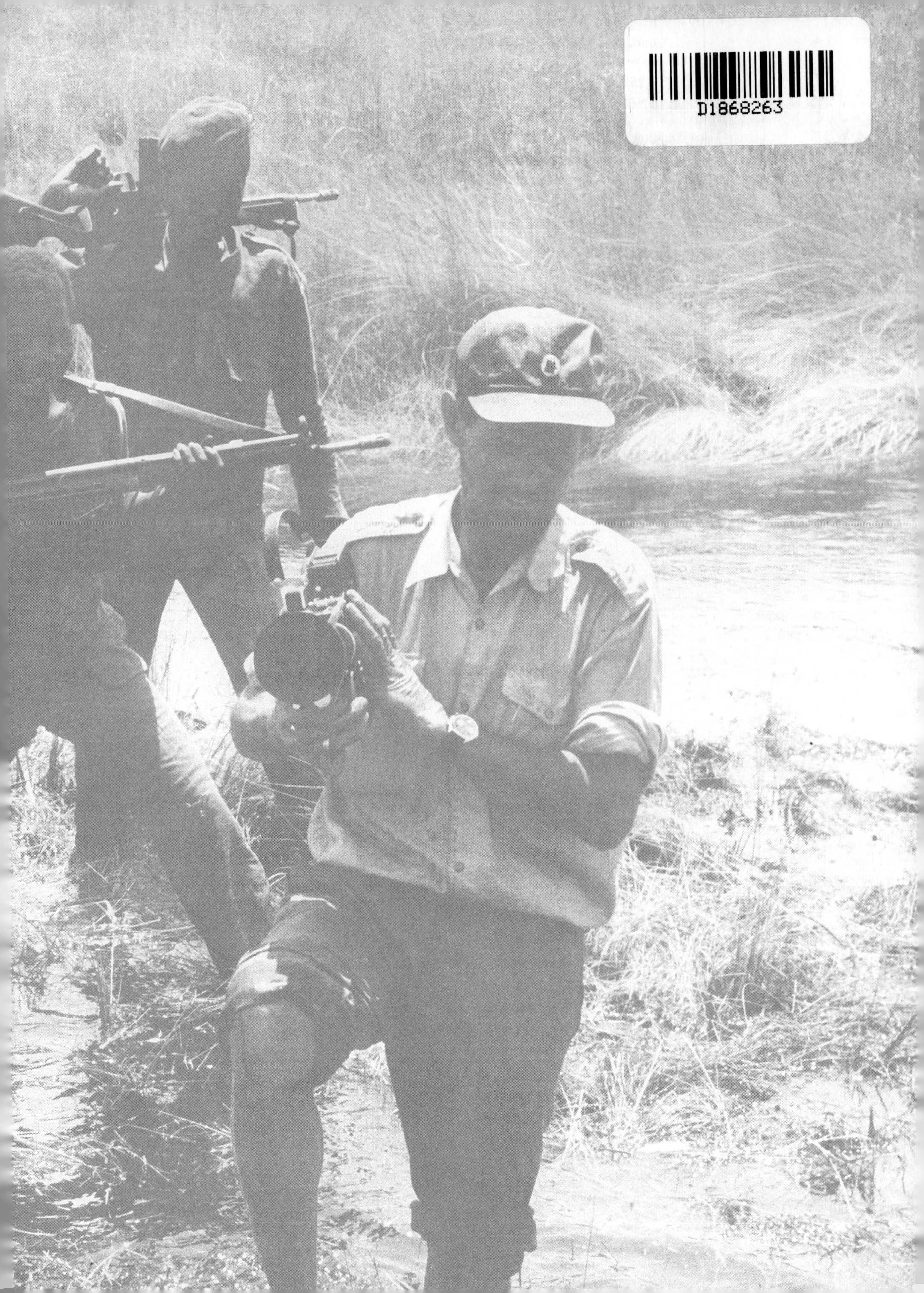

Fritz Sitte
Bilder eines Krisenreporters

FRITZ SITTE

BILDER EINES KRISENREPORTERS

:STYRIA

Die Deutsche Bibliothek – CIP-Einheitsaufnahme

Sitte, Fritz:
Bilder eines Krisenreporters : hinter den Kulissen unserer Zeitgeschichte /
Fritz Sitte. – Graz ; Wien ; Köln : Verl. Styria 1999
ISBN 3-222-12671-2

Printed in Austria
Umschlaggestaltung: Graphic Pirker, Graz
Satz, Umbruch u. Repros: B & R Satzstudio, Graz
Druck und Bindung: Druckerei Theiss GmbH, A-9400 Wolfsberg
ISBN 3-222-12671-2

INHALT

Angola	15
Jemen	41
Tschad	57
Rote Khmer	69
Karen-Rebellen	79
Supertanker „Lagena"	87
Antarktis – Coast Guard	93
Antarktis – „Polarstern"	99
Äthiopien	105
Israel	111
Süd-Sudan	119
Kurden	125
Buschmänner	133
Polisario	141
Laos	147
Pfahlbaustadt	155
Panamakanal	161
Surinam	165
Rotchina	171
Köpfe	177
Der Autor	183

Für Elsy

Bildnachweis:
Seite 14: Foto Trenkwalder / Seite 184, oben: Foto Cermak
Alle übrigen Fotos aus dem Archiv Fritz Sitte
Aufgenommen mit LEICA / Rotchina-Fotos mit MINOX
Homepage des Autors: http://members.carinthia.com/prof.sitte

ZUM GELEIT

Was so knapp und scheinbar dürr dasteht, schwarz auf weiß, ist für mich Freude, Ehre und Anlaß zur Dankbarkeit.
Da ist einmal der Mensch Fritz Sitte, eine Legende würde man sagen, wenn das Wort nicht so bar jeder Dramatik wäre und so ganz im Widerspruch zum Leben, zum atemberaubenden Leben dieses Fritz Sitte stünde. Menschen, die Fritz Sitte mit Skepsis gegenüberstanden und -stehen, verlangt dieses Leben doch immerhin Respekt ab, Respekt vor dem Mut, vor der Kühnheit, nicht der einmaligen, sondern der immer wieder aufs neue bewiesenen. Menschen, die ihm näherstehen, achten auch seine Erfahrung und seine Urteilskraft. Für die Menschen, die Fritz Sitte mögen, zählen aber am meisten seine Aufrichtigkeit und Bescheidenheit, seine Herzenswärme und Treue. 1995 hat der österreichische Bundespräsident Fritz Sitte mit dem Berufstitel „Professor" ausgezeichnet. Er hätte es gar nicht tun müssen. Fritz Sitte gehört zu jenen Menschen, bei denen der Name für sich allein wirkt.
Mit „Bilder eines Krisenreporters" legt Fritz Sitte sein 25. Buch vor. Daß er es dem Verlag Styria anvertraut hat, ist für uns eine besondere Freude und Ehre. Es ist das wohl auch ein Ausdruck der schon vorhin zitierten Treue, einer Treue, die nicht nur unserem Buchverlag zu einer Reihe von Erfolgen verholfen hat, sondern auch unseren Zeitungen.
Vor diesem Hintergrund verneige ich mich vor dem Krisenreporter Fritz Sitte, unserem Buchautor, und wünsche ihm und seiner Frau Elsy noch viele glückliche Jahre „auf dem schönsten Berg der Welt".

Horst Pirker

GELEITWORT

Es waren stets spannende und bewegende Augenblicke, wenn Sittes Frau Elsy auf dem kleinen nächtlichen Klagenfurter Flughafen auf die Ankunft der Maschine aus Wien oder Frankfurt wartete, mit der ihr Mann eintreffen sollte. Seine Ankunft kam fast immer einer Wiedergeburt gleich, denn Sitte hatte es sich nie leichtgemacht, aus den Krisengebieten der Erde zu berichten. Stand er dann im Flugzeugausstieg, noch hagerer als bei der vorletzten Ankunft, wußte man, daß er ein neues Kapitel aufregender, erschütternder Zeitgeschichte schreiben wird.

Sitte, der als Soldat wie durch ein Wunder dem Tod in einem Panzer entronnen war, hatte schon als Bub seine Erlebnisse niedergeschrieben, die auch veröffentlicht wurden. Von dem Geschehen in der Welt fasziniert, wollte er den Hintergründen nachgehen. Sitte war kein Abenteuerreporter, wenn auch seine Reisen meist abenteuerlich verliefen. Er lehnte sich nie bloß aus dem Fenster eines Luxushotels, um Stimmung und Ereignisse einzufangen. Er nahm Strapazen und Risken auf sich, die an die Grenze des Erträglichen gingen – wenn er u. a. einen fünf Monate langen Marsch über 2500 Kilometer durch Urwälder und Wüsten Afrikas mitmachte. Sitte galt damals monatelang als verschollen. Wer vermag die seelischen Nöte seiner Frau zu ermessen, war sie doch Rückhalt und Hoffnung zugleich, den schönsten Berg der Welt, den Oswaldiberg in Villach, noch in langen Jahren der Gemeinsamkeit erleben zu können.

Ob die Fahrt in einem „Seelenverkäufer" erfolgte oder ob Sitte ein wrackreifes Flugzeug bestieg, sein Ziel war, dem Tatort und den Geschehnissen nahe zu sein. Mit „Brennpunkt Jemen" gelang ihm der publizistische Durchbruch und brachte die verdiente internationale Anerkennung. Sitte-Fotos tauchten auf den Titelseiten der Illustrierten auf. ARD, ZDF, BBC und NBC New York sendeten TV-Filmreportagen, die die dramatische Wirklichkeit vermittelten. Es sind Zeichen eines Erlebnisjournalismus, wie er heute zu den großen Ausnahmen zählt. Sitte war einer der ersten Reporter, der auf die ungeheuren Verbrechen der Roten Khmer hinwies und mit seinem Buch über Nicaragua in das Kreuzfeuer jener geriet, die entweder nie dort waren oder in Verkennung der Wirklichkeit einem Regime anhingen, das Elend und Not über das Volk brachte. Sitte scheute aber auch nicht Kritik über das US-Machtstreben, wenn er über die „Konfliktzone Panama" berichtete. Er hat sich nie berichtigen müssen, ein Vorzug, den nur wenige Publizisten und Schriftsteller für sich beanspruchen können.

Daß die meisten seiner Bücher im Styria-Verlag erschienen – so wie das jetzt vorliegende –, war auf das Erkennen eines bedeutenden politischen Publizisten durch Generaldirektor Dr. Hanns Sassmann und auf dessen Bereitschaft, Sitte auch bei aussichtslos scheinenden Unternehmungen zu unterstützen, zurückzuführen. Verleger und Autor sind einander mit respektvoller Sympathie begegnet. Trotz seiner Erfolge blieb Sitte bescheiden. Er würde es verdienen, in die Lehrbücher für Journalistik einzugehen. Den Professorentitel nahm er auch für seine Frau entgegen. Daß Fritz Sitte mich als „Moderator" akzeptierte, stimmt mich dankbar. Der Lebensbogen Sittes spannt sich von Asien in die Antarktis, von Afrika nach Amerika. Im Zenit steht jedoch der Oswaldiberg.

Heinz Stritzl, Chefredakteur i. R.

VORBEMERKUNG DES AUTORS

Das Foto in der Reportage ist der Beweis und der Beton für das geschriebene Wort, das alleinstehend mitunter angezweifelt werden kann. Bild und Wort zusammen bilden jedoch die ideale Symbiose für eine hieb- und stichfeste Dokumentation, wobei das Bild oftmals weitaus mehr auszusagen vermag als seitenlange Texte. Reportagenfotos erheben absolut keinen Anspruch auf künstlerische Bildgestaltung, weil sie – besonders bei kritischen Reportagen – aus der augenblicklichen Situation, blitzschnell aus dem Moment und aus der „Hüfte" heraus geschossen werden müssen, da keine Zeit und Gelegenheit für Gestaltungsmöglichkeiten besteht.

Ich bin 45 Jahre lang als Einzelgänger (Einmannteam) von einem zum anderen Krisen-, Kriegs- oder Problemherd in unserer Welt gehastet oder geschlichen, mußte sehr häufig nachts Staatsgrenzen illegal und heimlich überschreiten, Minenfelder überwinden oder für ein Buch, eine Reportagenserie oder einen TV-Filmreport Monate hindurch mit den Rebellen und Freiheitskämpfern bis 2500 Kilometer zu Fuß in Afrika durch Busch, Dschungel oder hüfttiefe Moräste marschieren, aus grünschillernden Sümpfen das Wasser trinken, um mir dann gleich danach die Blutegel aus der Mundhöhle zu reißen. Häufig waren quälender Hunger und unbeschreiblicher Durst meine Begleiter. Als Nahrung gab es monatelang oft nur Schlangen, geröstete Raupen oder als Delikatesse wilden Bienenhonig aus den Bäumen, der mit Ameiseneiern, Parasiten und Holzspänen vermischt war. Es gab aber auch Reportagenreisen, wo ich mit halbkaputten und beschossenen Flugzeugen auf Schotterstraßen landete, mit Hubschraubern und Militärflugzeugen mitflog oder mit Einbaumkanus auf Urwaldflüssen weiterkam oder aber an Bord eines Seelenverkäufers, eines Ultrasupertankers vom Persischen Golf rund um Afrika oder mit Eisbrechern monatelang in der Antarktis unterwegs war. Endlose, verzweifelte Strecken zu Fuß in Afrika, mit Pferden bei den Kurden oder auf dem Rücken von Elefanten mit den Roten Khmer in Kambodscha – mir war keine Fortbewegungsart fremd. All dies nahm man, wenn auch nicht gerne, doch aber gezwungenermaßen in Kauf, um das jeweils angepeilte Reportagenziel zu erreichen. Und das alles ohne Kollektivvertrag, ohne geregelte Wochenstunden und ohne Lebensversicherung. Ich wurde oft gefragt, ob ich verrückt sei und diese riskante und strapaziöse Lebensweise außerhalb jeder Norm eigentlich nötig habe. Ob es denn nicht eine Möglichkeit gebe, mir meinen Lebensunterhalt risikolos an einem Schreibtisch zu verdienen. Als Schüler mit 15 Jahren schrieb ich meine ersten winzigen Lokalzeitungsartikel, und seither war ich nach Druckerschwärze süchtig geworden, meine gedruckten Worte und Fotos wurden gewissermaßen zur Droge, von der ich nicht mehr loskam. Ich gebe aber ganz ehrlich zu, daß ich fast nach jeder solchen testamentreifen Reportagenreise auf dem Heimflug mir hoch und heilig schwor, daß dies nun jeweils meine endgültig letzte Reise gewesen sei und ich nie wieder zu derartigen Unternehmen aufbrechen würde ... es waren alles Meineide; ich konnte es einfach nicht lassen. Professionelle Neugier am Puls der Zeitgeschichte und die Entdeckung einer publizistischen Marktlücke, wo kein allzu großes Gedränge von Kollegen herrschte, spielten da natürlich eine entscheidende Rolle.

Bei meiner Berufsausübung als Einmannteam kamen unvermeidlich erhebliche technische Schwierigkeiten hinzu, denn eine 16-mm-Filmkamera, zwei Leicas (für SW- und Farbaufnahmen) sowie ein Uher-Tonbandgerät sollten in spannenden Situationen eigentlich alle gleichzeitig bedient werden, was nicht selten in einem akrobatischen Chaos mündete.

Meine TV-Kurzfilmdokumentationen wurden von BBC London, NBC New York, ARD, ZDF, ORF und verschiedenen anderen TV-Anstalten ausgestrahlt. Meine Bildreportagen erschienen in den größten internationalen Magazinen und Illustrierten im deutschen und englischen Sprachraum, und meine Reportagenserien druckte in erster Linie immer die „Kleine Zeitung" (Styria-Verlag) ab, der ich ganz besonders viel verdanke, weil ich dort Verständnis, Entgegenkommen und Unterstützung bei all meinen Reportageprojekten fand.

Mein heimliches großes Ziel war jedoch das „Buch". Zumindest ein Buch wollte ich in meinem Leben schreiben – es entstanden aus dieser Wunschvorstellung inzwischen 24 Bücher, die in der zeitgeschichtlichen Fachliteratur oftmals zitiert wurden; ein Punkt, über den sich ein Autor ganz besonders freut. Dieser Buch-Journalismus faszinierte mich, weil man da weitaus mehr Platz für die Reportagen findet. Was ich veröffentlichte, waren Buch-Reportagen und keine Literatur. Ein Journalist, der Bücher schreibt, ist noch lange kein Schriftsteller, und ein Schriftsteller, der Reportagen schreibt, ist ebensowenig ein Journalist. Schöngeistige, geschliffene oder gedrechselte Sprache liegt dem Reporter nicht, der es herb oder derb unverblümt direkt ausspricht bzw. schreibt. Es gab, meiner Meinung nach, nur zwei Reporter (Journalisten) als Ausnahmen, die Journalismus und Literatur zusammen auf einen gemeinsamen Nenner fertigbrachten: Hemingway und Kisch.

Wahrscheinlich spielt beim Buch auch eine Portion Eitelkeit mit eine Rolle, denn Zeitungen und Illustrierte landen im Container, TV-Reportagen sind bald vergessen, aber das Buch bleibt, auch wenn der Autor nicht mehr lebt. Es wird nicht einfach weggeworfen, weil es so gut, sondern weil es zu teuer in der Anschaffung ist und sich auch als Dekoration in den Bücherregalen gut ausmacht oder als Alibi für Belesenheit dient. Mein vorliegendes 24. Buch ist ein Bildband, eine geraffte fotografische Summe meiner internationalen Reportertätigkeit, ein Versuch eines kleines Querschnittes. Am liebsten hätte ich in meinem Leben ja nur Köpfe und Gesichter fotografiert, denn darin kann man unendlich viel lesen und Schicksale erkennen, weil Augen und Falten nie lügen können.

Allzuoft befand ich mich in aussichtslosen und tödlichen Situationen. Angefangen im Zweiten Weltkrieg in Rußland, wo ich als 19jähriger bei einem Volltreffer noch als einziger Überlebender total verbrannt und gegrillt aus dem Panzer entkam, bis hin zu den Schießereien bei illegalen Grenzüberschreitungen und Kampfhandlungen der Guerilla- und Befreiungskriege, und ich bin froh und dankbar, in dem Alter noch Geburtstage feiern zu dürfen. Ganz besonders dankbar bin ich jedoch meiner Frau, die mich immer wieder ermunterte und mir die Kraft gab, meinen ersehnten beruflichen Weg zu gehen, auch wenn ich manchmal nach Mißerfolgen enttäuscht und verzweifelt aufgeben wollte. Mißerfolge sind jedoch bekanntlich der beste Dünger für künftige Erfolge. Wir haben uns mit unserem Nachholbedarf an Zweisamkeit in unserem Haus am schönsten Berg der Welt (Oswaldiberg) zurückgezogen, wo wir jeden Tag ganz bewußt genießen und als Geschenk betrachten. Meine allerschönste, große, weite Welt ist nun innerhalb des Gartenzaunes – schöner und lebenswerter ist es nirgendwo in dieser Welt. Wenn ich so beschaulich an meine berufliche Laufbahn zurückdenke und all die er- und überlebten Krisen-, Konflikt- und Kriegsherde in Gedanken Revue passieren lasse, kommt mir immer wieder erschreckend und verzweifelt zum Bewußtsein, was sich in unserer Welt – im Gegensatz zur Tierwelt – die Menschen gegeneinander an Grausamkeiten und Unmenschlichkeiten alles antun, und ich lese immer wieder kopfnickend den über meinem Schreibtisch prangenden tiefsinnigen und leider zutreffenden Ausspruch von Mark Twain: „Enttäuscht vom Affen, schuf Gott den Menschen. Danach verzichtete er auf weitere Experimente."

Fritz Sitte

Bisher, zum Teil in mehreren Auflagen, erschienene Bücher des Autors:

1972	Flammenherd Angola
1973	Brennpunkt Jemen
1974	Panikzone Panama
1975	Dreckiges Öl
1976	Schwarze Götter
1977	Inferno Schwarzafrika
1978	Abenteuer in unserer Zeit
1979	Perlen, Schmuggler, Abenteuer
1979	Rebellenstaat im Burma-Dschungel
1980	Ich war bei den Kurden
1981	Flug in die Angola-Hölle
1982	Die Roten Khmer
1983	Schicksalsfrage Namibia
1984	Heißes Eis Antarktis
1985	Ich war in Nicaragua
1986	Buschmann, schieß oder stirb
1987	Jemen – Krummdolch und Erdöl
1988	Abenteuer in unserer Welt
1989	Im Drogendschungel
1991	Supertanker Alpha
1992	Abenteuer in unserer Welt
1993	Alt werden, aber jung bleiben
1994	Bonzius
1994	Vom Lausbuben zum Krisenreporter

BERUFLICHE AUSZEICHNUNGEN

Dr.-Karl-Renner-Preis für Publizistik (1973)

Kulturpreis der Stadt Villach (Journalistik, 1988)

Verleihung des Berufstitels „Professor"
durch den Bundespräsidenten (1995)

AUSZUG

aus der Ansprache des ehemaligen Bundespräsidenten
der Republik Österreich, Dr. Rudolf Kirchschläger,
aus Anlaß der Verleihung des Kulturpreises der Stadt Villach an Fritz Sitte
am 13. Dezember 1988:

„. . . Meine Wortmeldung ist gedacht als eine Bekundung dafür, daß ich an die persönliche Wahrhaftigkeit Fritz Sittes glaube, daß auch mein Wissen und mein Horizont durch viele seiner Bücher erweitert wurde und daß auch ich seine spannende Art des Schreibens, die doch gleichzeitig noch meinen Sprachvorstellungen Rechnung trägt, und seine das Wesentliche treffende Bilder in seinen Büchern schätze.
Sein Engagement für jene, die er als verfolgt, unterdrückt und gefährdet erkennt, seine Art, unbequem zu sein, und seine Anklage gegen jene, die in Ost oder West Macht mißbrauchen, macht ihn menschlich zusätzlich anziehend."

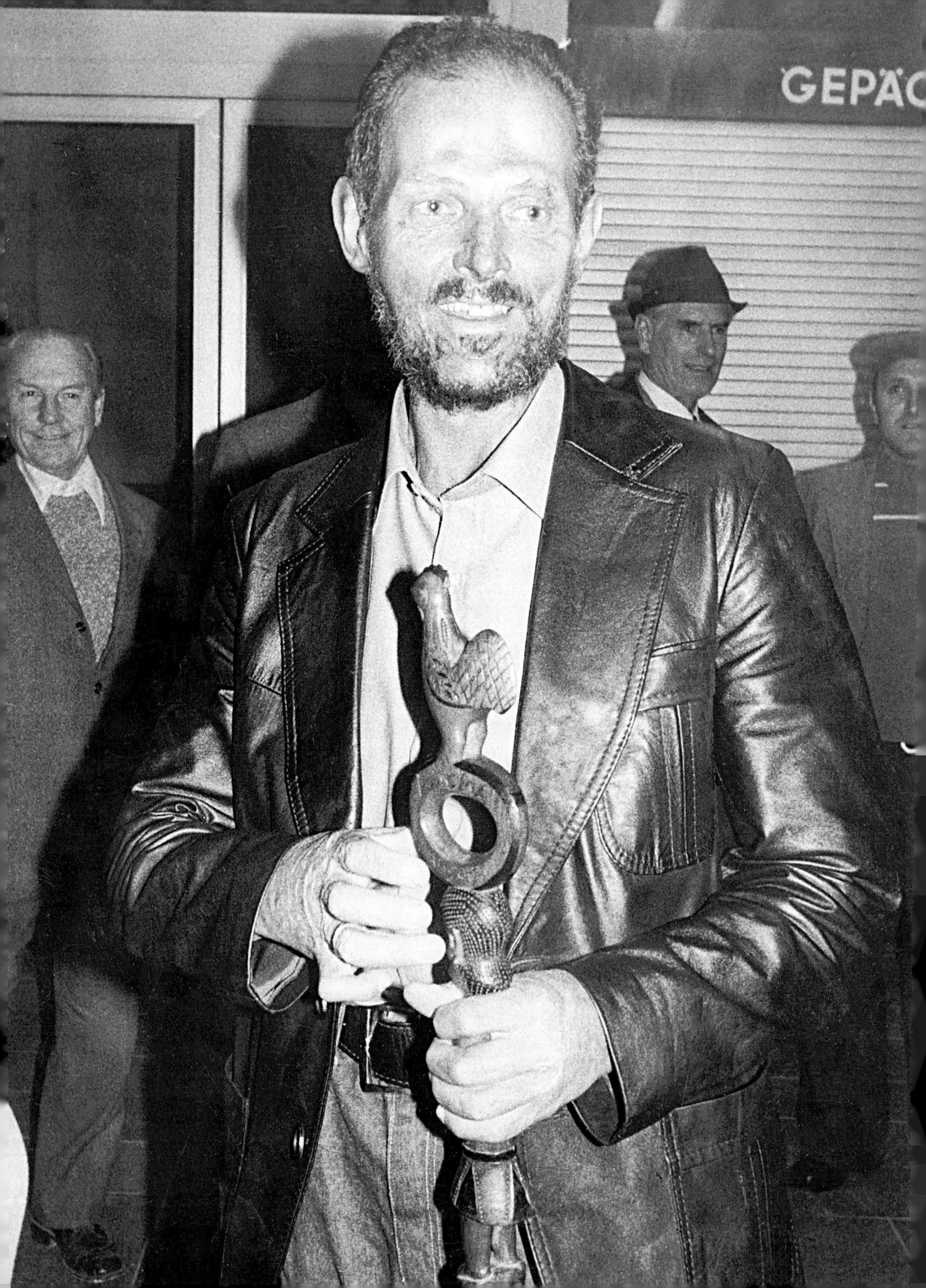
GEPÄC

ANGOLA

Angola, die einstige portugiesische Überseeprovinz (Kolonie) im südlichen Afrika ist flächenmäßig so groß wie halb Europa, hat aber nur etwa sechs Millionen Einwohner, die mehr als 140 verschiedene Sprachen und Dialekte sprechen und sich deshalb oft untereinander nur mit Portugiesisch verständigen können. Angola ist, nach Südafrika, das zweitreichste Land Afrikas, was die Bodenschätze betrifft. Erdöl, Diamanten und Erze stehen an erster Stelle, aber einst war diese Kolonie auch einer der größten Kaffeeproduzenten der Welt. Der immense Reichtum wurde dem Land jedoch zum bitteren und blutigen Fluch. Im Zuge der Entkolonisierung nach dem Zweiten Weltkrieg engagierten sich die Großmächte zuerst verdeckt und dann ganz offen im Machtkampf um diese freiwerdende afrikanische Position. In den fünfziger Jahren begann der Befreiungskampf gegen die portugiesischen Kolonialherren, der dann von drei verschiedenen Befreiungsbewegungen geführt wurde. Zwei dieser Rebellen-Bewegungen waren eher westlich angehaucht und wurden bescheiden unterstützt (FLNA und UNITA), während die dritte Organisation MPLA rein marxistisch-kommunistisch ausgerichtet war und massive Hilfe aus Moskau erhielt. Nach dem Abzug der Portugiesen landeten kubanische Truppen, verhalfen der MPLA zur Alleinherrschaft und vertrieben die FLNA und UNITA zurück in den Busch, wobei besonders die UNITA von dort aus gegen die kommunistische Regierung sehr erfolgreich kämpfte und dann später mehr als die Hälfte der Fläche Angolas kontrollierte. Die Friedensabkommen von Alvor und Lusaka und auch die ersten Wahlen samt UNO brachten bis heute (1999) keinen Frieden. Die wirkliche Politik machen in Angola nach wie vor die Ölkonzerne. Ich besuchte Angola während der Kolonialzeit, marschierte später mit den FLNA-Rebellen illegal ins Land und besuchte die UNITA etliche Male unter abenteuerlichsten und lebensbedrohlichsten Umständen mit illegalen Gewaltmärschen oder an Bord von Geheimdienstflugzeugen. Zuletzt besuchte ich Angola 1994 als internationaler Wahlbeobachter. Angola hat meine ganze berufliche Laufbahn entscheidend geprägt.

Vier Monate in Angola verschollen und totgesagt. Die Heimkehr nach einem Gewaltmarsch von 2500 km durch Busch, Urwald und hüfttiefe Sümpfe, halb verhungert, verlaust und voller Parasiten unter den Zehennägeln. Der UNITA-Stock mit dem krähenden Hahn war mein ständiger Begleiter.

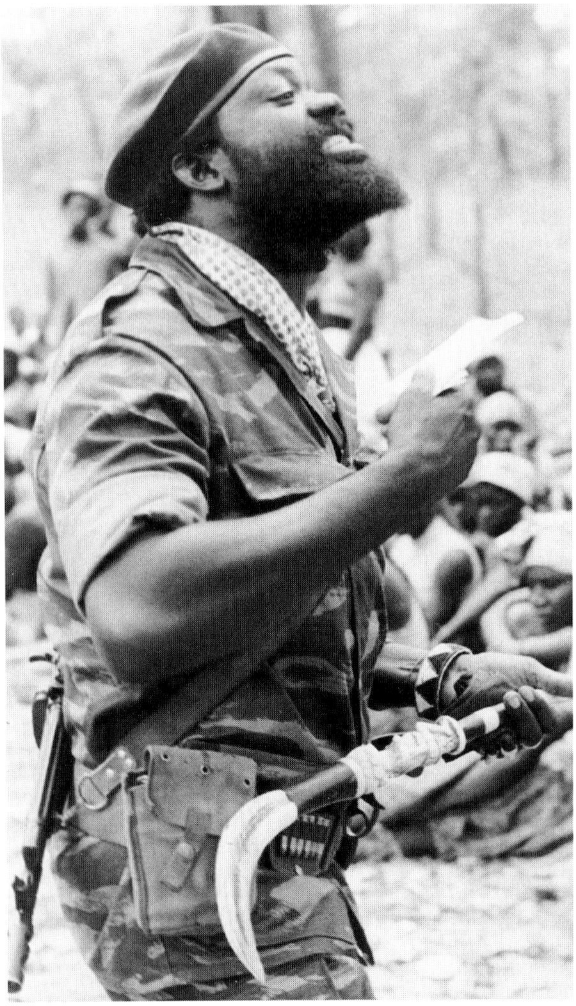

Dr. Jonas Savimbi, der Gründer und Präsident der UNITA, hat in der Schweiz studiert, spricht vier europäische und etliche afrikanische Sprachen. Er ist einer der ganz wenigen Rebellenführer, der seit Beginn der Kämpfe all die Jahre hindurch bei seinen Leuten im Busch geblieben ist.

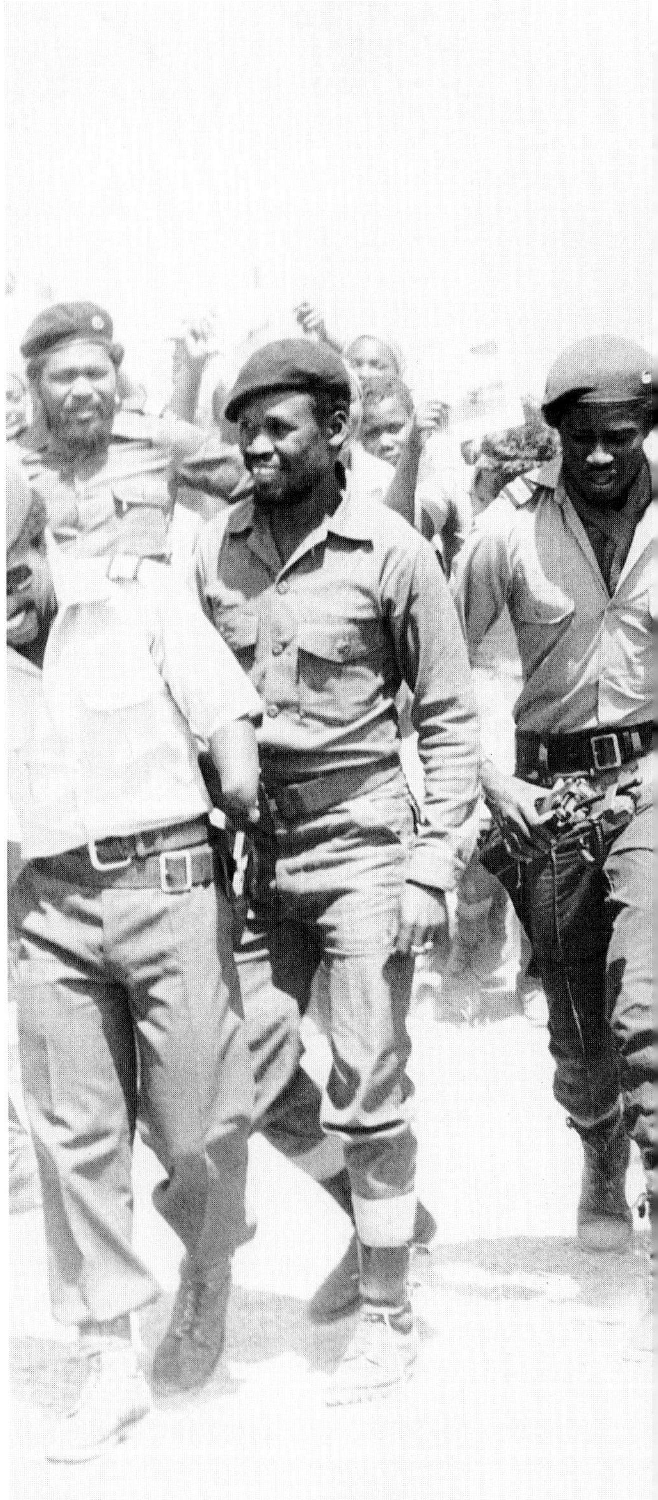

Dr. Savimbi, zusammen mit seinem Führungsstab und seiner Leibwache, im Anmarsch zum großen Meeting im Busch.

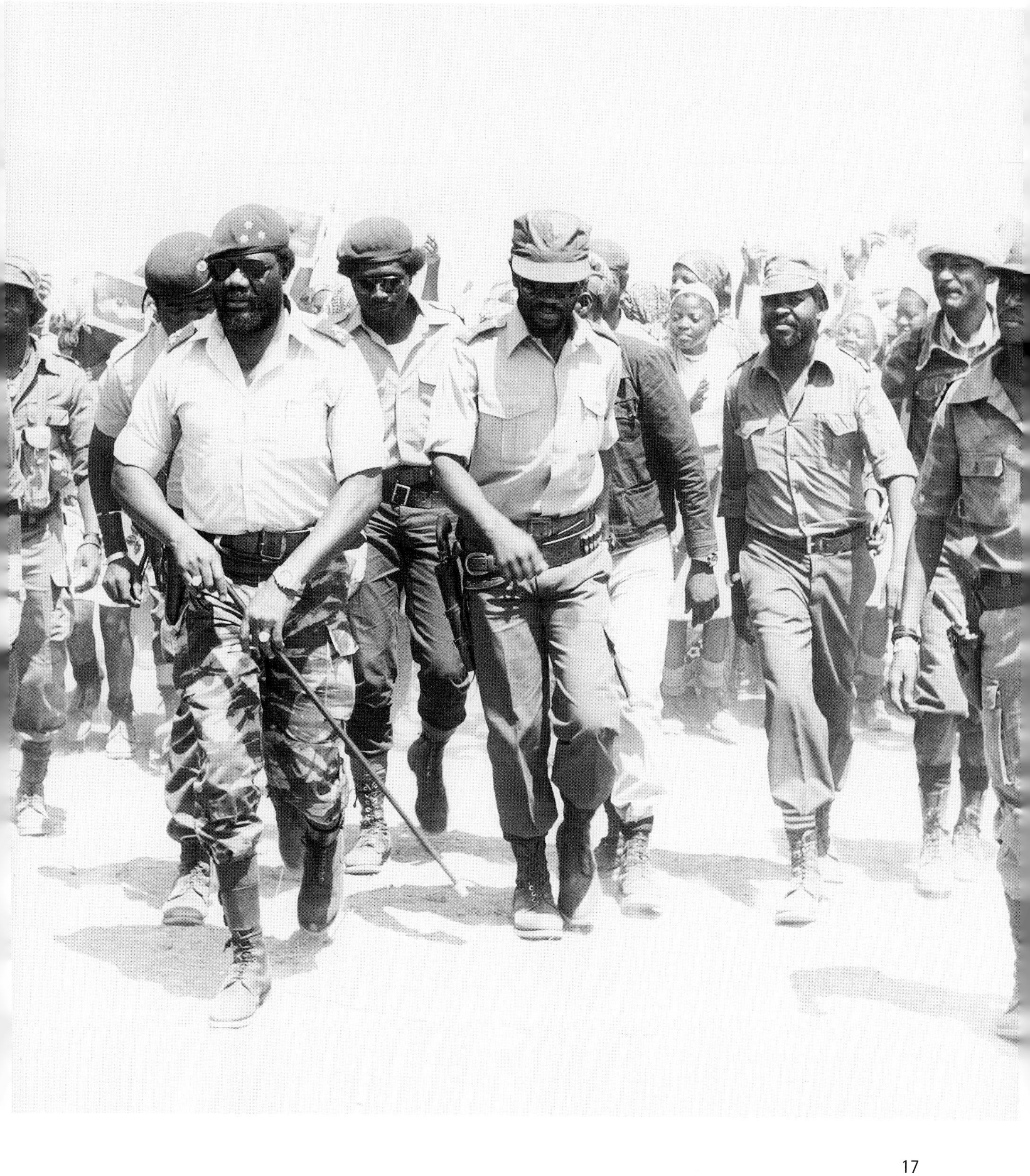

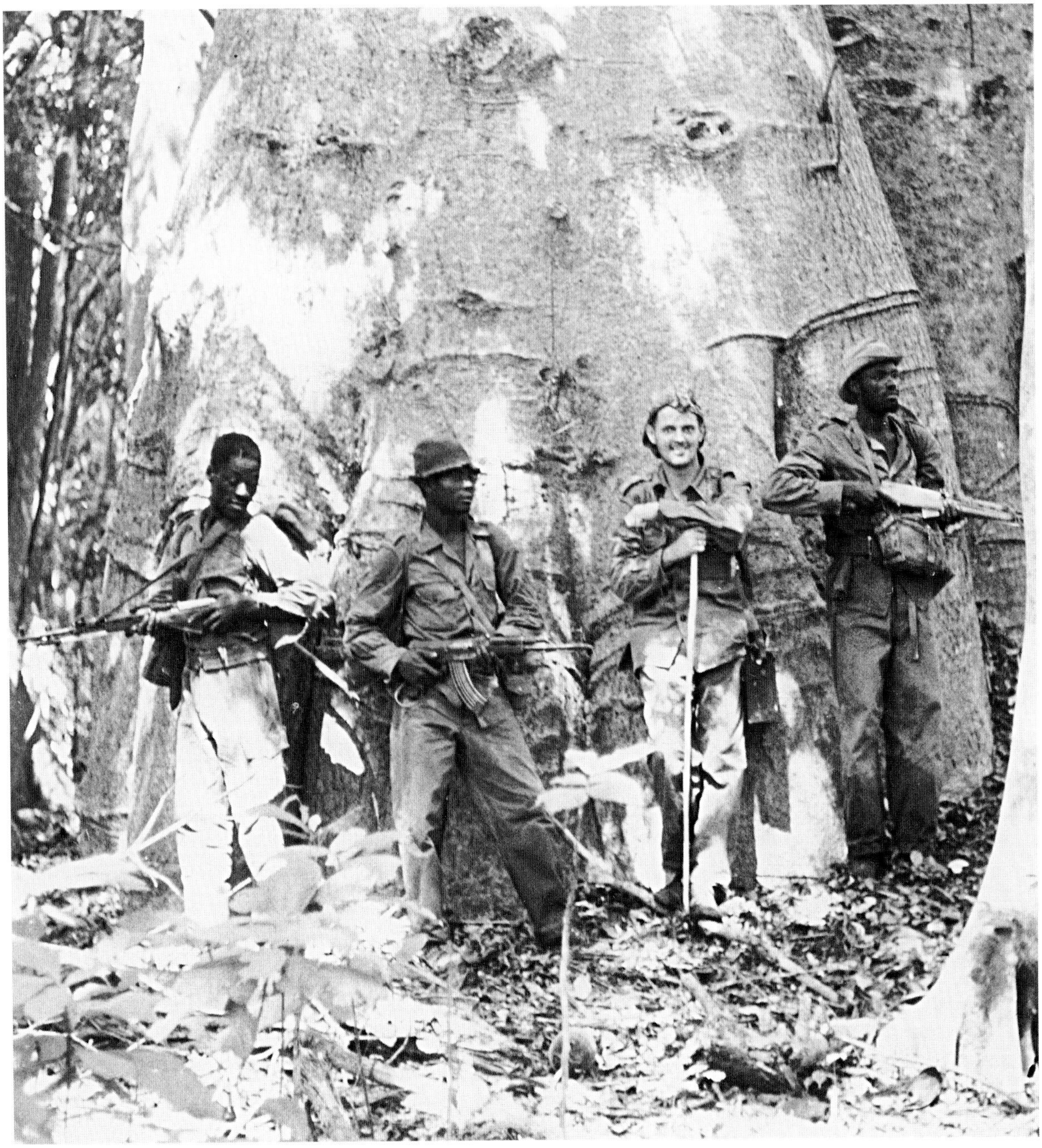

Affenbrotbäume in den Urwäldern Angolas haben gigantische Dimensionen.

Rechte Seite oben: Marschieren mußten wir im Schnellschritt von Sonnenaufgang bis Sonnenuntergang bei 45 Grad im Schatten – nur gab es keinen Schatten.
Rechte Seite unten: Erbeutetes sowjetisches Kriegsmaterial nach einem Angriff gegen die kommunistischen Regierungstruppen.

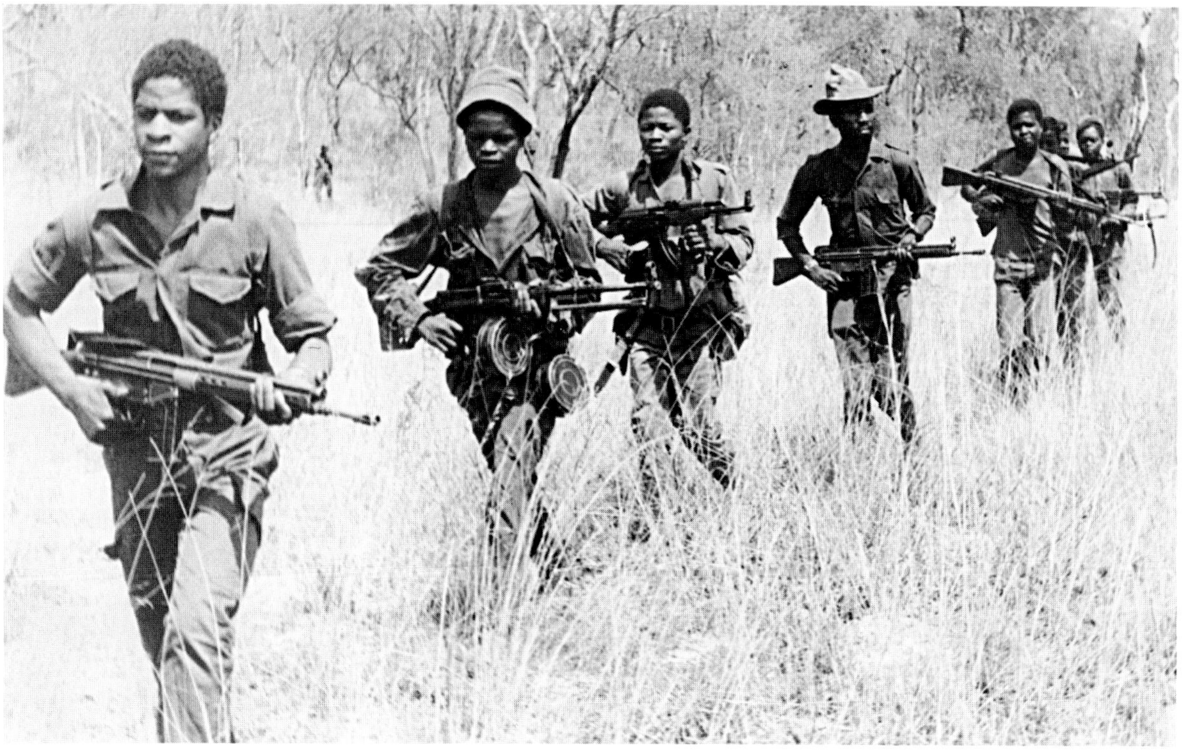

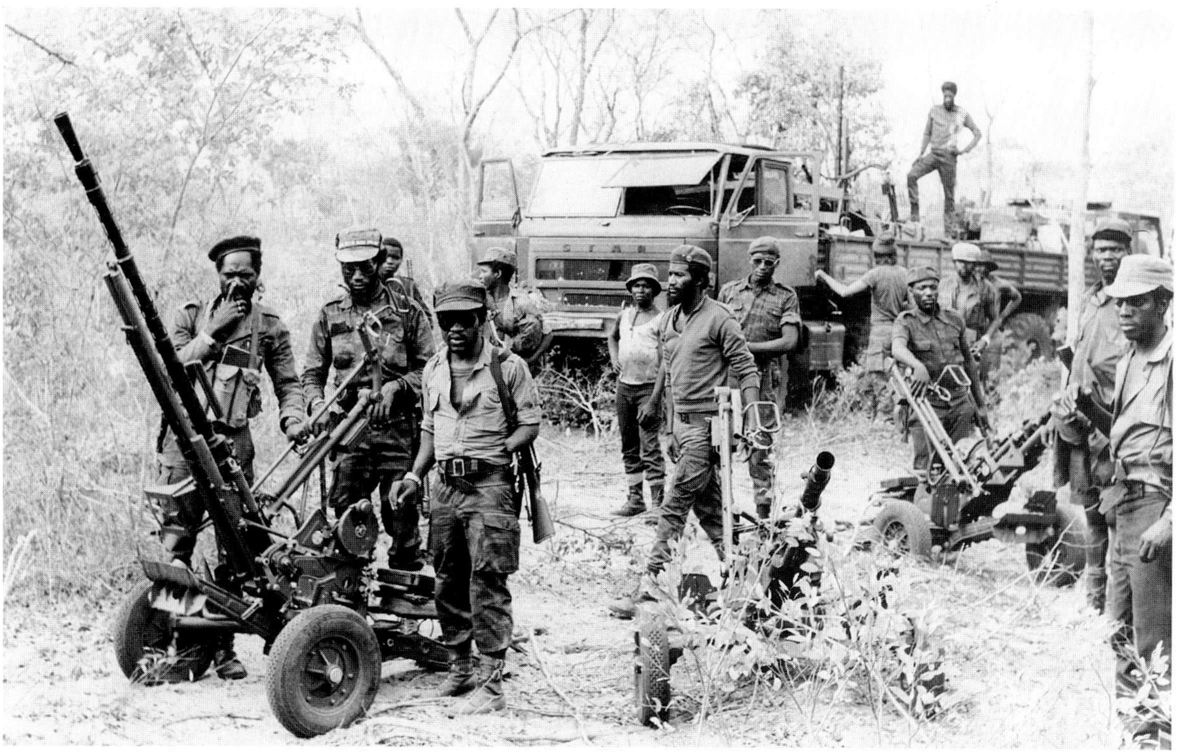

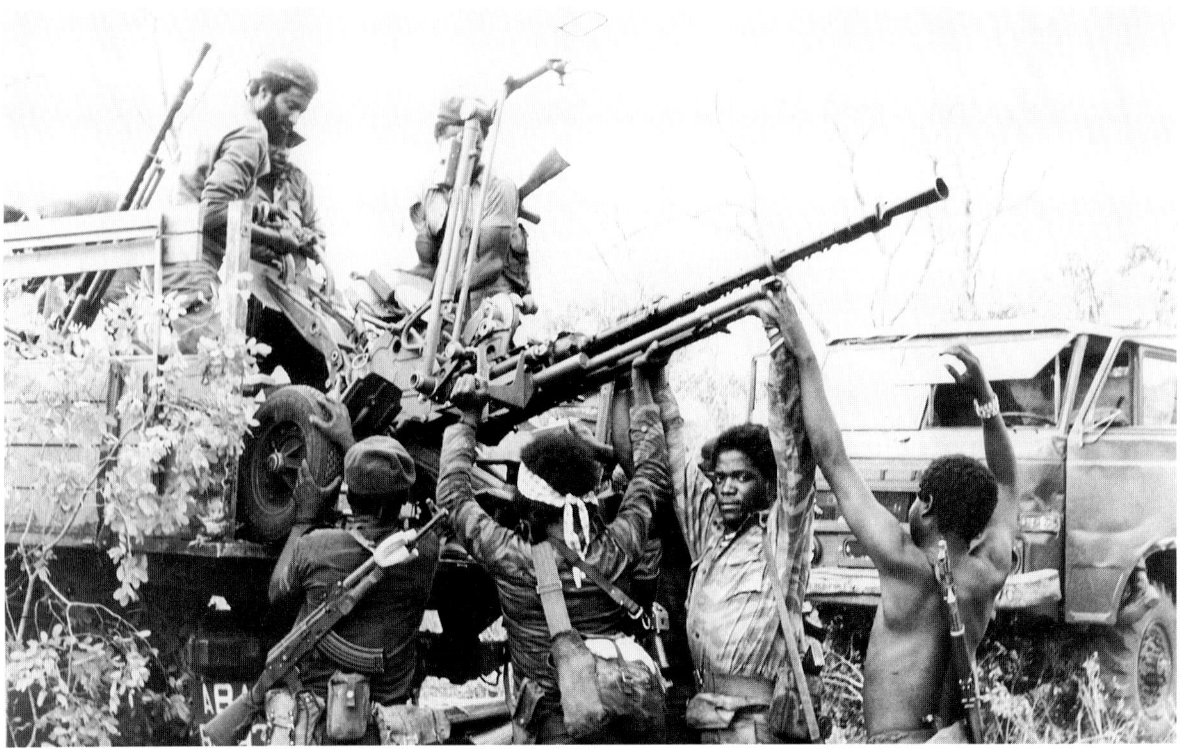

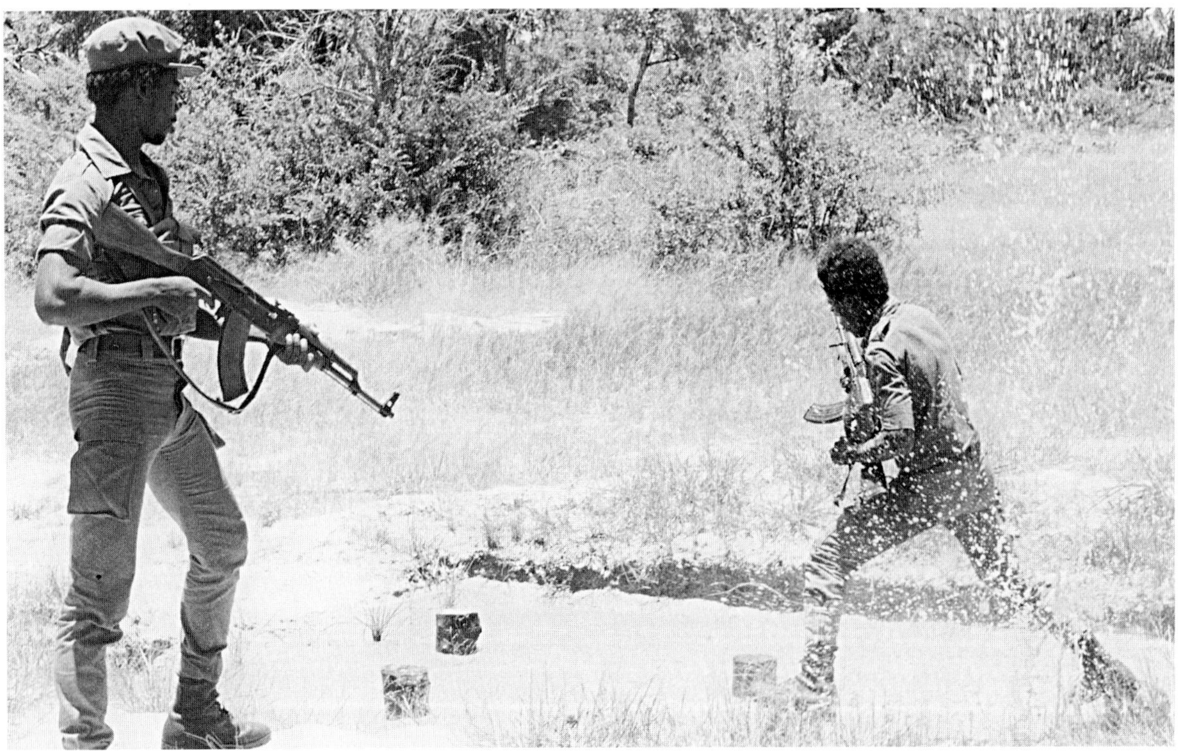

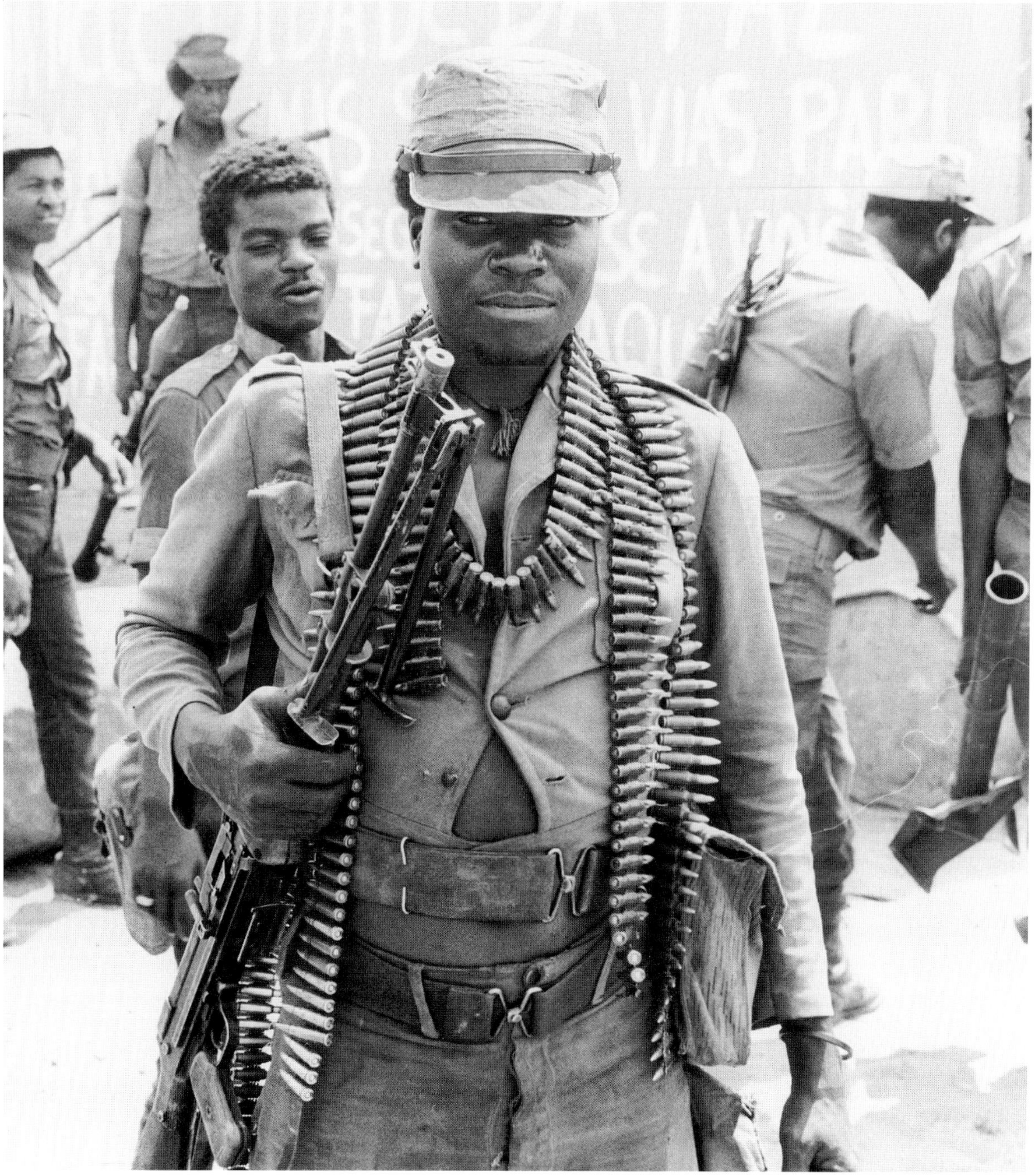

Generationen von Angolanern kennen nichts anderes als Krieg und Kampf.

Linke Seite oben: Mit den erbeuteten Waffen wurde sofort gegen deren ehemalige Besitzer geschossen.
Linke Seite unten: Das militärische Training der jungen Rekruten ist hart und sehr kriegsnahe.

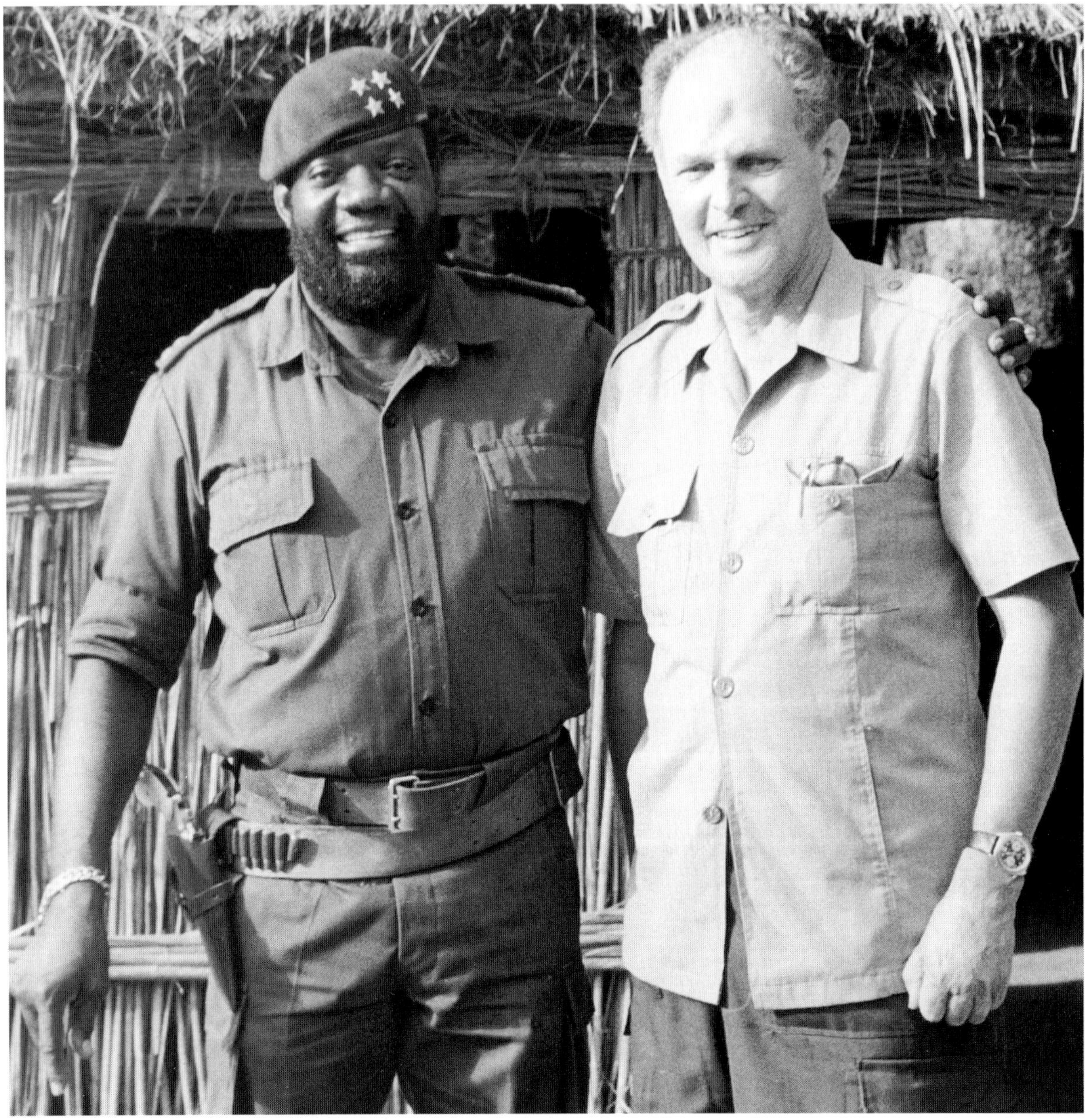

Der Autor, Fritz Sitte, hat 1971 als erster Reporter die UNITA und deren Präsidenten Dr. Savimbi in Zentralangola entdeckt, besucht und weltweit bekanntgemacht – und ist seither mit ihm sehr eng befreundet.

Rechte Seite oben: Die UNITA-Armee wurde nach westlichen Methoden strukturiert und gedrillt.
Rechte Seite unten: Die höheren UNITA-Offiziere wurden fast ausschließlich in westlichen oder afrikanischen Militärakademien ausgebildet. Die Militäreinheiten verfügen über Funk und andere moderne Kommunikationsmethoden.

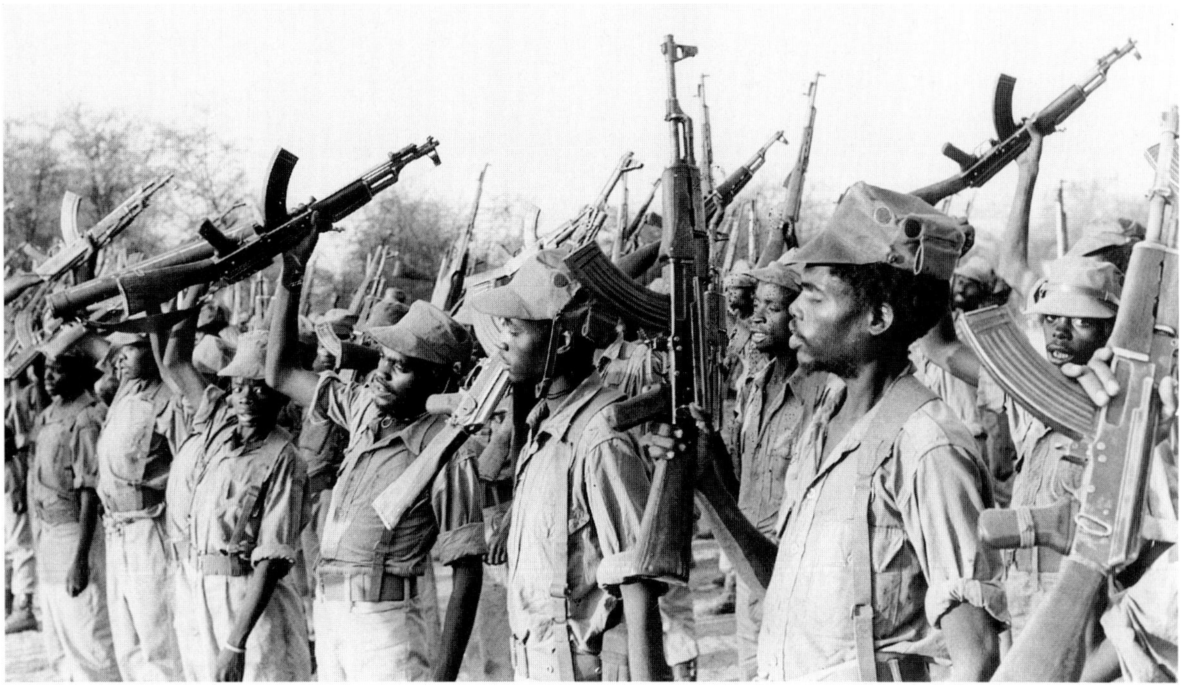

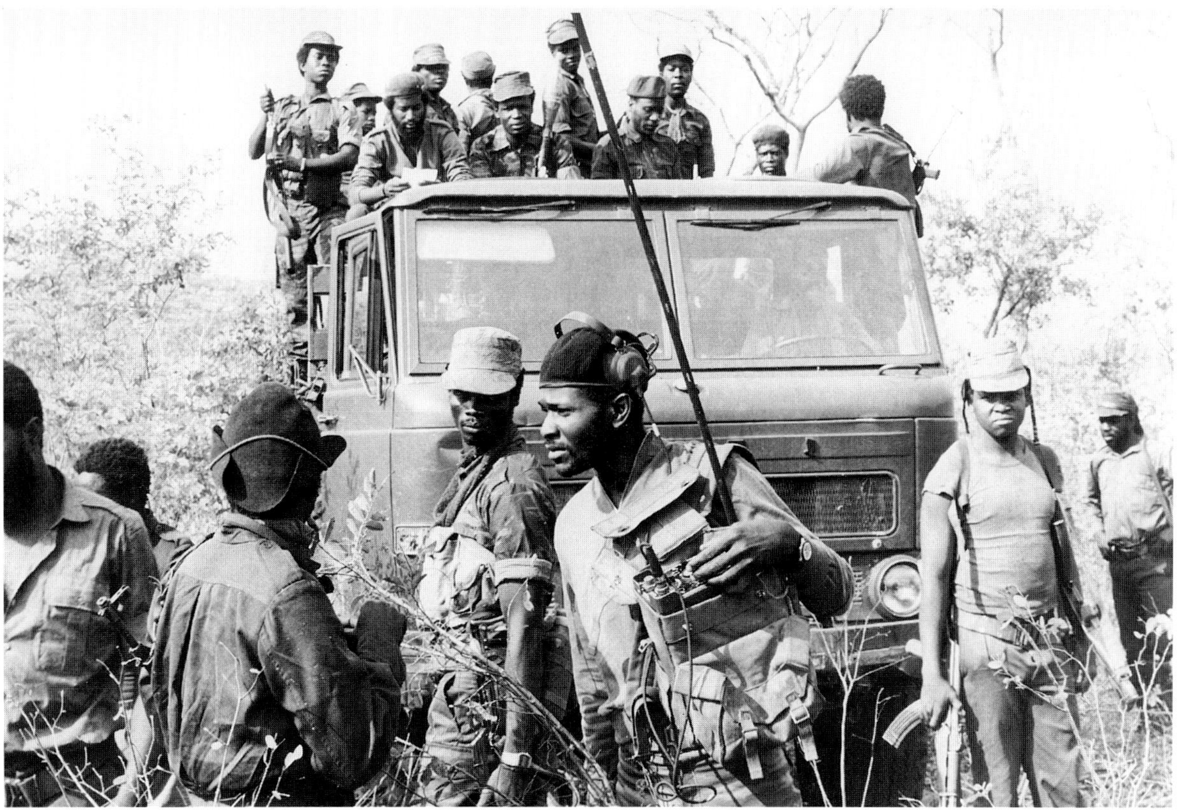

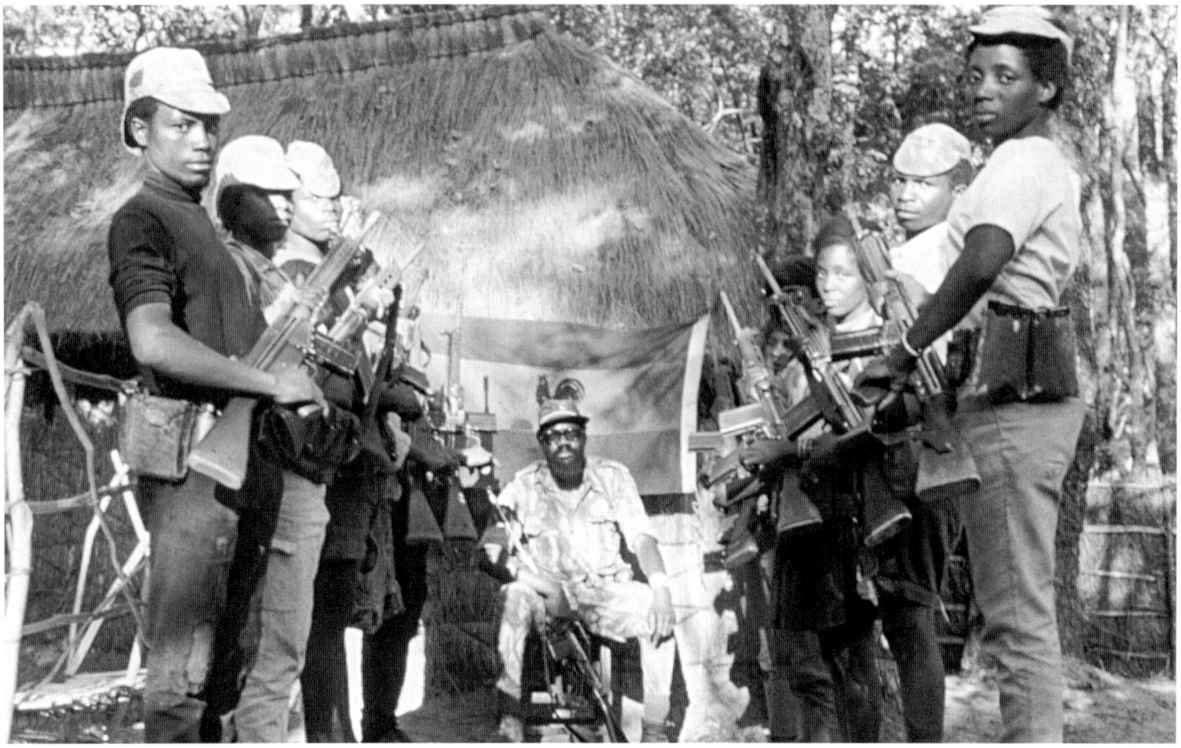

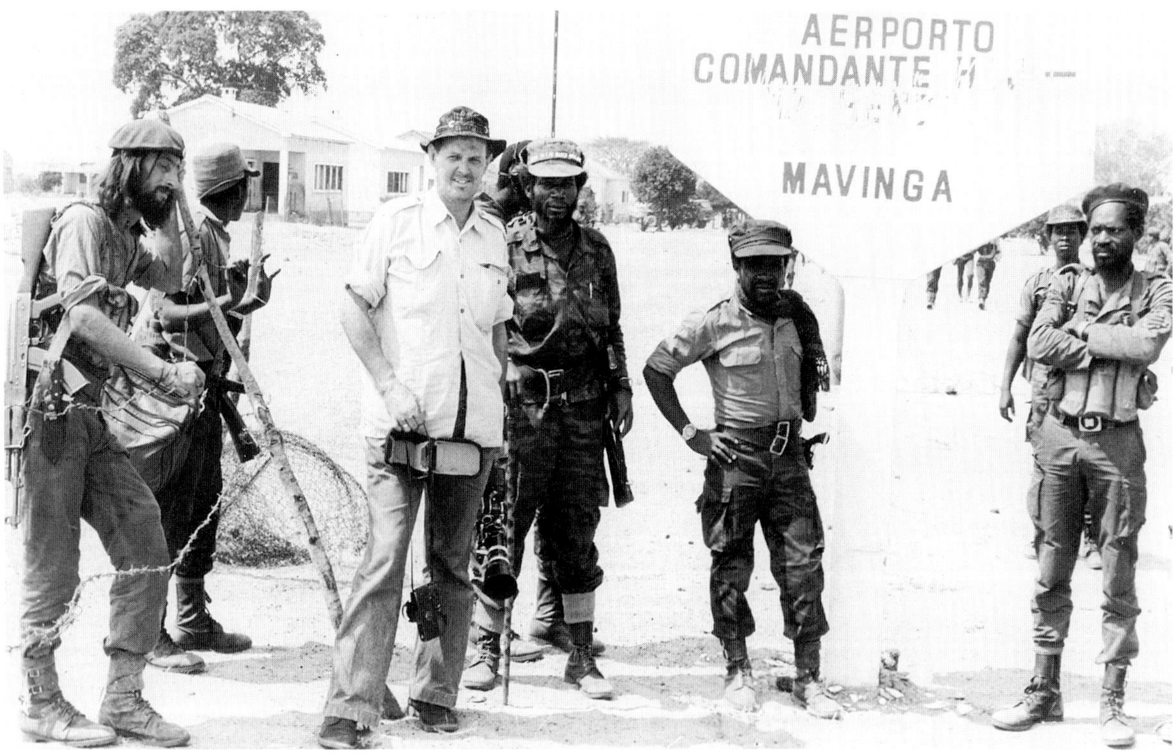
AERPORTO
COMANDANTE
MAVINGA

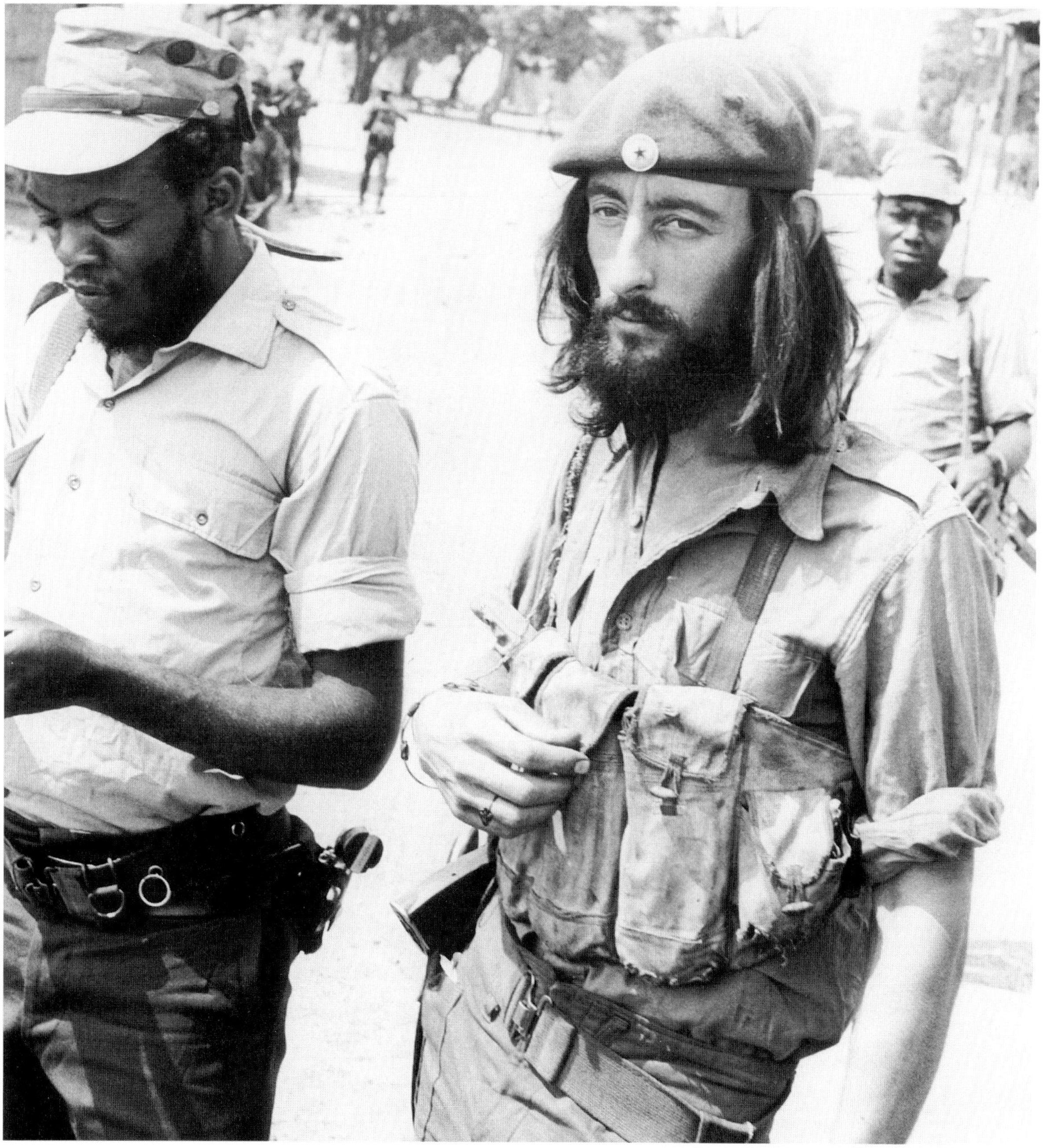

Auch weiße Angolaner (Portugiesen) kämpften als Offiziere mit Dr. Savimbi gegen die kommunistische Alleinherrschaft.

Linke Seite oben: So traf ich 1971 Dr. Savimbi zum ersten Mal in seinem Hauptquartier in Zentralangola (mit seiner Leibwache).
Linke Seite unten: Als Augenzeuge bei der Eroberung der Stadt Mavinga durch die UNITA-Truppen.

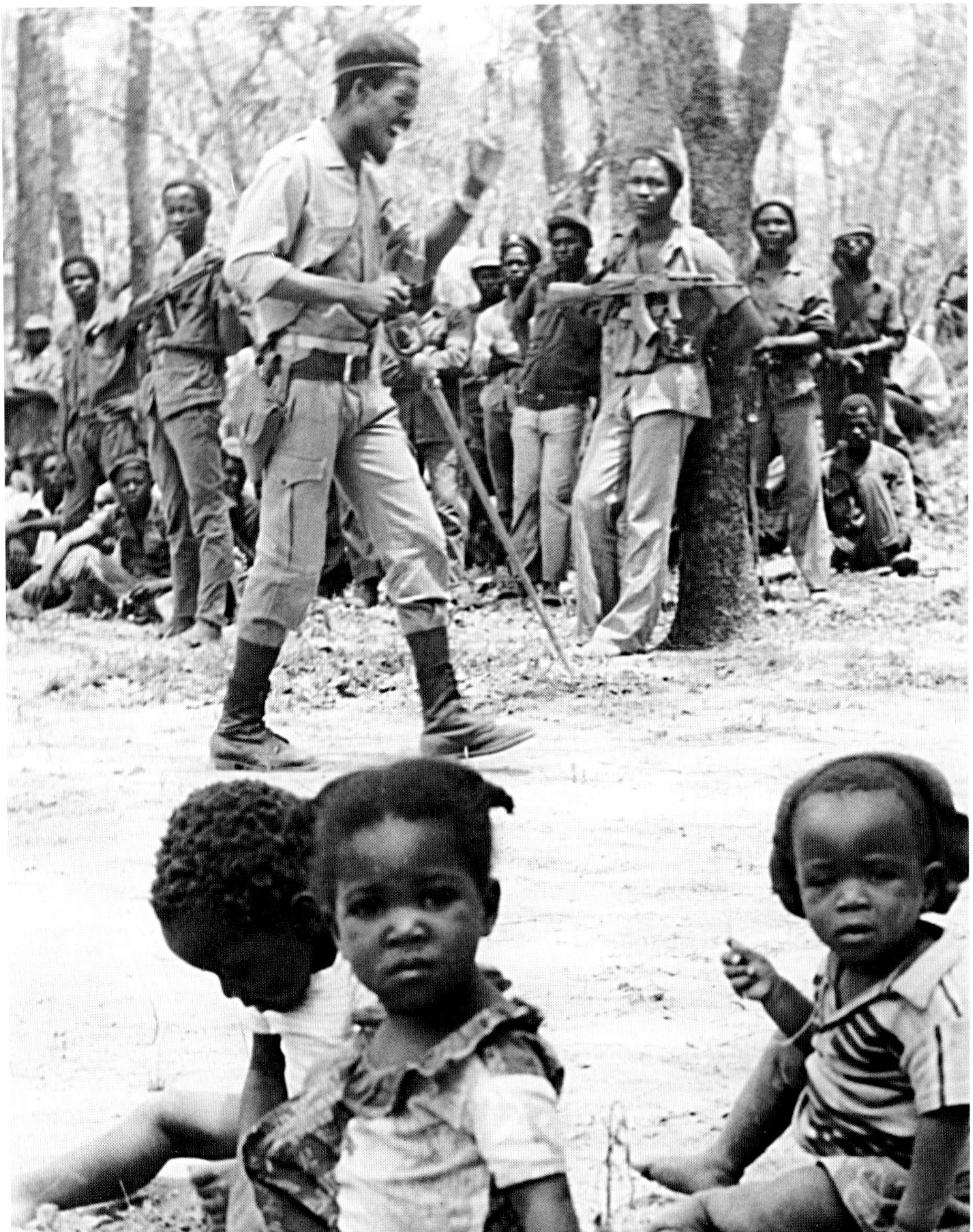

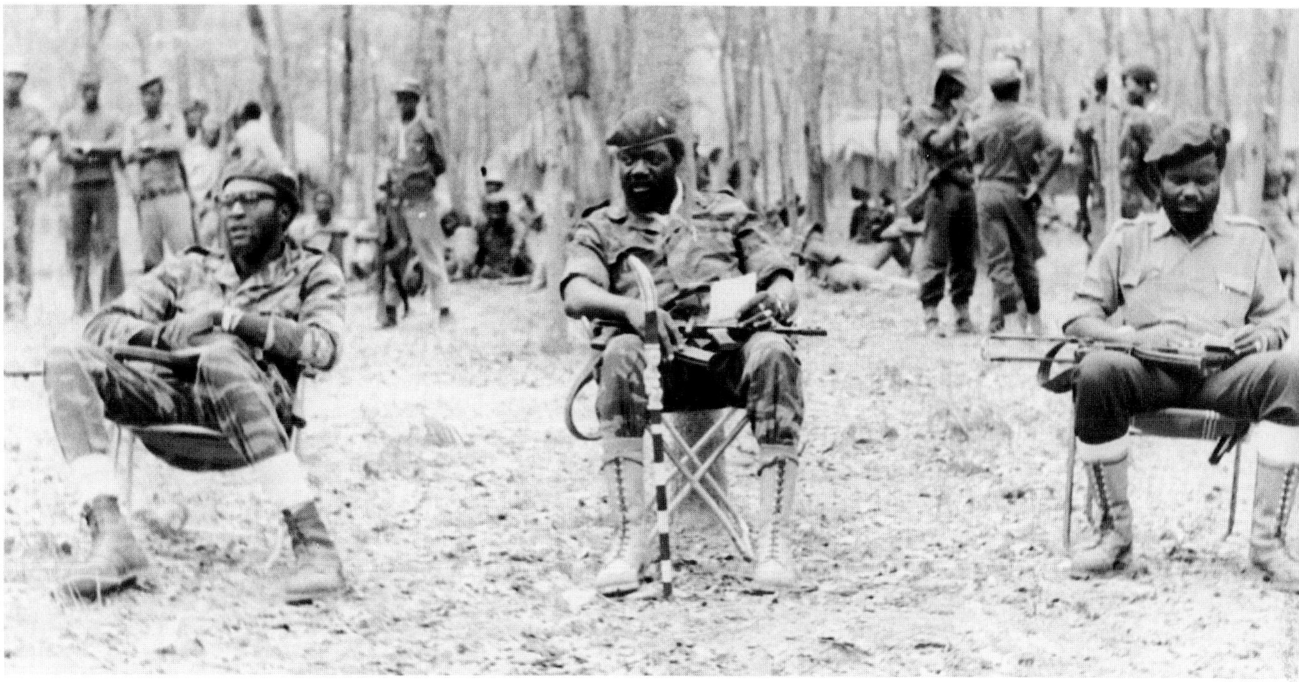

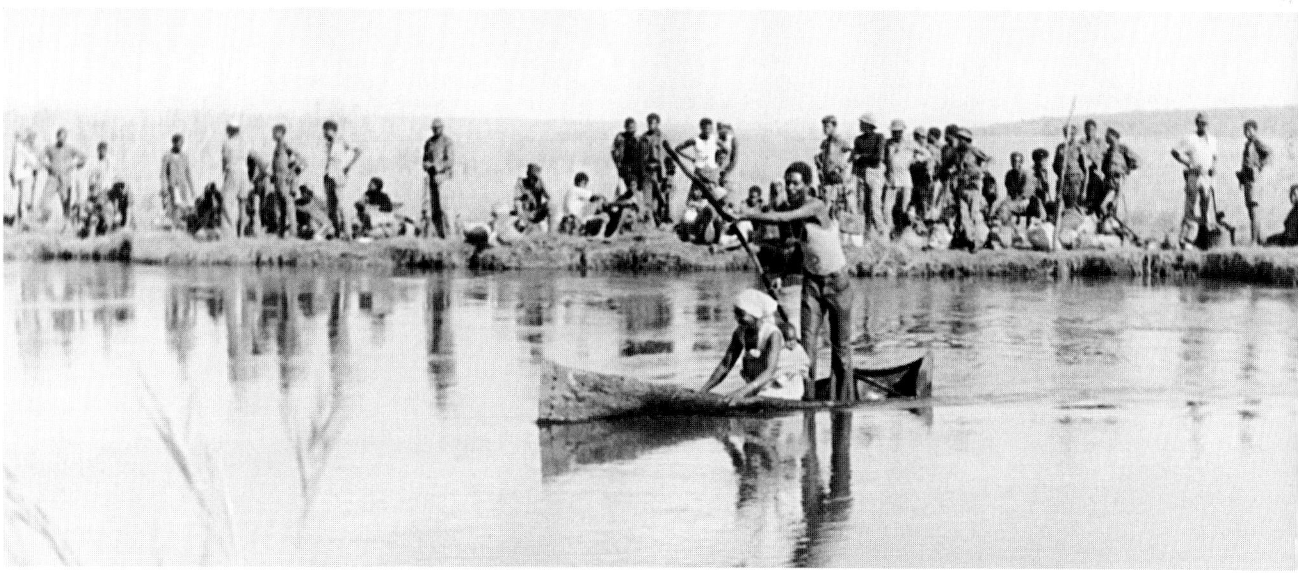

Flüsse waren bei unseren Märschen quer durch Angola ein großes Hindernis. Am Ufer versteckt lag mitunter ein kleines, zerbrechliches Rindenkanu, mit dem wir nacheinander übersetzten.

Oben: Das einstige Führungs-Triumvirat der UNITA-Bewegung (von links nach rechts): Samuel Chiwale (militärischer Befehlshaber), Präsident Dr. Savimbi und Nzau Puna (politischer Bereich).
Linke Seite: Die Soldaten der UNITA wurden auch ständig politisch gedrillt, damit sie wußten, warum und wofür sie kämpfen sollten.

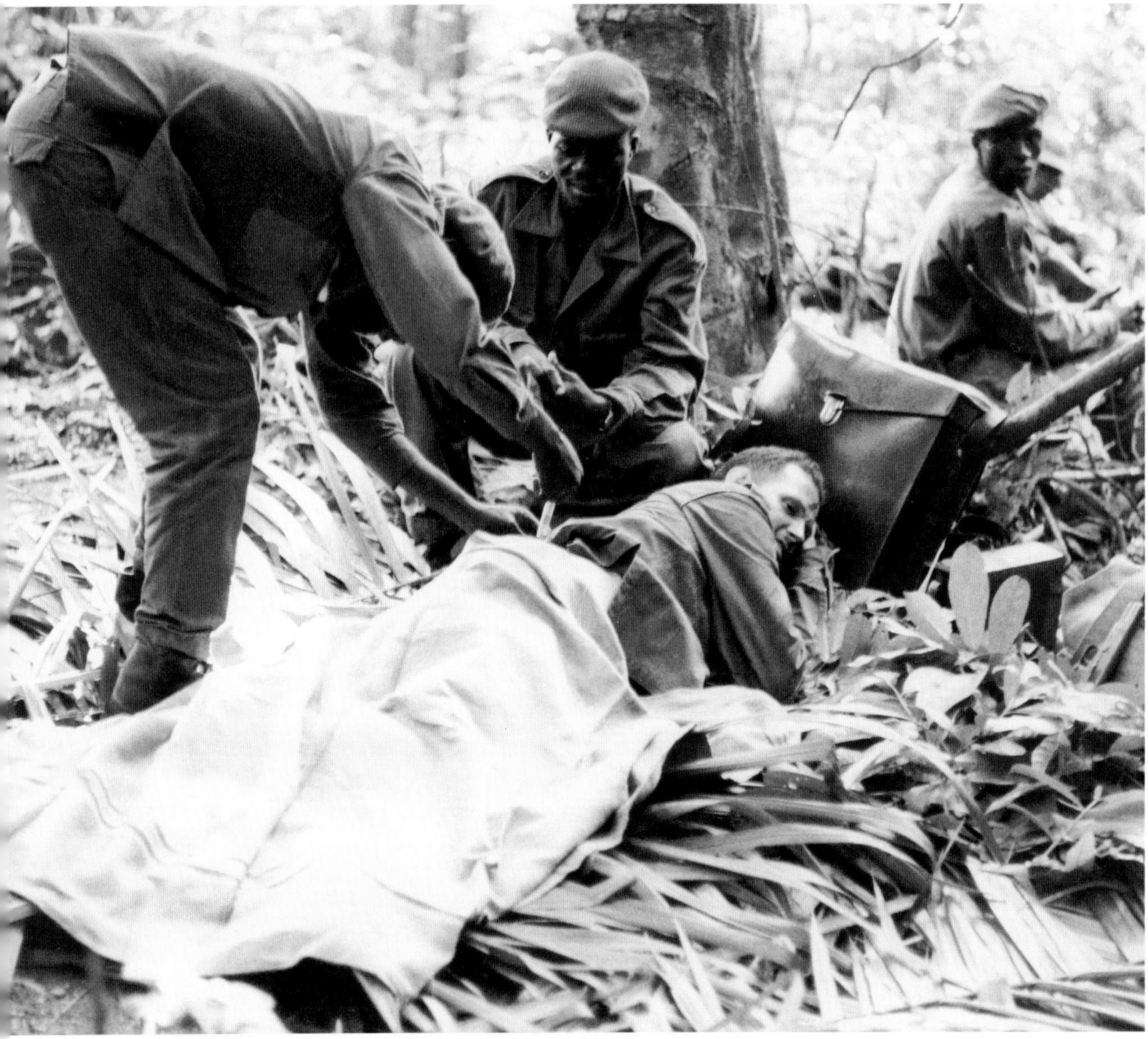

Ich hatte hohes Fieber und mußte von einem Sanitäter mit einer Injektion unbekannten Inhaltes verarztet werden. Fernab der Zivilisation wäre allein schon jede Blinddarmentzündung oder jeder Schlangenbiß ein Todesurteil gewesen.

Rechte Seite oben: Damit meine illegalen Märsche in Angola von der Gegenseite später nicht angezweifelt werden konnten, fotografierte ich als Beweis immer wieder markante Wegweiser oder Grenzsteine.
Rechte Seite unten: Seichte Flüsse, die wegen Helikopterangriffen immer schnell durchwatet werden mußten, waren in der Bruthitze ein wahres Vergnügen für kurze Abkühlung und Löschung des unerträglichen Durstes.

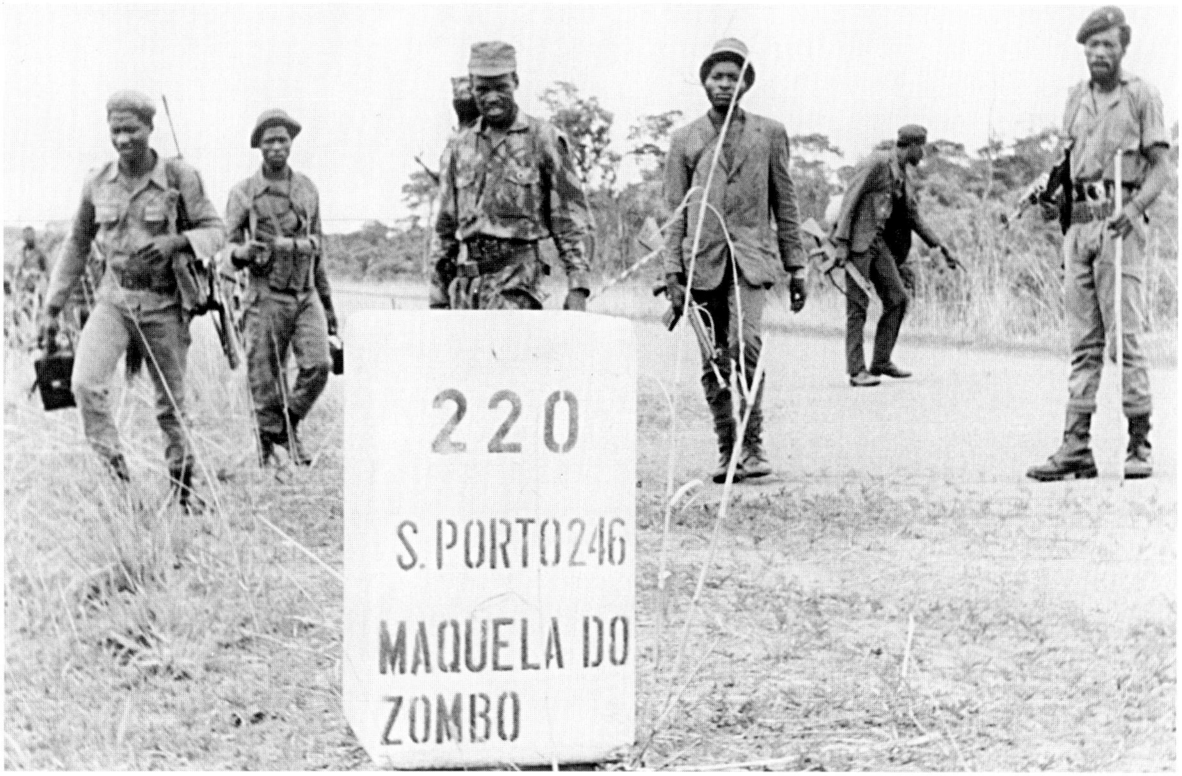
220
S. PORTO 246
MAQUELA DO
ZOMBO

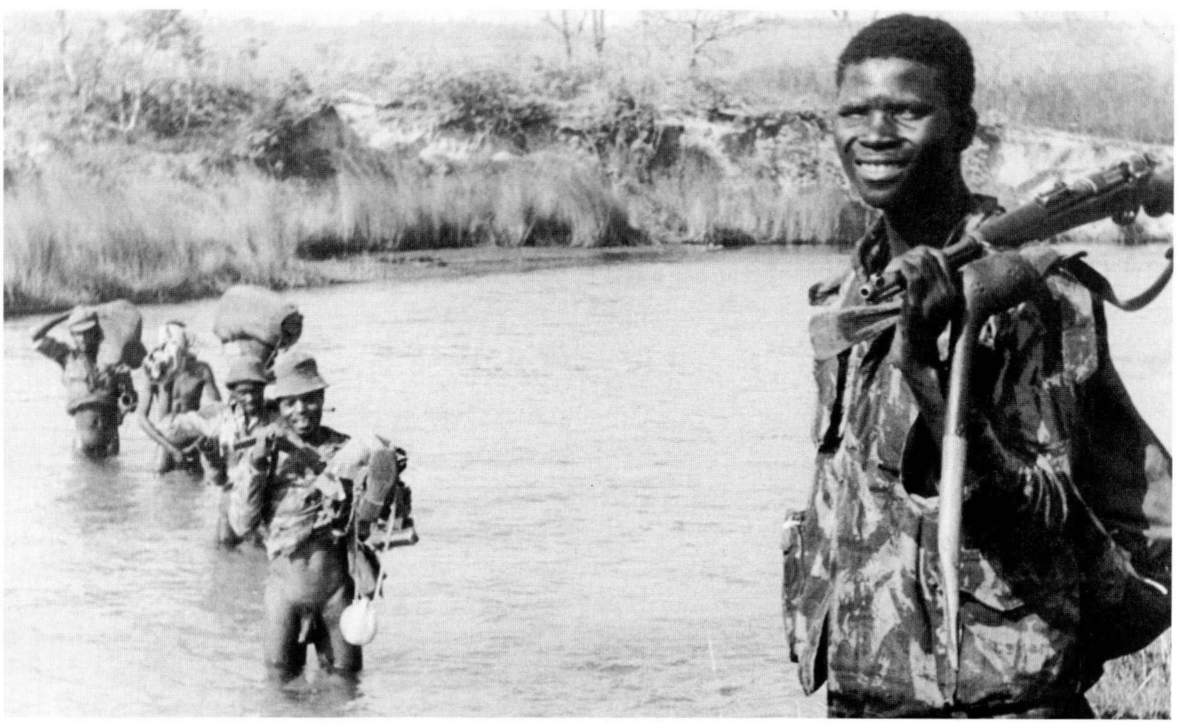

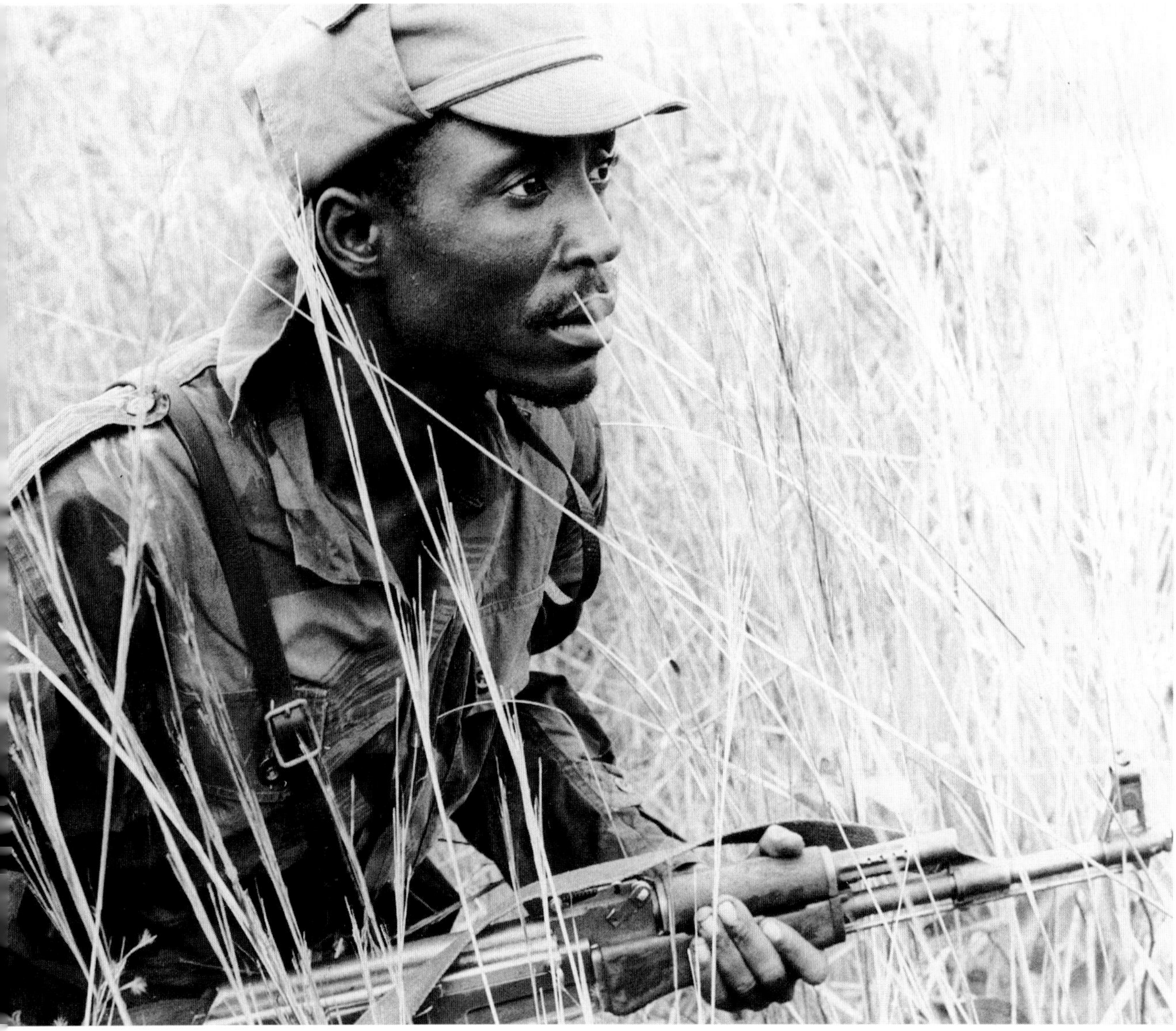

Ortskundige Spurensucher liefen unserer Gänsemarschkolonne immer voraus, damit wir in keinen Hinterhalt gerieten.

Rechte Seite oben: Meine Begleitmannschaft machte mir schon vorher klar, daß sie auf meine Person keine wie immer geartete Rücksicht nehmen könnte. Sie liefen mehr, als sie marschierten, und Tagesleistungen von 50 km – je nach Gelände – waren die Mindestnorm. Oftmals zu viel für einen unsportlichen und untrainierten europäischen Reporter.
Rechte Seite unten: In der offenen Landschaft bot das mannshohe Elefantengras keine Deckung. Verknüpfte Gräser, querliegende Zweige oder kleine, aneinandergereihte Steine, die kaum aufgefallen wären, bargen vertrauliche Informationen über Minenfallen oder tödliche Gefahren am Rand unseres Pfades, die umgangen werden mußten.

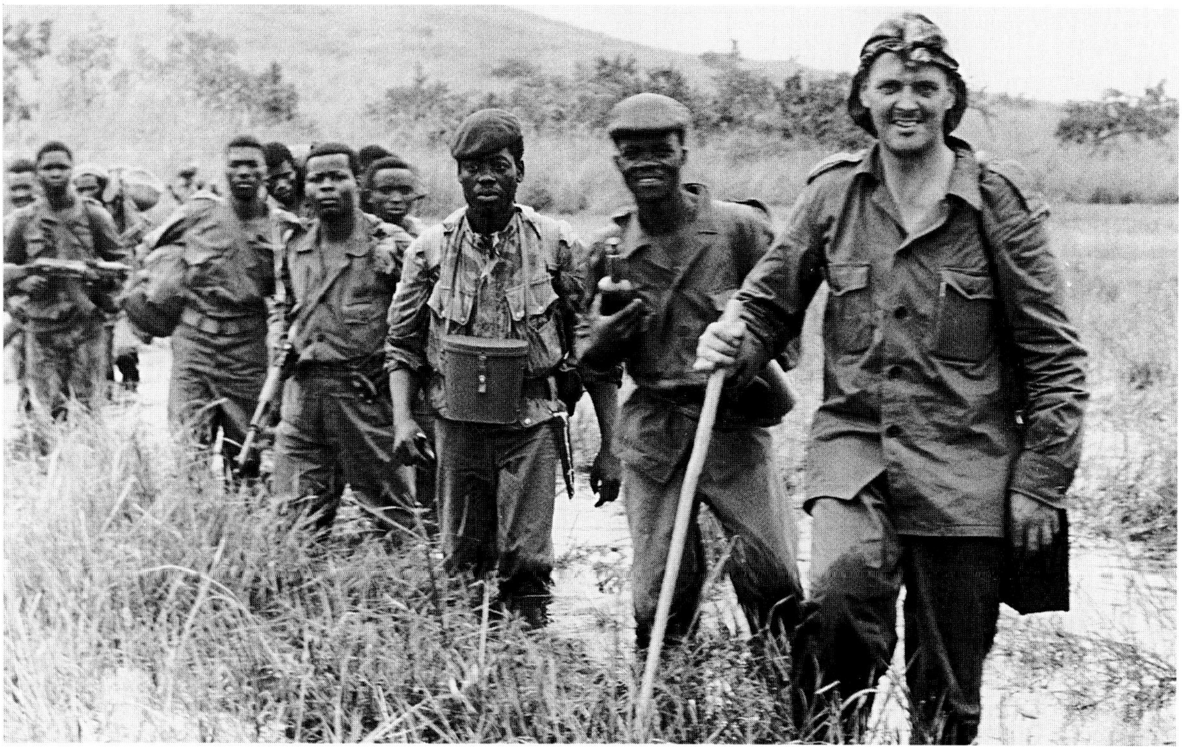

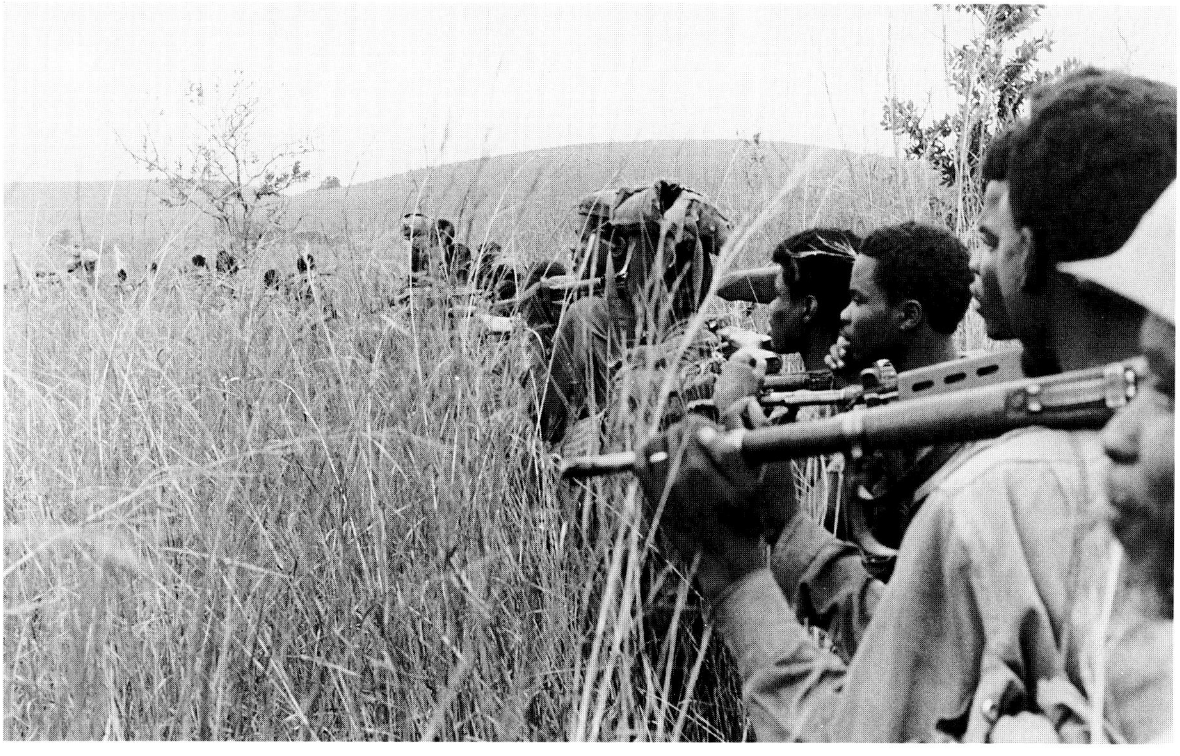

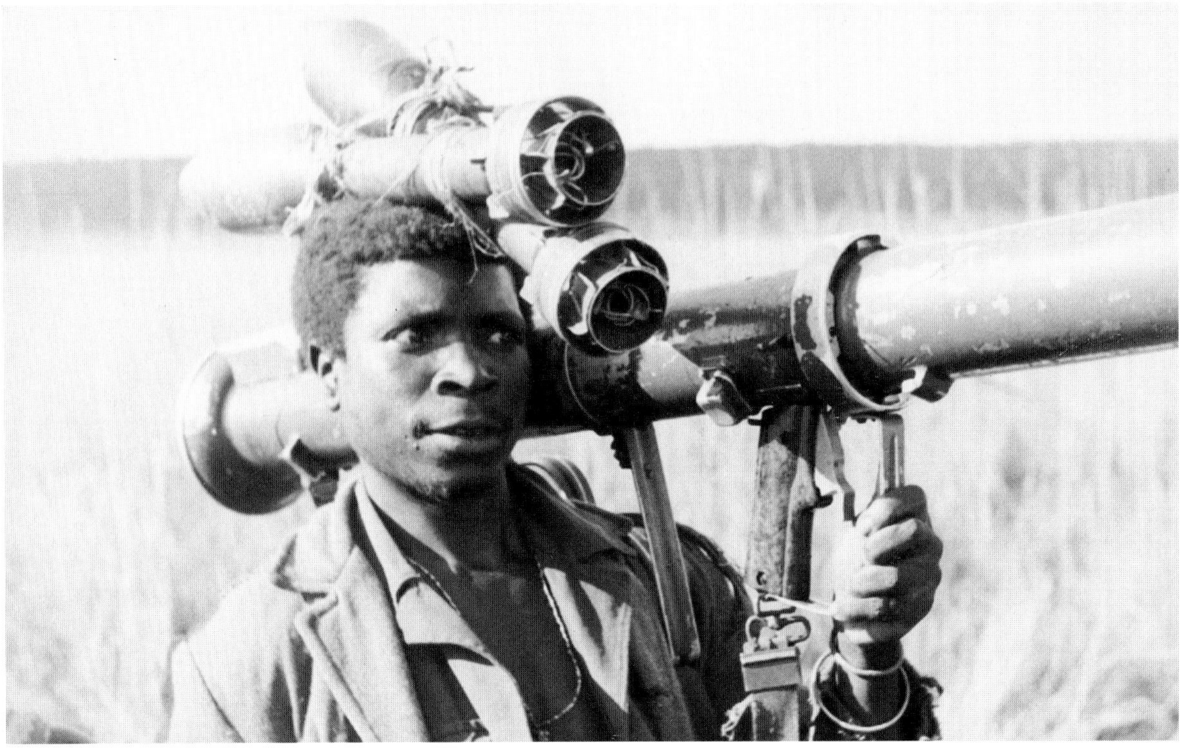

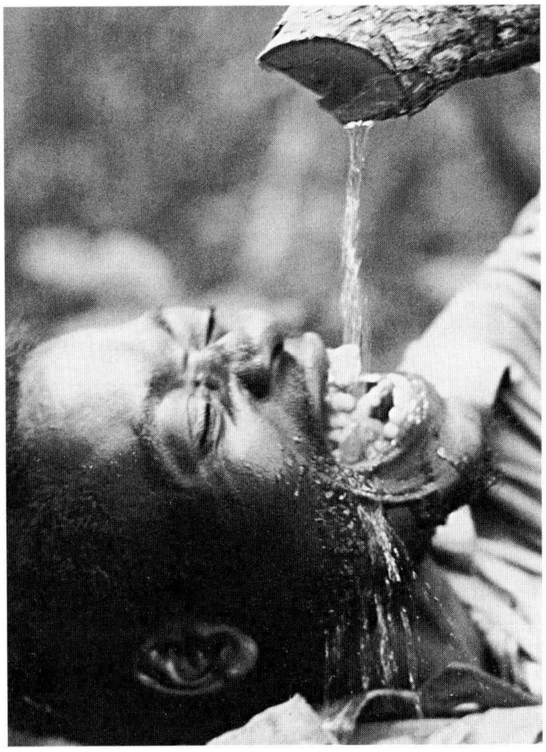

Der junge Bursche schleppte im Schnellschritt wochenlang geradezu spielerisch die schwere Last von 80 kg mit sich, bis er die zwei Granaten verschossen hatte. Dann warf er das Bazookarohr weg.

Rechte Seite oben: Größere Flüsse überquerten wir mit primitiven selbstgebastelten Flößen. Viele Eingeborene können jedoch nicht schwimmen, und deshalb ertrank dabei ein vom Floß gekippter Soldat. *Rechte Seite unten:* Die UNITA kappte und paralysierte sehr viele Verkehrswege (Straßen und Eisenbahnlinien); in dem Fall eine Erzbahn im Süden Angolas.

Mitunter fanden meine Begleiter spezielle Bäume, deren Äste man abhacken mußte, damit köstlich reines, fast destilliertes Wasser hervorsprudelte. Ansonsten mußten wir oft in Sümpfen den grünen „Rahm" beiseite schieben und diesen Dreck schlürfen, um uns anschließend dann gleich die Blutegel aus der Mundhöhle zu reißen. Der Durst in dieser Bruthitze war ärger als der Hunger.

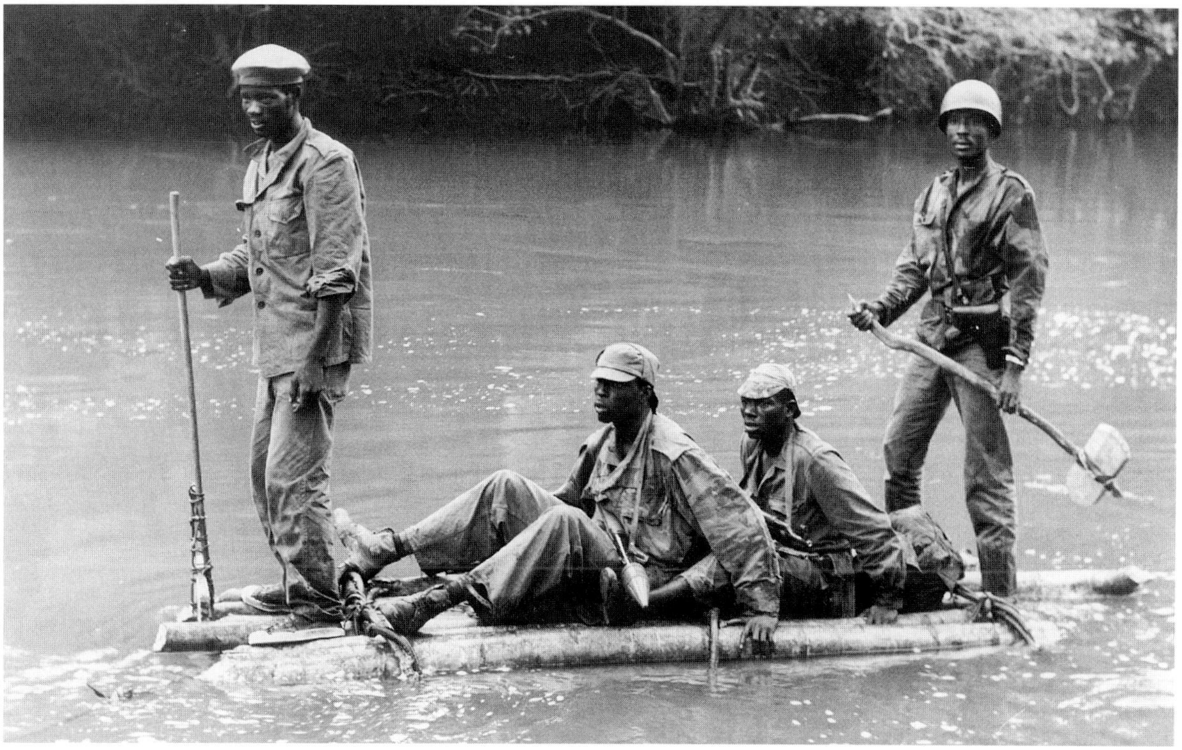

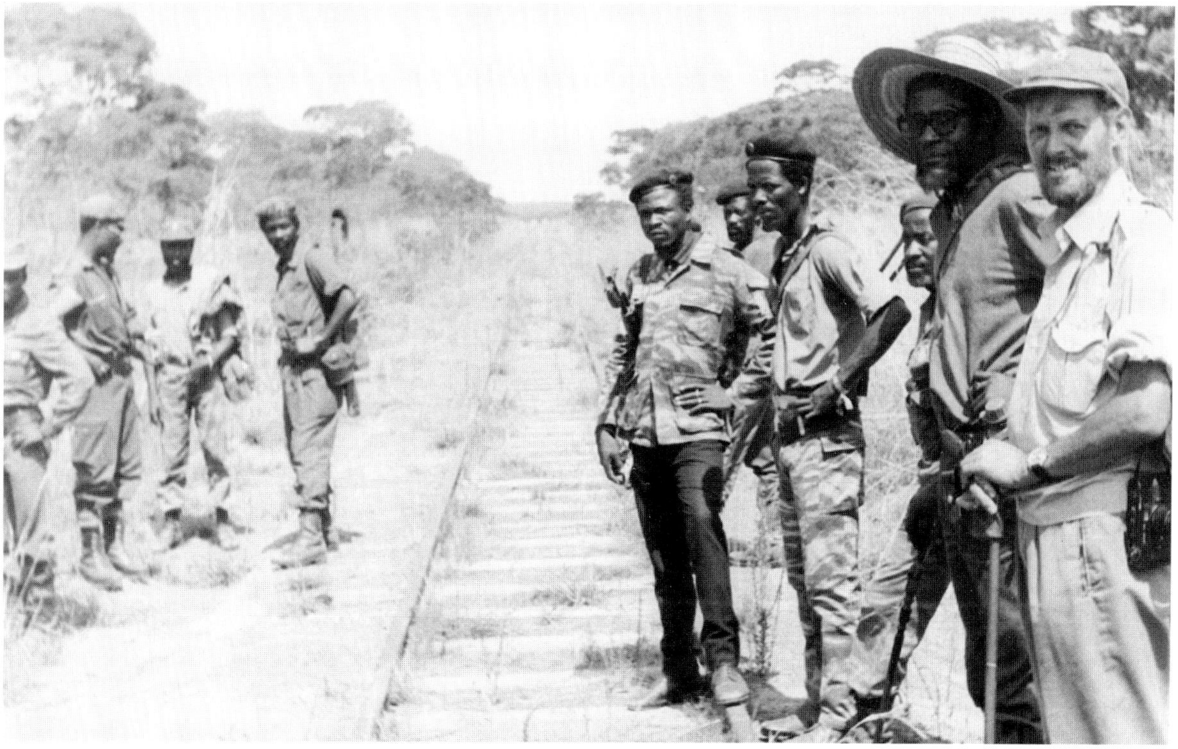

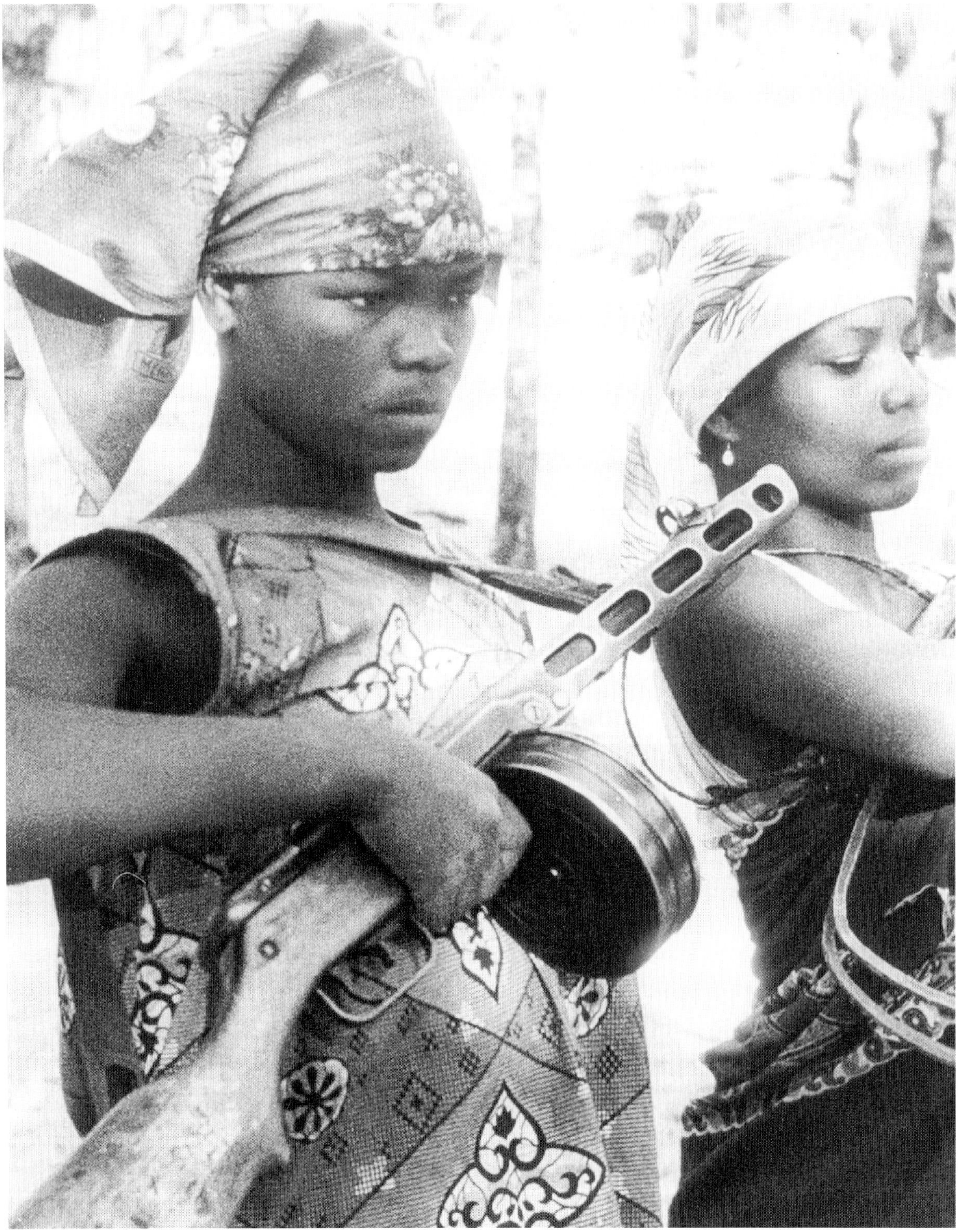

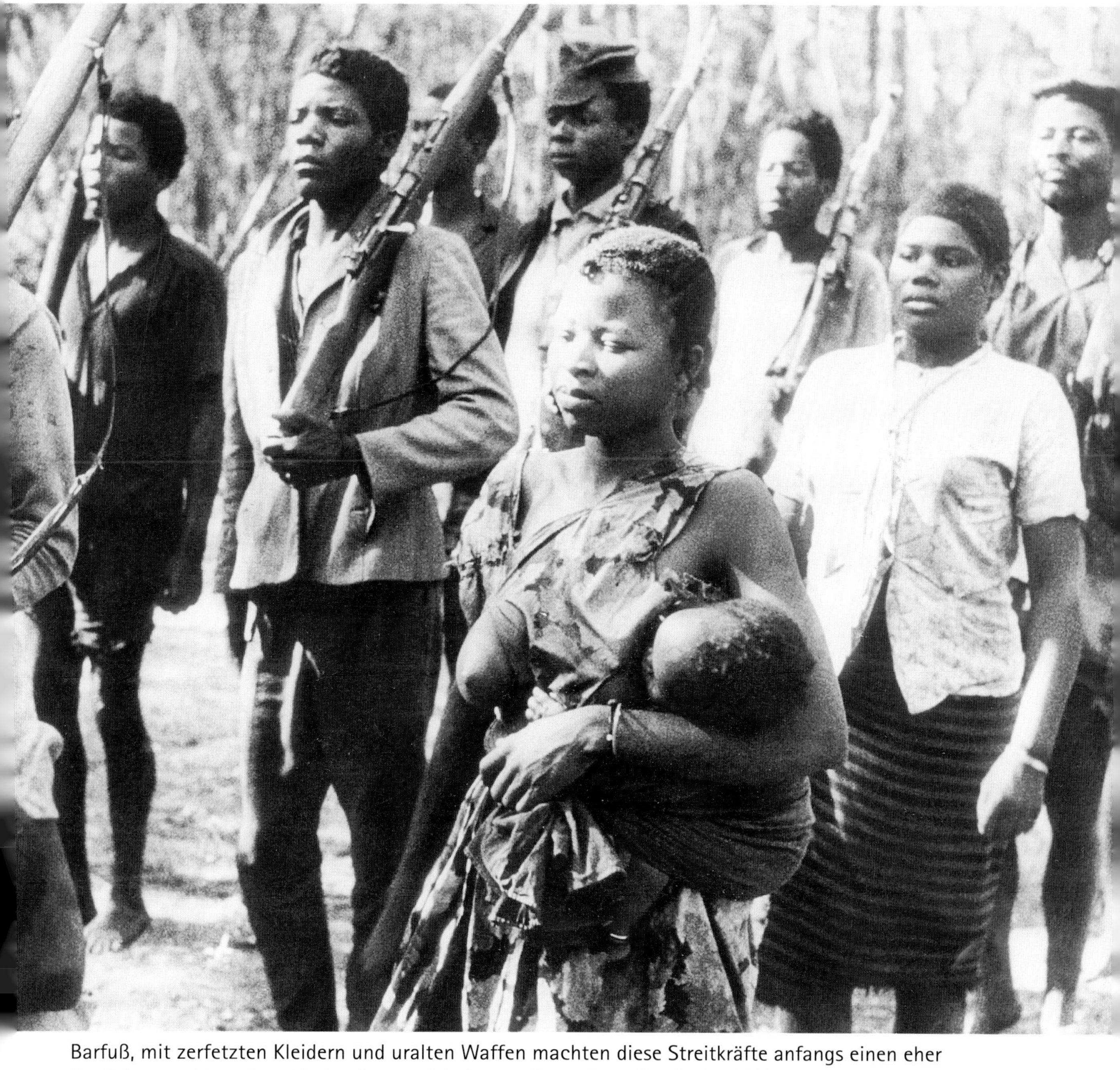

Barfuß, mit zerfetzten Kleidern und uralten Waffen machten diese Streitkräfte anfangs einen eher ärmlichen und traurigen Eindruck, was sich dann später mit ausländischer Hilfe aber radikal änderte.

Linke Seite: Die UNITA begann ihren Kampf gegen die Kolonialherren, indem sie zwölf Männer in verschiedene Landesteile Angolas schickte, die dort Zellen bildeten. Der Anfang war sehr bescheiden und primitiv, wobei grundsätzlich auch immer die Frauen in die Guerilla-Armee integriert wurden.

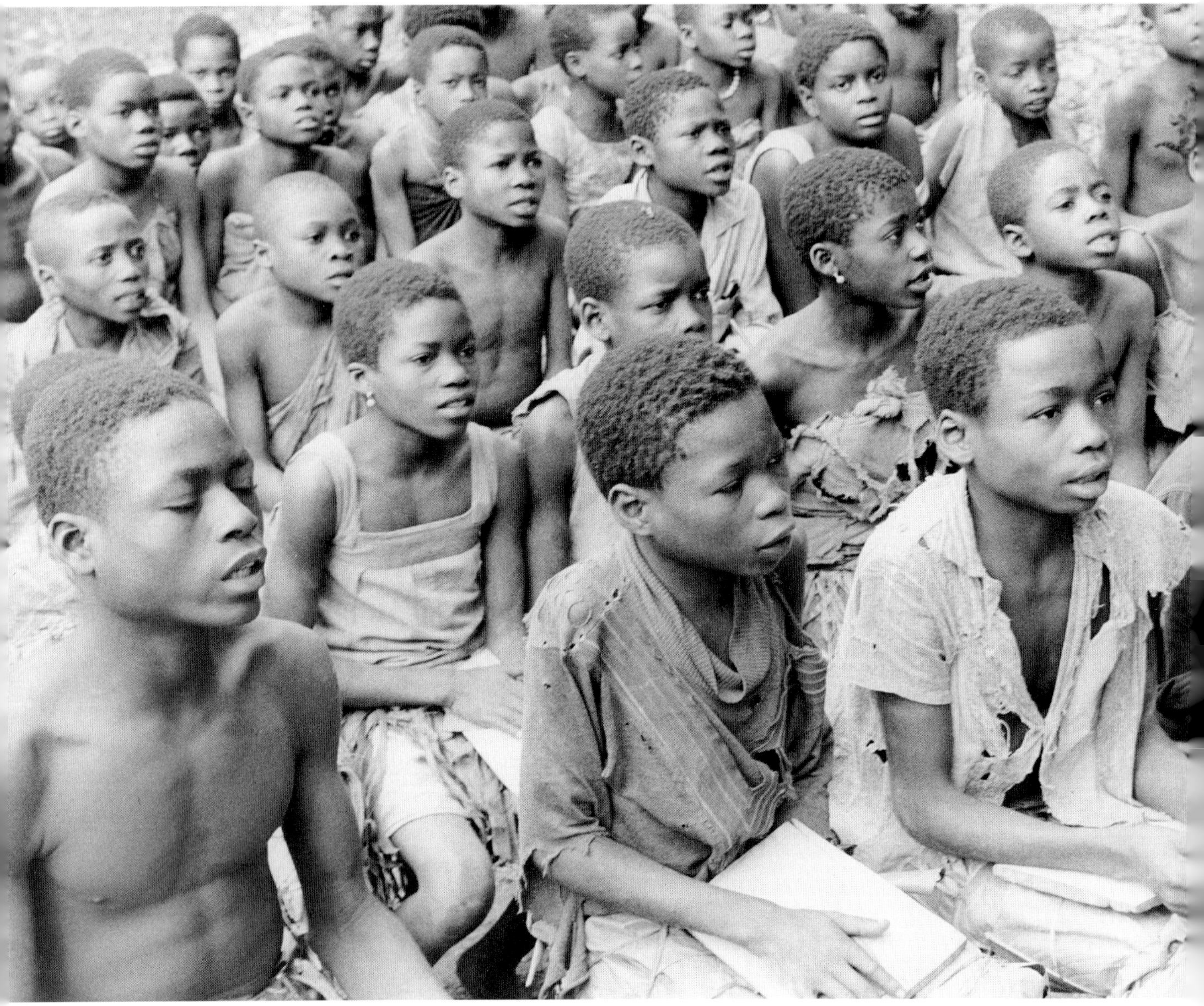

Es wurde jedoch nicht nur gekämpft: Dr. Savimbi installierte in den von ihm kontrollierten Gebieten auch ein flächendeckendes Schulwesen, nachdem die Portugiesen in ihrer Kolonie Angola nahezu 80 Prozent Analphabeten aufzuweisen hatten.

Rechte Seite: Aber nicht nur Elementarschulen entstanden so im Busch und Urwald, sondern ehemalige qualifizierte Lehrpersonen kamen mit portugiesischen Schulbüchern zur UNITA und praktizierten dort regelrechte Mittelschulen mit höherem Niveau. Savimbi sandte, mit Hilfe ausländischer Stipendien, viele dieser Schüler dann auf afrikanische, westeuropäische und amerikanische Universitäten. Die UNITA hatte damit eine relativ große Zahl von Akademikern verschiedenster Berufsrichtungen, aber auch Generalstabsoffiziere mit westlichem Standard zur Verfügung.

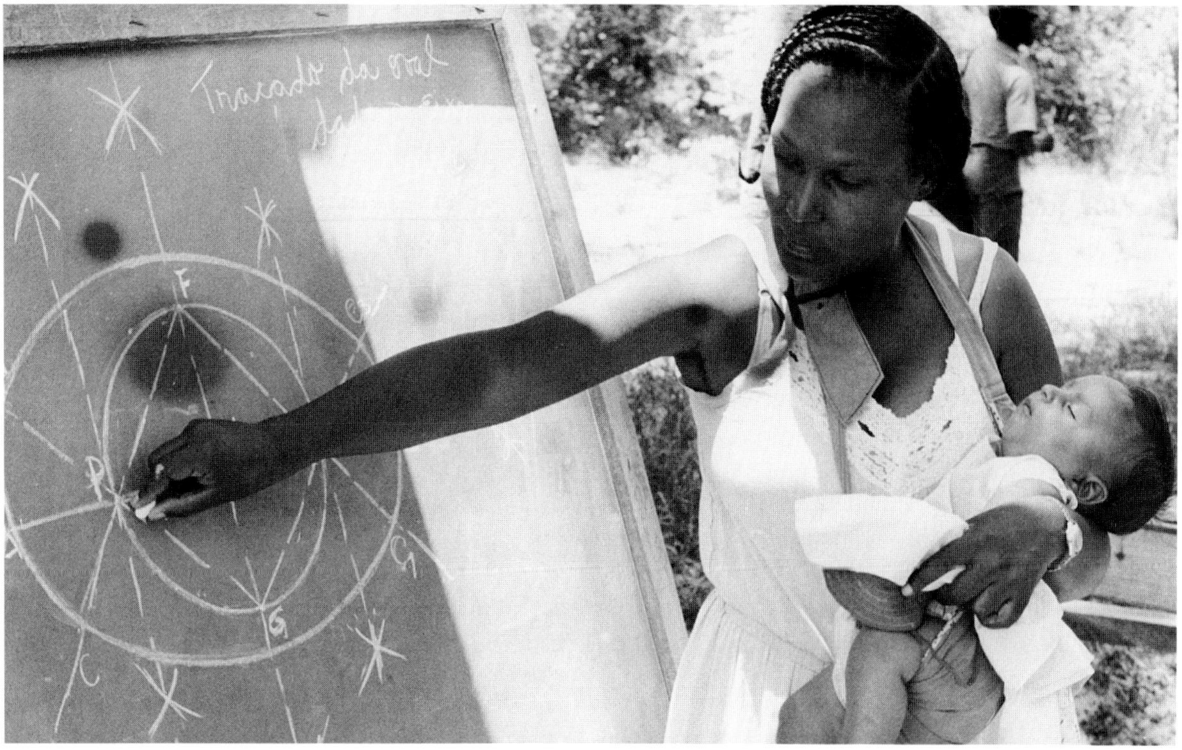
Traçado da oval
F
G

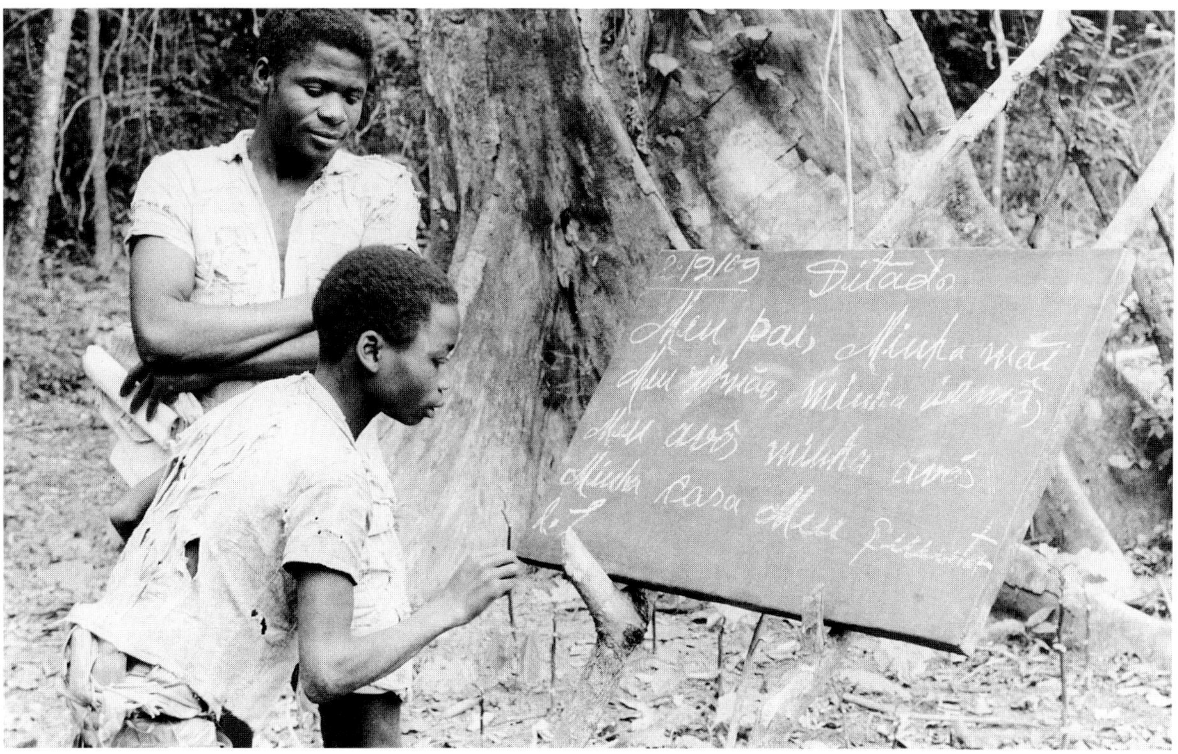
Ditado
Meu pai, Minha mãe
Minha casa

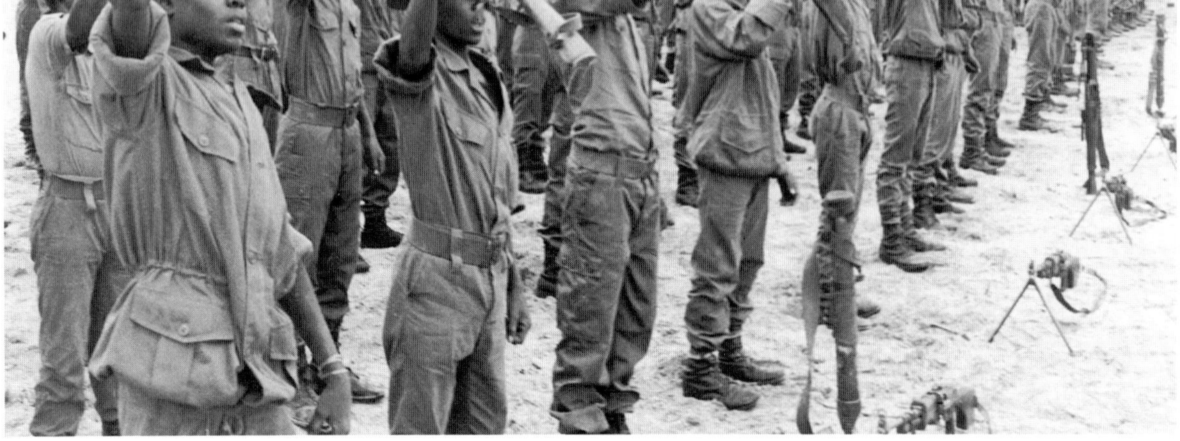

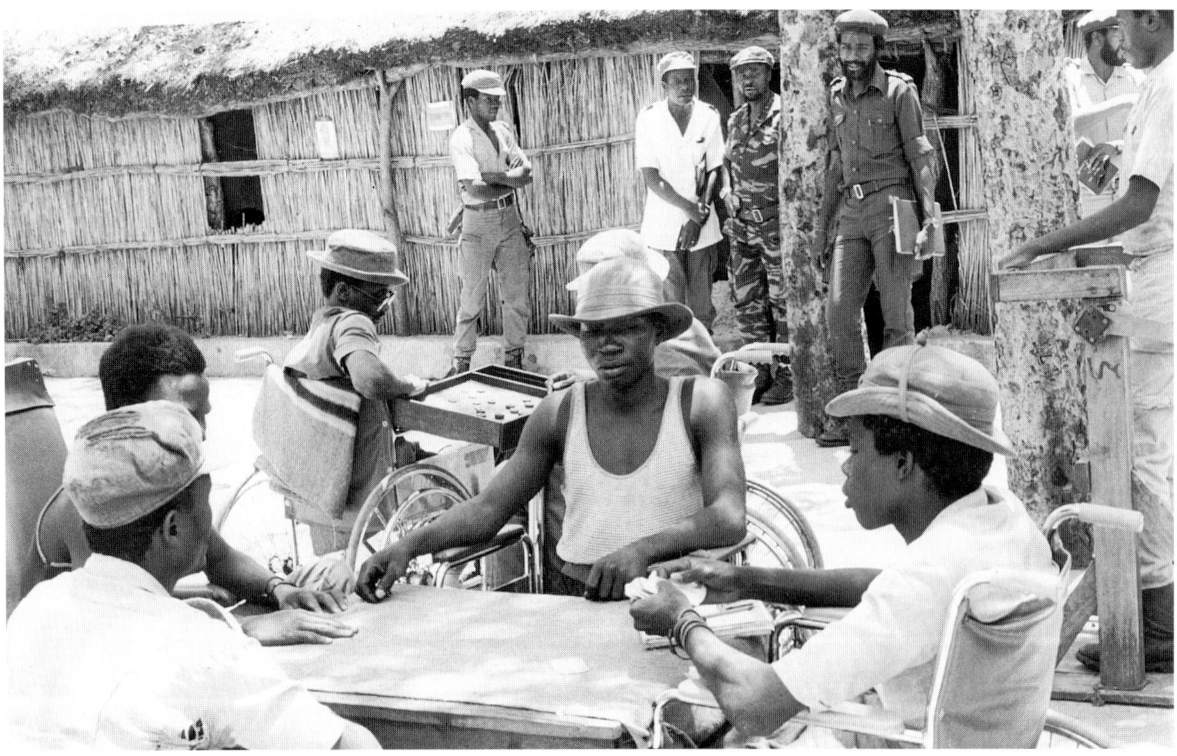

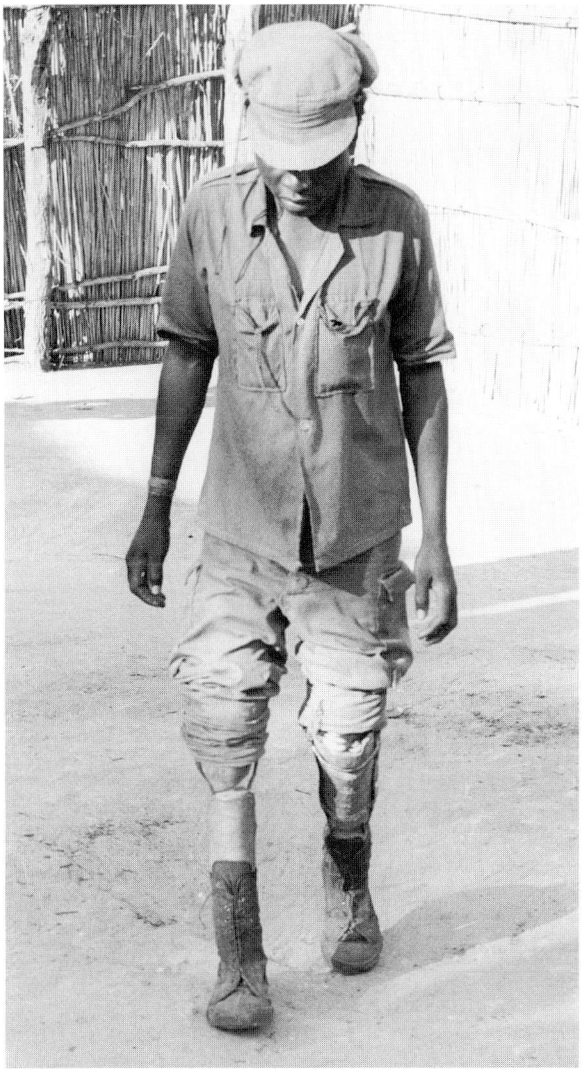

Ein Minenopfer, das beide Beine verloren hat. Aus den Alu-Trümmern der abgeschossenen sowjetischen MIG-Jäger entstanden nützliche Prothesen aller Art.

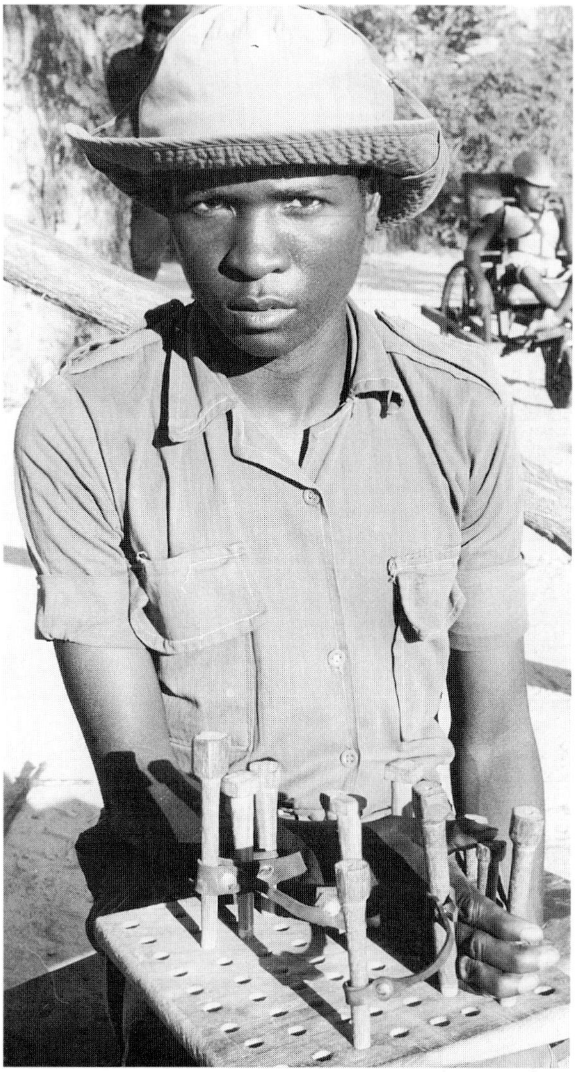

Mit dem Steckbrett wird die Beweglichkeit der zerschossenen Hand wieder systematisch einigermaßen hergestellt.

Linke Seite oben: Nach einigen Jahren wurde mit ausländischer Hilfe aus den Guerilla-Verbänden der UNITA eine regelrechte modernst bewaffnete und bestausgerüstete Armee mit Artillerie, Panzern und motorisierten Verbänden – in regelrechten Formationen bis zur Divisionsstärke.
Linke Seite unten: Eines der UNITA-Rehab-Zentren im Süden Angolas, wo die schwerverletzten Soldaten versorgt wurden. Speziell die französische Organisation „Ärzte ohne Grenzen" half bei der Prothesenherstellung ganz entscheidend mit. Erschütternd in Angola ist die hohe Zahl von Minenopfern auf beiden Seiten.

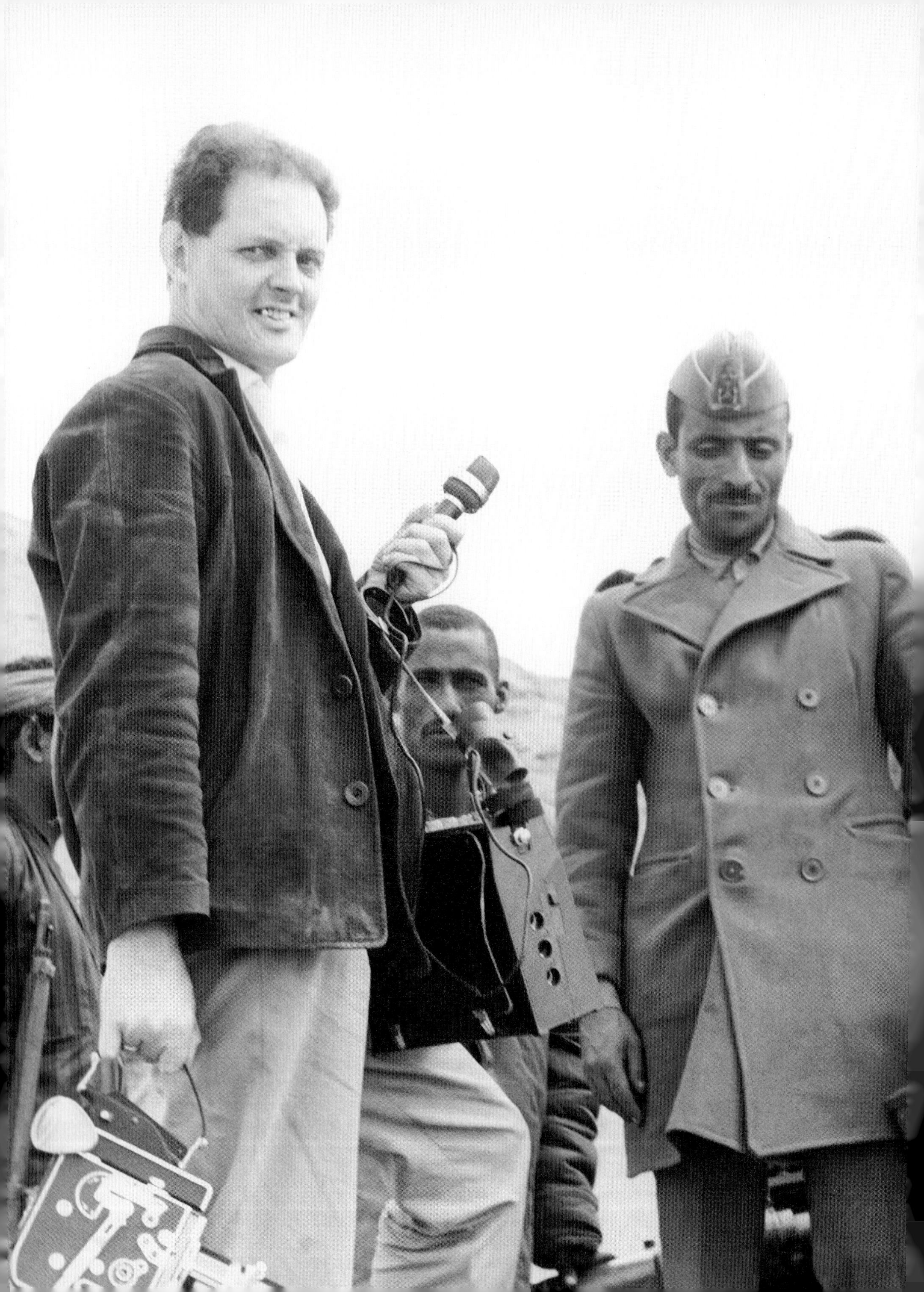

JEMEN

Der Nord-Jemen, im südöstlichen Zipfel der Arabischen Halbinsel, war einst hermetisch abgeriegelt und für Ausländer schwer zugänglich. Radioapparate und ausländische Zeitungen waren strengstens verboten, die vom Imam zensurierte Post wurde mit Kamelen in das von den Briten kontrollierte Aden transportiert. Wenn die Post-Kameltreiber in den rauhen Gebirgsnächten froren, machten sie oft wärmende Feuer mit dem Inhalt der Postsäcke. Todesurteile wurden im Beisein des Imams und der ganzen Bevölkerung am Sportplatz durch öffentliche Enthauptungen vollstreckt. Die abgeschlagenen Köpfe blieben noch tagelang deutlich sichtbar zur Abschreckung an Mauern aufgespießt. Alle Männer waren bewaffnet, Patronen galten oftmals als Währungseinheit, und Stämme konnte man für Kriege in Bausch und Bogen anmieten. Bezahlt wurde pro Kopf und Waffe, Kampftage verursachten den doppelten Mietbetrag. Kat (Quat) ist ein Strauch, dessen feine Blätter nachmittags gekaut werden, was so aussieht, als hätten sie alle mit glasigem Augenausdruck einen Golfball in der Backe.

Der junge Imam wurde durch eine von Ägypten (Nasser) inszenierte Militärrevolte nach Saudi-Arabien verjagt, und der mehrjährige Bürgerkrieg begann zwischen den Republikanern und Royalisten. Genau zu dem Zeitpunkt flog ich dann von Eritrea aus über das Rote Meer mit einer mehr als halbkaputten und zerschossenen DC-3 der „Yemen-Airline" (die Airline bestand nur aus zwei Maschinen – eine flog, die andere diente als Ersatzteillager) in den Jemen. Der Flugplatz brannte und lag unter Beschuß, so landeten wir auf einer Schotterstraße der eingekesselten Hauptstadt Sanaa. Meine TV- und Bildberichte erschienen in der ganzen Welt.

Ich flog etliche Male unter abenteuerlichsten Umständen in den mörderischen jemenitischen Bürgerkrieg, weil sich die TV-Anstalten und Illustrierten um dieses Exklusivmaterial rissen. Mitunter war ich der einzige Europäer in der Hauptstadt und bildete durch meine Berichterstattung das Fenster zur großen internationalen Informationswelt für die Republikaner.

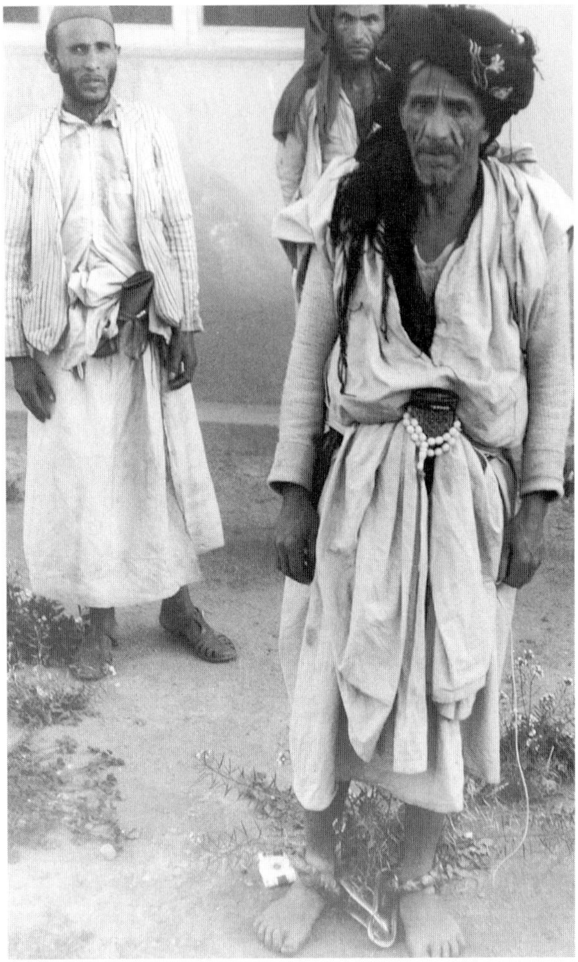

Strafgefangene wurden grundsätzlich immer in Ketten gelegt.

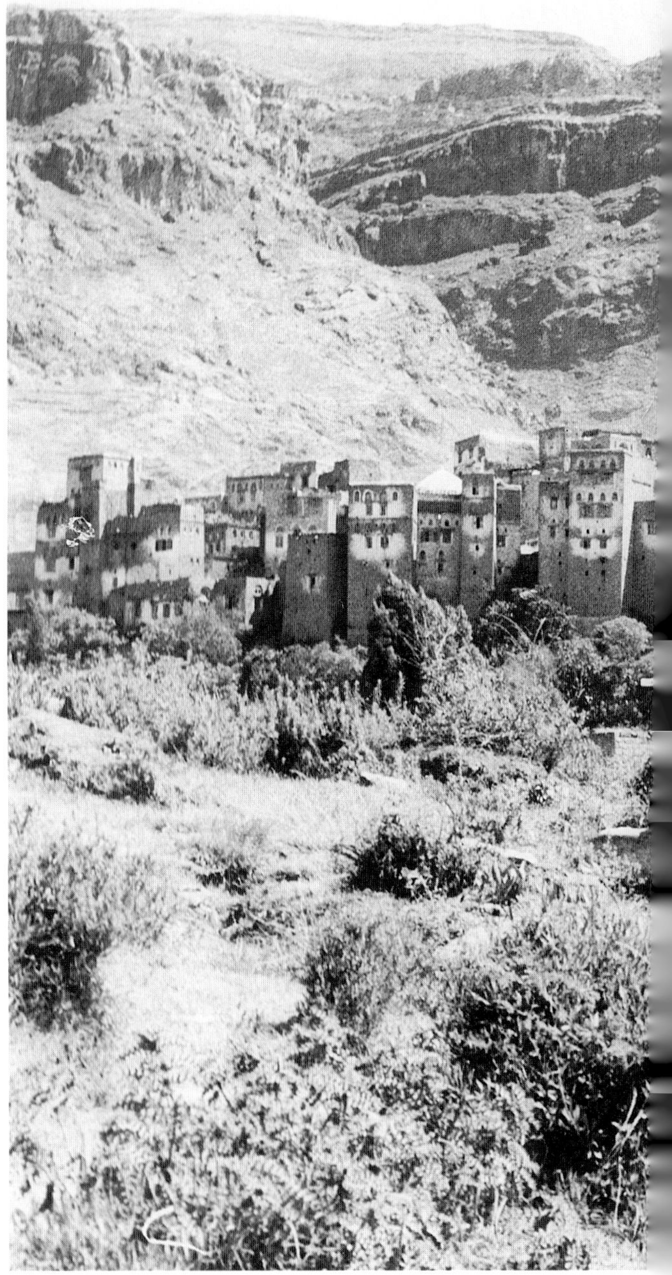

Die Dörfer und Städte im Jemen bestehen aus dicht aneinandergeschmiegten, gegenseitig schutzgebenden mehrstöckigen Lehm- und Steinhäusern, die alle zu Burgen ausgebildet sind und leicht verteidigt werden können. Die Eingänge sind mit niederen dicken Holztüren verschlossen, und die Stufen sind so hoch gehalten, daß niemand so leicht aufrecht hineinstürmen kann. Die schmalen Alabasterfenster sind außen meist dekorativ mit weißer Farbe umrahmt. Im obersten Stockwerk befindet sich der Männerraum. Jemenitische Architektur und Landschaft sind seit Jahrhunderten gleichgeblieben und begeistern jeden Betrachter.

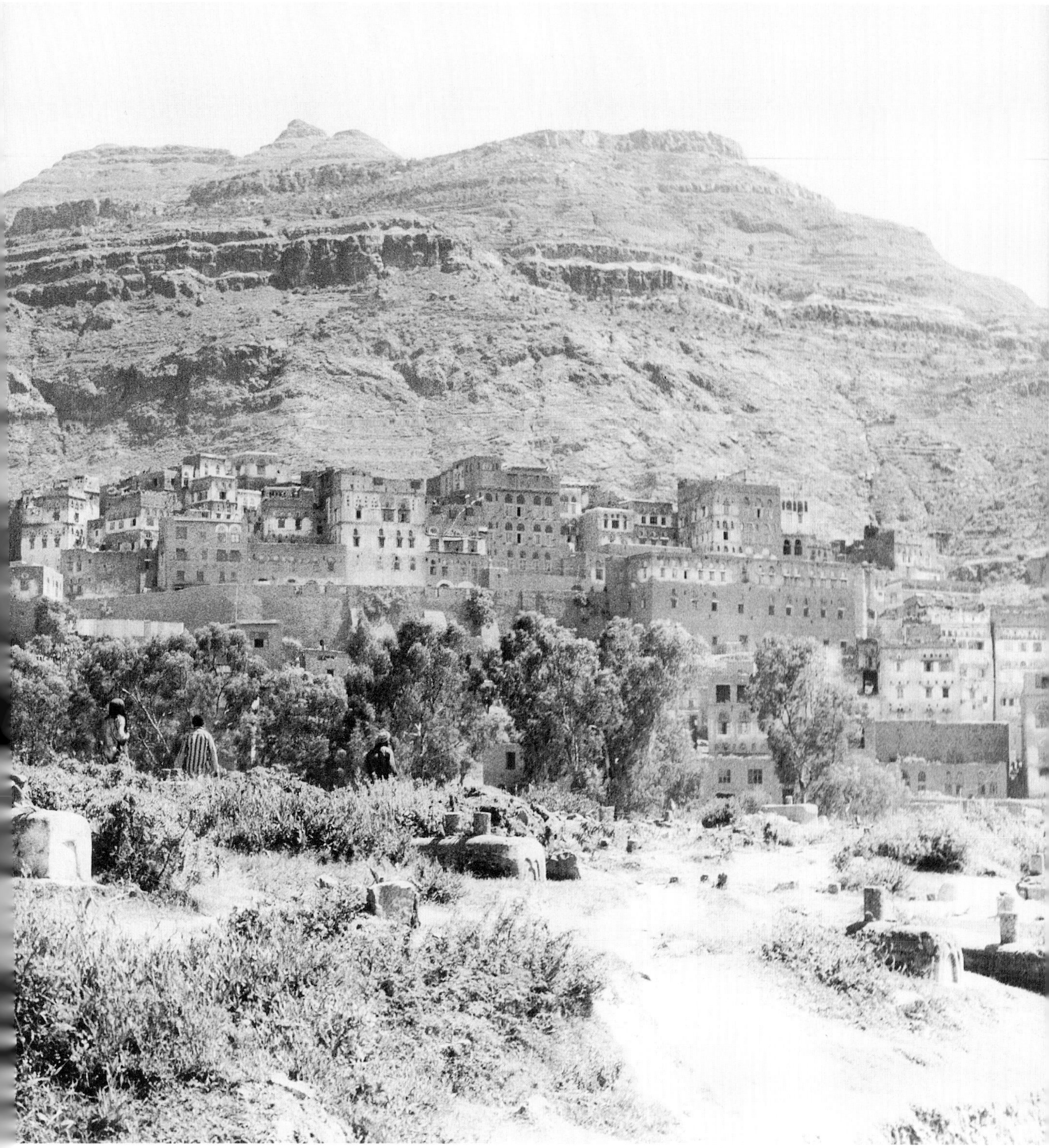

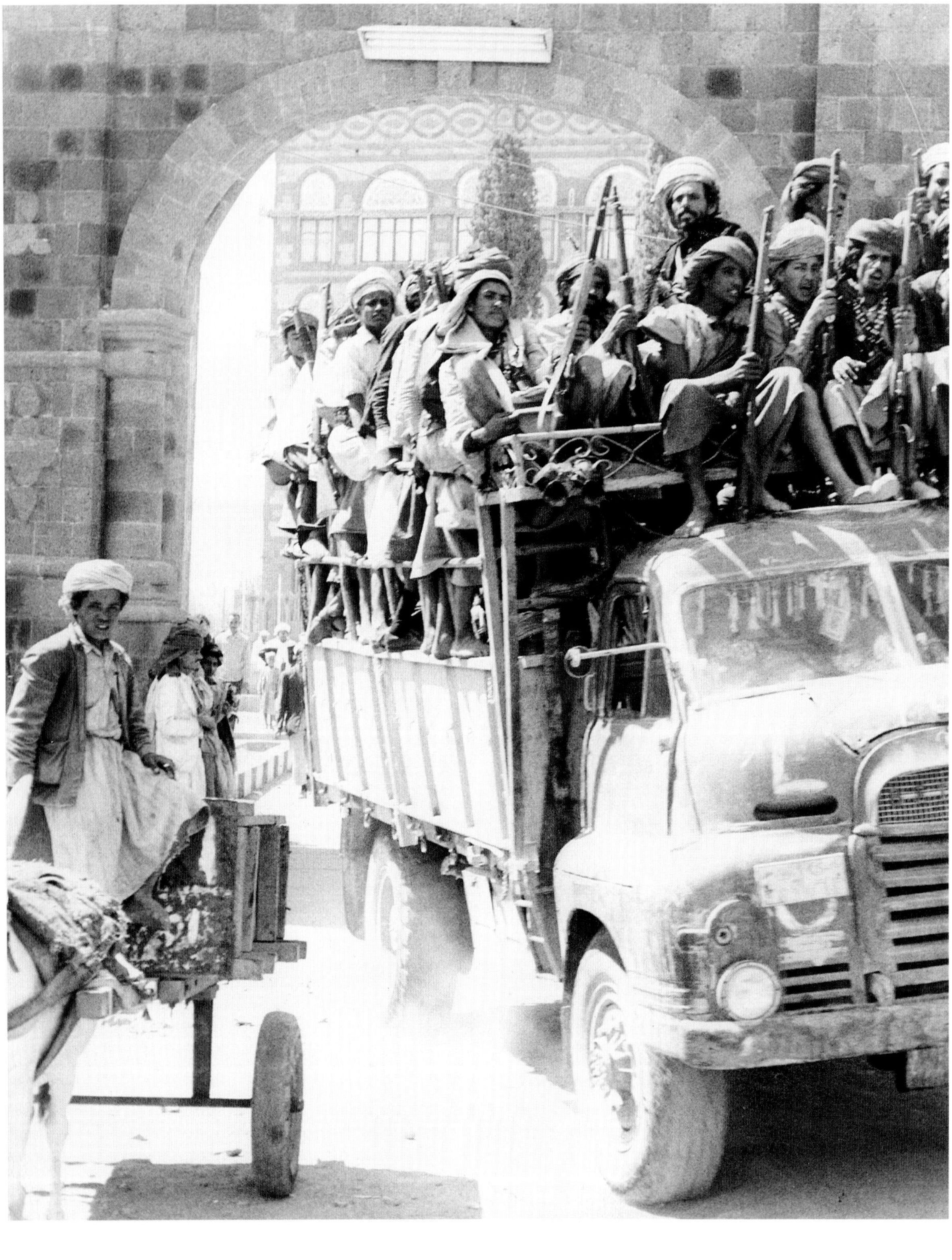

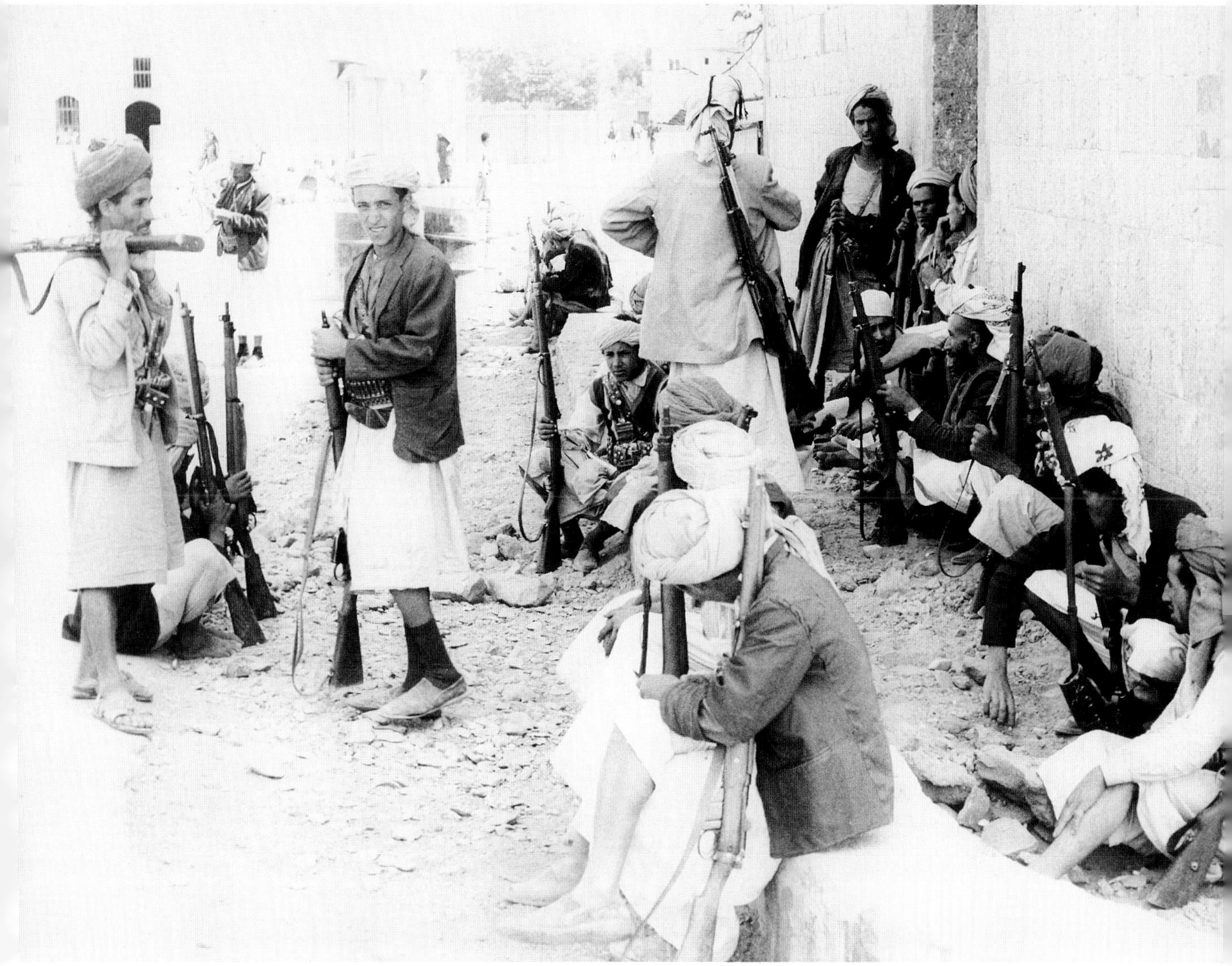

Jeder Mann trägt seine Waffen ständig bei sich (in den größeren Städten ist dies nunmehr verboten). Vom Militärgewehr aus dem Weltkrieg bis hin zur Kalaschnikow oder modernsten vollautomatischen Waffen – alles ist vertreten, je nach Reichtum des Mannes. Waffen sind Statussymbol und ganz besonders der jemenitische Krummdolch (Dschambija), der vorne am Bauch getragen wird. Diese Krummdolche haben oft den Wert eines Mercedes, was nicht nur von der Qualität der Klinge, sondern hauptsächlich von der Verarbeitung des Griffes (Elfenbein, Gold etc.) abhängt. Ohne Dschambija ist man nicht ordentlich angezogen.

Linke Seite: Auf geht's in den Kampf! Die Stammes-Scheichs karren ihre Krieger mit Lkw-Kolonnen in die Frontgebiete. Krieg war seit jeher im Jemen eine völlig legale und ehrenwerte Erwerbs- und Einnahmequelle. Der Stamm ist die gewachsene soziale und gesellschaftspolitische Ordnung im Land. Wenn der Scheich ruft, müssen alle mit ihren Waffen kommen.

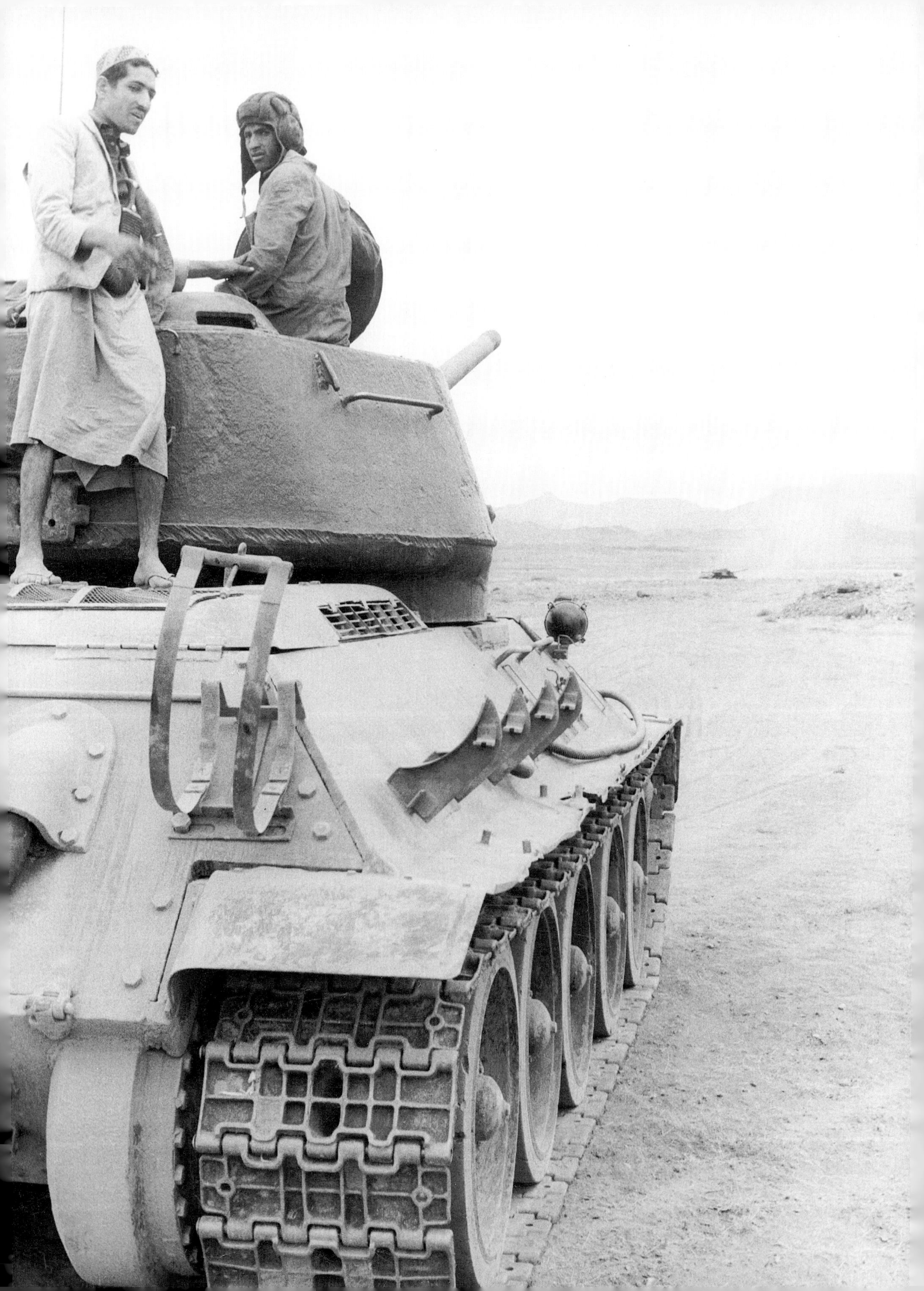

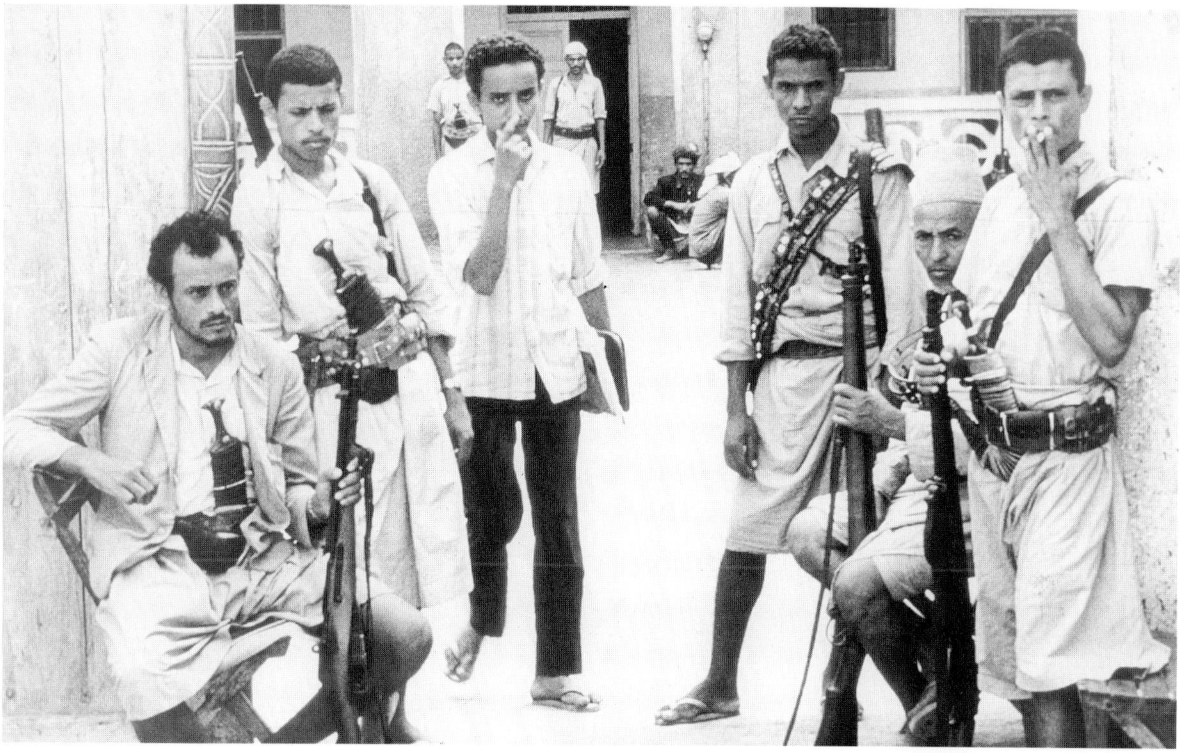

Die einzige Lebensversicherung, die aber auch nicht immer hilft, ist im Jemen eine Leibwache, die je nach Rang sehr zahlreich sein kann. Jeder Scheich und jeder Politiker hat seine Leibwächterschar ständig um sich oder vor der Türe. Hier die Bodyguards des Innenministers.

Linke Seite: Bei den Angriffen der Republikaner gegen die Royalisten schlich ich immer hinter einem Panzer mit, denn von dort aus konnte man die besten Fotos machen. Doch einmal ging es fast schief; ich bekam einen Granatsplitter ab, der aber in meiner Leica-Ledertasche stecken blieb – sonst wäre er in meinem Bauch gelandet.

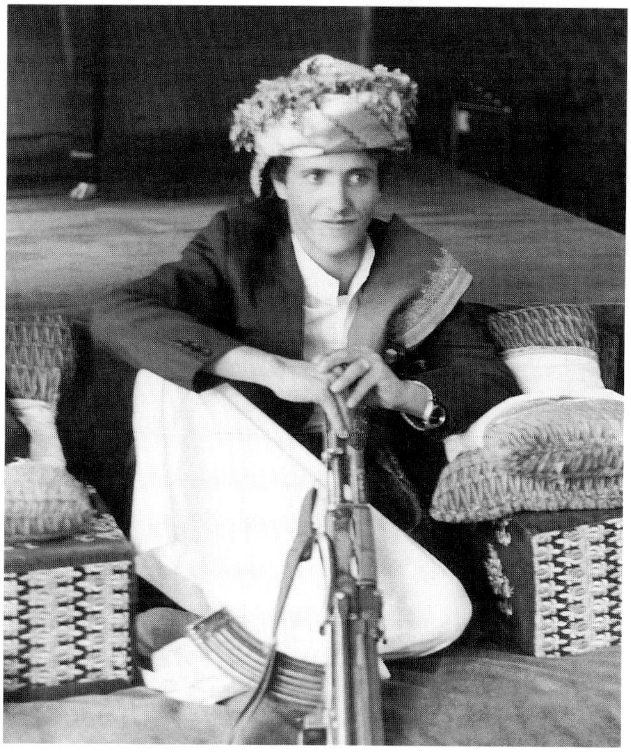

Auch bei der Hochzeitsfeier läßt der Bräutigam seine Kalaschnikow nicht aus der Hand. Er feiert die Hochzeit mit den Männern, die Braut getrennt im anderen Stockwerk mit den Frauen.

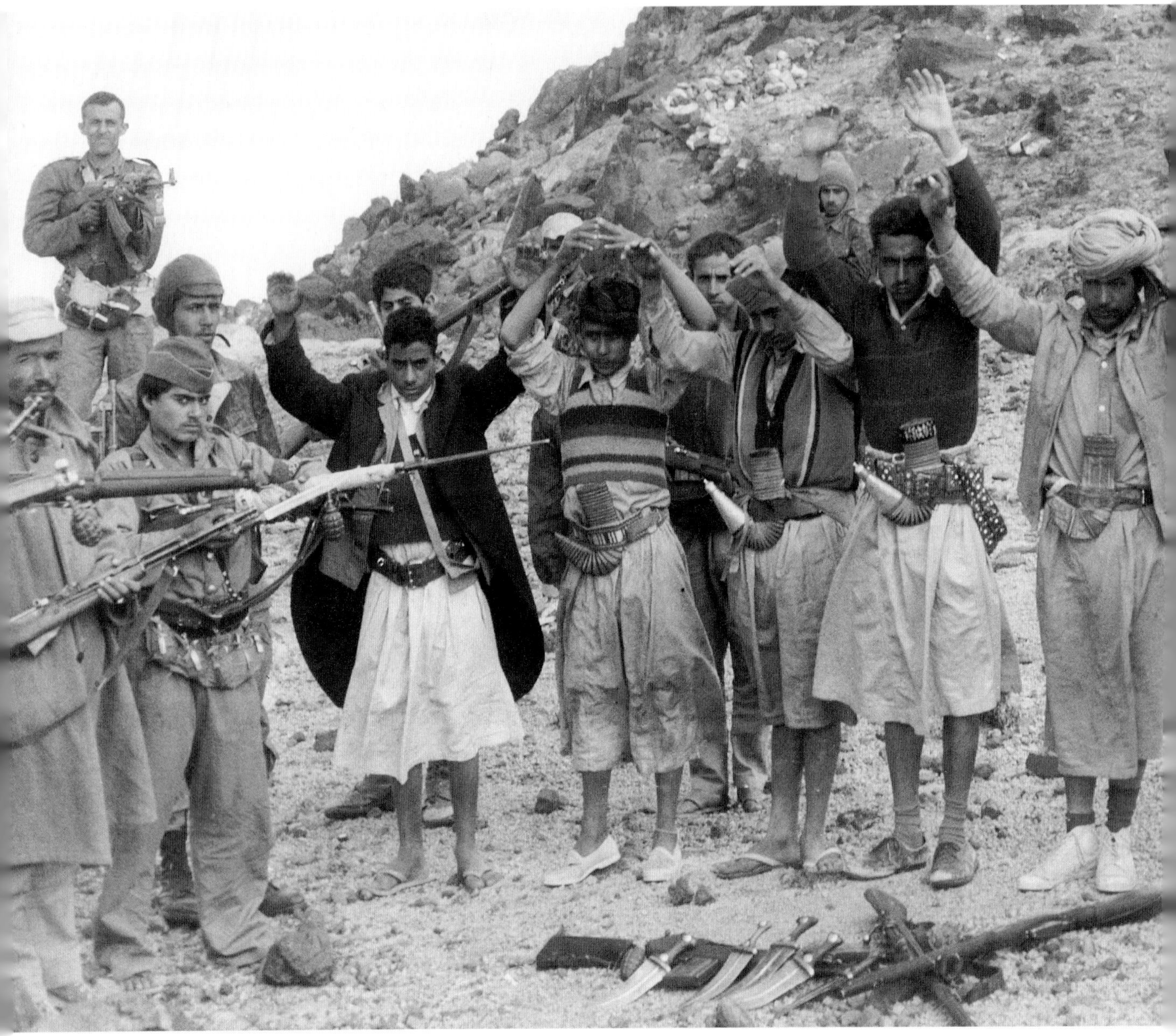

Ein von einer Schar Royalisten besetzter Berg wurde von den Republikanern erobert. Die entwaffneten Gefangenen wurden in ihre Dörfer zurückgeschickt. Getötete Feinde dürfen beraubt werden, die nackten Leichen bleiben liegen.

Rechte Seite: Die Stammeskrieger sehen oftmals eher wie wilde Straßenräuber aus. Die großen und mächtigen Scheichs nehmen an den Kämpfen höchst selten teil. Sie zahlen aber gewissenhaft den Sold ihrer Krieger an deren Familien aus. Die Jemeniten haben einen sehr urwüchsigen Ehrenkodex, gegen den niemand verstoßen darf.

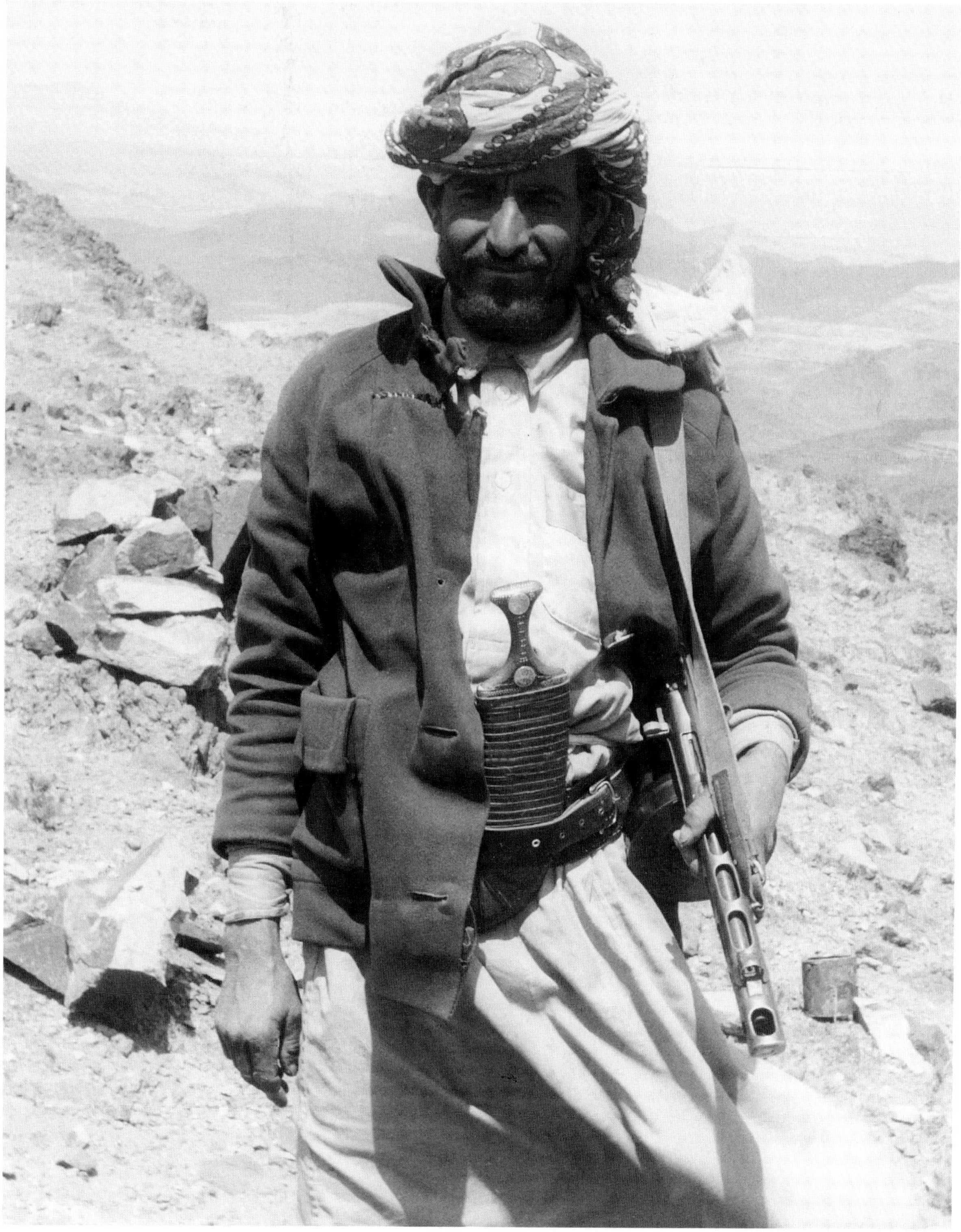

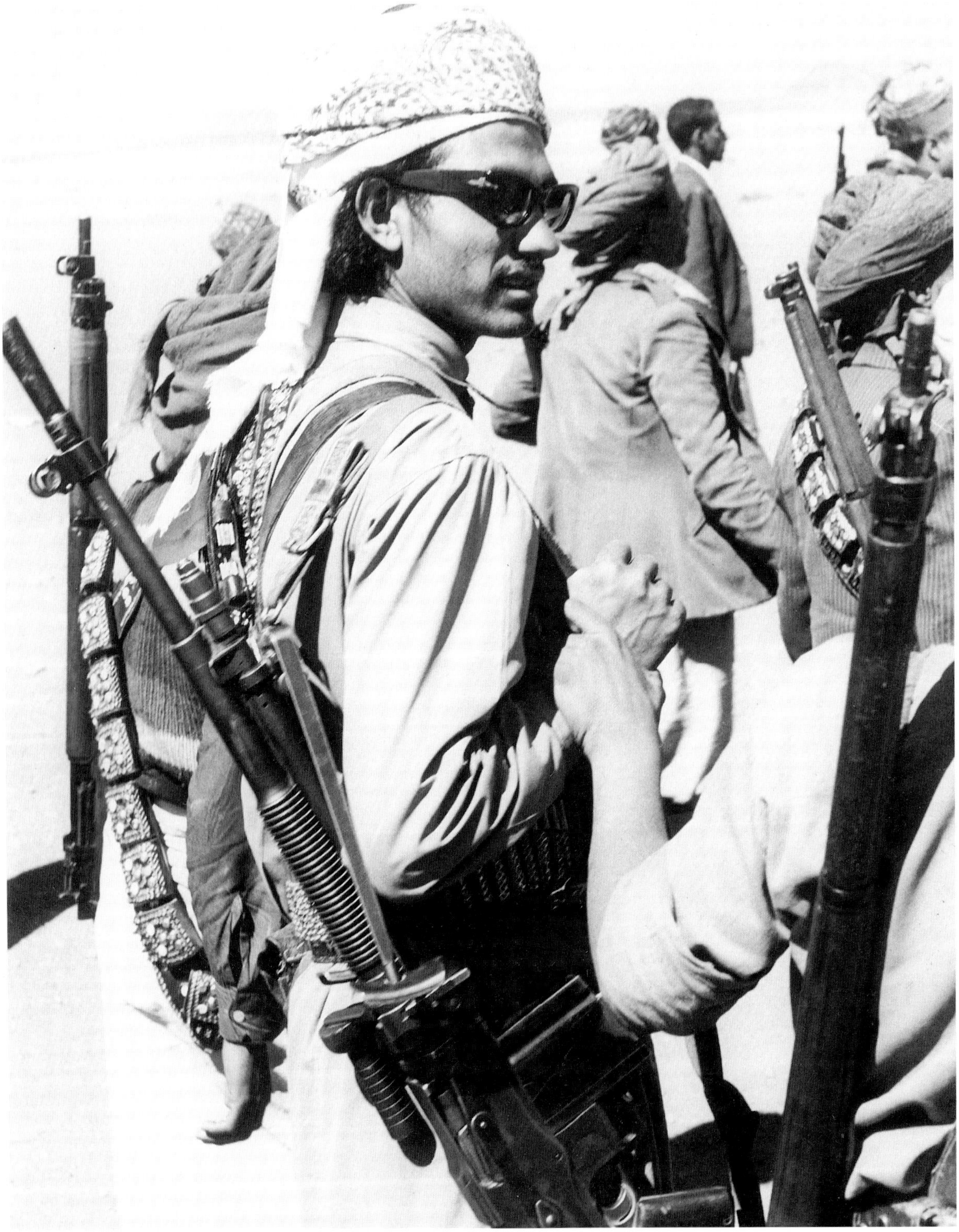

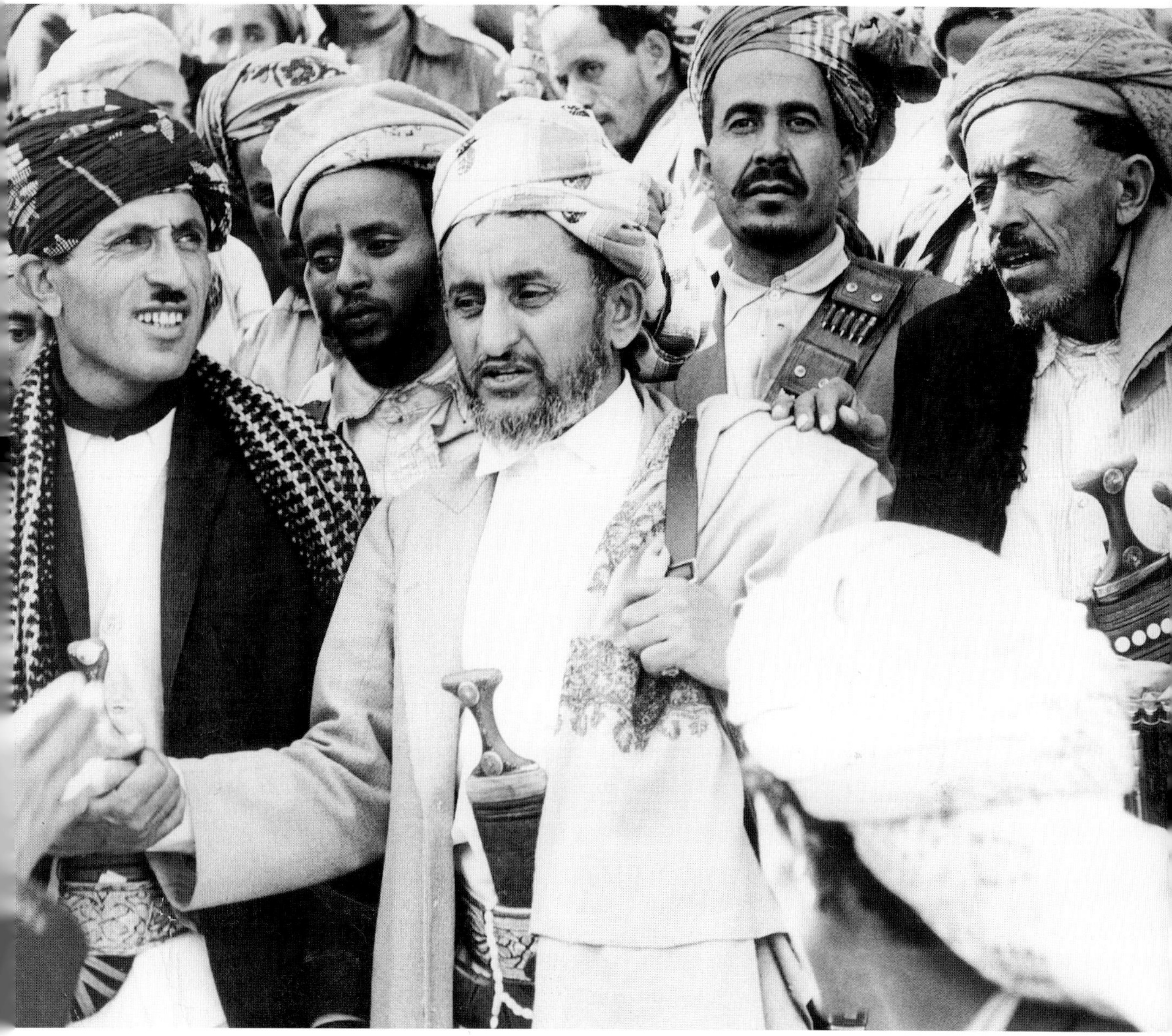

Einer der mächtigsten Scheichs nahm die Huldigungen und Loyalitätserklärungen seiner Krieger mit Handschlag entgegen. Ohne seinen Stamm wären die Republikaner im Kampf gegen die von Saudi-Arabien gesponserten Royalisten verloren gewesen. Innerhalb eines Stammes gibt es keine Opposition.

Linke Seite: Der Sohn eines sehr einflußreichen Scheichs begleitete mit seinem Maschinengewehr, zusammen mit einigen seiner Krieger, als Leibwächter den jemenitischen Staatspräsidenten Tag und Nacht. Und dennoch wurde der Präsident bei einem Attentat ermordet. Nicht selten sind die Leibwächter selbst Attentäter – wenn sie von der Gegenseite besser bezahlt werden.

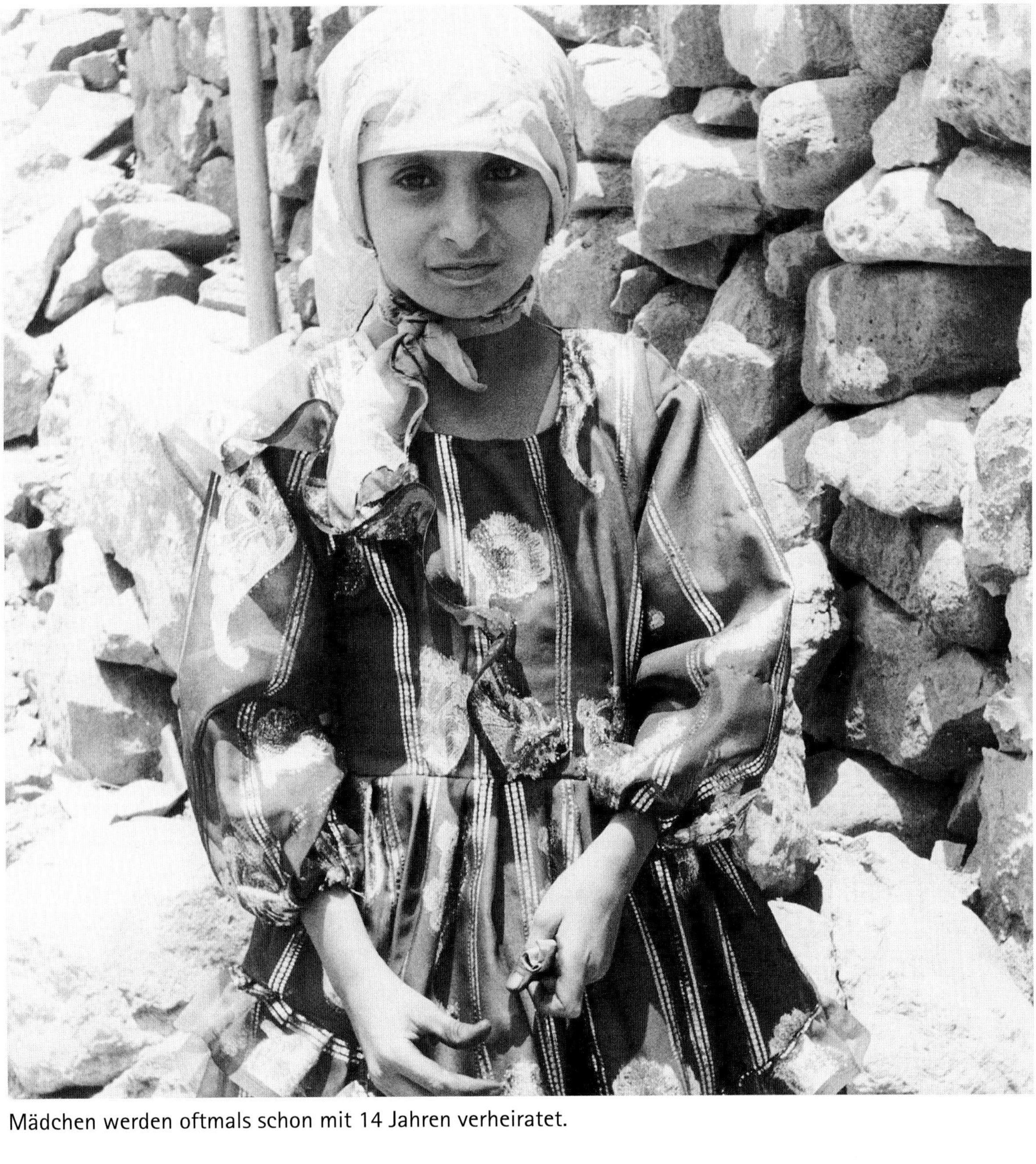

Mädchen werden oftmals schon mit 14 Jahren verheiratet.

Rechte Seite oben: Die obligatorisch getragenen Krummdolche (Dschambija) werden in winzigen Werkstätten in klassischer Handarbeit – ohne Maschine – hergestellt. Absatzschwierigkeiten haben diese Schmiedemeister kaum.
Rechte Seite unten: Die Jemeniten sind sehr musikliebend. Schwermütige Gesänge und Lobpreisungen von Heldentaten herrschen vor. Man findet kaum ein Haus, wo nicht mehrere Musikinstrumente vorhanden sind.

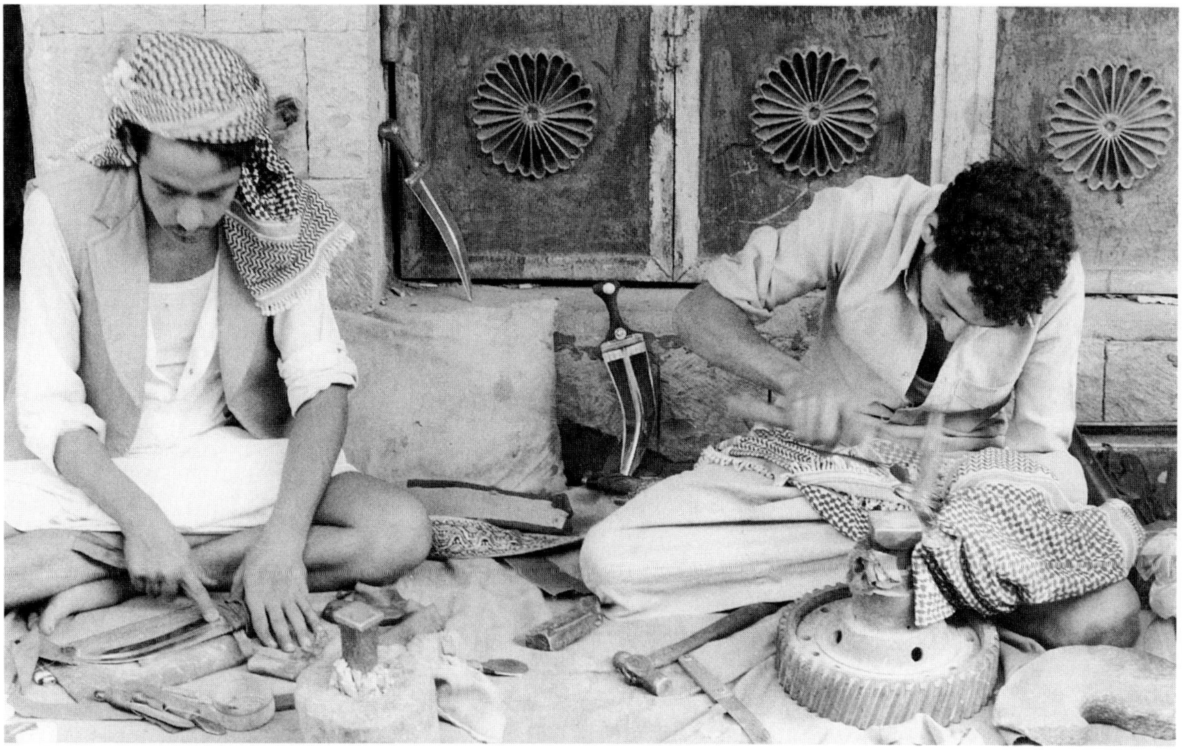

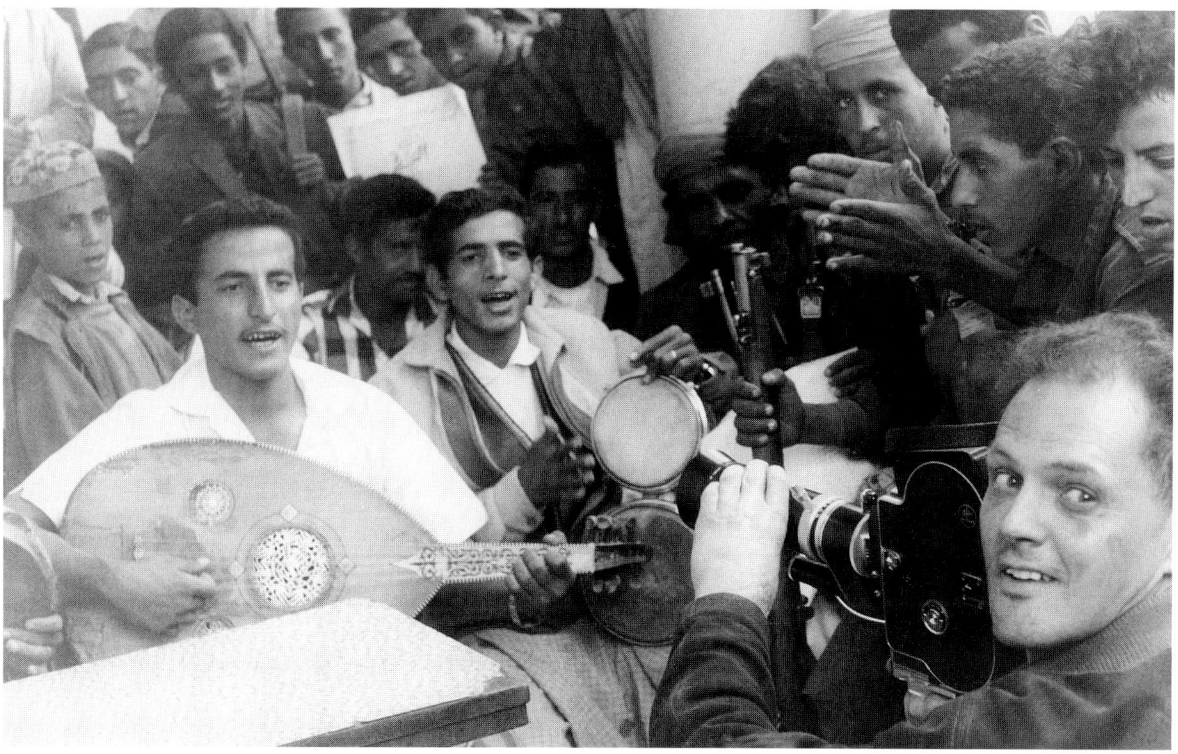

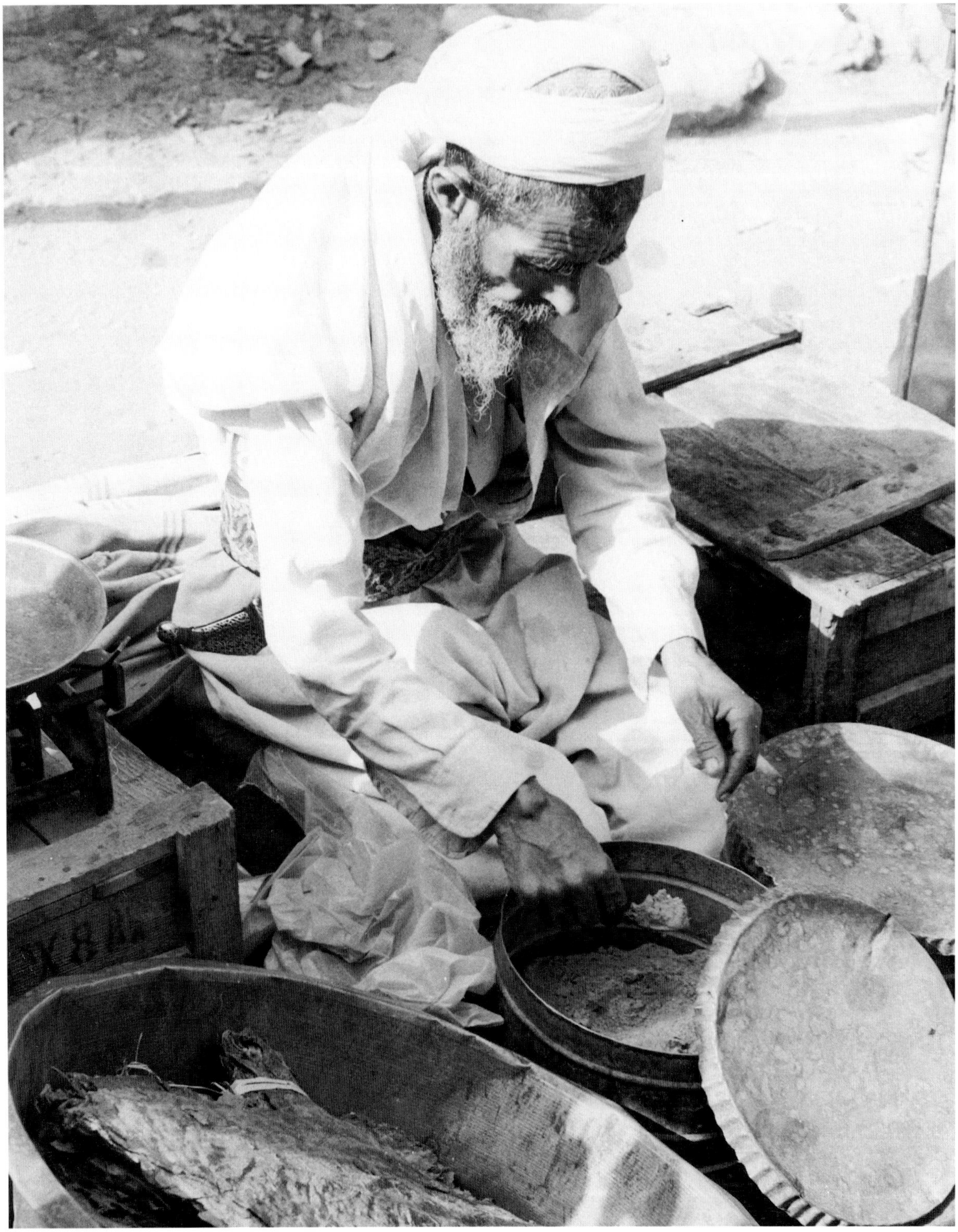

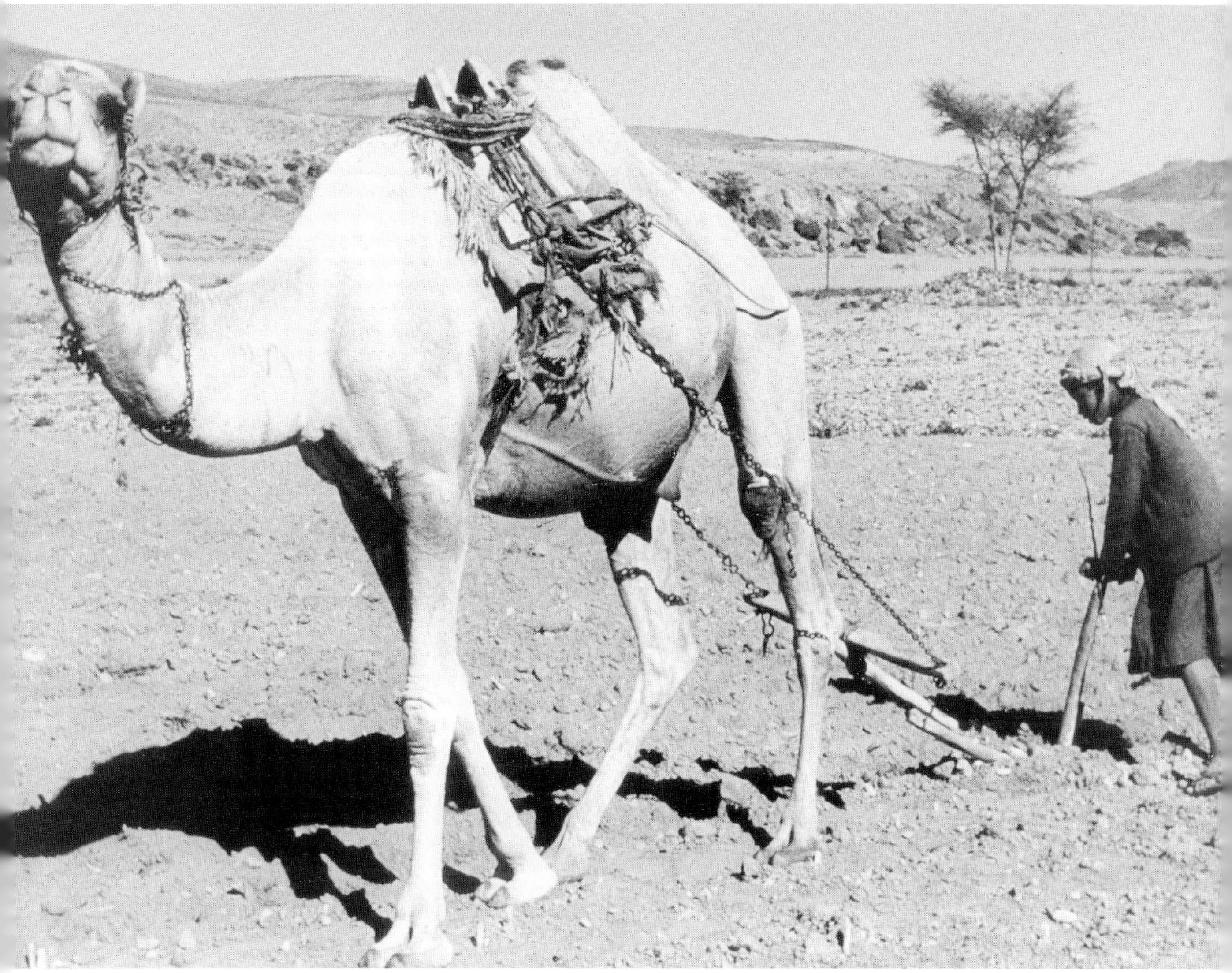

Die Landwirtschaft wird noch genauso wie vor Jahrhunderten betrieben. Kamele ziehen geduldig und im Zeitlupentempo den primitiven Holzpflug durch den ausgedörrten kargen Boden. Traktoren sieht man äußerst selten. Weitaus rentabler sind in der Landwirtschaft jedoch die weit ausgedehnten, pflegeleichten Kat-Plantagen, denn die Katblätter genießt der Jemenite, auch wenn er noch so arm ist, jeden Tag.

Linke Seite: Ein Restaurant am Straßenrand. An die schmackhaften jemenitischen Kochkünste gewöhnt man sich als Europäer sehr schnell und gern.

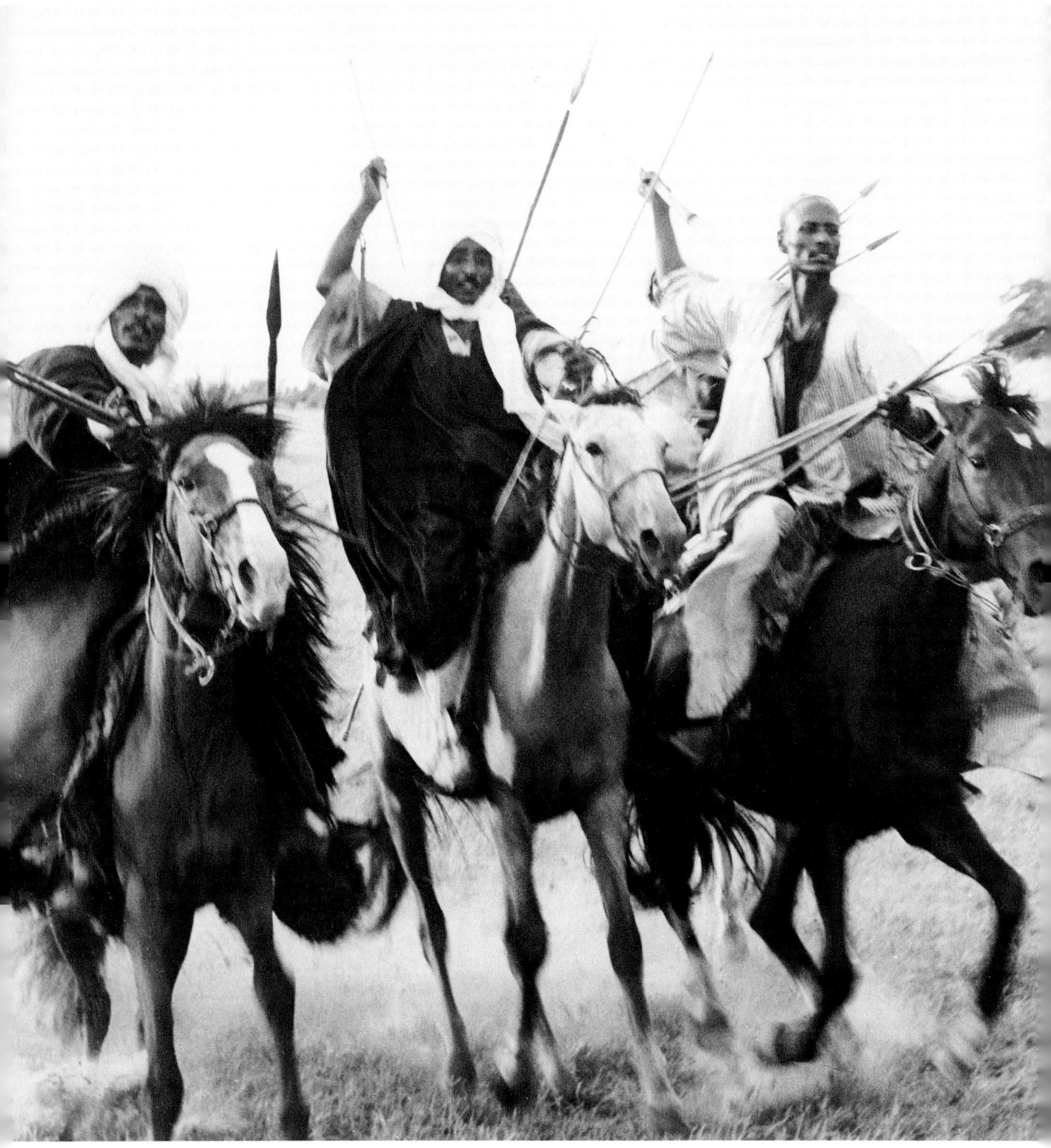

TSCHAD

Der Tschad, ein Binnenland in Zentralafrika, hat keinen Zugang zum Meer. Diese ehemalige französische Kolonie und heutige Republik ist ein typisches Opfer von einstigen willkürlichen Kolonialgrenzziehungen. Im nördlichen Teil überwiegt die arabische Bevölkerung, der südliche Landesteil ist von schwarzafrikanischen Stämmen bevölkert. Das allein erzeugte nach der allgemeinen Entkolonialisierung enorme Spannungen; noch dazu, weil die Schwarzafrikaner die alleinige Macht und Führung im Land übernommen hatten. Es kam zu jahrelangen Bürger- und Guerillakriegen zwischen Nord und Süd, wobei die arabischen Streitkräfte hauptsächlich vom unzugänglichen Tibestigebirge aus operierten und vom nördlichen Nachbarn Libyen (Gaddafi) massiv unterstützt wurden. Die in Bedrängnis gekommene schwarzafrikanische Regierung rief – welch paradoxe Situation (!) – ihren ehemaligen Kolonialherrn (Frankreich) in diesem Kampf zurück ins Land. Die Franzosen flogen bereitwillig starke Verbände der Fremdenlegion ein, die eine Stabilisierung der militärischen Lage zu erreichen versuchten. In dieser Phase flog ich in den Tschad, landete in der damals noch Fort Lamy heißenden Hauptstadt und erreichte nach zähen Verhandlungen mit dem französischen Verteidigungsministerium in Paris die Bewilligung, mit der Fremdenlegion als Augenzeuge mitziehen zu dürfen. Ich mußte allerdings während meines Aufenthaltes die Uniform der Fremdenlegionäre zur Tarnung anziehen, damit ich als Zivilist nicht auffiel. Der Tschad ist das „schwärzeste" afrikanische Land, das ich je gesehen hatte.

Die Aufständischen tauchten oft überraschend schnell mit bewaffneten Reitergruppen auf und verschwanden dann wieder nach ihren Überfällen und Angriffen blitzartig im offenen Land.

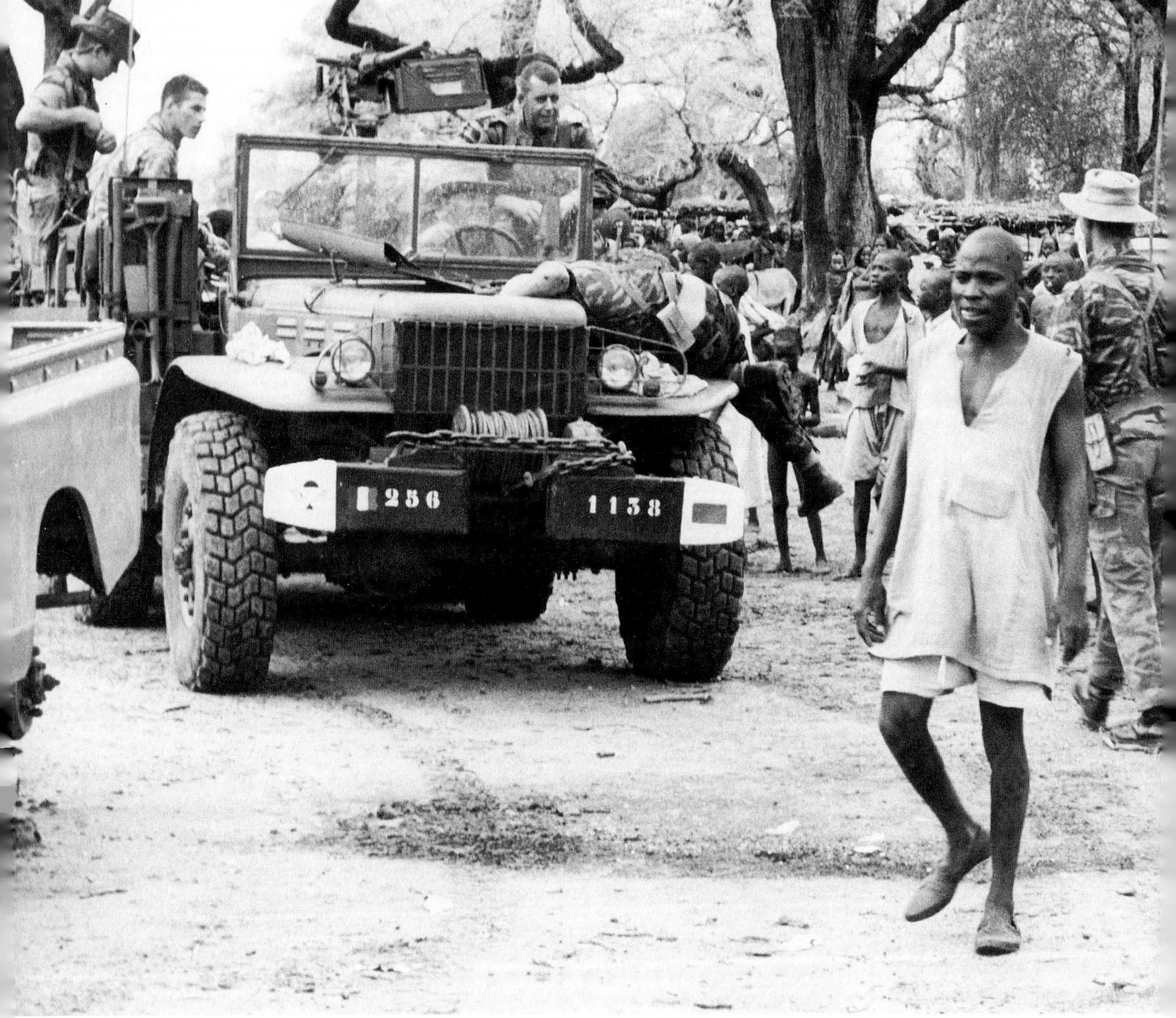
256
1138

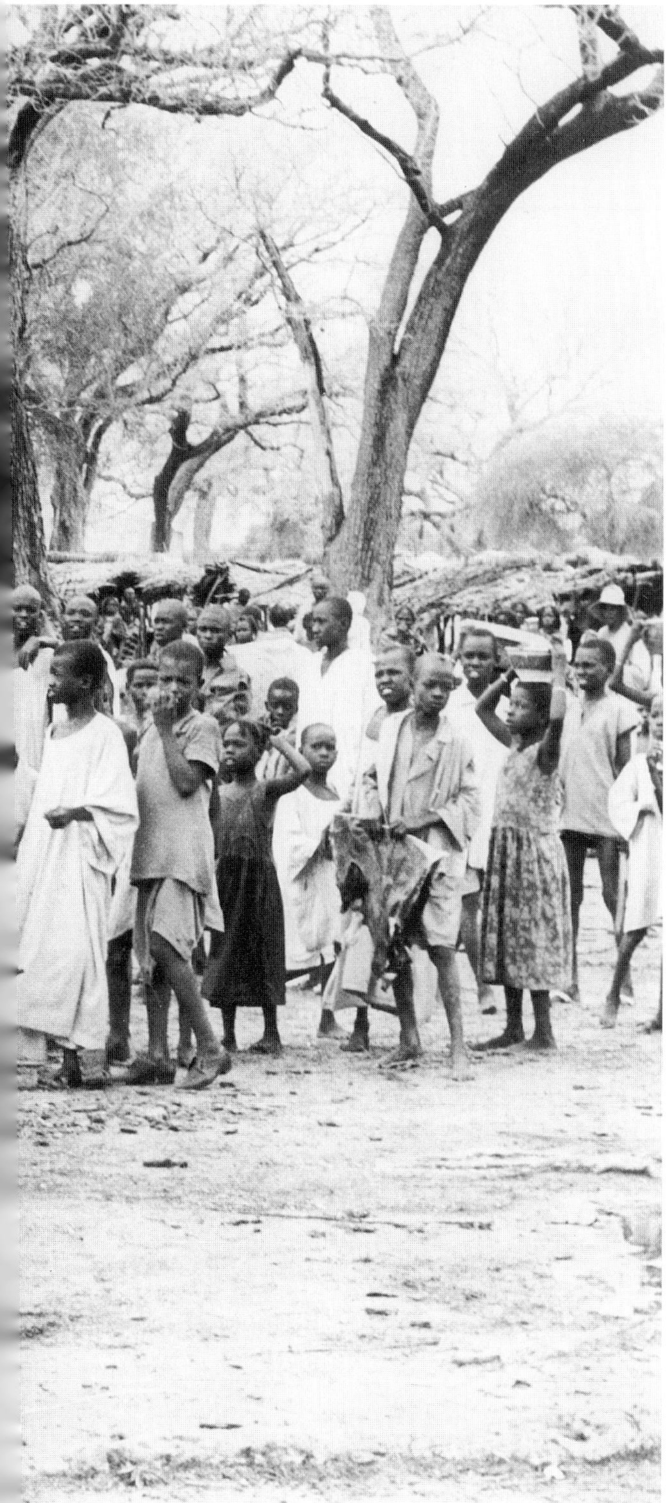

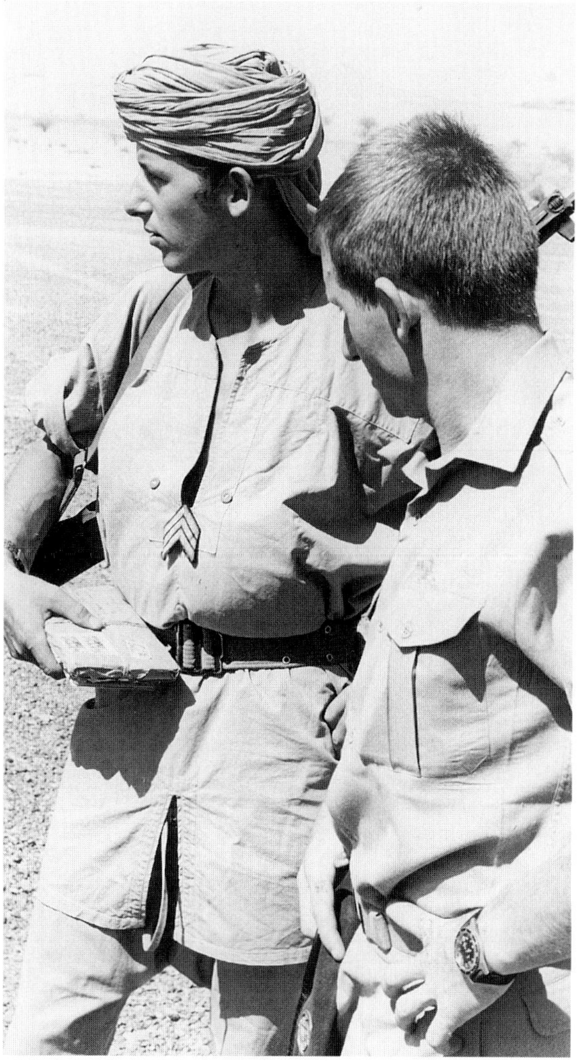

Französische Soldaten, die an die Tschad-Armee abgestellt wurden, trugen den Turban.

Mit Einheiten der französischen Fremdenlegion kam ich ungehindert in die aufständischen Gebiete im Tschad. Die Gesichter von Legionären darf man nicht fotografieren oder filmen, weil viele dieser Soldaten aus verschiedenen Gründen ihre Identität und auch ihre wahren Namen nicht preisgeben wollen. Legionäre haben jeweils einen Fünfjahresvertrag, der auch verlängert werden kann – gegebenenfalls bis zum Pensionsanspruch.

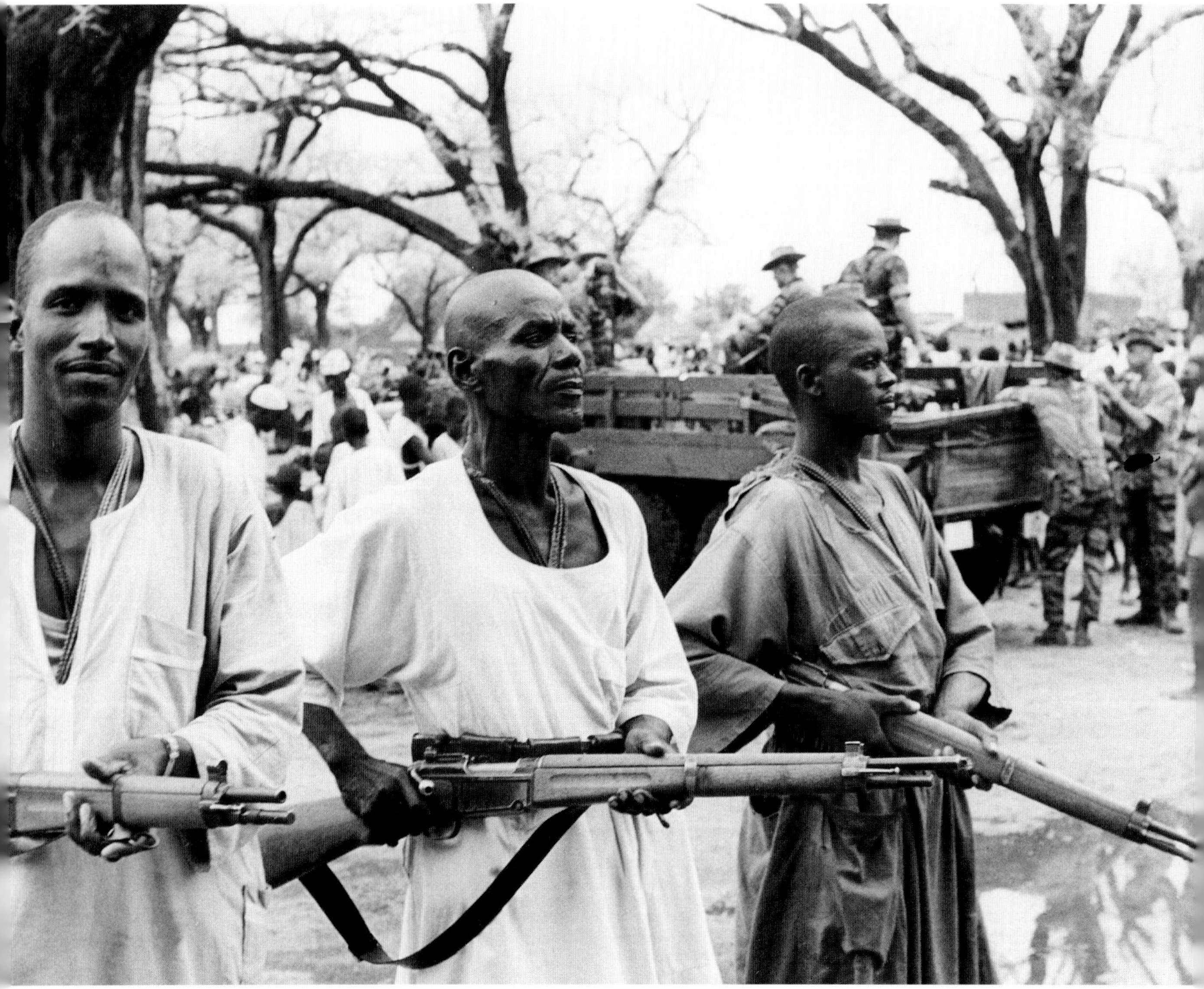

Die Leibwache eines regierungstreuen Sultans (Stammesoberhaupt).

Rechte Seite oben: Mit dieser französischen Transall-Militärmaschine flog ich in den Norden des Tschad. *Rechte Seite unten:* Kommandant und Offiziere einer Einheit der Fremdenlegion (Fallschirmjäger) nahmen mich bei ihren Einsätzen mit. Wie es der Zufall wollte, waren ausgerechnet bei diesem Regiment zwei junge Burschen aus meiner Heimatstadt, die von ihren Eltern ausgerissen waren, mich aber nicht sehen wollten. Den verzweifelten Eltern konnte ich dann später immerhin berichten, daß ihre Söhne noch am Leben waren.

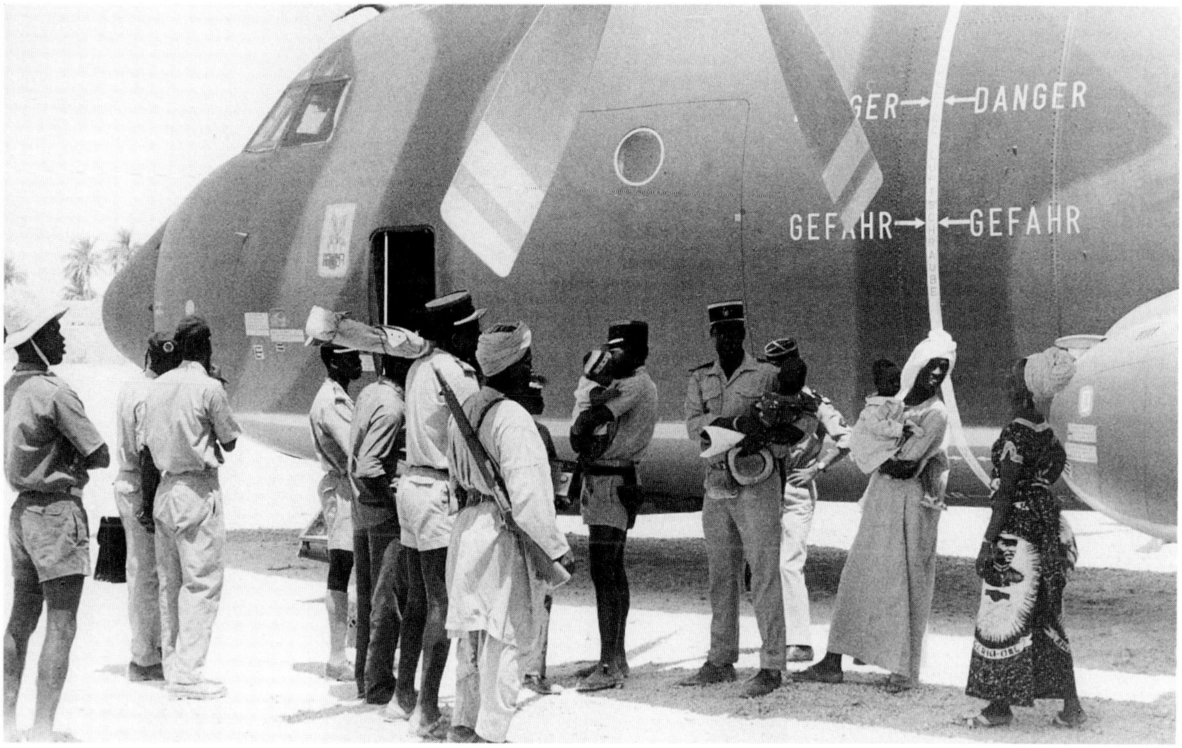
GER→ ←DANGER
GEFAHR→ ←GEFAHR

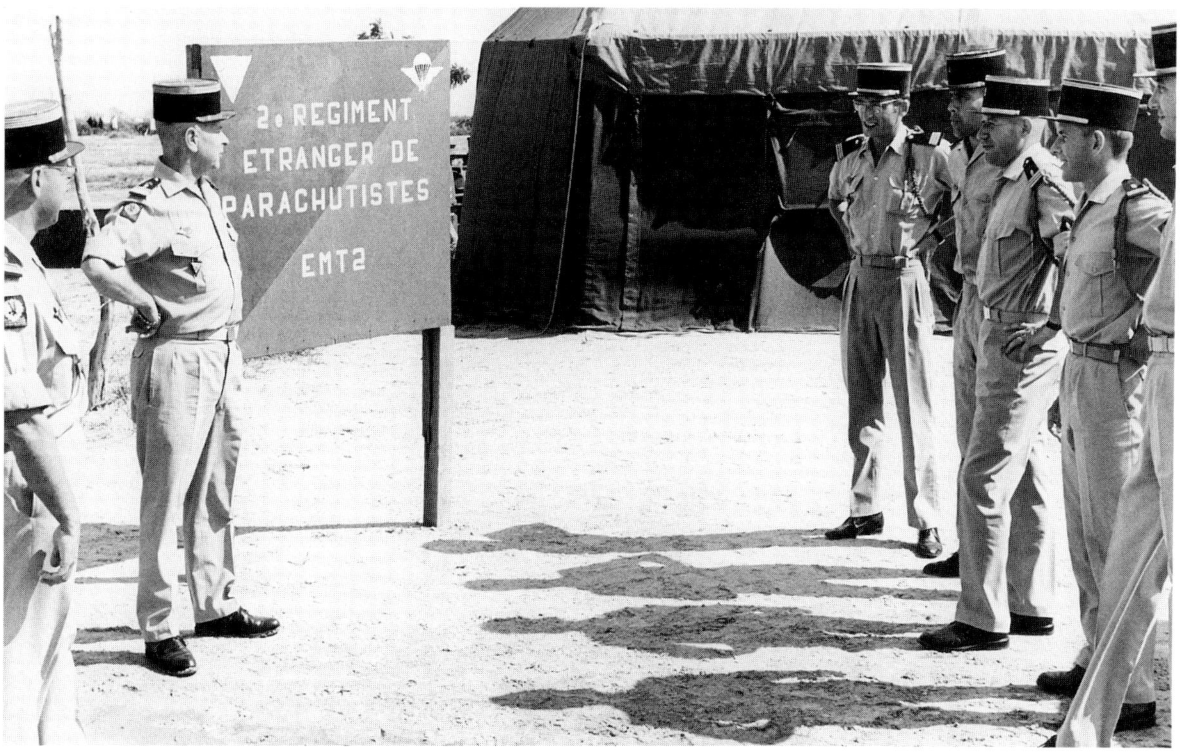
2e REGIMENT
ETRANGER DE
PARACHUTISTES
EMT2

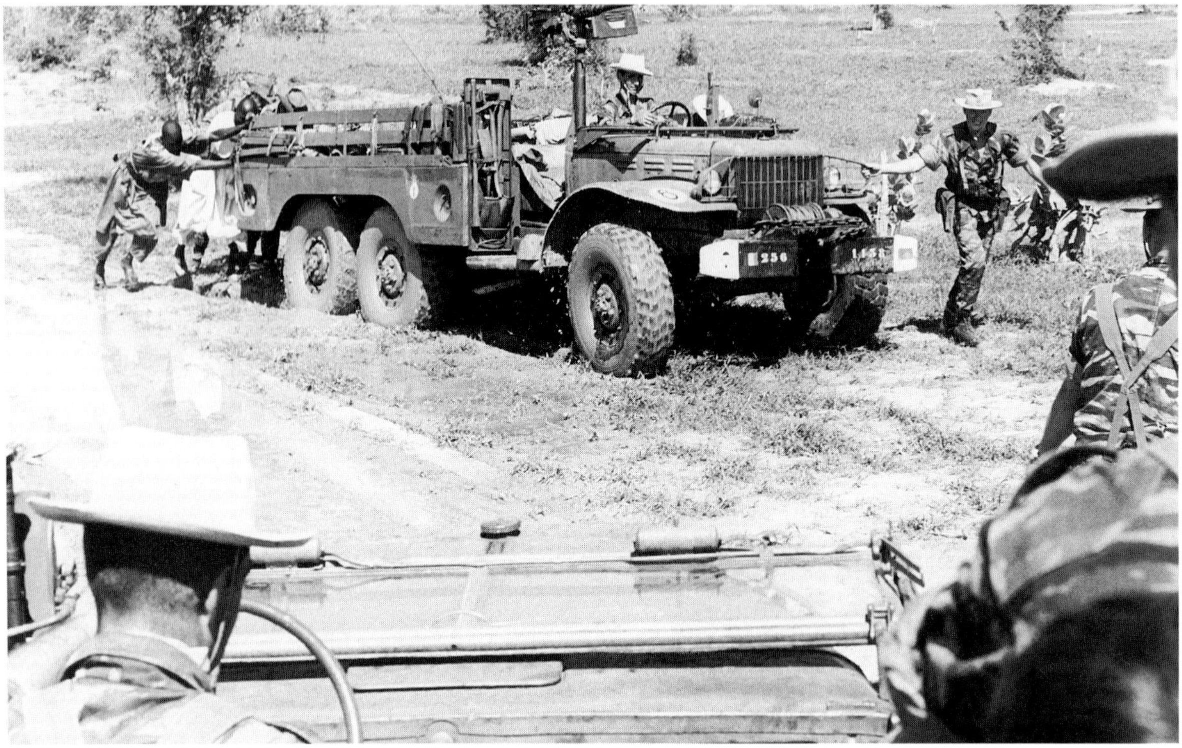

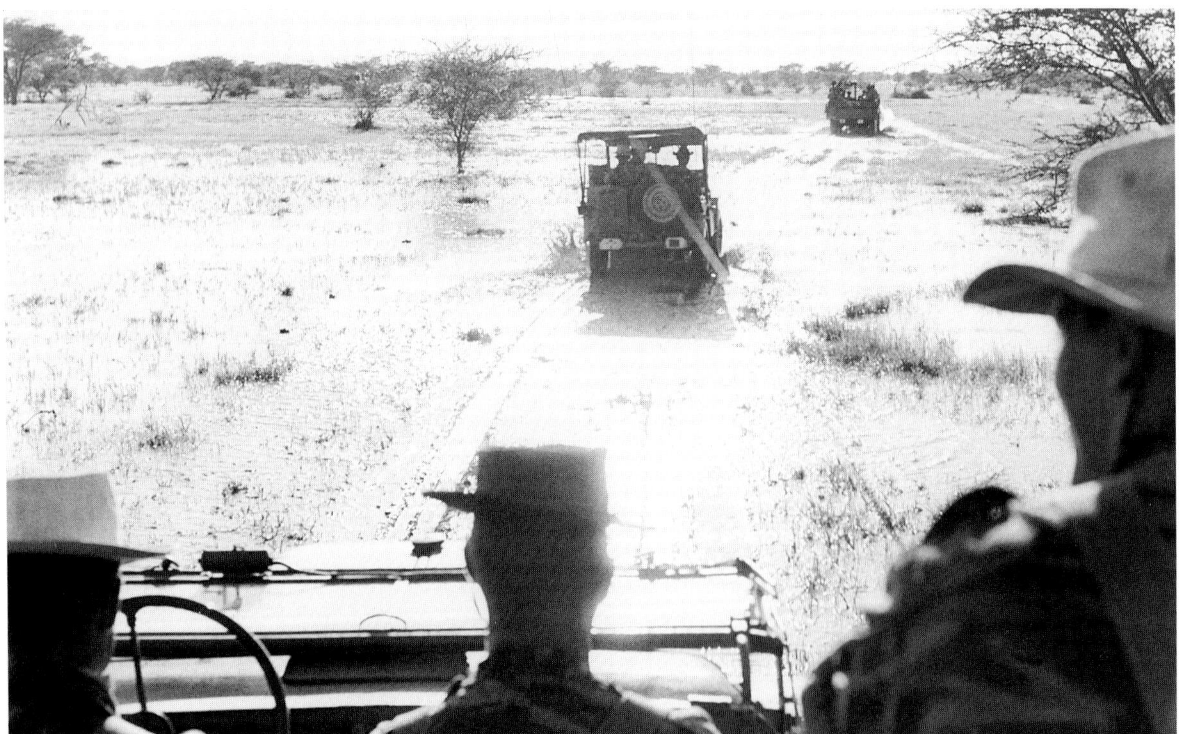

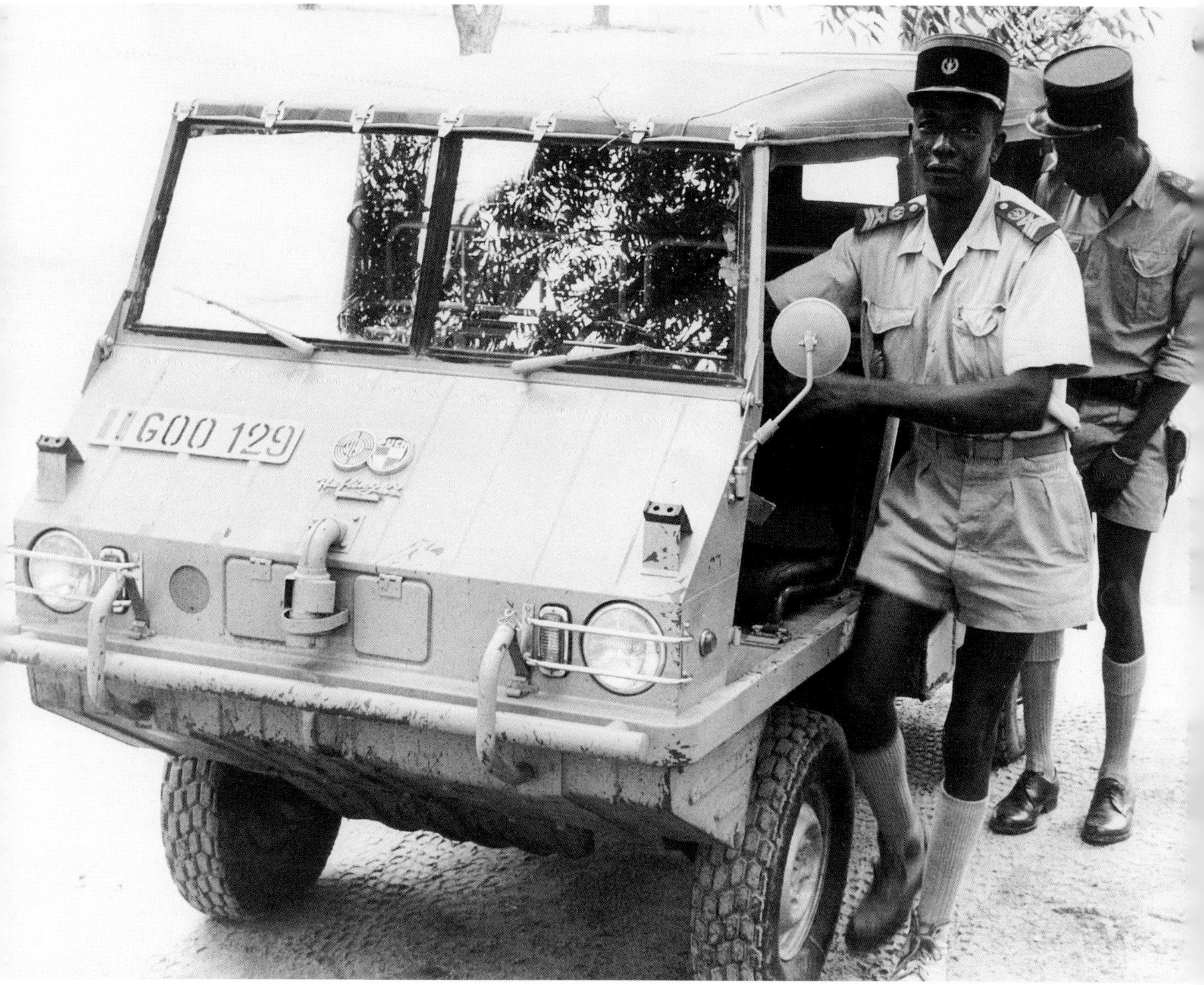

Den österreichischen Puch-Haflinger und -Pinzgauer traf ich überall im Tschad bei Militär und Polizei an.

Linke Seite oben: Mit unseren geländegängigen Fahrzeugen blieben wir oft im sumpfigen Gelände stecken. Die Wagen zogen sich dann gegenseitig mit Seilwinden aus dem Schlamm heraus.
Linke Seite unten: Im Rebellengebiet wurde nur im Konvoi und in Kompaniestärke gefahren, um Überfällen vorzubeugen.

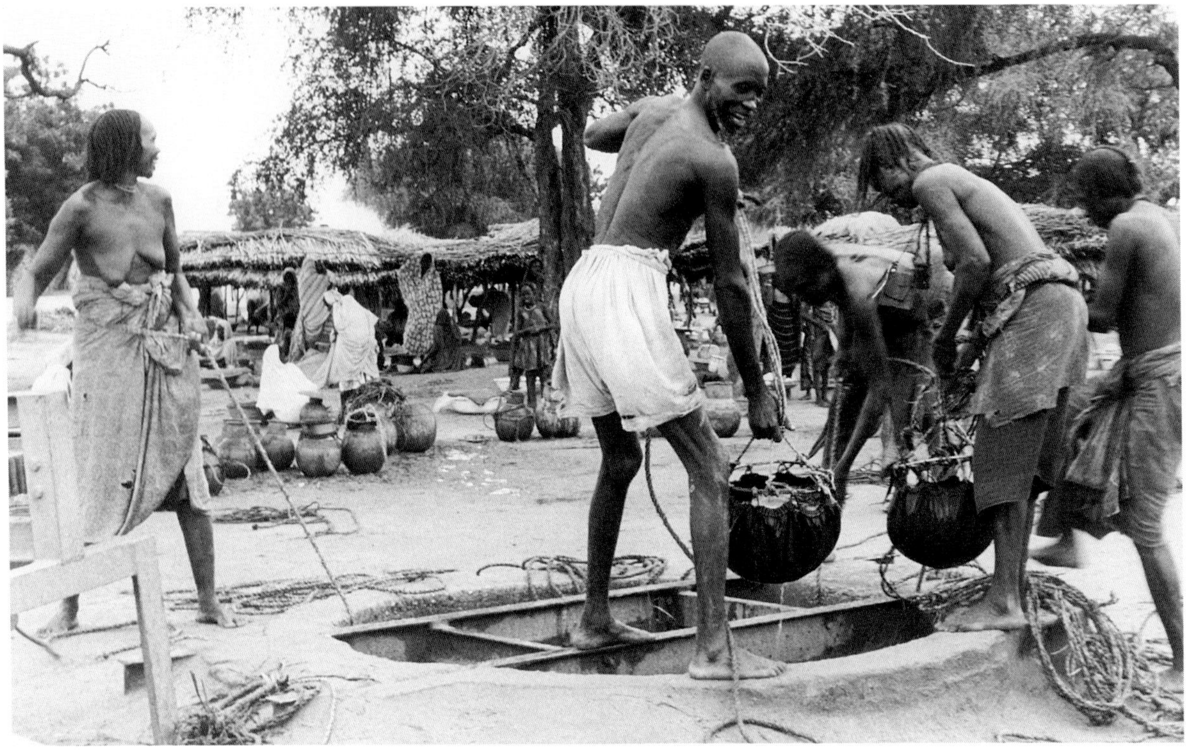

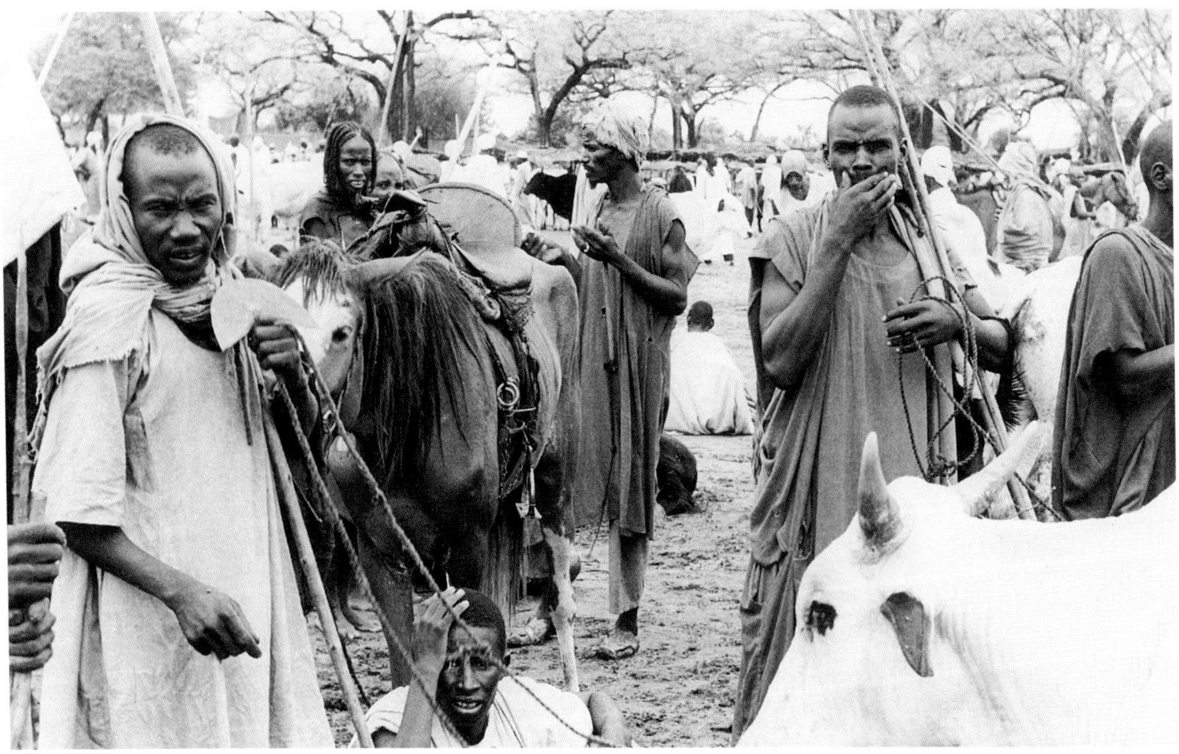

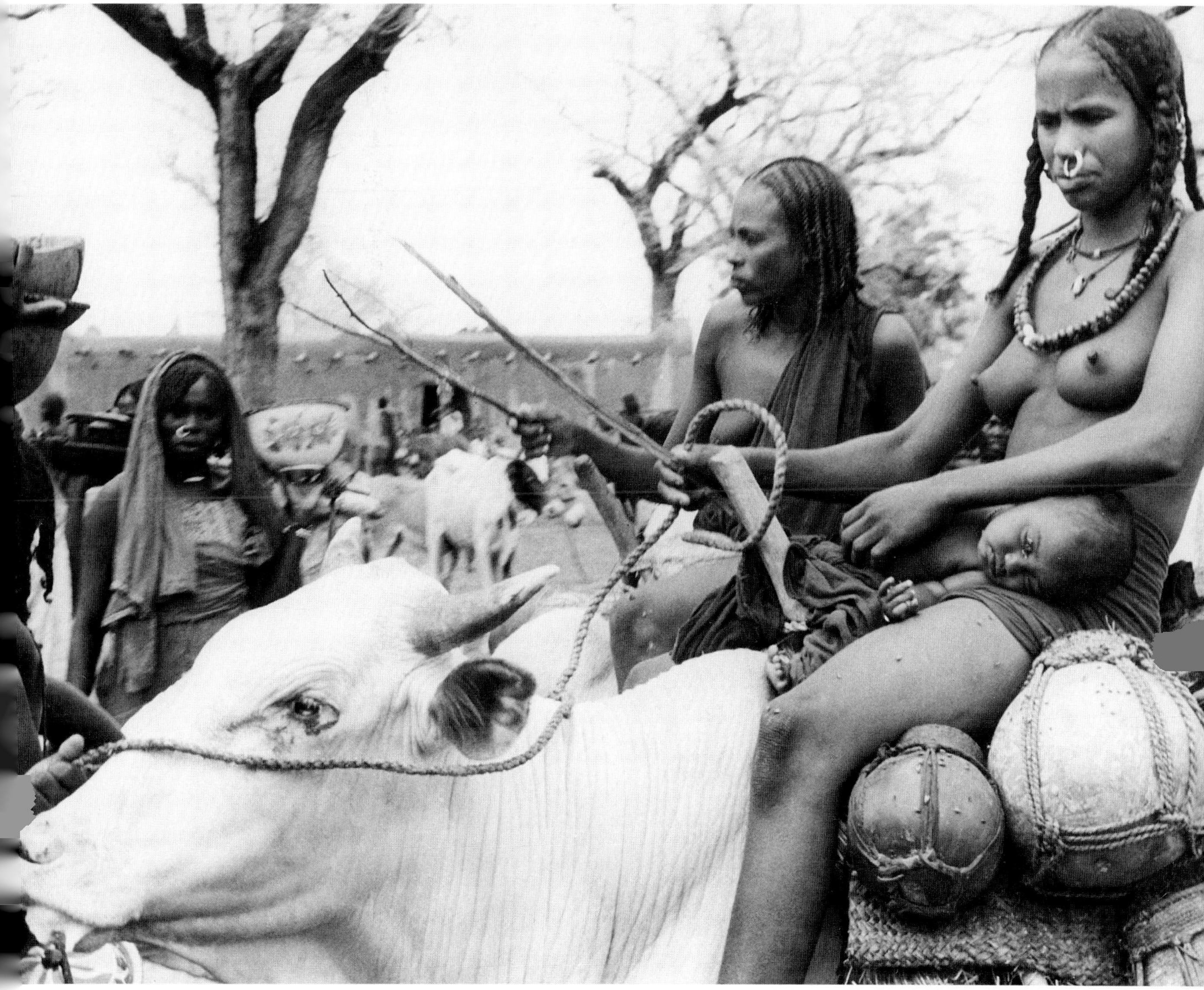

Bei diesem Nomadenstamm reiten die Frauen auf Rindern.

Linke Seite oben: Wasser ist die Grundlage für das Leben. Aus tiefen Schöpfbrunnen wird das Wasser mit Lederbeuteln hochgeholt. Der Grundwasserspiegel sinkt jedoch von Jahr zu Jahr.
Linke Seite unten: Einmal im Monat ist auch für die Nomaden Markttag. In dem Menschengewirr kann man die Regierungstreuen von den Aufständischen nicht unterscheiden. An diesem Tag herrschte immer Waffenstillstand.

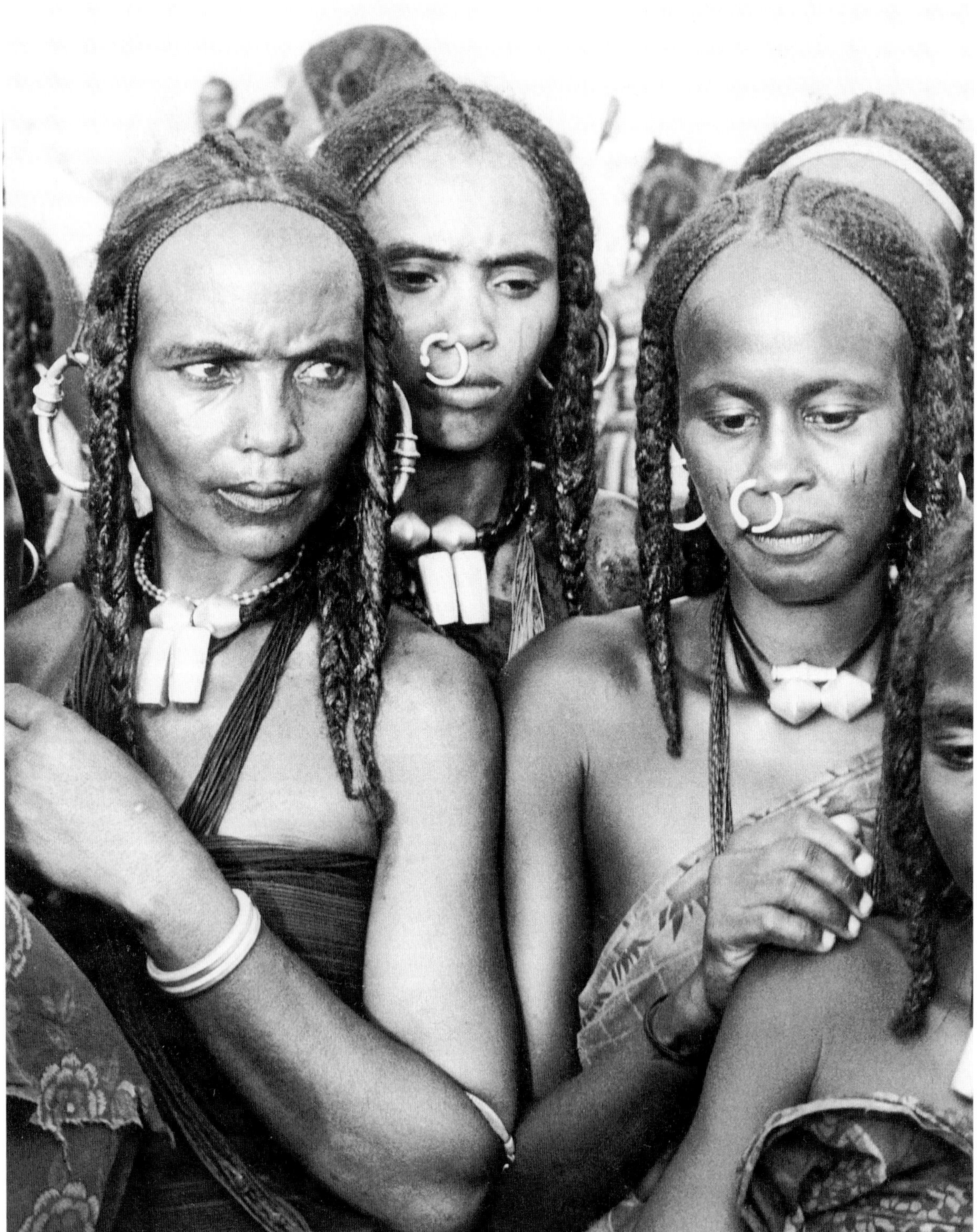

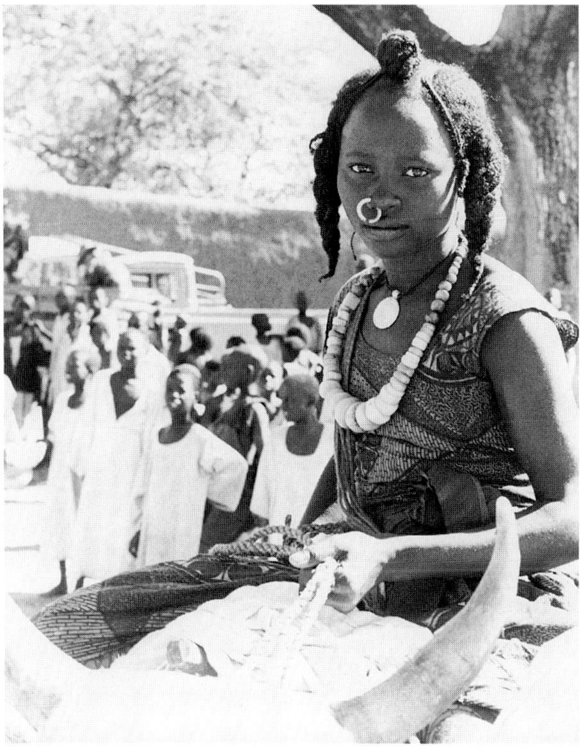

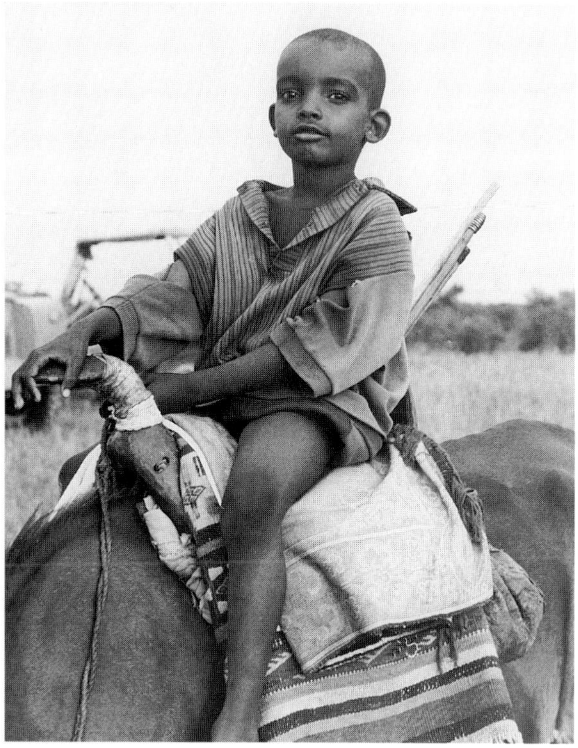

Nomadenmädchen und ihr kleiner Bruder reiten auf ihren eigenen Rindern. Erwachsene und Kinder gehen ungern zu Fuß.

Linke Seite: Mühsam geflochtene Haarpracht und Schmuck machen die Schönheit einer schwarzafrikanischen Frau in diesen Breiten aus. Silberne Nasenringe sind besonders beliebt. Der Schmuck besteht aus eingeschmolzenen Silbermünzen; Goldschmuck ist höchst selten anzutreffen.

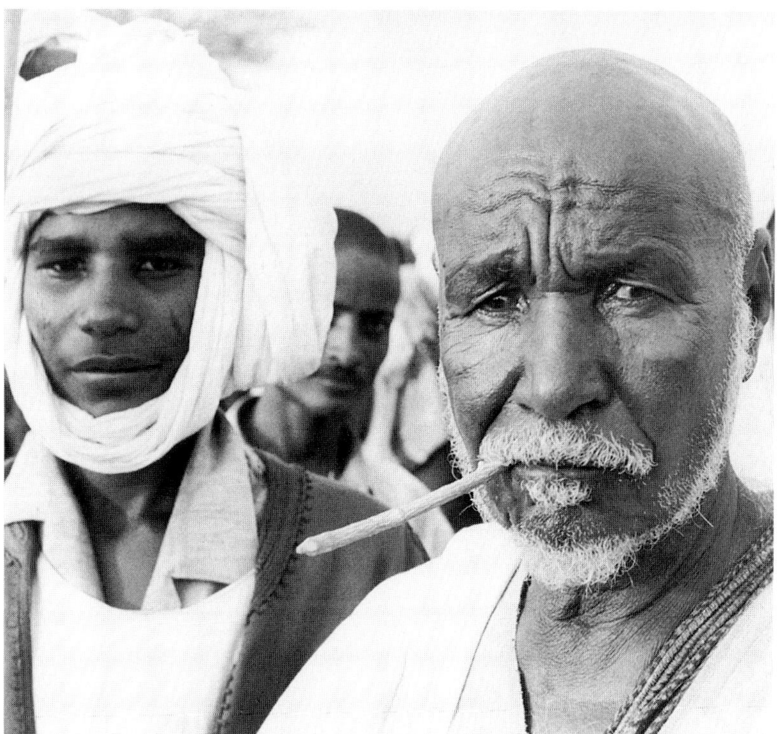

Stammeshäuptling mit seinem Sohn. Auch die Gerichtsbarkeit bleibt in der Praxis beim Stamm, denn der Arm der Regierung reicht nicht so weit in das unwegsame offene Land hinaus.

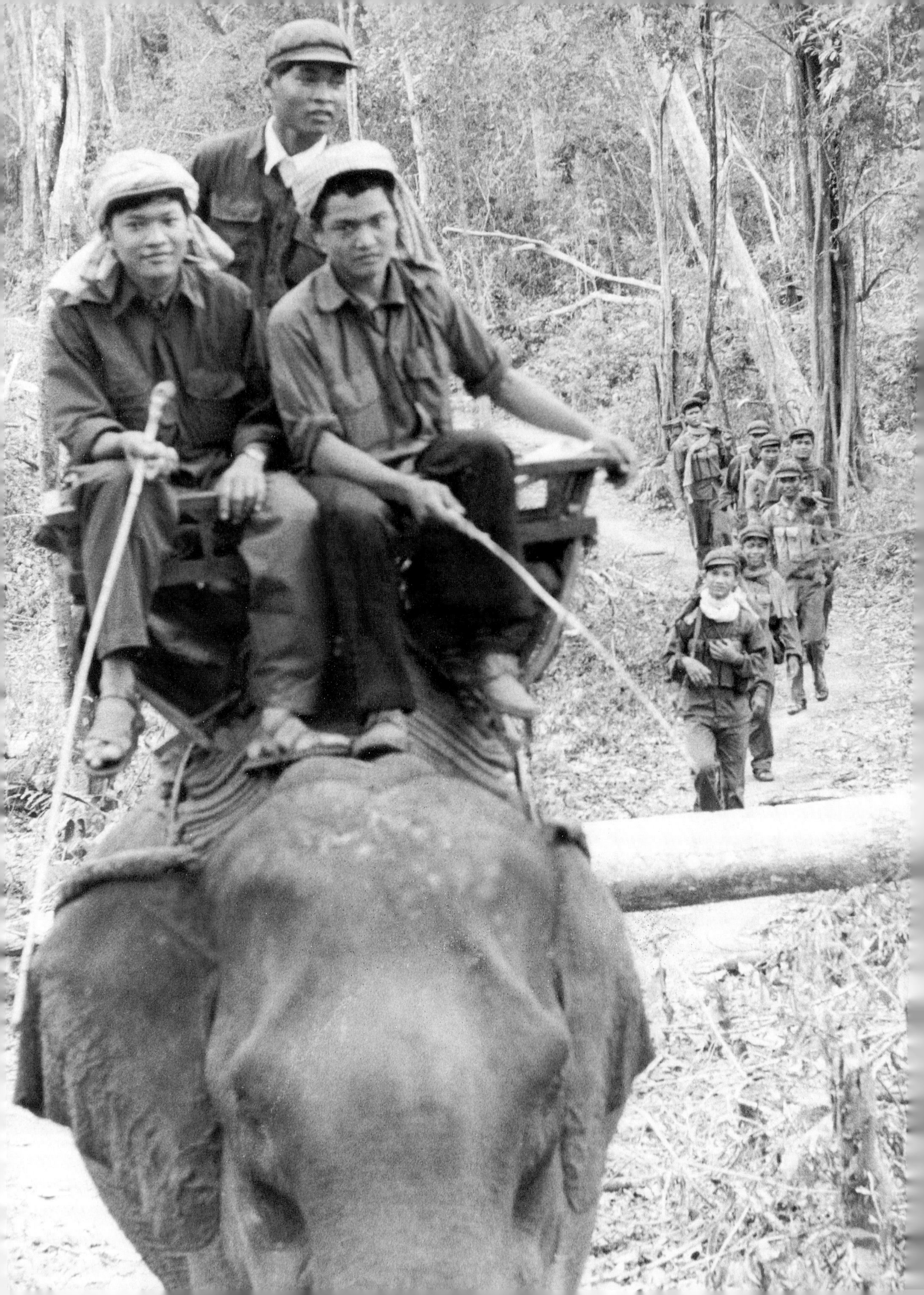

ROTE KHMER

Die Roten Khmer in Kambodscha schrieben mit ihrem Steinzeitkommunismus eines der tragischsten und entsetzlichsten Kapitel unserer Zeitgeschichte. Es ist und bleibt unfaßbar, daß eine Ideologie imstande ist, etwa zwei Millionen ihrer eigenen Landsleute brutal umzubringen. Man entleerte mit Brachialmethode alle Städte und trieb die Bevölkerung auf das offene Land. Es genügte eine Brille, um den Intellektuellen zu erkennen und umzubringen; Pol Pot († 1998), der allmächtige, blutrünstige Führer der Roten Khmer, rottete so radikal und unbarmherzig fast die gesamte intellektuelle Schicht im Land aus. Grauenhafte Szenen berichteten die wenigen Überlebenden, wobei Patronen gespart wurden und man die ausgesuchten Opfer nach Gehirnwäsche mit Vorschlaghämmern, Knüppeln und Messern tötete. Die von den Chinesen unterstützten Roten Khmer wurden dann später von den von den Sowjets unterstützten Vietnamesen in die unwegsamen Gebiete vertrieben, von wo aus sie weiterhin ihre Kämpfe führten. Sie waren auch noch bis vor kurzer Zeit offiziell bei der UNO vertreten.

Es dauerte sehr lange, bis ich die direkte Verbindung zu den Roten Khmer gefunden hatte und nach einem sehr komplizierten und langwierigen Prüfungsverfahren die Genehmigung erhielt, diese Steinzeitkommunisten in Kambodscha zu besuchen. Ein Mittelsmann der Roten Khmer schleuste mich illegal über die thailändische Grenze nach Kambodscha, wo ich an einer schmalen Brücke von einer Schar Bewaffneter und einem politischen Kommissar mißtrauisch empfangen und kontrolliert wurde. So zog ich dann wochenlang mit den Roten Khmer durch das von ihnen kontrollierte Land. Schwierig wurde es aber immer, wenn wir die von den Vietnamesen beherrschten Landstriche durchqueren mußten. Die Vietnamesen igelten sich gewöhnlich in scharf bewachten Erdbunker-Inseln ein, in deren Mitte sich jeweils ein Helikopterlandeplatz befand. Die schmalen Dschungelwege waren raffiniert mit durch Blätter getarnte Fallgruben abgesichert, auf deren Grund spitze Bambusstöcke gerammt waren, die man mit Leichengift getränkt hatte.

Wir waren entweder mit Elefanten oder sonst zu Fuß unterwegs.

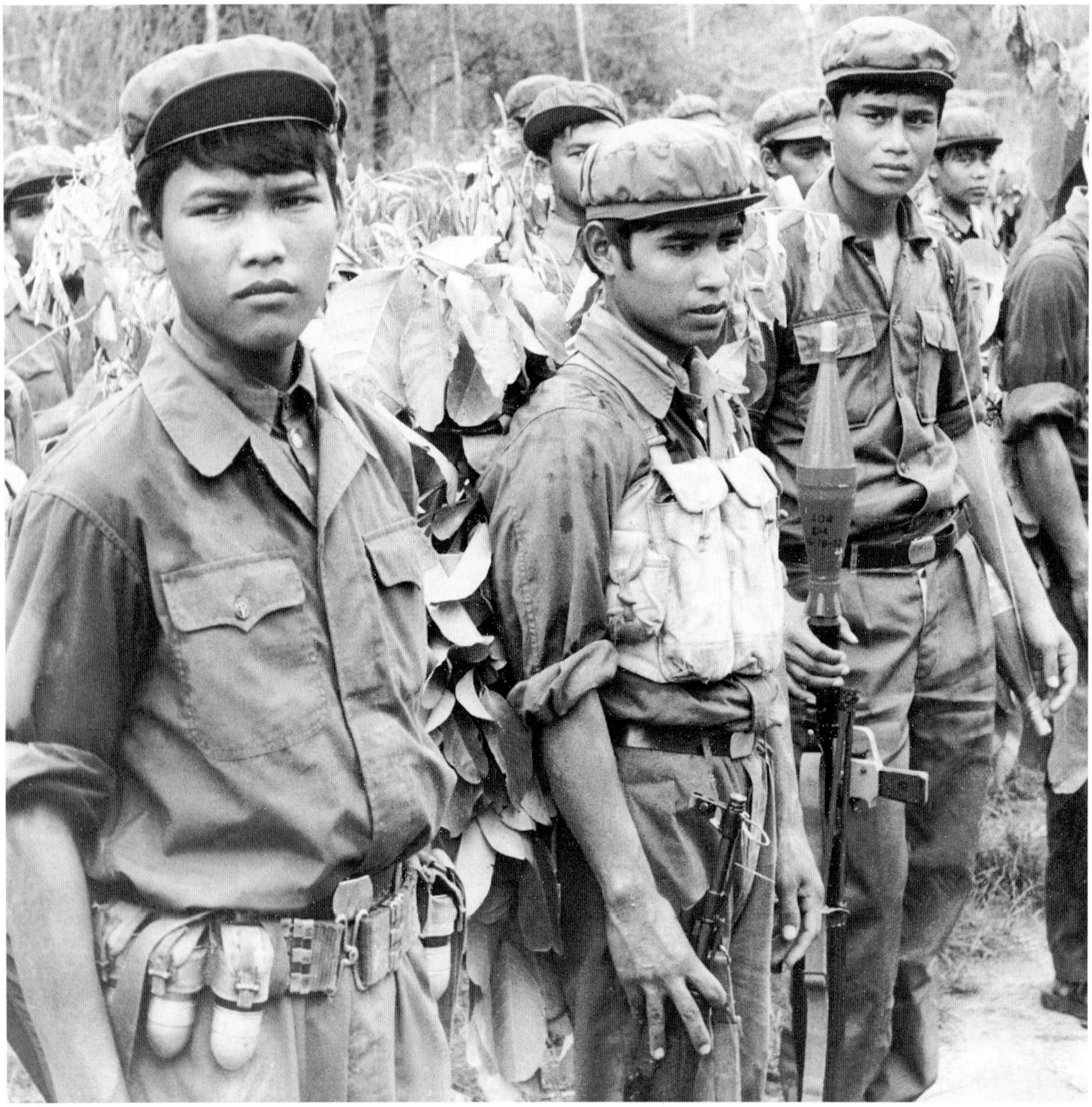

Die schlagkräftige Armee der Roten Khmer wurde von China bestens ausgerüstet und erhielt in all den Jahren auch jeden gewünschten Nachschub. Das Schisma Peking – Moskau war nirgendwo so deutlich zu erkennen wie in Kambodscha.

Rechte Seite oben: Absoluter Gehorsam war oberstes Gesetz, und jede Diskussion war verpönt. Der Dschungelkrieg war ihr Element. Inzwischen ist der berüchtigte Pol Pot tot, und etliche Führer der Roten Khmer sind zur Regierung übergelaufen.
Rechte Seite unten: Auf meinen illegalen Märschen durch Kambodscha wurde ich immer von einer kampferprobten Einheit begleitet, die für meine Sicherheit verantwortlich war.

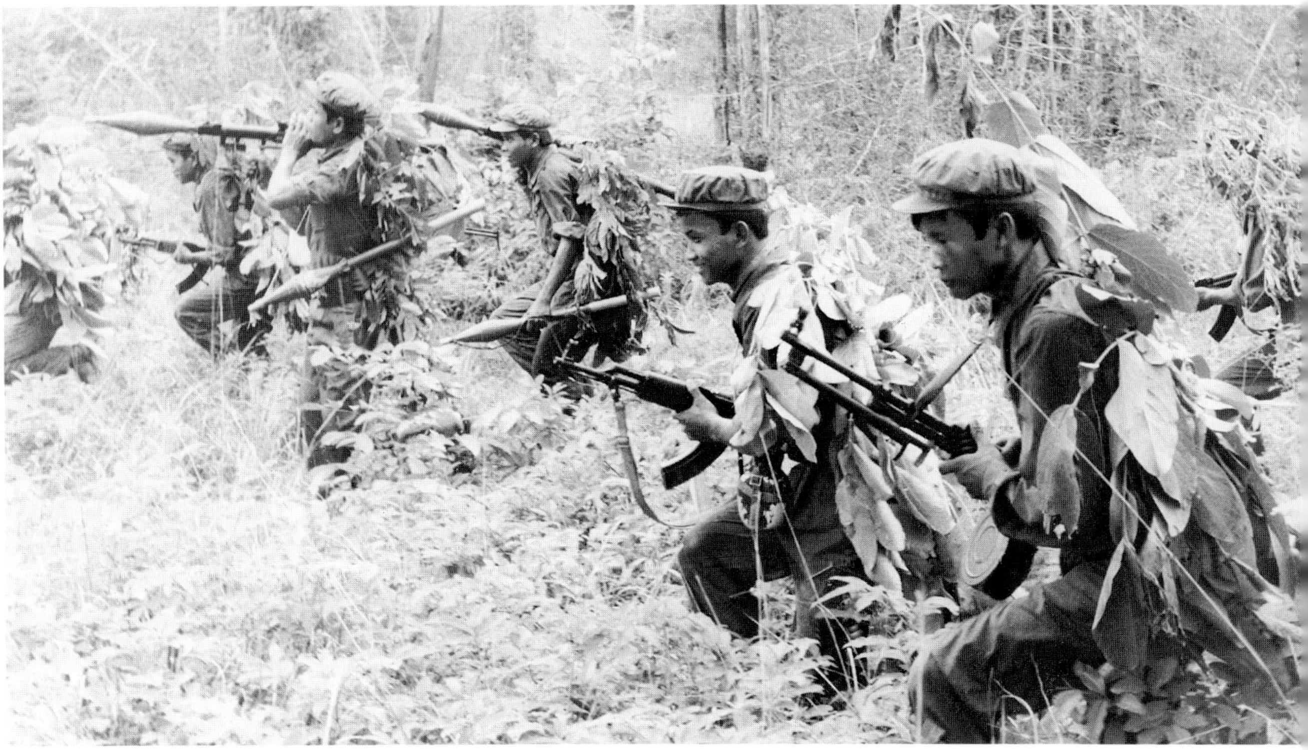

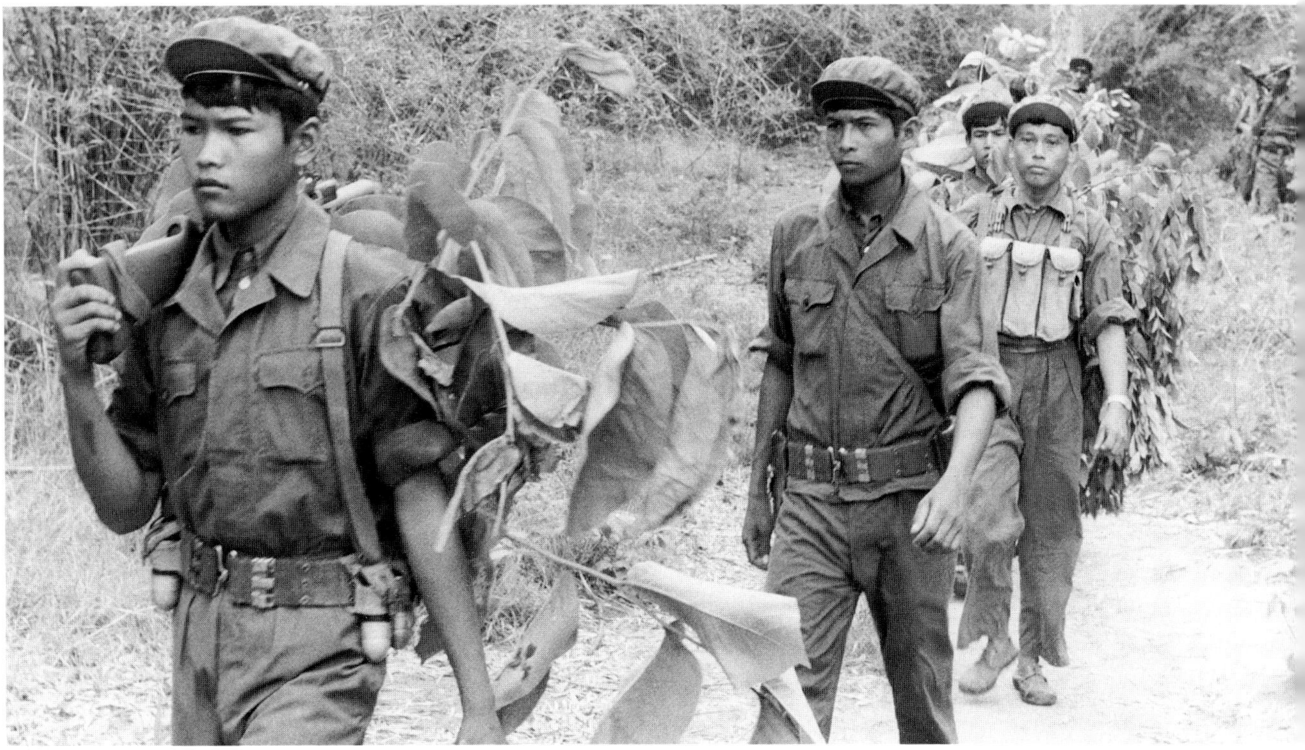

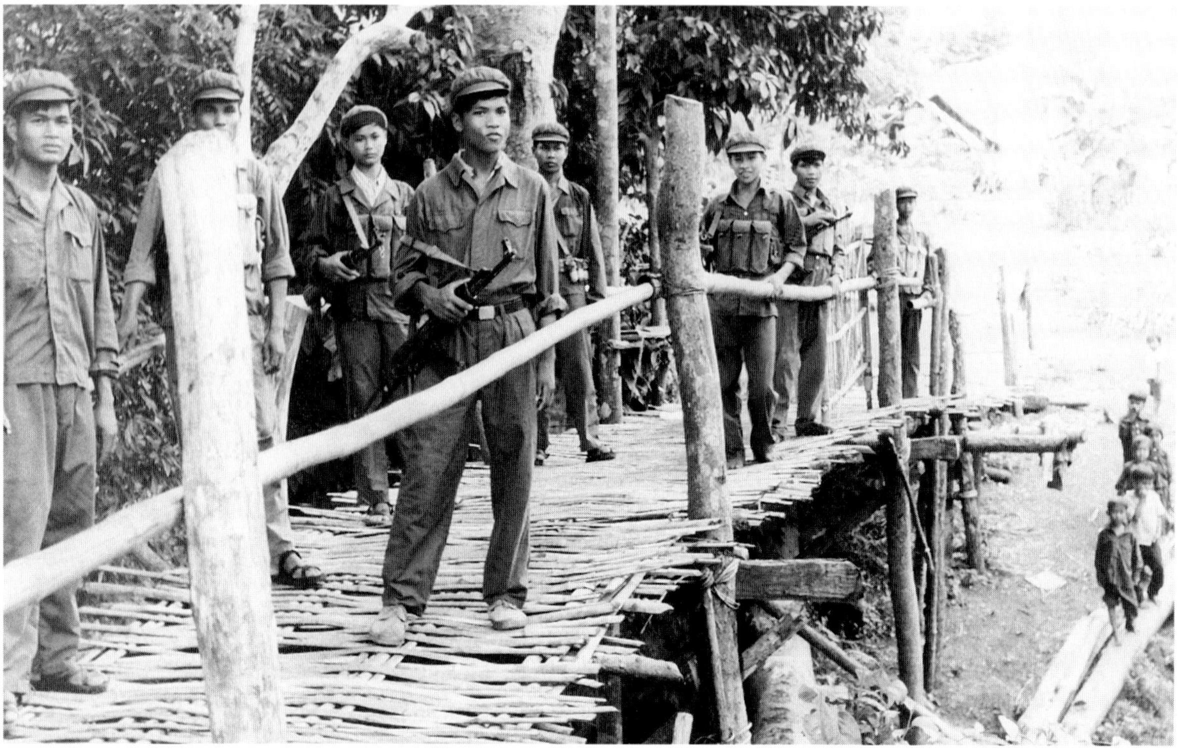

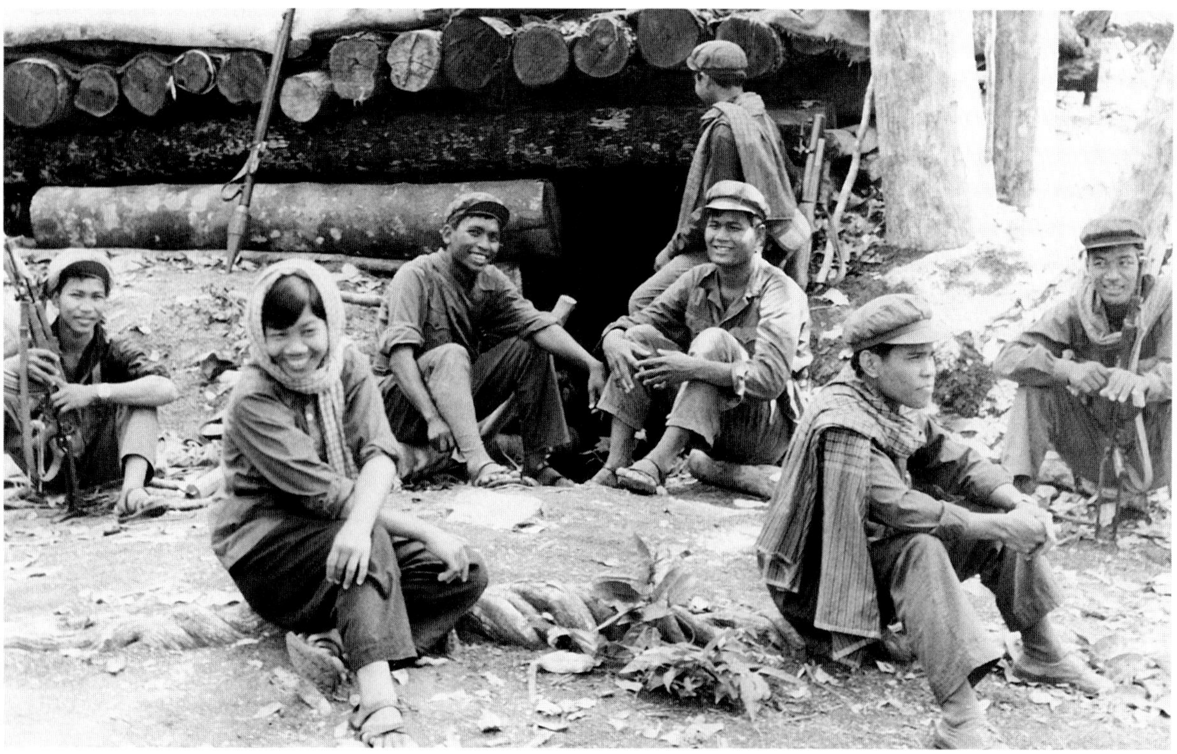

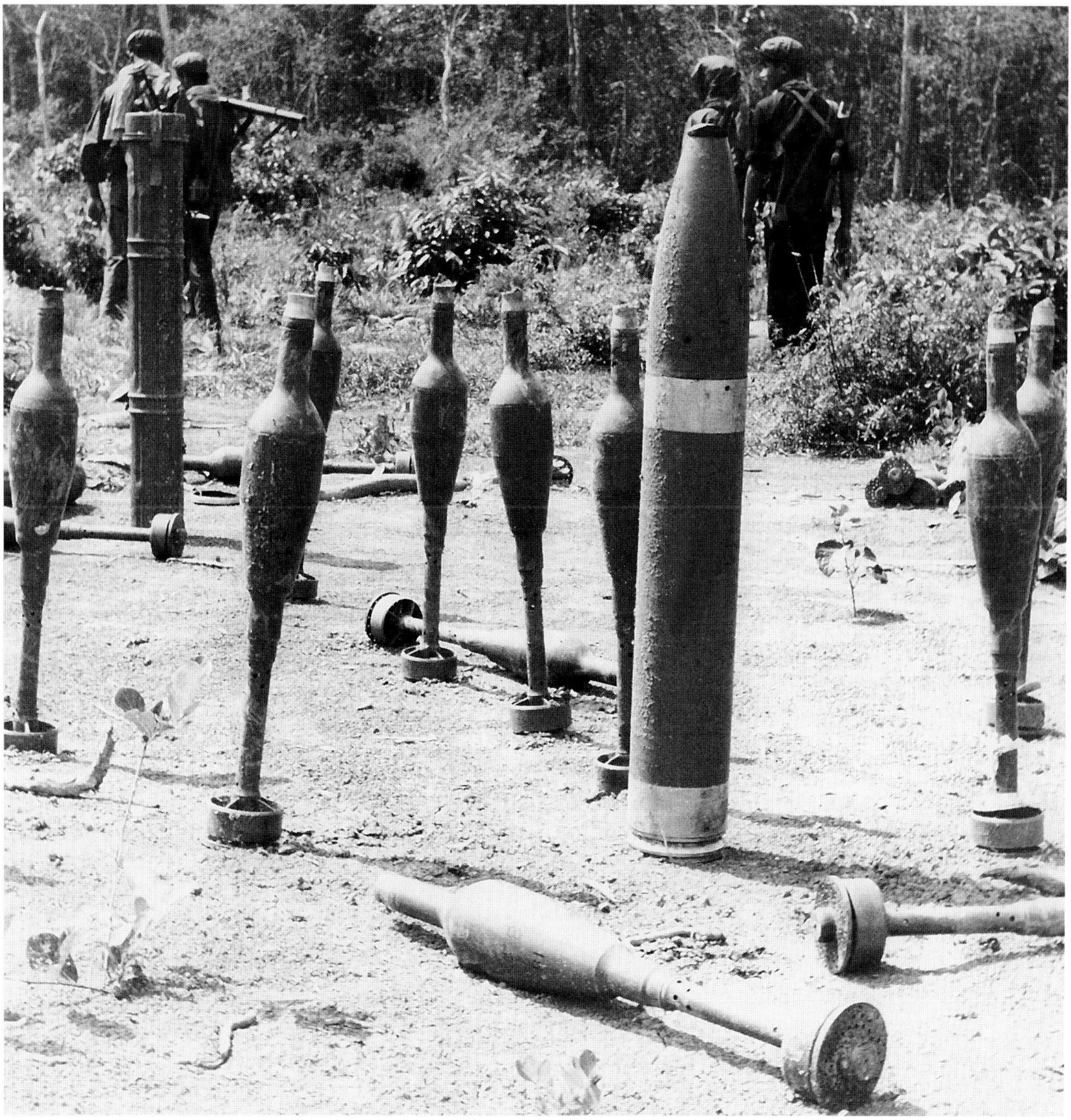

Die von einem eroberten vietnamesischen Stützpunkt erbeuteten Granaten wurden für den Abtransport hergerichtet und zerbarsten einige Tage später wieder bei ihren einstigen Besitzern.

Linke Seite oben: Diese scharf bewachte, zerbrechliche schmale Fußgängerbrücke ist der Grenzübergang zwischen Thailand und den Roten Khmer in Kambodscha.
Linke Seite unten: Ein von den Roten Khmer eroberter Erdbunker der vietnamesischen Besatzungsmacht. Die Grundausrüstung bestand aus einer Uniform mit chinesischer Ballonmütze, einem typischen Schal und einer praktischen Hängematte.

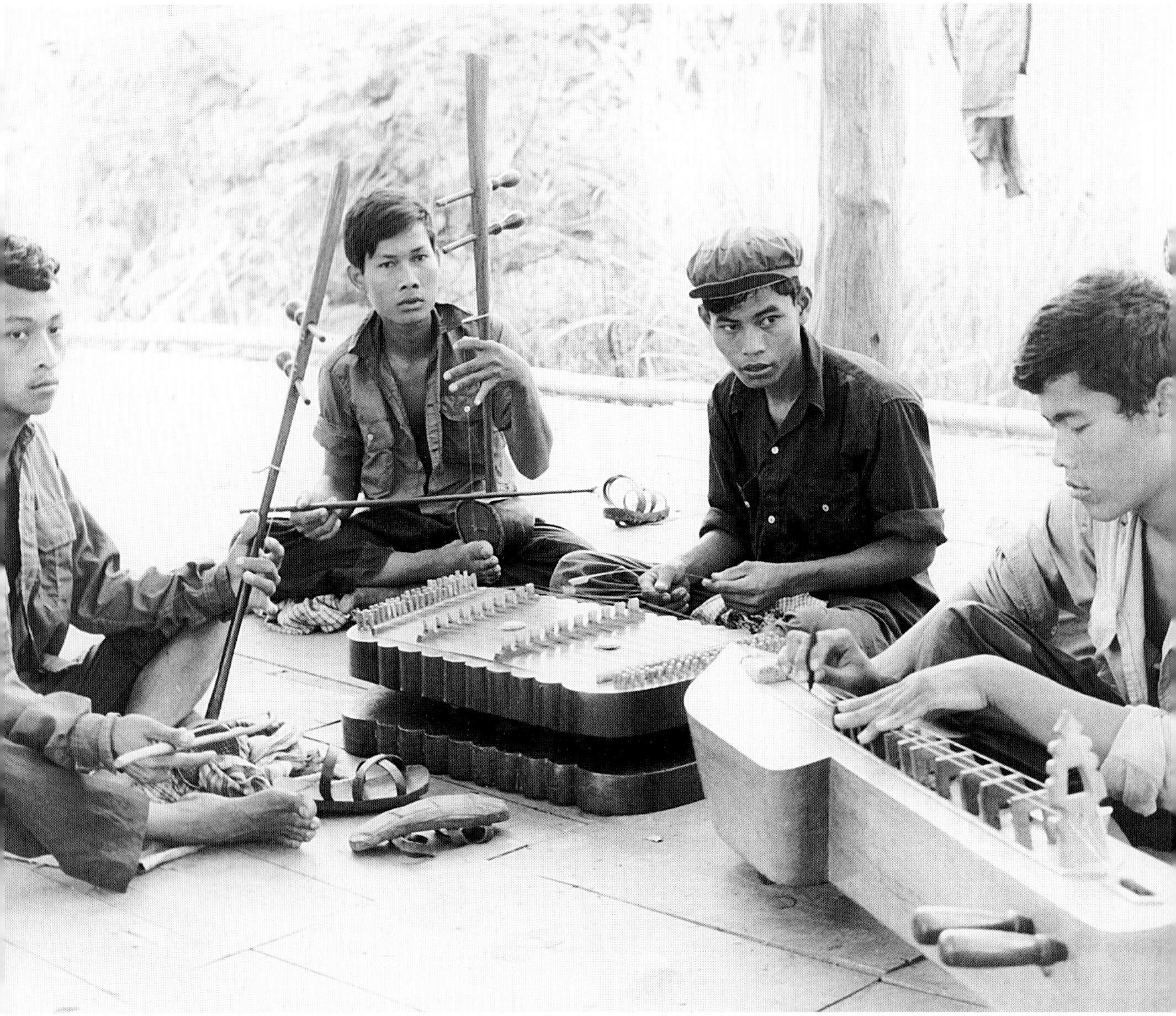

In den größeren Stützpunkten fand ich immer wieder Musikgruppen, die auf originellen kambodschanischen Instrumenten spielten. Die Fußbekleidung der Roten Khmer bestand grundsätzlich aus Sandalen, die aus alten Autoreifen geschnitten wurden. Nur höhere Dienstgrade und Funktionäre trugen normales Schuhwerk.

Rechte Seite oben: Transporte von Lebensmitteln oder Munition bewerkstelligten grundsätzlich immer die Frauenbrigaden, die in kilometerlangen Kolonnen schweigend und flink durch die Urwälder liefen, um jeweils am befohlenen Stützpunkt ihre Lasten abzuliefern.
Rechte Seite unten: Krankentransport mit der typischen chinesischen Hängematte.

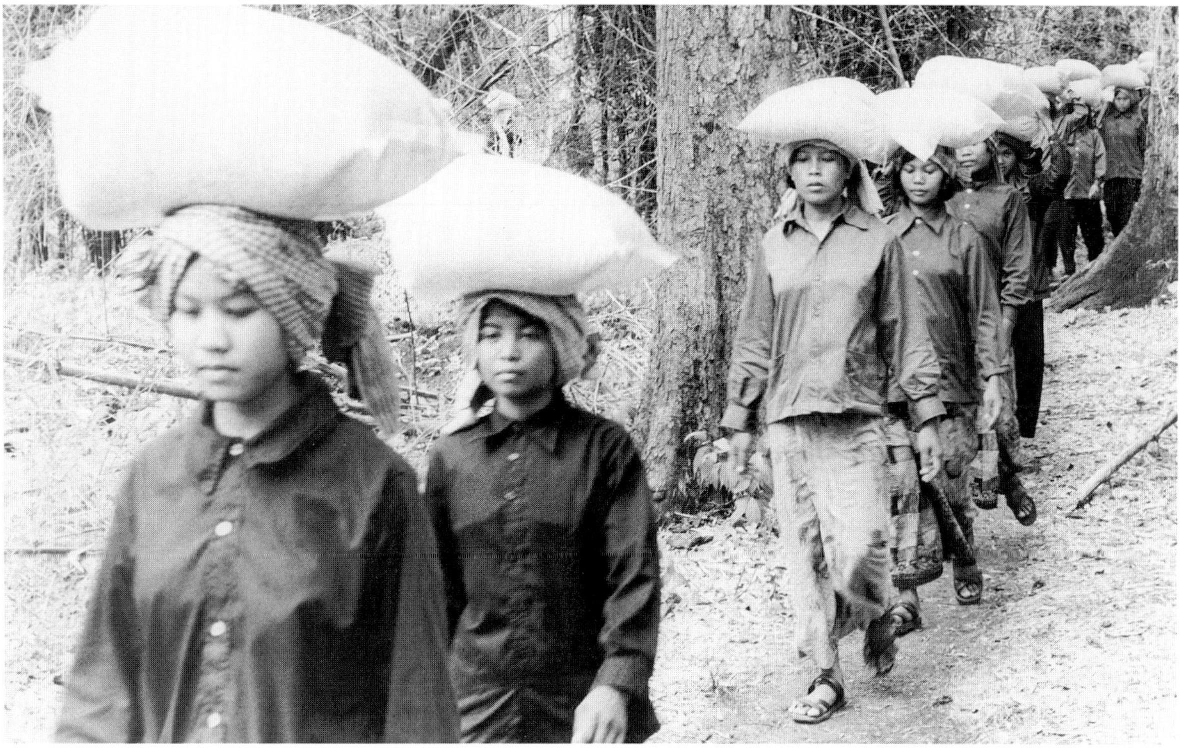

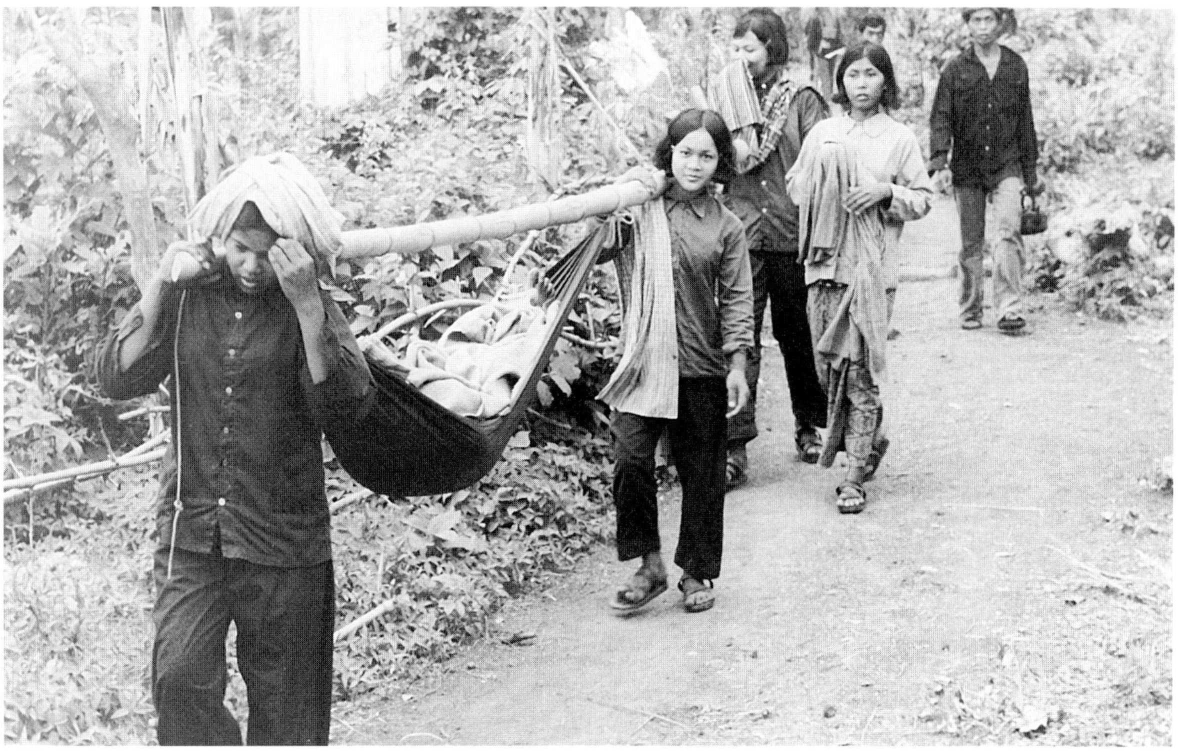

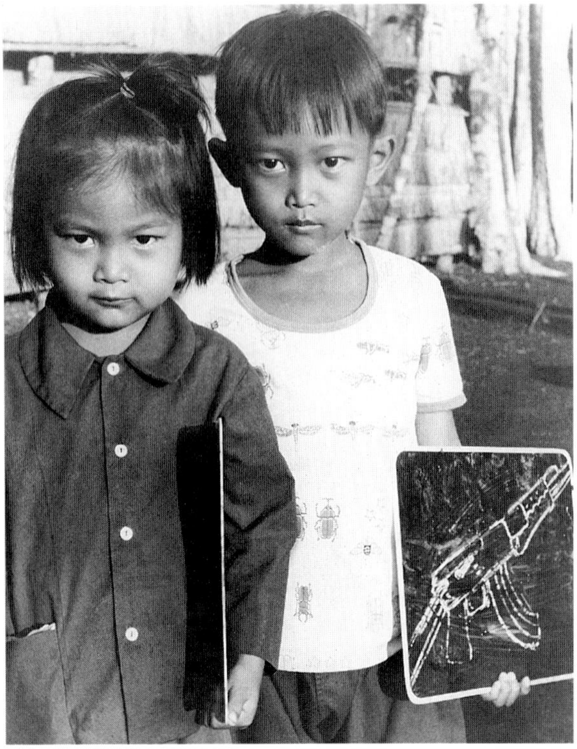

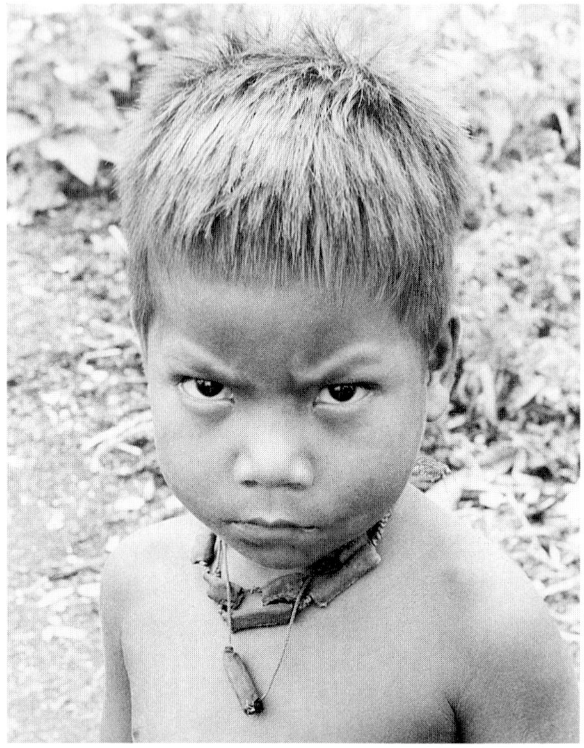

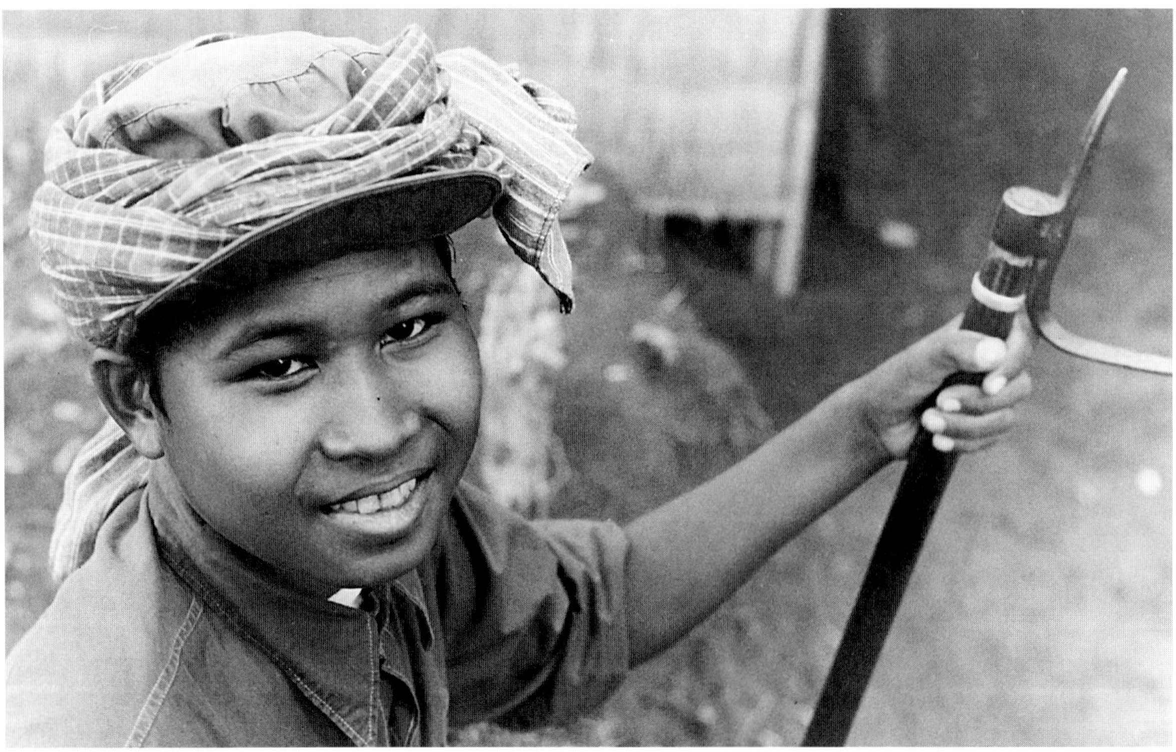

Die Jugend machte einen wohlgenährten Eindruck.
Sie kannte kein anderes Leben als ihr Dschungeldasein.

Linke Seite oben links: Im Zeichenunterricht der Schulen tauchen die Kalaschnikows auf. Schon in frühester Jugend begannen die Indoktrinierung und politische Manipulation.
Linke Seite oben rechts: Der Junge war von mir keineswegs begeistert.
Linke Seite unten: Dieser Junge war wochenlang mein „Elefantenchauffeur". Der kleine „Elefantenlenker" redete mit seinem Tier wie mit einem Menschen, ermahnte, tadelte, lobte oder rügte ihn. Der Elefant reagierte ganz erstaunlich auf seine Worte.

Brot (Reis) und Spiele: das war auch ein Grundsatz bei den Roten Khmer. Sie veranstalteten in ihren größeren Stützpunkten gelegentlich Musikabende oder sonstige Aufführungen zur Unterhaltung für ihre Anhänger. Niemand wagte es, davonzulaufen oder zu desertieren, weil dies tödlich geendet hätte.

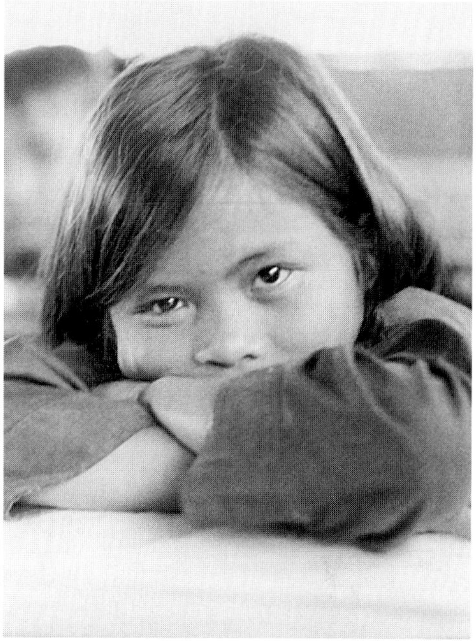

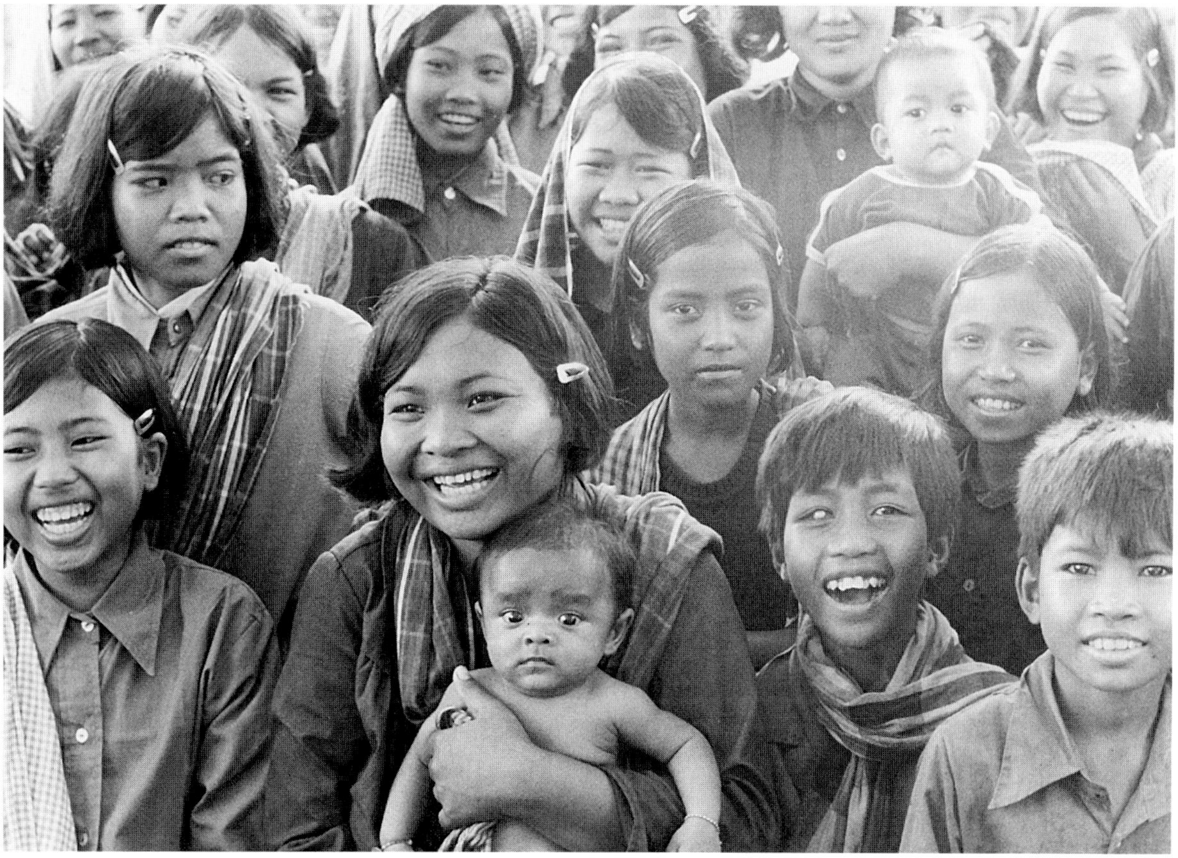

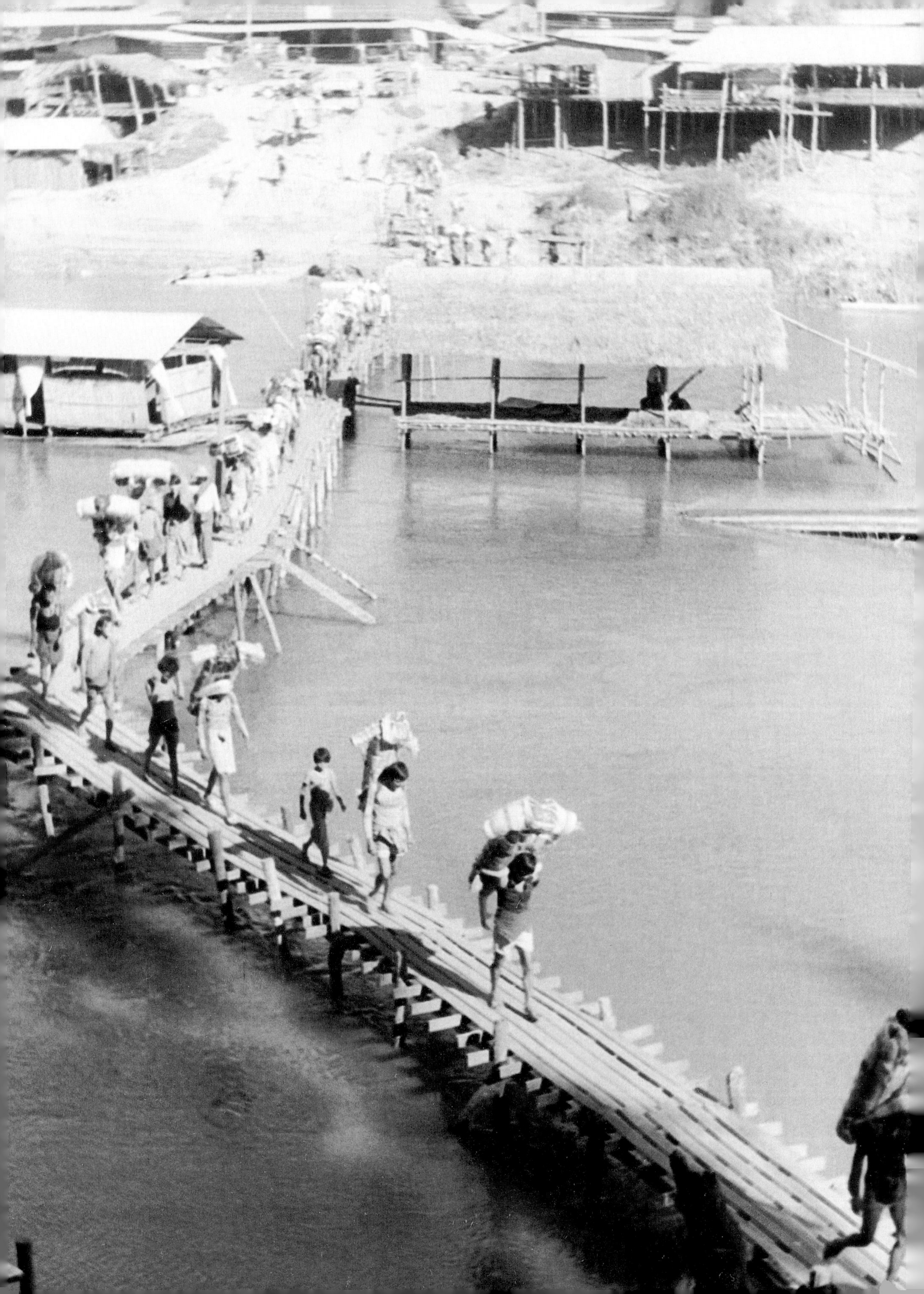

KAREN-REBELLEN

Es ist relativ wenig bekannt, daß seit Jahrzehnten im südlichen Burma, an Thailand angrenzend, ein illegaler Rebellenstaat, sozusagen ein Staat im Staat, existiert. Burma besteht aus zahlreichen grundverschiedenen ethnischen Völkern. Ein Volk davon sind die Karen. Die Karen kämpften im Zweiten Weltkrieg in Burma an der Seite der Briten gegen die Japaner und erhielten dafür die Garantie, daß sie nach dem Krieg einen eigenen souveränen Staat in ihrer Volksregion bilden könnten. Die Briten zogen ab, Burma wurde selbständig, und für das Garantieversprechen fühlte sich niemand mehr verantwortlich. So ergriffen die Karen die Initiative und gründeten ihren illegalen, von keiner Regierung anerkannten Rebellenstaat. Originell und einzigartig ist die Finanzierung des Karen-Staates. Tag für Tag ziehen endlose Schmugglerkarawanen zu Fuß durch den Dschungel von Burma nach Thailand und zurück. Die Karen kassieren bei den Schmugglern einen moderaten Schmugglerzoll, der weit unter unserer Mehrwertsteuer liegt, und finanzieren damit ihre eigene Armee, die Schulen, Krankenhäuser und sonstige Administration. Sämtliche Ministerien sind vorhanden. Die Grenze zwischen Burma (bzw. Karen) und Thailand bildet ein Fluß, über den die Karen Brückenstege errichteten, über die die schwerbeladenen Schmuggler nach der Karen-Zollabfertigung traben. Allerdings wird Schmuggel beim Schmuggeln schwer bestraft, wenn beispielsweise jemand Rubine, Jade oder Silber rechtzeitig verschluckt. Bei Verdacht werden radikale Darmentleerungen an der Grenze vorgenommen, um mit Sieben den verbotenen Inhalt zu finden. Warntafeln an der Grenze weisen auf die Strafen hin. Zollhintergeher und Drogenschmuggler werden in Ketten gelegt und zu jahrelanger Zwangsarbeit auf den Reisfeldern verurteilt. Thailand toleriert den Karen-Staat; Burma bombardiert die Karen-Siedlungen fallweise, konnte aber bisher militärisch das Dschungelstaatproblem nicht lösen.

Eine Schmugglerkolonne überquert gerade den Grenzsteig von Burma (Karen-Staat) nach Thailand.

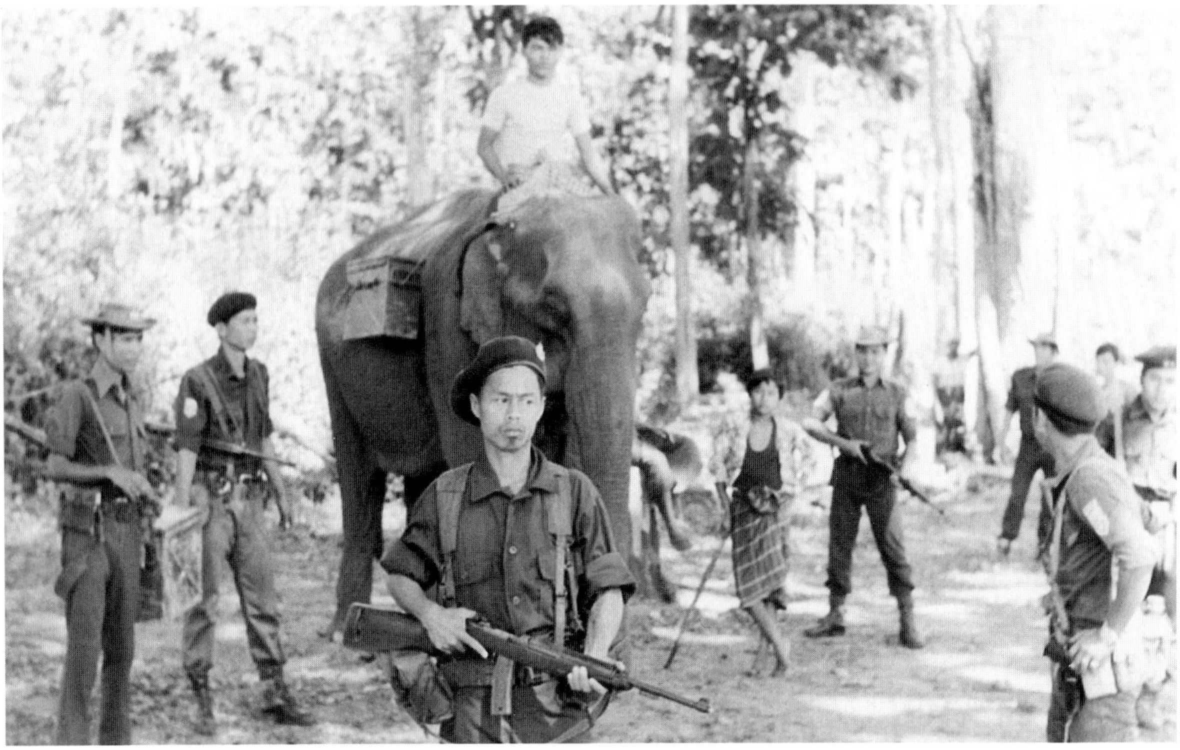

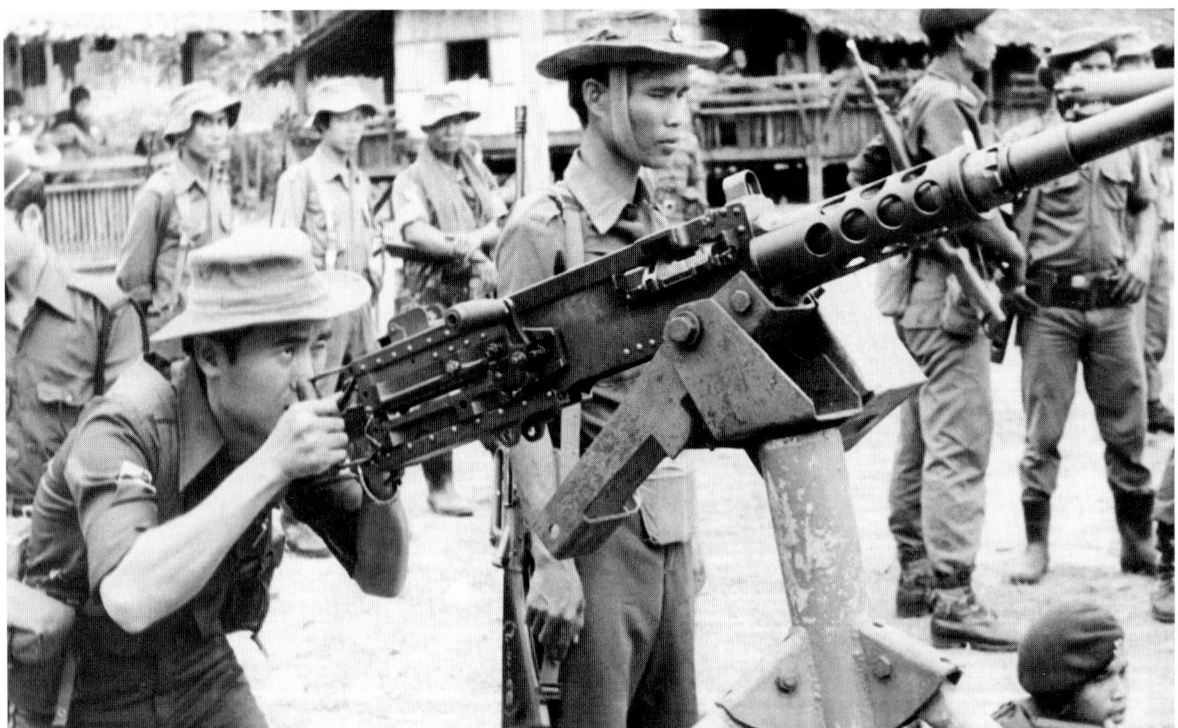

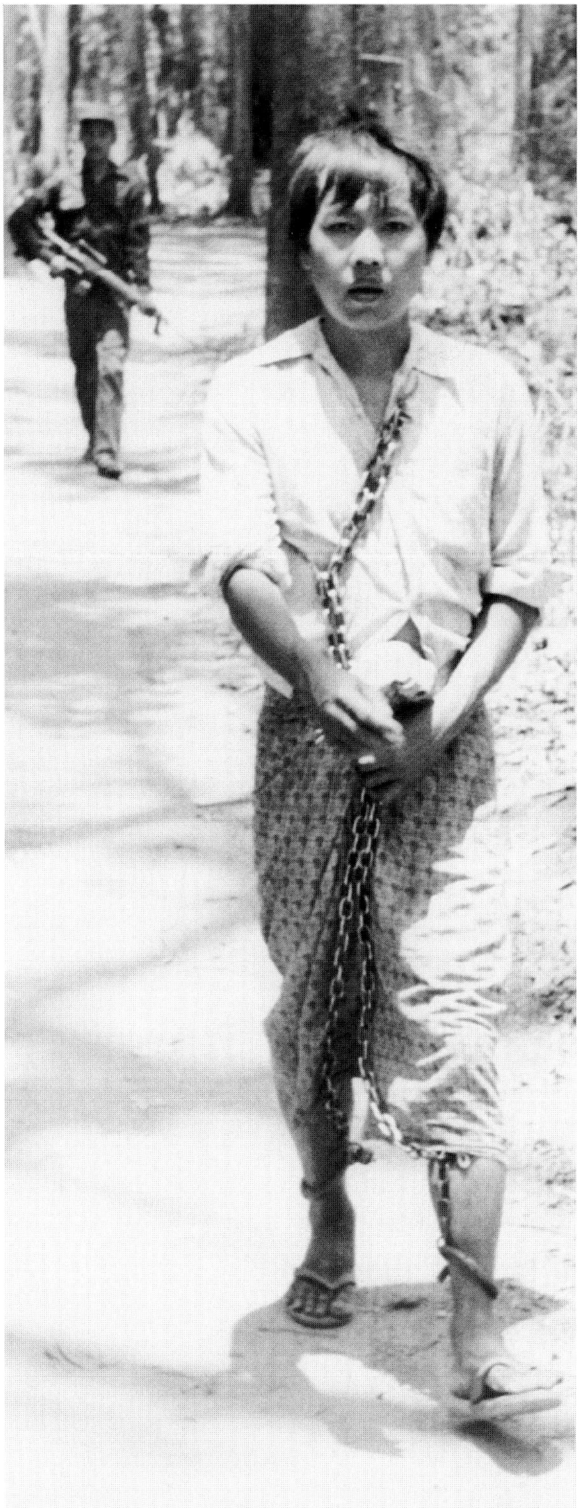

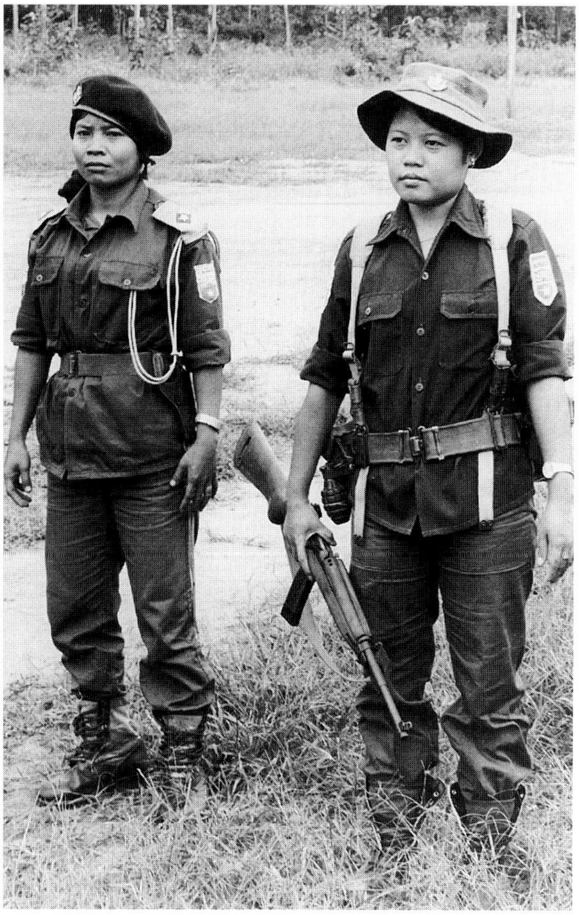

In der Karen-Armee sind auch Frauen sehr stark vertreten.

Linke Seite oben: Für schwere Transporte verwenden die Karen Elefanten.
Linke Seite unten: Die Karen-Armee ist gut ausgerüstet, vor allem für die Flugabwehr.

Zollhintergeher und Drogenschmuggler werden in Ketten gelegt und zu jahrelanger Zwangsarbeit verurteilt.

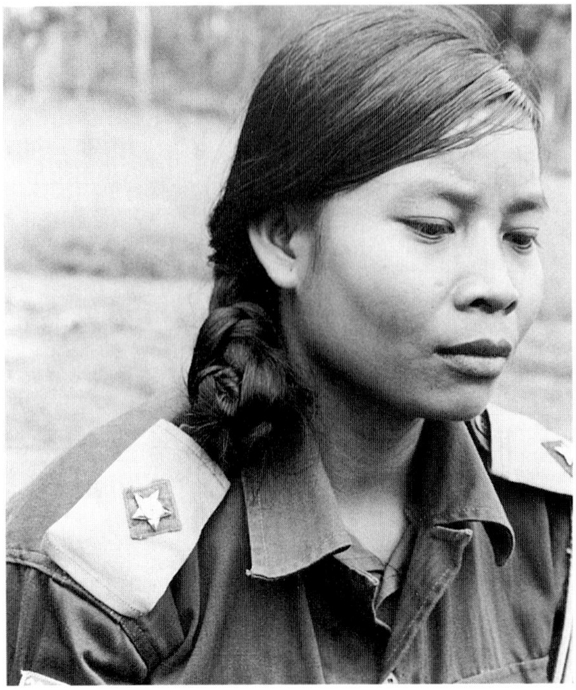

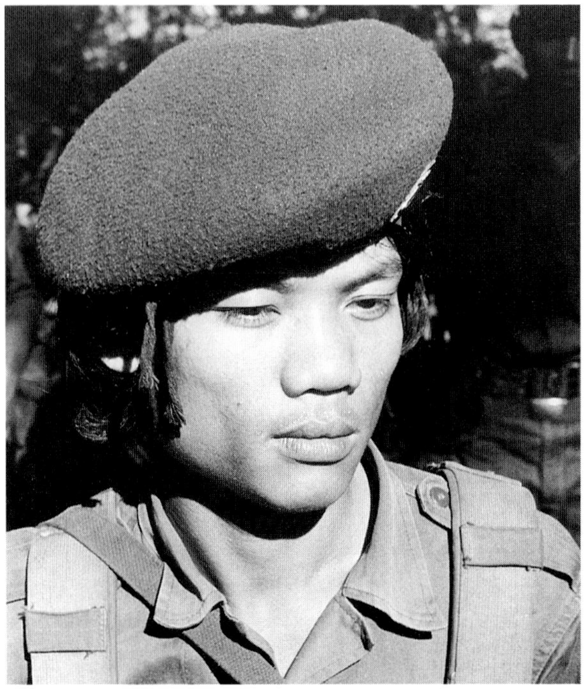

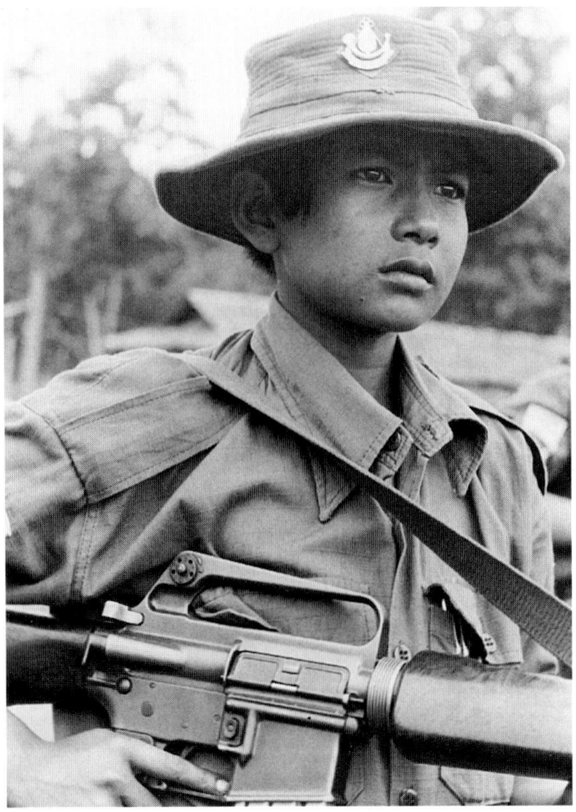

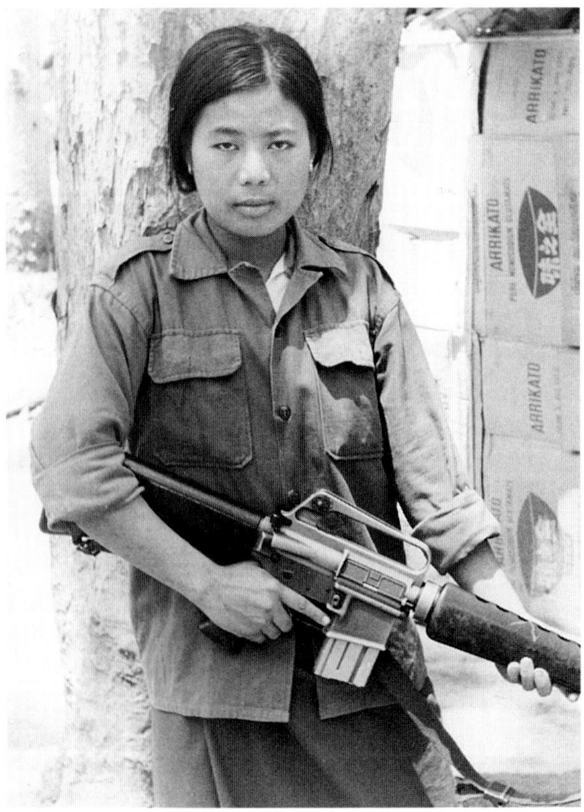
ARRIKATO
ARRIKATO
ARRIKATO

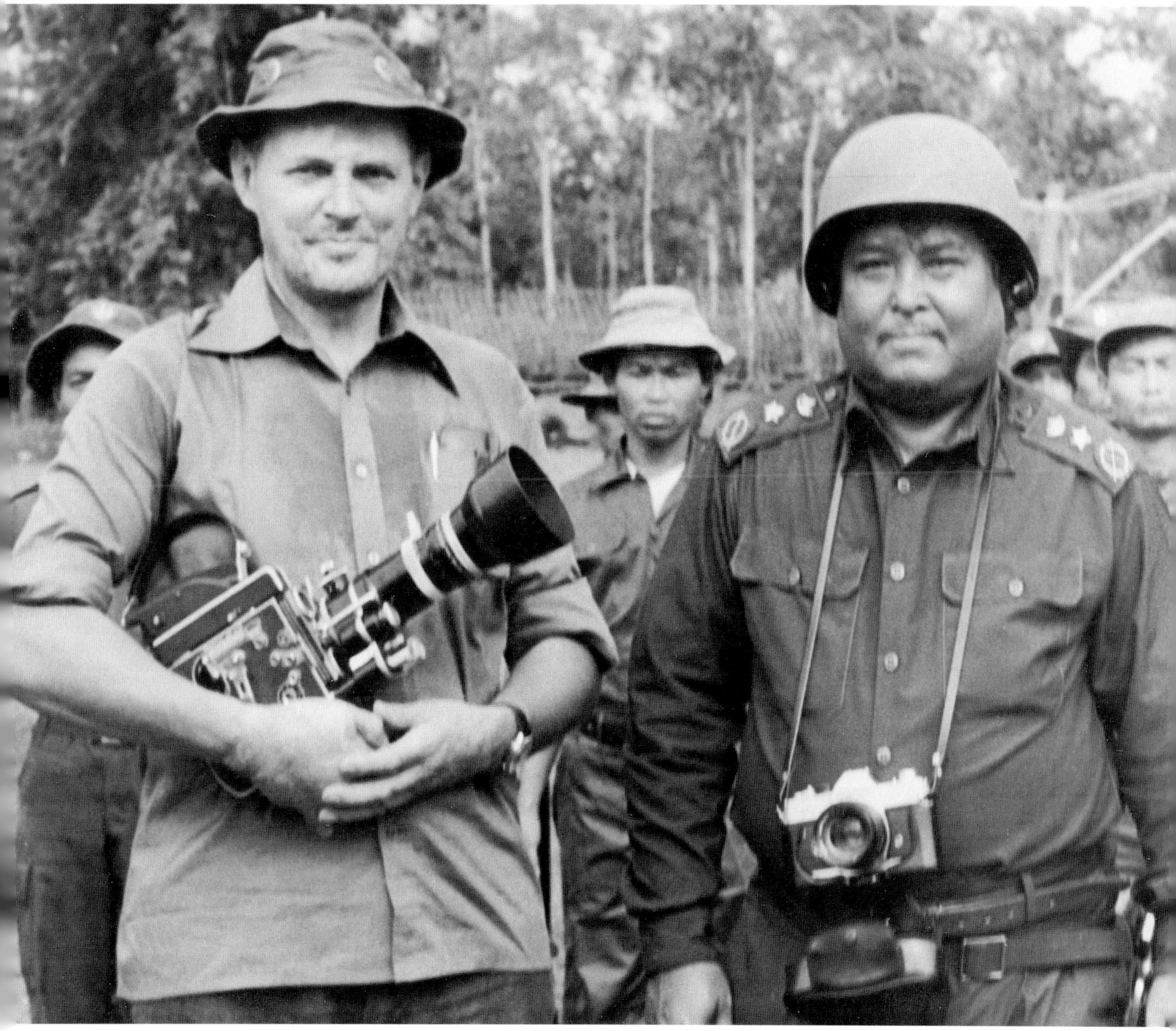

Der Autor besuchte den Rebellenstaat der Karen und ihren Präsidenten (und zugleich General) Saw Bo-Mya in seinem Hauptquartier in Burma. Er sprach höchst selten, besaß eine kleine Landwirtschaft mit einigen Rindern auf einer Flußinsel und war ein phantastisch guter Schachspieler – am Brett wie in der Politik.

Linke Seite: Die Karen haben in ihrer Armee sowohl Frauen als auch Jugendliche als Freiwillige, die in regulären Kampfeinheiten eingesetzt werden. Die „Amazonen" sind beim Gegner gefürchteter als die Männer.

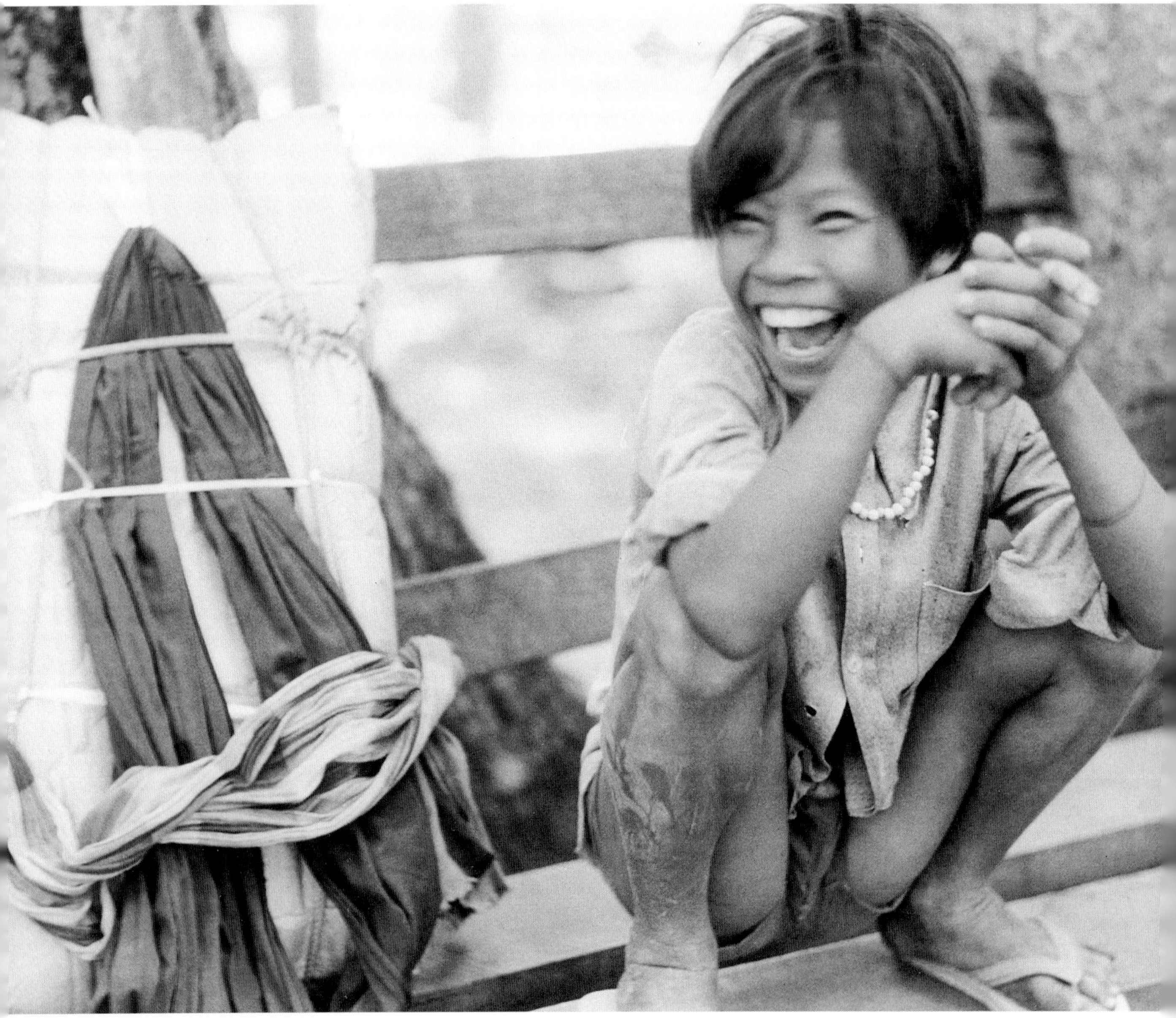

Ein burmesischer Jungschmuggler, der allerdings von den Auftraggebern nur die Hälfte des Honorars ausbezahlt bekommt. Quasi laut „Jugendschutzverordnung" braucht er aber auch nur die halbe Traglast zu transportieren. Schmuggler ist hier ein normaler Beruf, und es gibt auch so etwas Ähnliches wie eine Schmugglergewerkschaft, welche die Interessen dieser illegalen Schar vertritt. Aus Burma bringen sie Rubine, Jade und Silber nach Thailand, von dort bringen sie elektronische Geräte und Plastikwaren zurück.

Rechte Seite: Es erfordert viele Wochen schweißtreibender Arbeit, bis so ein Baumstamm händisch zu Brettern zersägt ist.

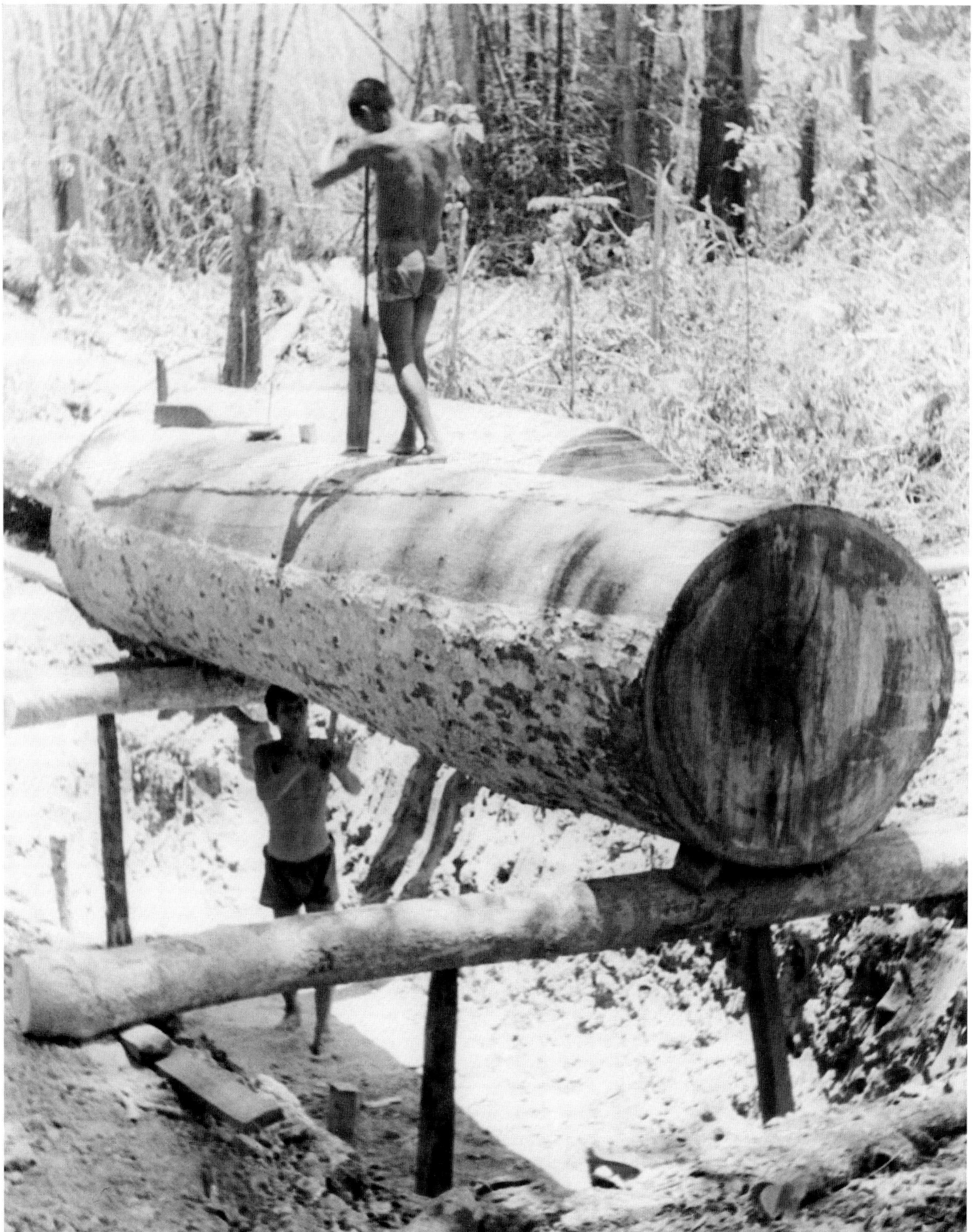

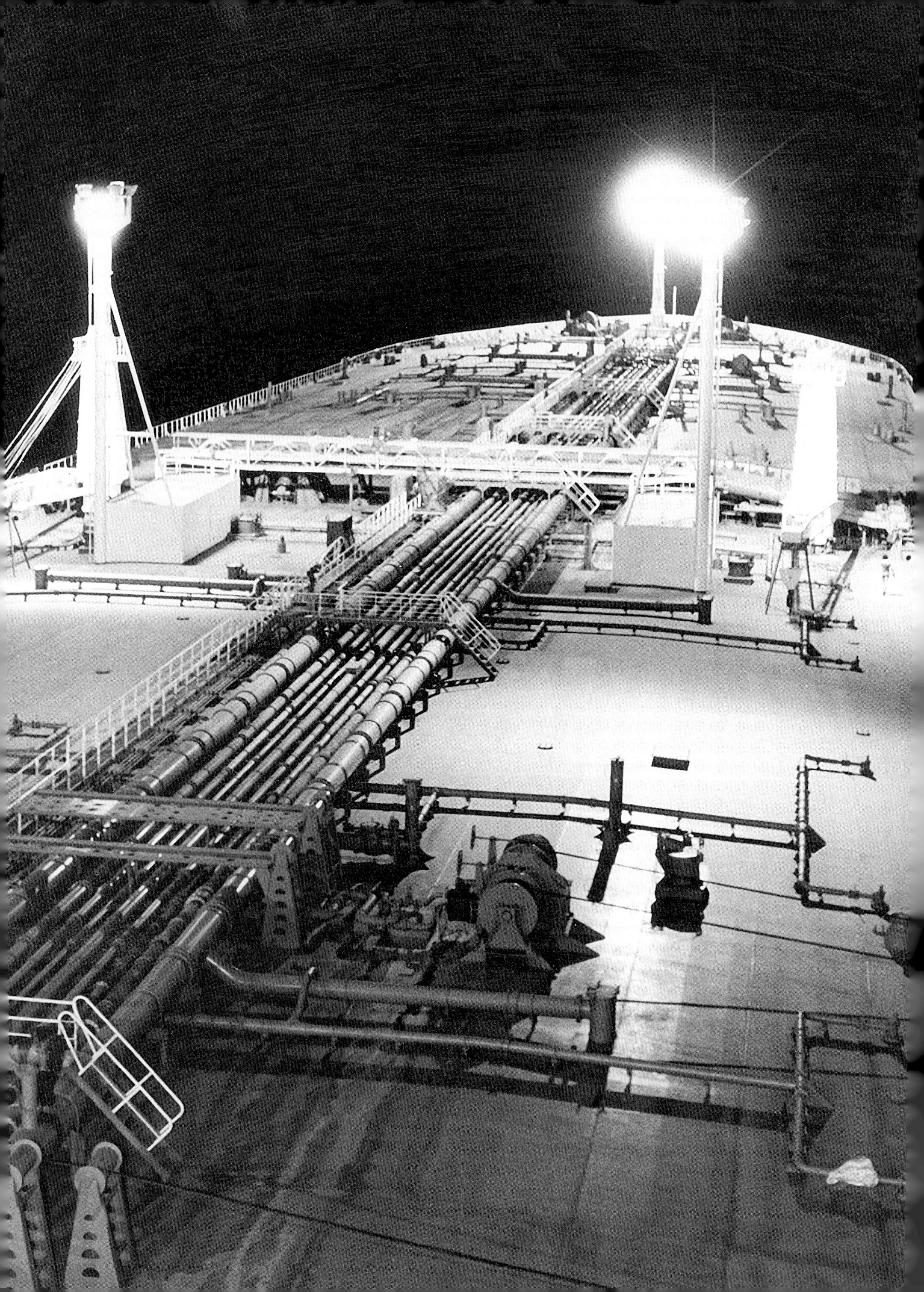

SUPERTANKER „LAGENA"

Mich interessierte die Ölstraße, der Weg des Erdöls über die Weltmeere bis zu uns nach Europa, mit all den damit verbundenen Problemen. Einen Platz auf einem Tanker zu finden ist nicht ganz einfach, weil Tanker grundsätzlich keine Passagiere mitnehmen. Durch Zufall fand ich einen funkelnagelneuen Shell-Tanker – die „Lagena" –, welcher genaugenommen wegen seiner Größe ein Ultrasupertanker ist. Zuerst mußte ich mit Seemannsbuch anheuern und flog dann in den Persischen Golf, wo die „Lagena" bei Kharg-Island ihre Ölladung aufnahm und diese rund um Afrika bis nach Europa schippern mußte. Als Landratte macht man sich über die Dimensionen dieser Giganten keine Vorstellung. 320.000 t Öl haben Platz im Schiffsrumpf, das wäre – umgeladen – ein Güterzug von 250 km Länge. Vom Kiel bis zum Radarmast sind es 60 m, die Höhe eines 18stöckigen Hochhauses. Alle Treppen und Leitern würden aneinandergereiht eine Höhe von 4478 m ergeben, also vom Meeresspiegel bis zum Gipfel des Matterhorns. Das Schiff ist 351 m lang und 56 m breit und hat ein Deck im Ausmaß von mehr als drei Fußballfeldern. Jeder der beiden Anker wiegt 60 t, allein ein einziges Glied der 800 m langen Ankerkette mißt 1 m und ist so schwer wie ein Pferd (720 kg), das Ruderblatt ist 120 m^2 groß. Voll abgeladen hat der Ölriese einen Tiefgang von 22 m und kann so in keinen europäischen Ölhafen mehr einfahren, sondern muß auf offener See in einen anderen Tanker zuerst ableichtern. Der Ultrasupertanker fährt weitab der Küsten, legt zwischendurch nirgendwo an und wird gelegentlich während der Fahrt durch Helikopter mit Nahrungsmitteln, Post und Austauschmannschaften versorgt. Die täglichen Betriebskosten belaufen sich auf rund 75.000 DM, die auch dann entstehen, wenn der Tanker wochenlang in einem Ölhafen auf seine Ladung warten muß. Dieser Ölgigant wurde wochenlang zu meiner neuen Heimat, und es tat sich mir eine gänzlich neue, gigantische und unbekannte Welt auf.

Das nächtlich beleuchtete Deck der „Lagena" – größer als drei Fußballfelder.

SUPERTANKER „LAGENA“

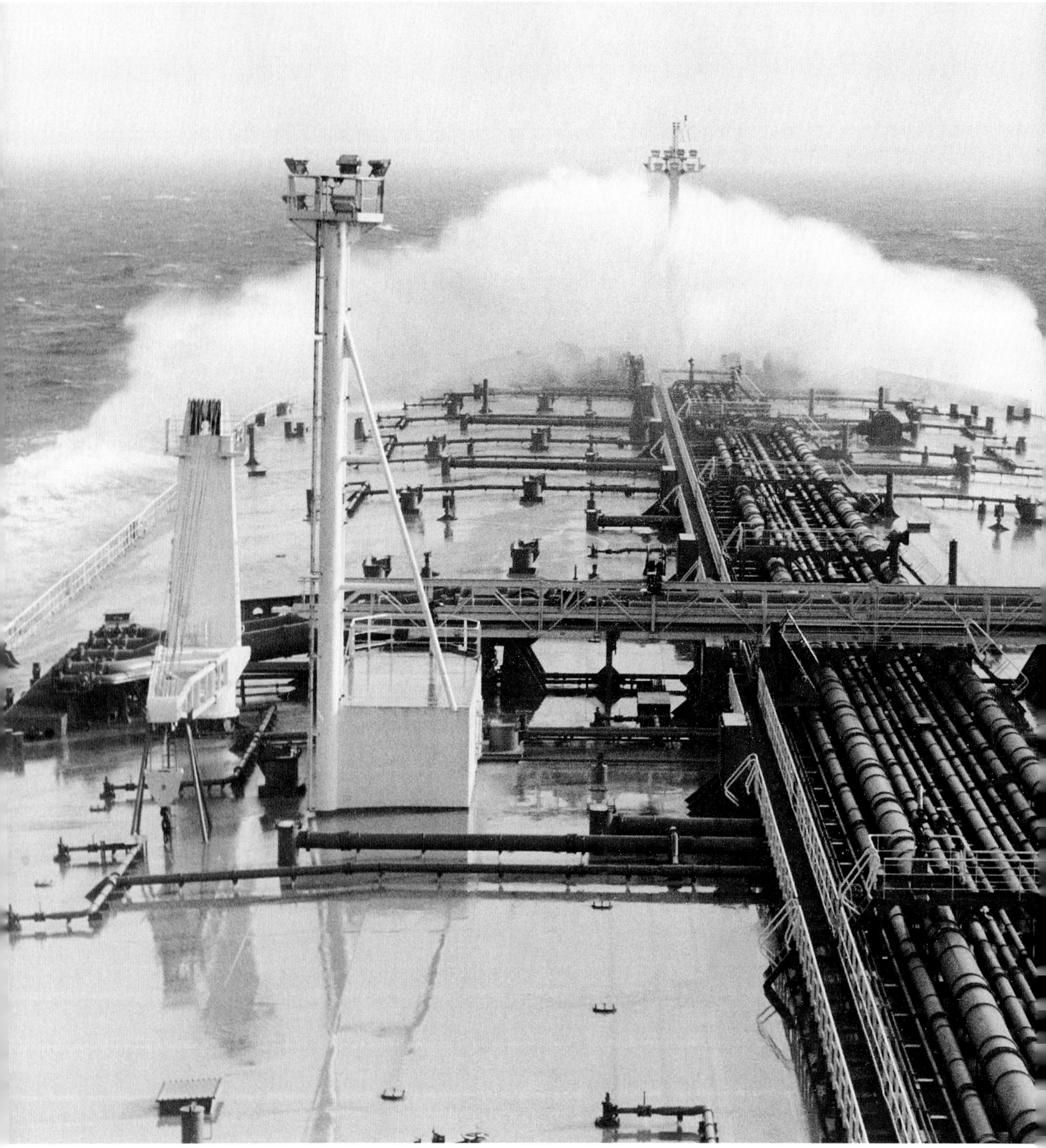

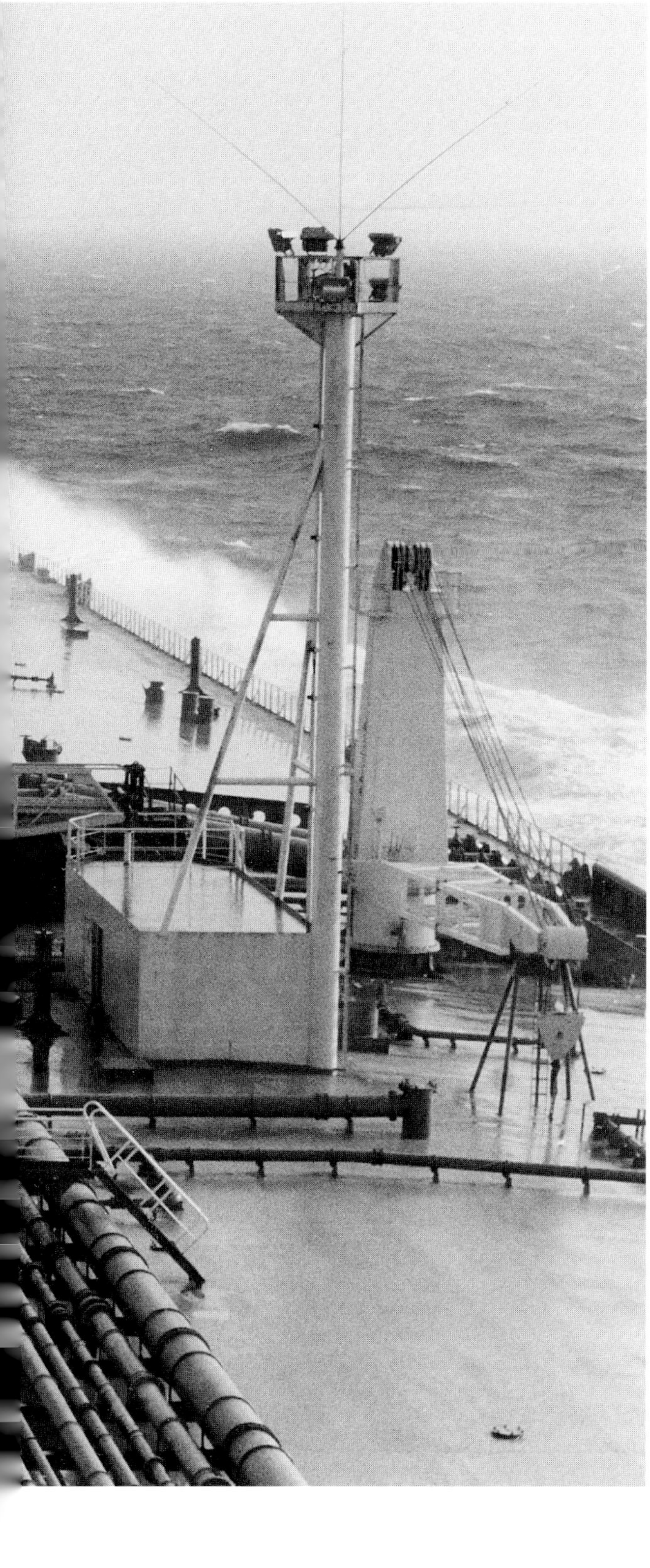

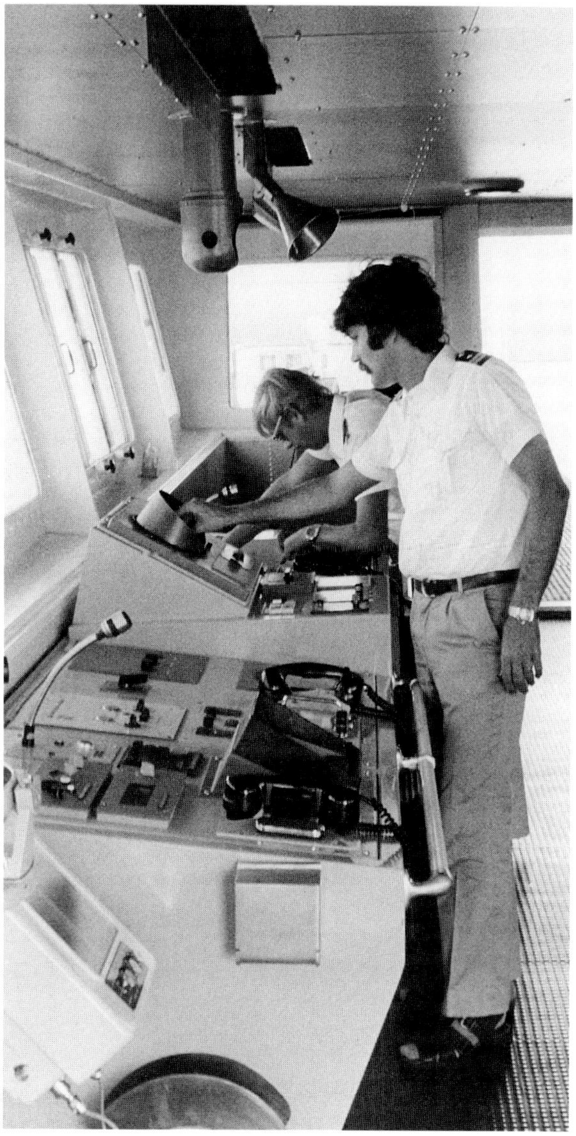

Der Ultrasupertanker wurde von der Brücke aus mit einem Hebel, nicht größer als bei einem Auto, dirigiert und manövriert.

An der Südspitze Afrikas, am Kap der Guten Hoffnung, gerieten wir in einen argen Sturm. Niemand durfte mehr an Deck. Der Tanker erbebte von den anstürmenden gewaltigen Wellen.

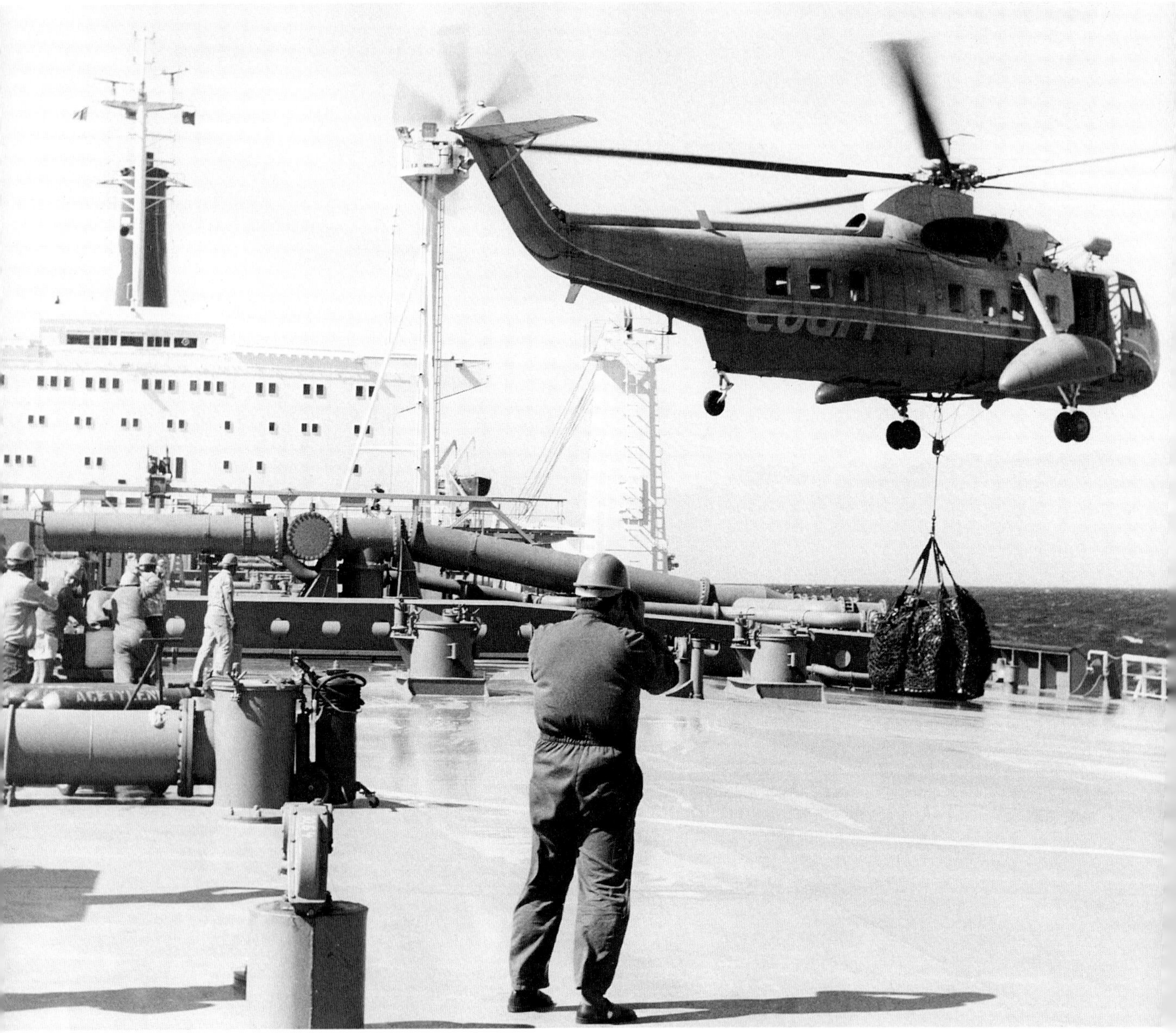

Wir sahen wochenlang überhaupt keine Küste, aber mitunter landete urplötzlich ein Helikopter während der vollen Fahrt auf dem Deck und brachte Frischgemüse, Obst, Fleisch, Post und einige neue Besatzungsmitglieder. Die nach sechs Monaten abgelösten Seeleute nahm er dann wieder mit. Das freudige Intermezzo dauerte nicht länger als zehn Minuten.

Rechte Seite: Beladen können derartige Riesenschiffe wegen der gefährlichen Rumpfspannungen nur mit Hilfe des Computers werden. Binnen zwölf Stunden wird ein Ultrasupertanker be- oder entladen, und sofort beginnt die Fahrt wieder.

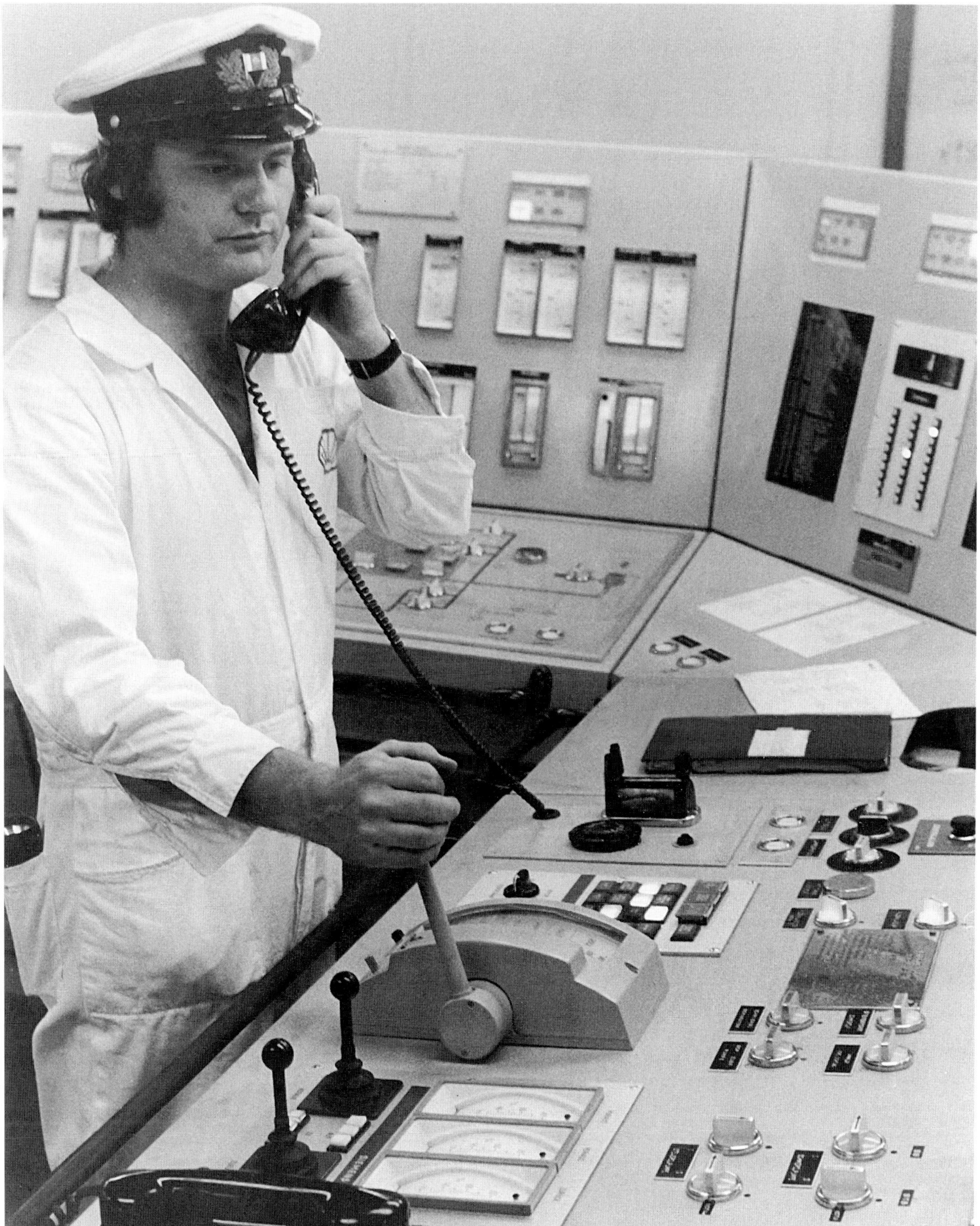

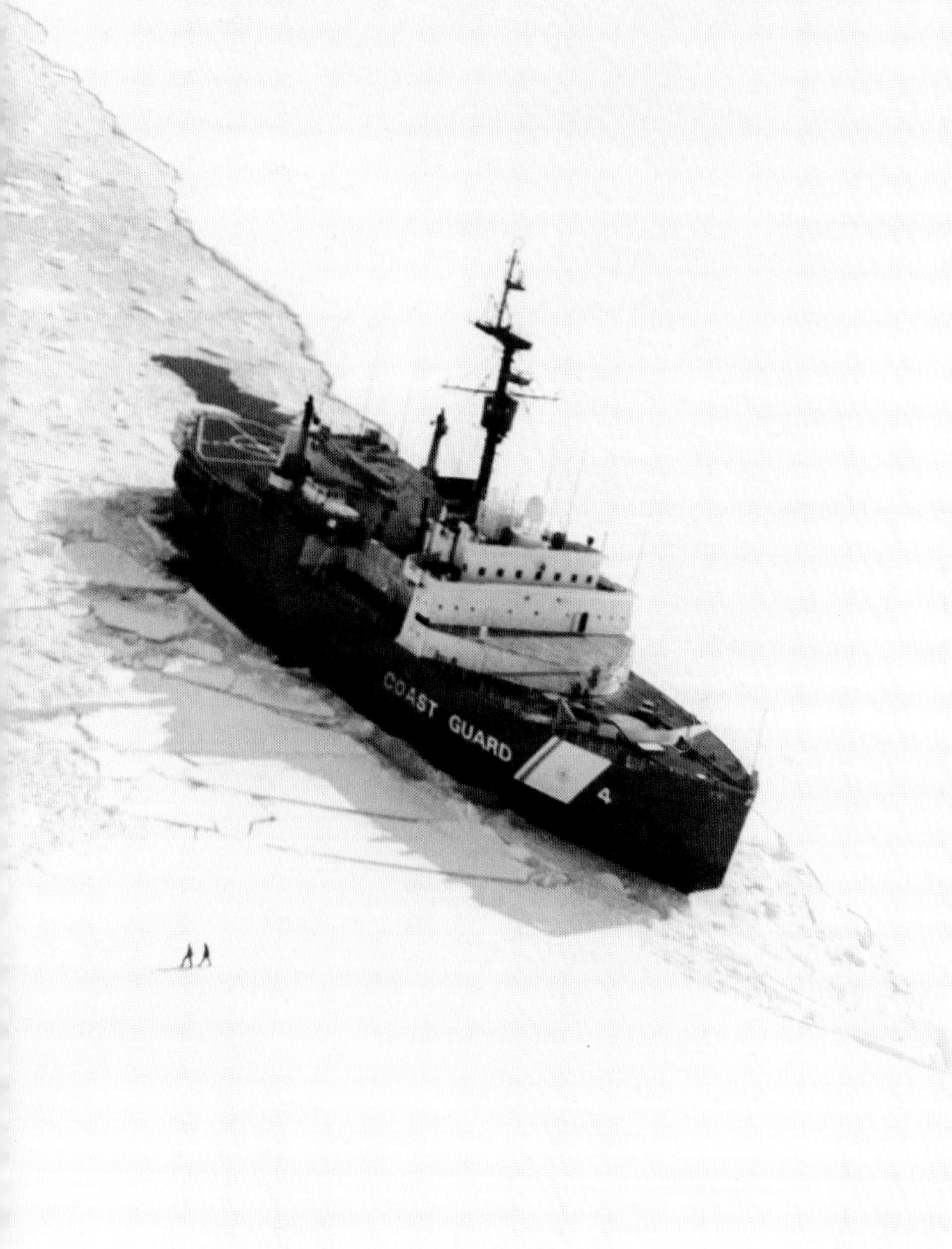
COAST GUARD
4

ANTARKTIS
Coast Guard

Die Antarktis ist unser letzter Rohstoffbunker auf der Erde, der hoffentlich nie ausgebeutet werden wird. 90 Prozent aller Eismassen (30 Millionen Kubikkilometer) liegen in der Antarktis (Südpol) und nur zehn Prozent am Nordpol. Zahlreiche Nationen haben dort ihre Forschungsstationen, die sehr häufig vom Militär betrieben werden. Wie man eine Torte aufteilt, die Spitze jeweils am Südpol, haben sich etliche Nationen vertraglich ihre Anspruchsgebiete reserviert. Die verschiedenen nicht eisgängigen Explorer- und sonstigen Luxuspassagierschiffe kommen in die eigentlichen Antarktisstationen (McMurdo etc.) kaum hin und landen bei der antarktischen Halbinsel oder bei den vorgelagerten Inseln. Man muß mit Eisbrechern unterwegs sein, um die eigentlichen Kerngebiete erreichen zu können. So versuchte ich es ein volles Jahr lang bei der US-Coast Guard, hatte Glück und erhielt die Genehmigung, mit dem Eisbrecher USCGC „Glacier" mitfahren zu dürfen, nachdem ich einen sechs Seiten langen Test über mich ergehen hatte lassen müssen, in dem u. a. genau festgehalten war, ob ich Hosenträger oder Gürtel benütze. Es war faktisch ein Kriegsschiff mit 250 Mann Besatzung, zwei Helikoptern, einer eigenen Poststation, einem Einkaufsladen und einem Zahlmeister mit 500.000 Dollar Bargeld. Alkohol gab es, wie bei der Kriegsmarine, keinen an Bord, und so feierten wir Weihnachten mit Coca-Cola-Dosen aus dem Automaten an Bord des kleinen Schiffes. Meine Koje lag tief unten im Schiffsbauch unter der Wasserlinie, die man nur über steile Leitern erreichen konnte. Nachts wurden alle Decks mit Lukendeckeln verriegelt. Wir mußten einen 60 km langen Eiskanal von der offenen See bis hinein nach McMurdo, der größten Antarktisstadt (USA), für die Versorgungsschiffe aufbrechen.
So mußte ich mich beeilen und nach Neuseeland fliegen, wo der Eisbrecher für die dreimonatige Antarktisreise gerade auftankte.

Das kompakte Eis war etwa zwei Meter dick und mußte mit pausenlosen Rammfahrten aufgebrochen werden, was Tag und Nacht einen höllischen Lärm im Schiff verursachte.

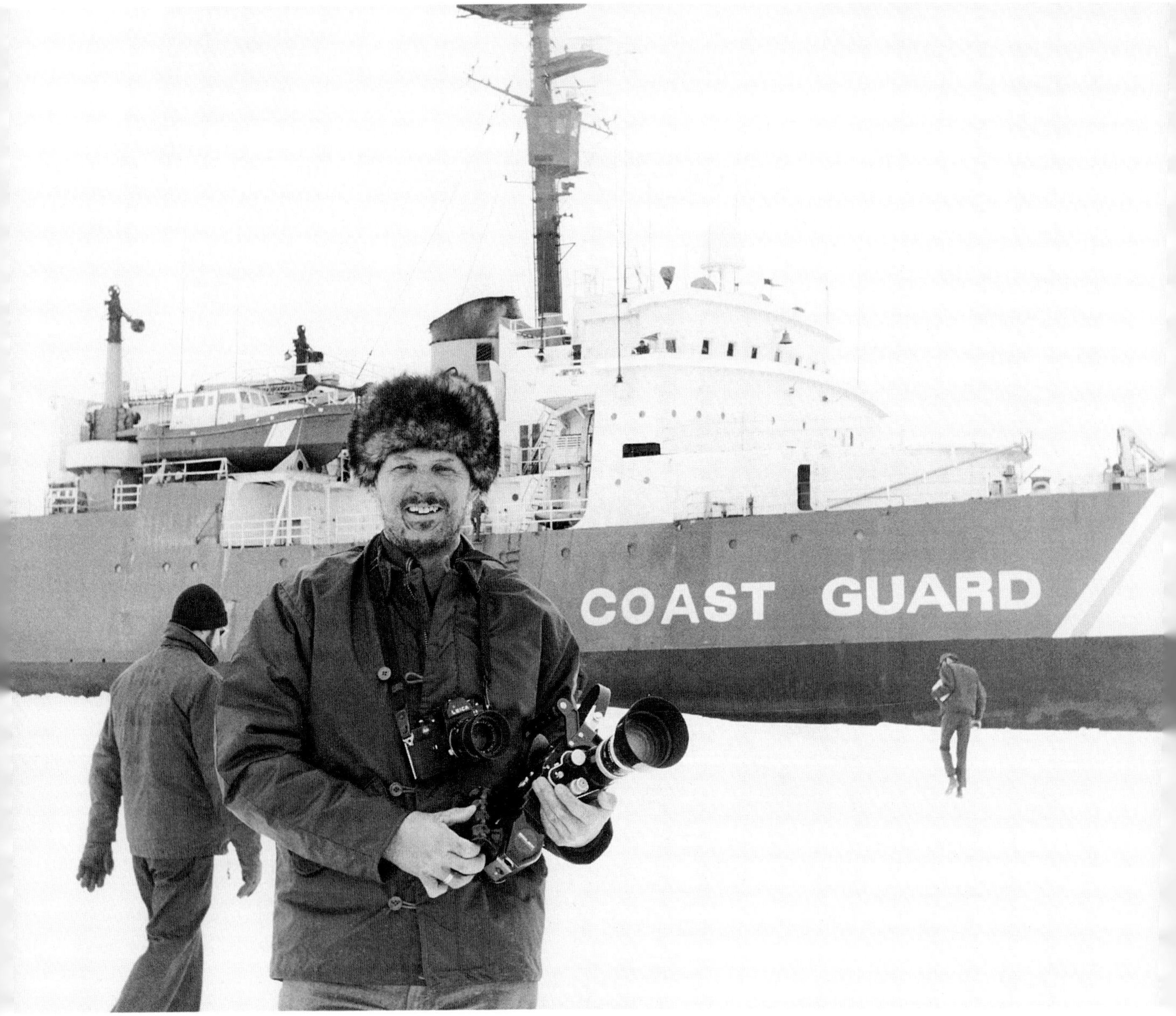

Mitunter durften wir während der Eisbrecherei auf das Eis, um von dort aus bessere Aufnahmen machen zu können. Mit voller Maschinenleistung polterte der Eisbrecher mit seinem abgeflachten Bug gegen die Eisdecke und drückte sie nieder. Sobald die „Glacier" festsaß, robbte sie wieder zurück, um einen neuerlichen Anlauf zu nehmen, und alles begann wieder von vorne.

Rechte Seite oben: Kapitän (links) und 1. Offizier des US-Coast-Guard-Eisbrechers „Glacier".
Rechte Seite unten: Einige Kilometer außerhalb der US-Antarktisstadt McMurdo befindet sich der Flugplatz am Eisschelf. Mit C-130-(Hercules-)Flugzeugen unterhalten die Amerikaner von Neuseeland aus bis in die Antarktis eine Nonstop-Luftbrücke.

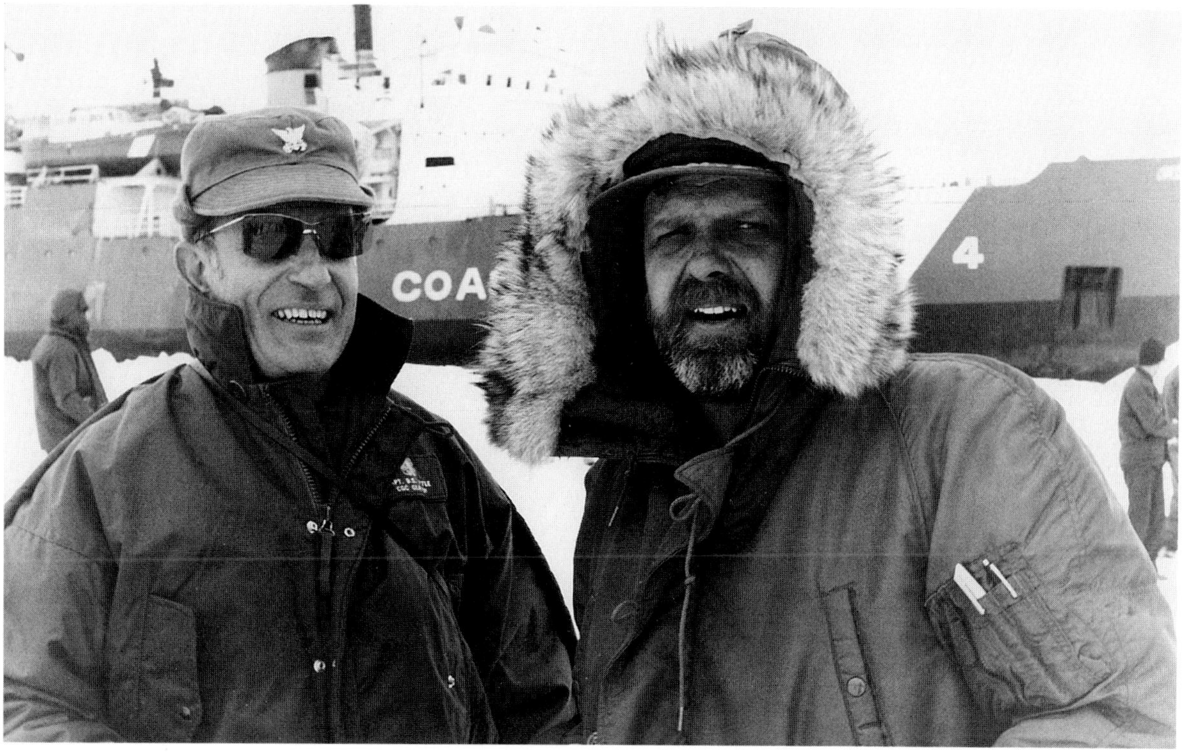
COA
4

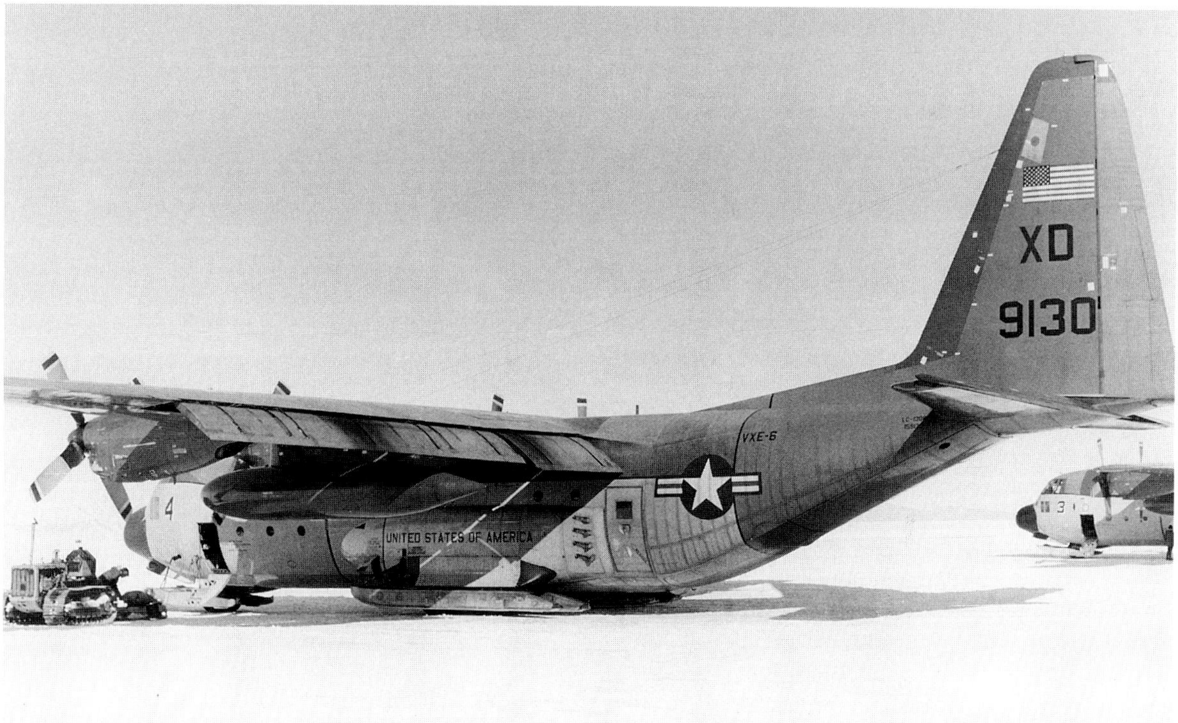
XD
9130
VXE-6
UNITED STATES OF AMERICA
4
3

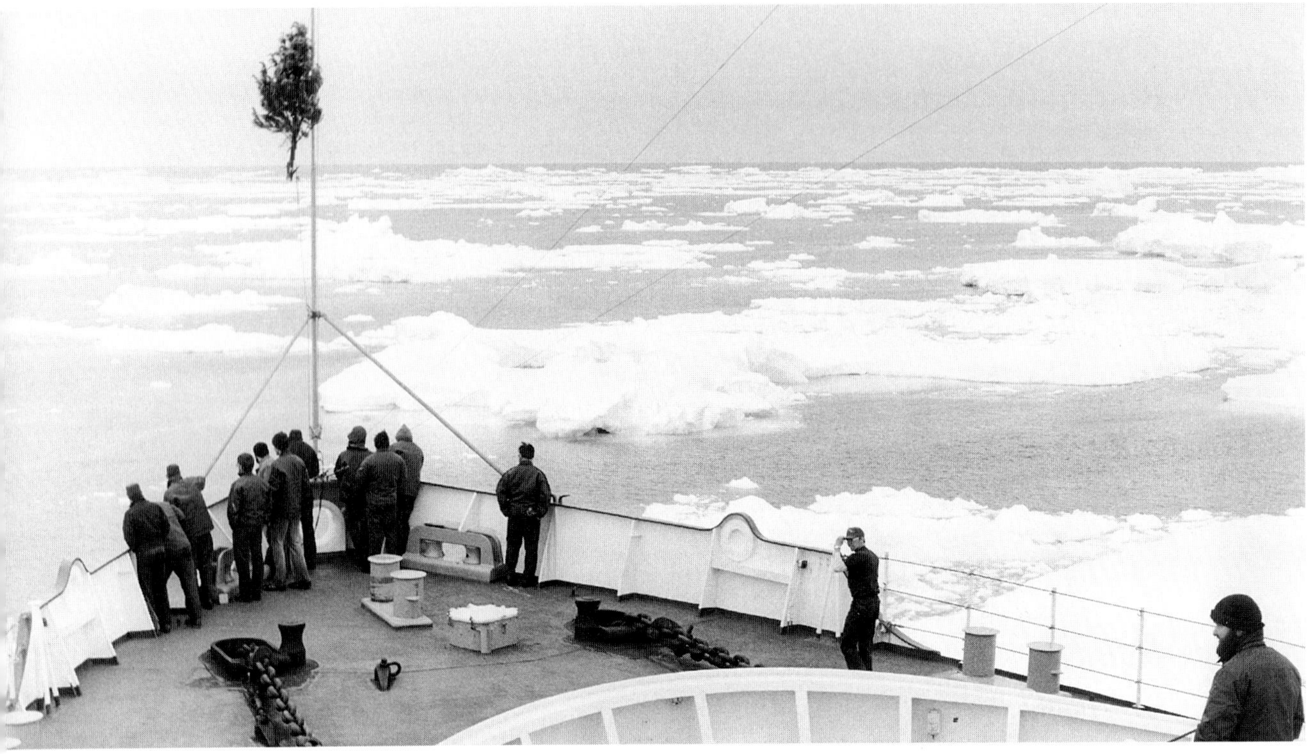

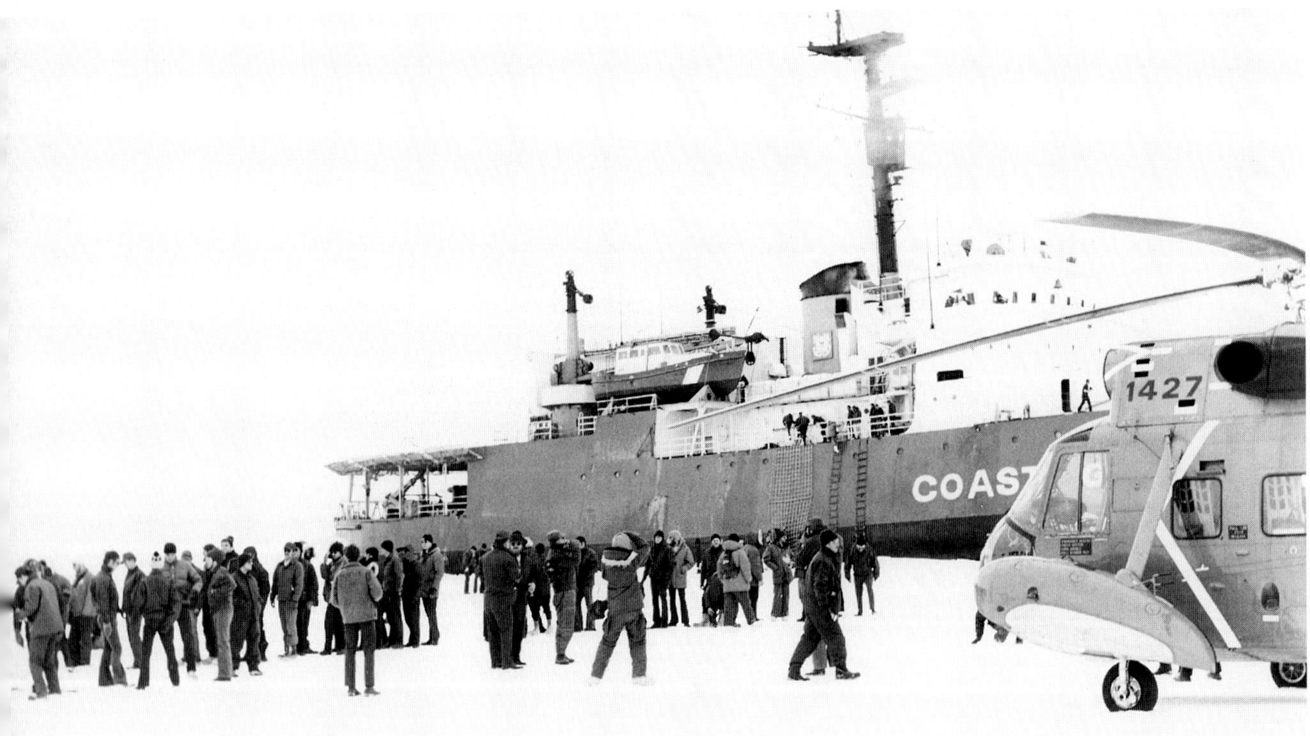
1427
COAST

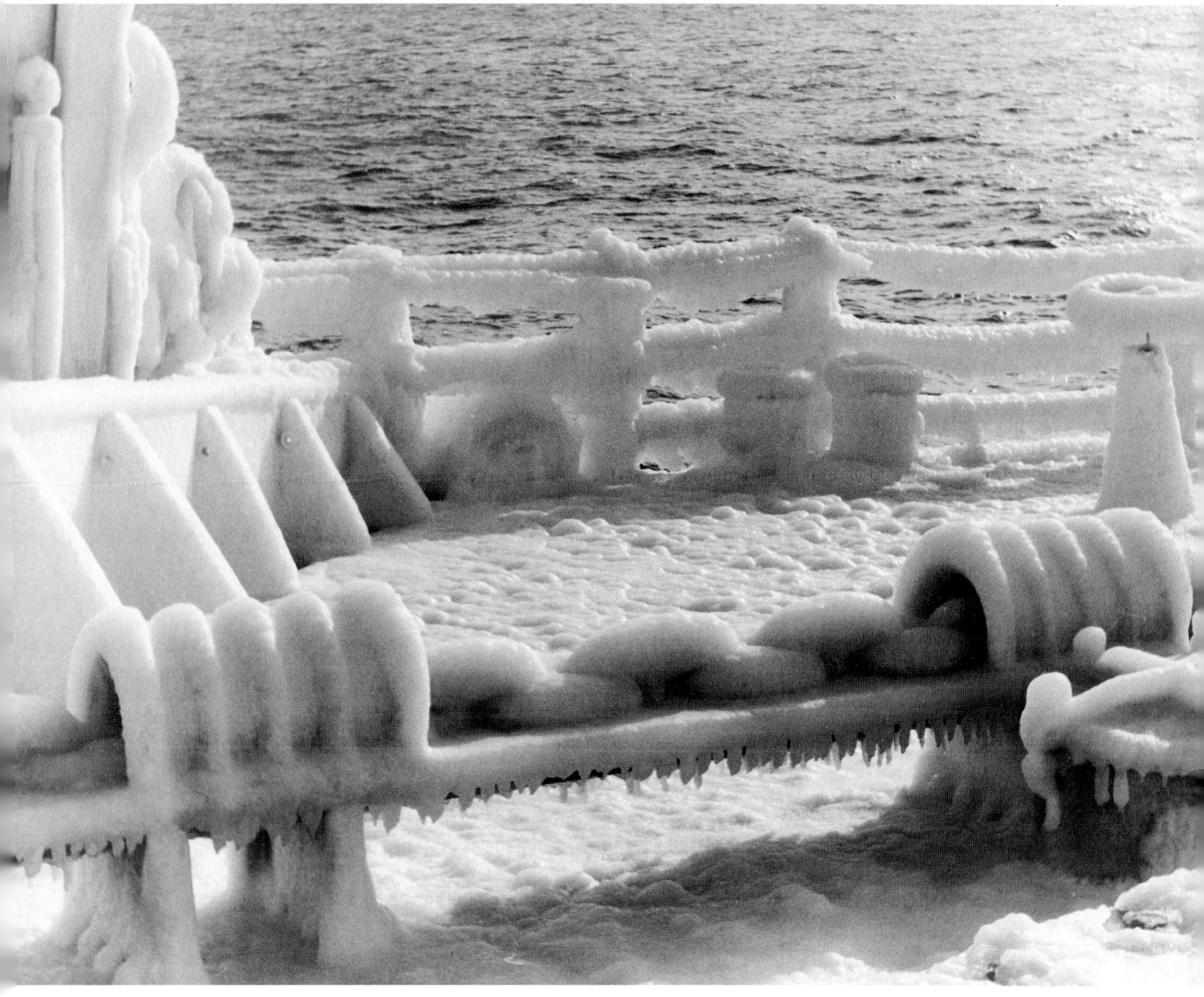

Wenn das Wetter umschlug, überzogen die Blizzards innerhalb kürzester Zeit das ganze Schiff mit einem dicken Eispanzer. Das Eis mußte dann rasch von der Besatzung abgeschlagen werden, weil diese tonnenschwere Last die Stabilität des Eisbrechers gefährdete.

Linke Seite oben: Den aus Neuseeland mitgebrachten Christbaum hißten wir vorne am Bug. Es waren trostlose Weihnachten.

Linke Seite unten: Alkohol an Bord ist bei der Kriegsmarine striktest und ausnahmslos verboten. Also stoppte der Eisbrecher für zwei Stunden seine Eisbrecherei, einer unserer Helikopter holte von McMurdo 500 Bierflaschen, und die ganze Besatzung kletterte vom Schiff aufs Eis und trank dort gratis die mit Liste ausgeteilten zwei Bierflaschen pro Kopf.

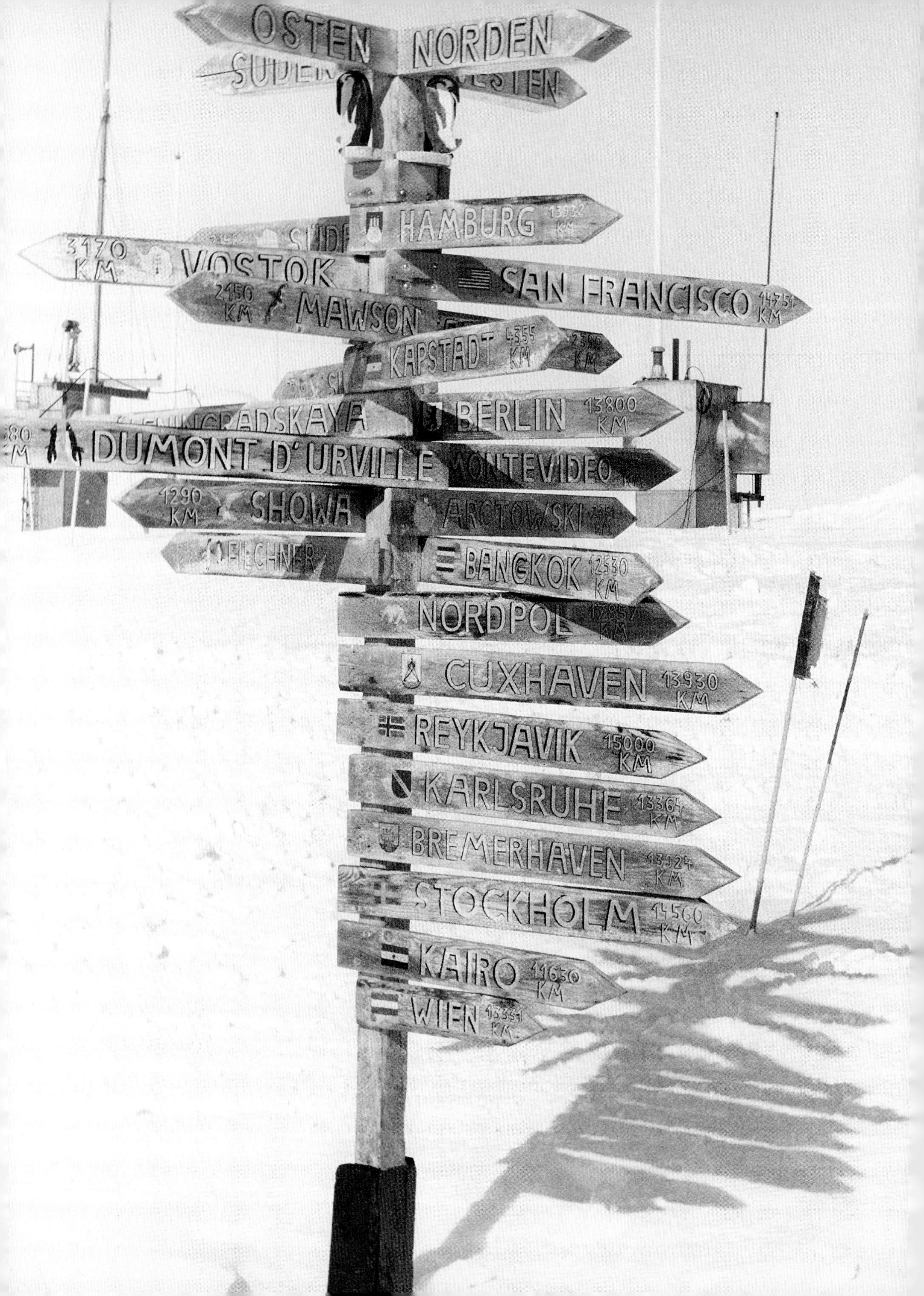
OSTEN
NORDEN
HAMBURG
3170 KM VOSTOK
SAN FRANCISCO
2150 KM MAWSON
KAPSTADT 4355 KM
2390 KM
BERLIN 13800 KM
DUMONT D'URVILLE
MONTEVIDEO
1290 KM SHOWA
ARCTOWSKI
FILCHNER
BANGKOK 12530 KM
NORDPOL
CUXHAVEN 13930 KM
REYKJAVIK 15000 KM
KARLSRUHE 13364 KM
BREMERHAVEN
STOCKHOLM 14560 KM
KAIRO 11630 KM
WIEN 13331 KM

ANTARKTIS
„Polarstern"

Die dreimonatige Antarktisreise mit dem US-Coast-Guard-Eisbrecher „Glacier" hatte mir nicht genügend Material für mein geplantes Buch eingebracht, und so suchte ich nach einem neuerlichen Weg in die Antarktis. Das Alfred-Wegener-Institut für Polarforschung in Bremerhaven stand vor der Deutschen Antarktis-Expedition 1983/84 – natürlich wollten sehr viele Journalisten und Reporter daran teilnehmen. Nachdem ich meine Reportagen- und Buchpläne in Bremerhaven vorlegte und auf meine vorangegangene „Glacier"-Antarktisreise hingewiesen hatte, schlug für mich wieder einmal die kaum erhoffte Glücksstunde. Ich durfte als einziger Reporter die Expedition begleiten, die abermals drei Monate dauern sollte.

Diesmal wartete das modernste und komfortabelste Eisbrecher-, Forschungs- und Versorgungsschiff in Südchile, wo ich mich zusammen mit 42 Wissenschaftlern einschiffte. Das war kein Vergleich mit dem US-Eisbrecher. Die „Polarstern" ist ein Luxusschiff besonderer Klasse, mit allem Komfort und technischen Raffinessen ausgerüstet, mit Fitneßraum und Labors für die Wissenschaftler. Ein doppelter Rumpf als Sicherheit, falls durch Eisdruck ein Leck entstehen sollte. Durch zwei Meter dickes Eis fuhr die „Polarstern", als wäre es Butter, konnte nach beiden Seiten schaukeln, um die kompakten Eisplatten einzudrücken, die von seitlichen Hochdruckdüsen weggeschoben wurden. Selbstverständlich war auch ein Helikopter an Bord. Die Bundesrepublik unterhält in der Antarktis eine Winterstation, die von uns auch mit Treibstoff und Lebensmitteln versorgt werden mußte. Für die jeweils neun (mit einem Arzt) Überwinterer in der deutschen Antarktisstation, teilweise gänzlich ohne Sonne in Dunkelheit mit Stürmen bis 200 km pro Stunde, zusammengepfercht in relativ kleinen Räumen, wie in einem U-Boot unter dem Eis, ist es manchmal nicht ganz einfach und problemlos. Die tiefsten Temperaturen wurden in der russischen Forschungsstation Vostock gemessen: minus 89 Grad. So konnte ich bei dieser Expedition auch die russischen, britischen und neuseeländischen Forschungsstationen besuchen.

Der Antarktis-Wegweiser zeigt ganz deutlich die Sehnsucht und das Heimweh auf diesem lebensfeindlichen Kontinent.

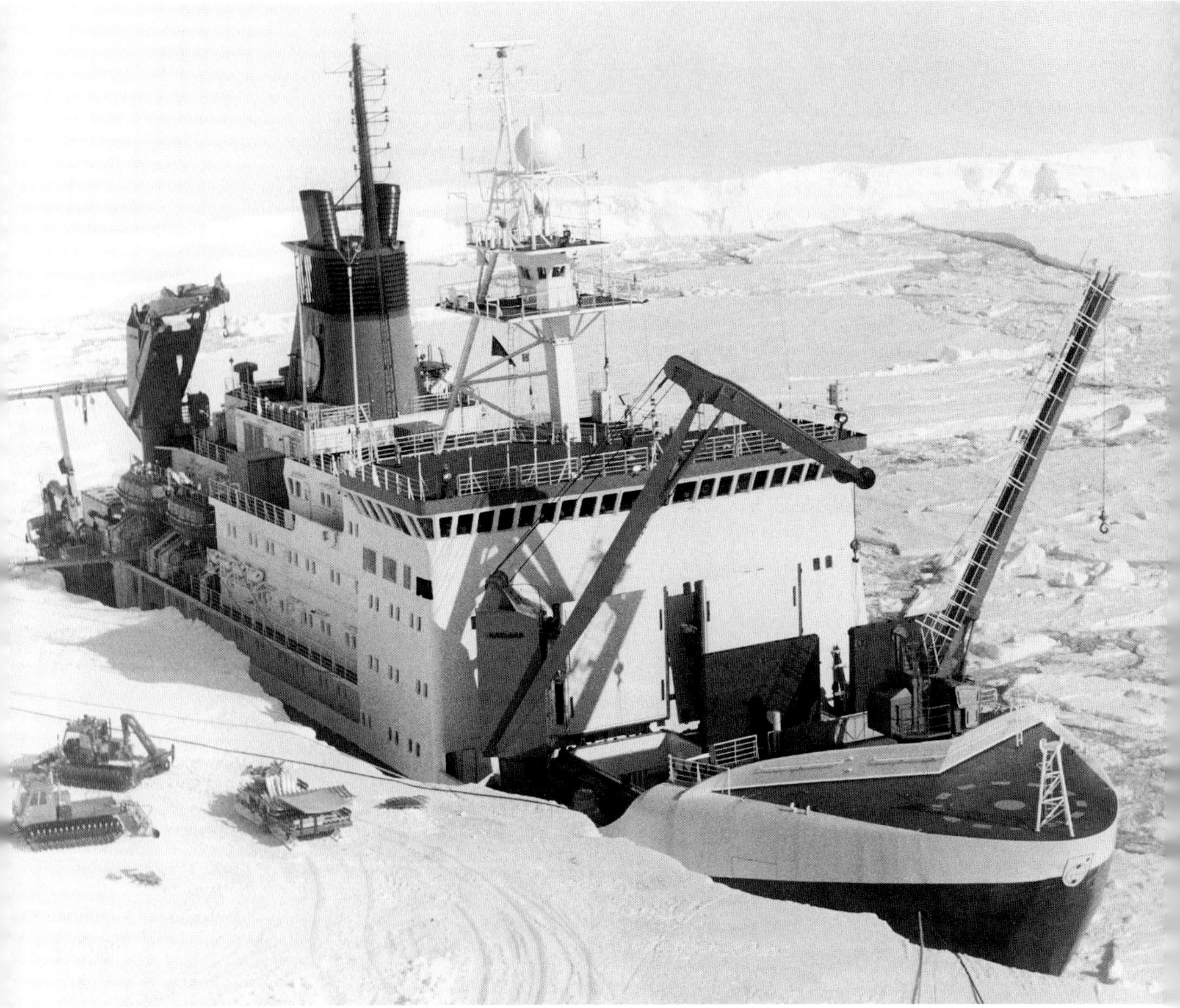

Nachdem wir uns tagelang durch das Eis „durchgeboxt" hatten, legte die „Polarstern" an der Schelfeiskante an.

Rechte Seite oben: Immer wieder brechen (kalben) riesige Teile, die mitunter so groß wie ein ganzes Bundesland sein können, des Schelfeises ab und treiben dann als Eisberge ins offene Meer. Die Antarktis ist mit einer ca. 3000 m dicken Eisschichte überdeckt, die – wie ein Teig – mit einer Geschwindigkeit von nur wenigen Metern pro Tag dem Meer entgegenfließt.
Rechte Seite unten: Eine ganze Flotte von Motorschlitten wurde ausgeladen und fuhr zur etliche Kilometer eiseinwärts liegenden Winterstation.

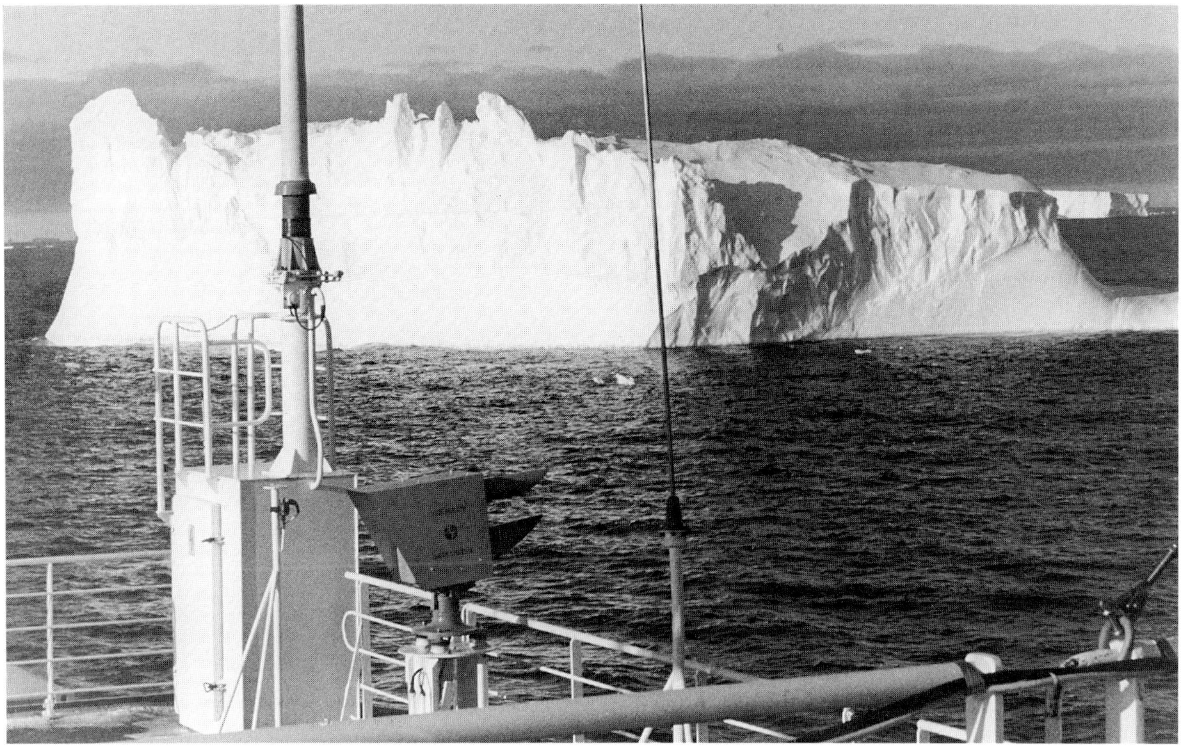

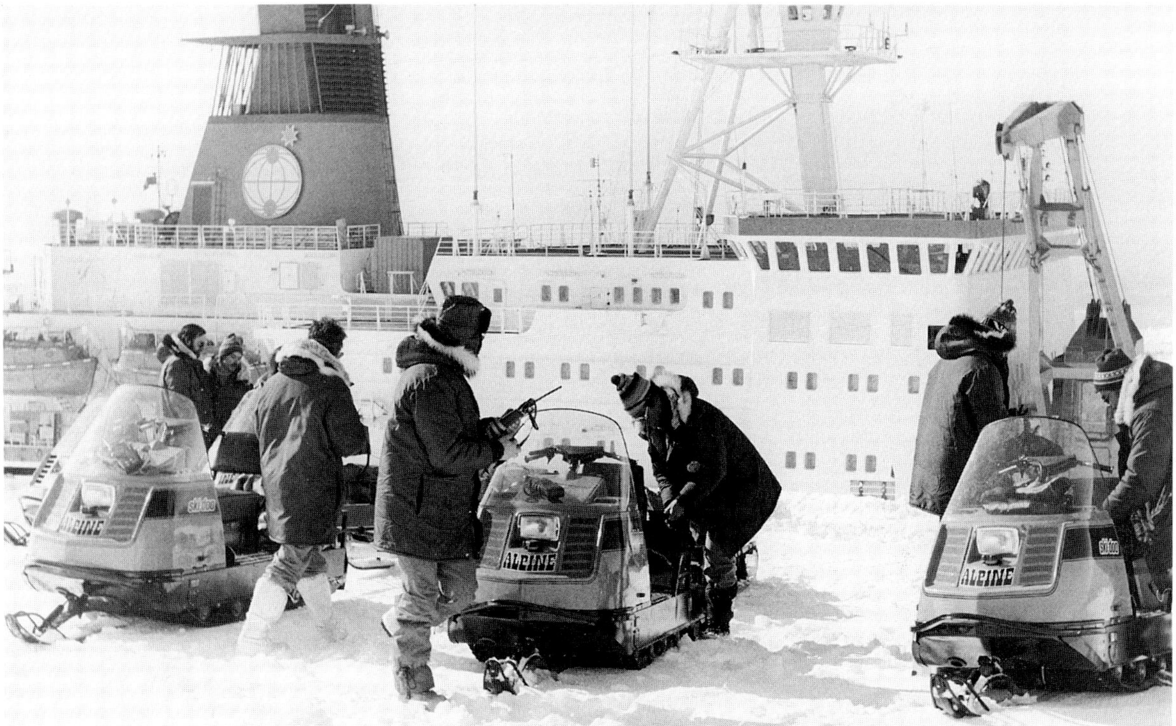
ALPINE
ALPINE
ALPINE

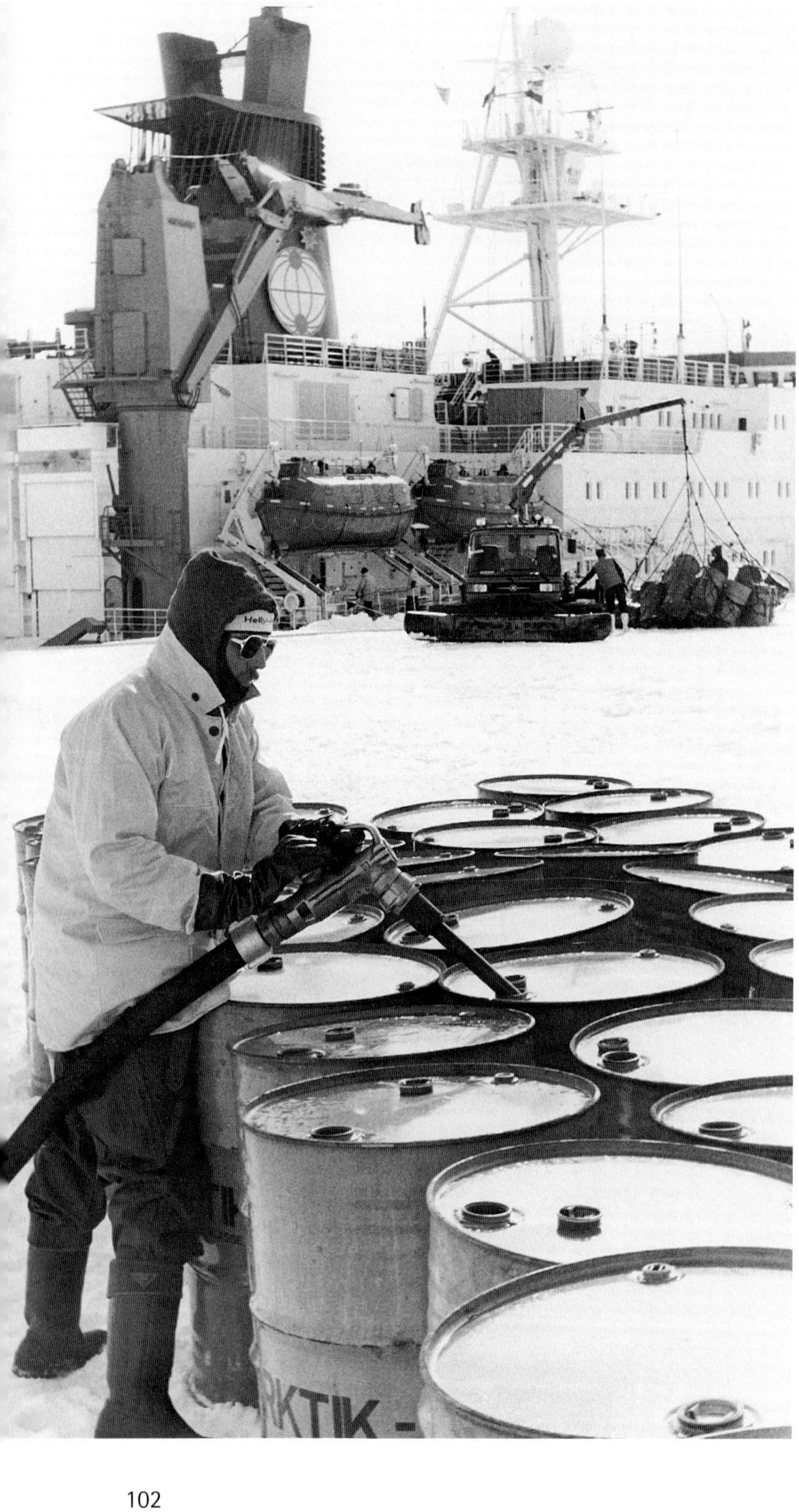

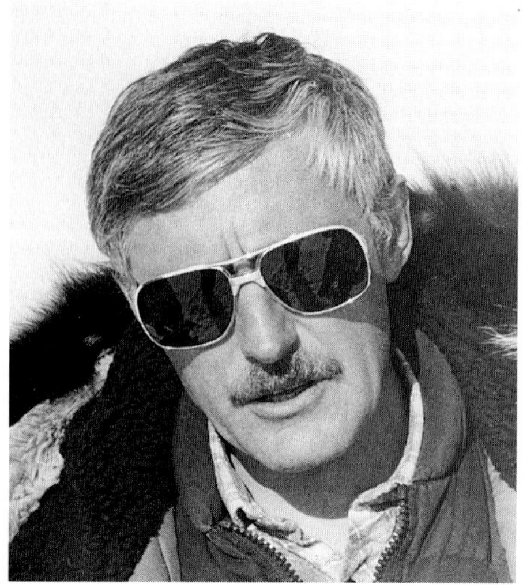

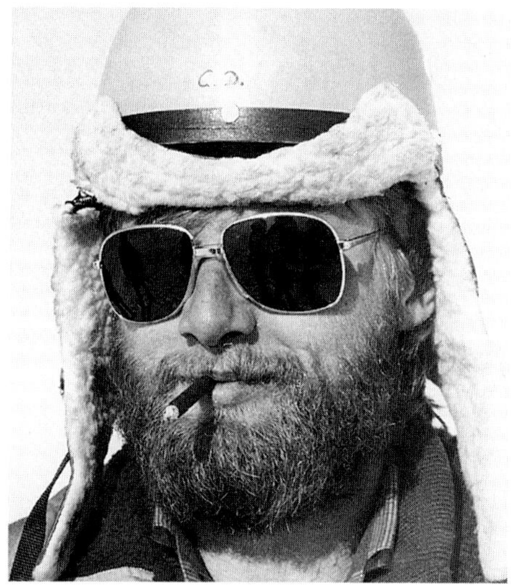

Einer der neun Überwinterer.

Bild oben: Dr. Heinz Kohnen, der Expeditionsleiter.
Rechte Seite oben: Die radikale Polartaufe muß jeder über sich ergehen lassen.
Rechte Seite unten: Die wie ein U-Boot unter dem Eis liegende deutsche G.-v.-Neumeyer-Winterstation mit ihren Ausstiegsschächten.

Akademische Tankwarte (Wissenschaftler) beim Treibstoffabfüllen.

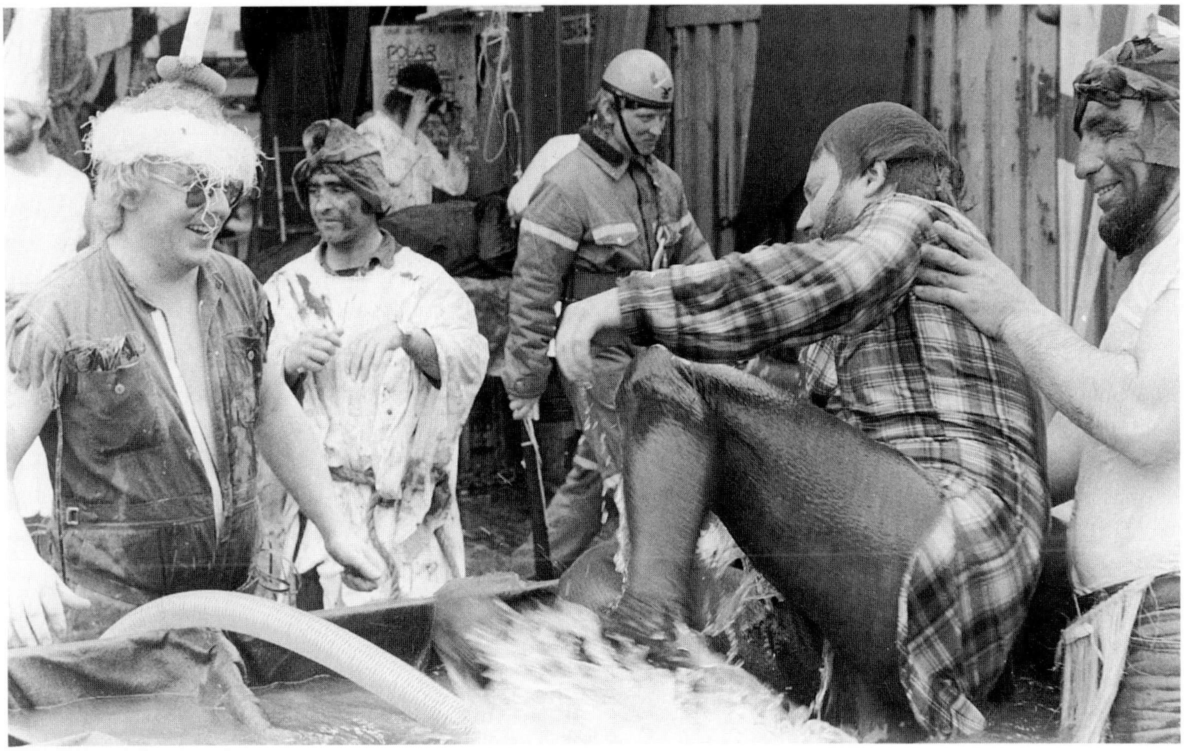

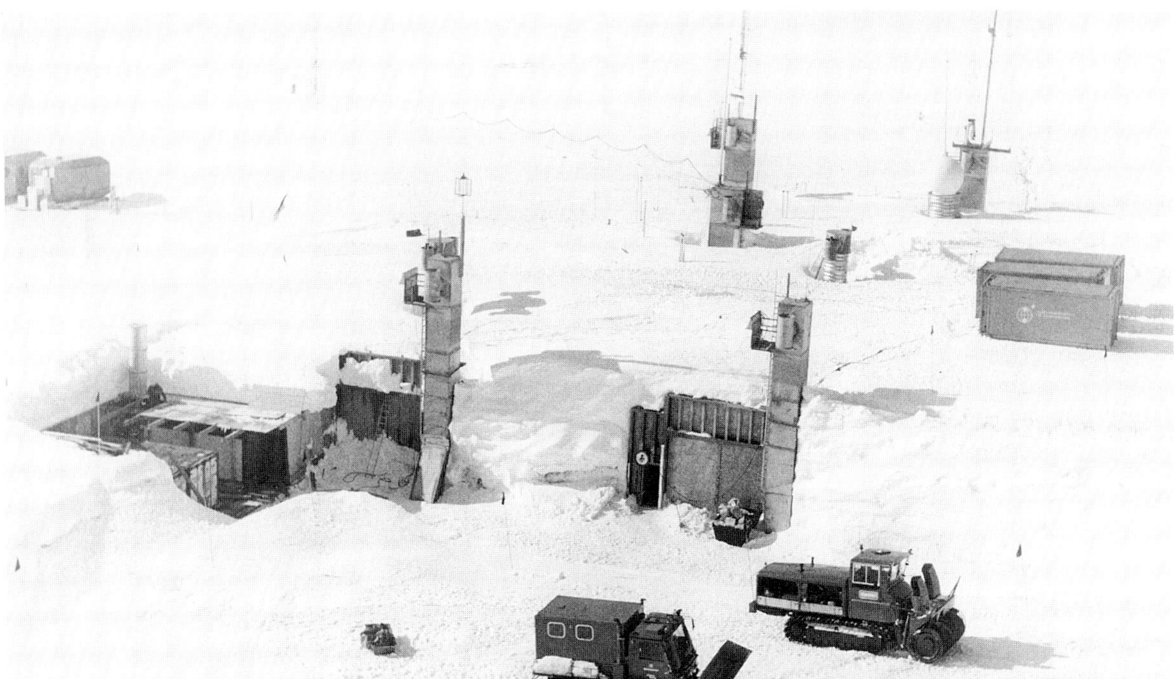

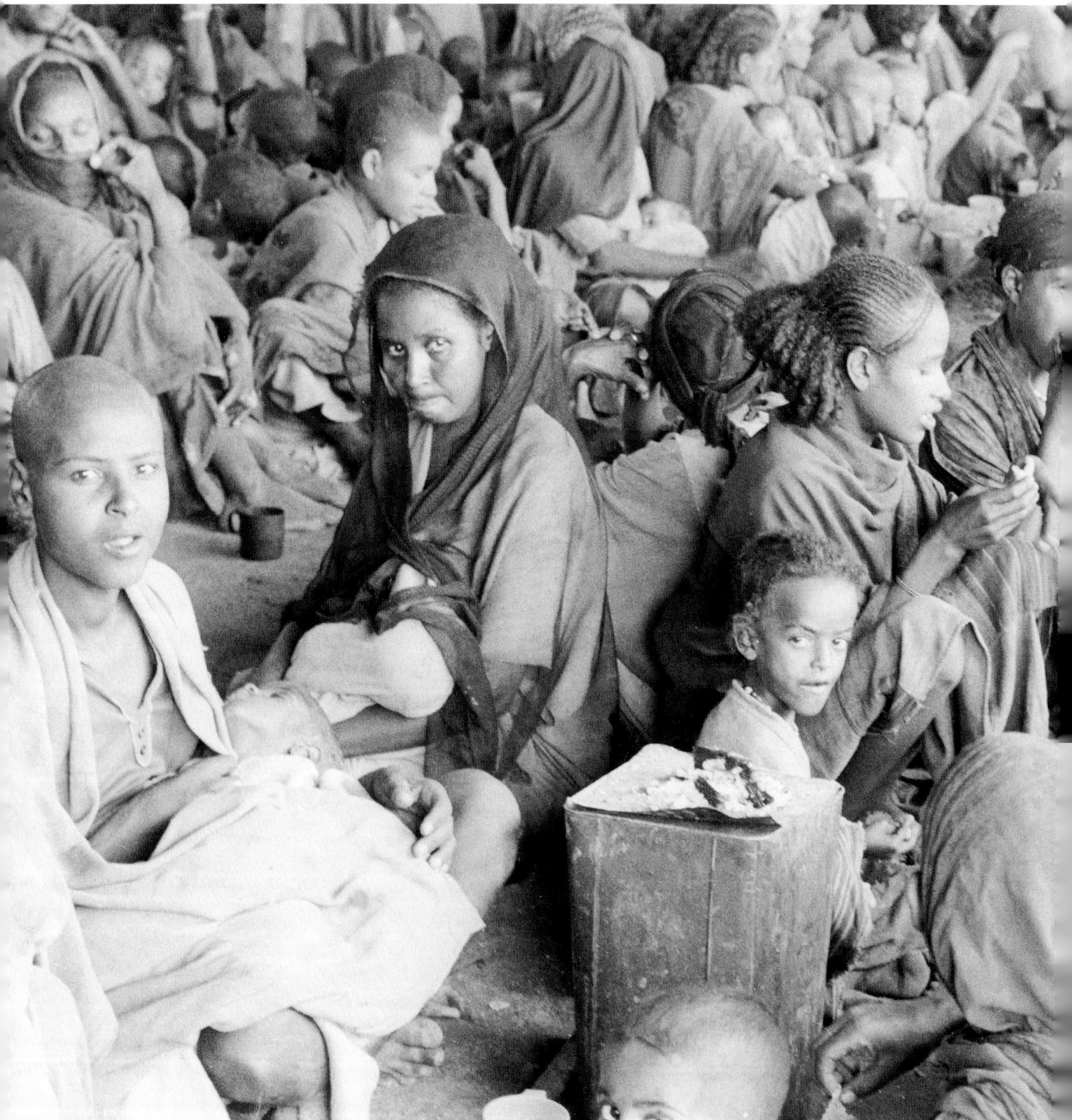

ÄTHIOPIEN

Selbst als abgebrühter Reporter hat mich noch selten ein Thema so erschüttert wie die Hungerlager in Äthiopien, wo täglich reihenweise die ausgemergelten und bis zum Skelett abgemagerten Menschen sterben, gewaschen und in weiße Tücher gehüllt vergraben wurden. Wir können und müssen spenden, aber wir lösen damit keineswegs das Problem. Die ganze Welt spendete notwendigerweise nicht nur für Äthiopien und die ganze Sahel-Hungerzone unzählige Schiffsladungen Weizen- und Maismehl, um den Hunger zu stillen. Eine Nebenerscheinung war, daß die noch kümmerliche Landwirtschaft im Lande zugrunde ging, weil niemand mehr kaufte, sondern alles gratis gespendet wurde. Der geringe Baumbestand wird abgeholzt, der Boden erosiert und verödet. Aber das Grundproblem liegt in der Überbevölkerung, im raschen Bevölkerungswachstum. Die Nahrungsmittelressourcen können mit den Wachstumsraten nicht mithalten, und so entsteht eine „Wachstumsfalle" bei Überschreiten der natürlichen Tragfähigkeitsgrenze. Die Vorstellung dieser Bevölkerungsexplosion überschreitet meist das normale menschliche Vorstellungsvermögen. Angenommen, man faltet ein Blatt Zeitungspapier mit einer durchschnittlichen Dicke von 0,2 mm nur 50mal zusammen – der entstehende Papierberg würde, man kann es kaum fassen, eine Dicke von 225,179.981 km (225 Mio. km!) aufweisen, unwesentlich kleiner als die Distanz von der Sonne zum Mars (Hoimar von Ditfurth). So ähnlich verhält es sich mit dem Weltbevölkerungswachstum. Der bekannte und anerkannte Wissenschaftler Hoimar von Ditfurth hat einen sehr harten, im Kern aber leider wahren Ausspruch getan: „Mit jedem geretteten Kind multiplizieren wir dieses Problem in die Zukunft." Es ist keine Frage, wir müssen helfen und immer wieder helfen, aber das Problem können wir damit nicht lösen, es wird leider immer größer werden.

Hungerlager in Äthiopien.

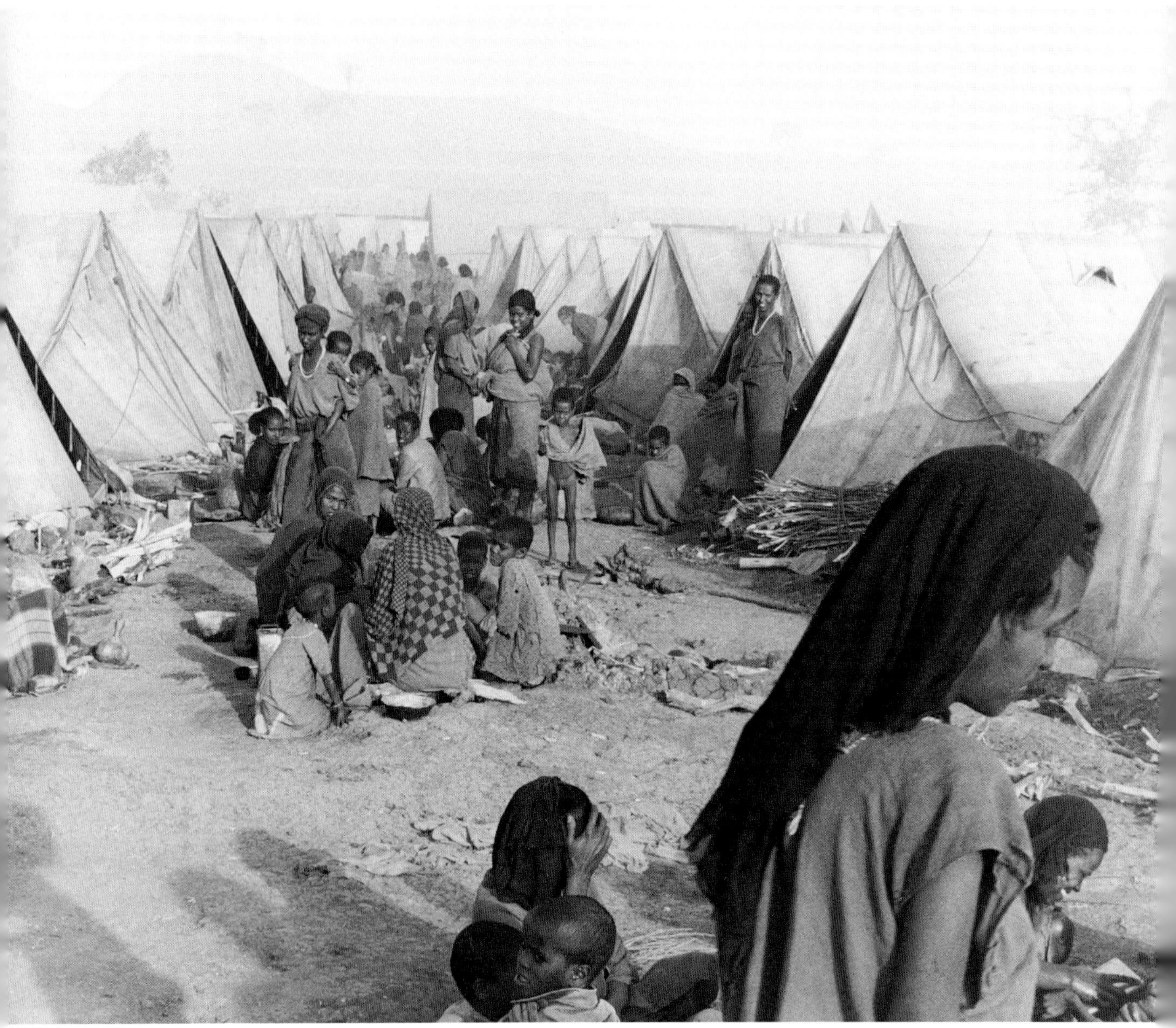

Das Elend in den Hungerlagern ist unbeschreiblich. Die hygienischen und sanitären Zustände sind katastrophal. Der Unrat und die Exkremente zwischen den Zelten stinken buchstäblich zum Himmel.

Rechte Seite oben und unten: Von Hunger und Tod gezeichnet, sehen diese, nur mehr aus Haut und Knochen bestehenden Menschen völlig apathisch vor sich hin.
Rechte Seite rechts: Die Tochter schleppt ihre nicht mehr gehfähige Mutter auf dem Rücken zum Lager.

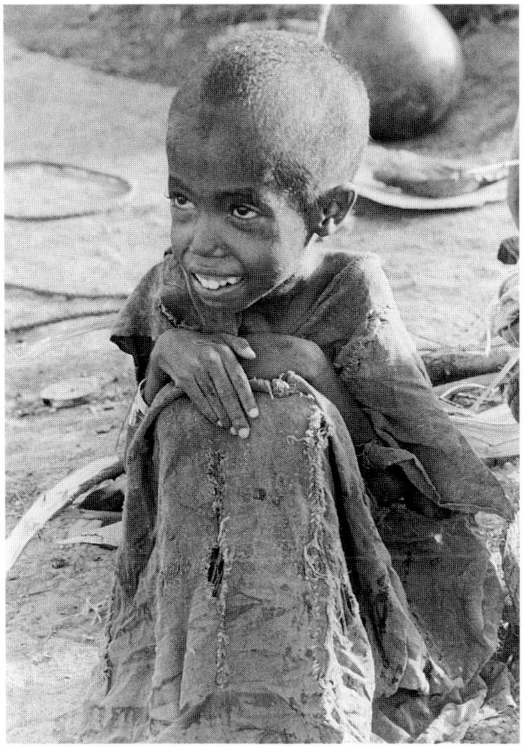

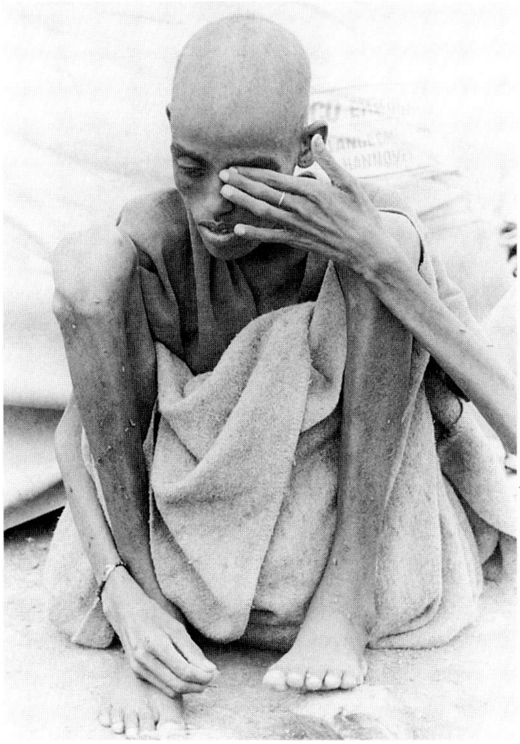

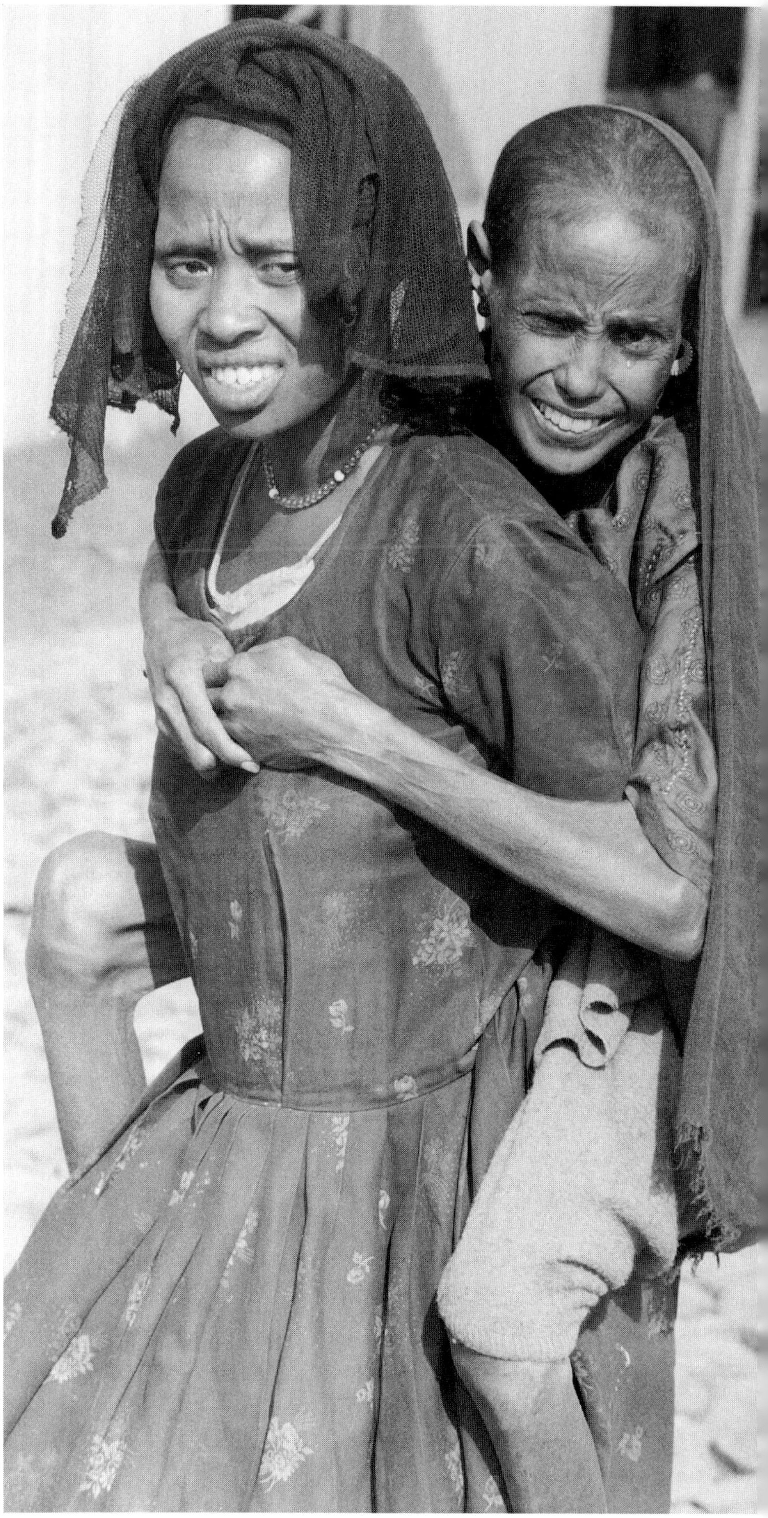

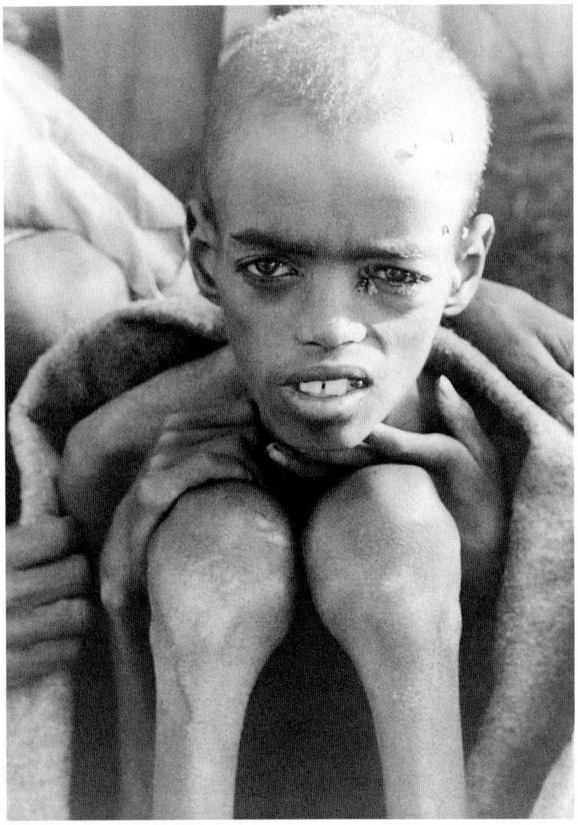

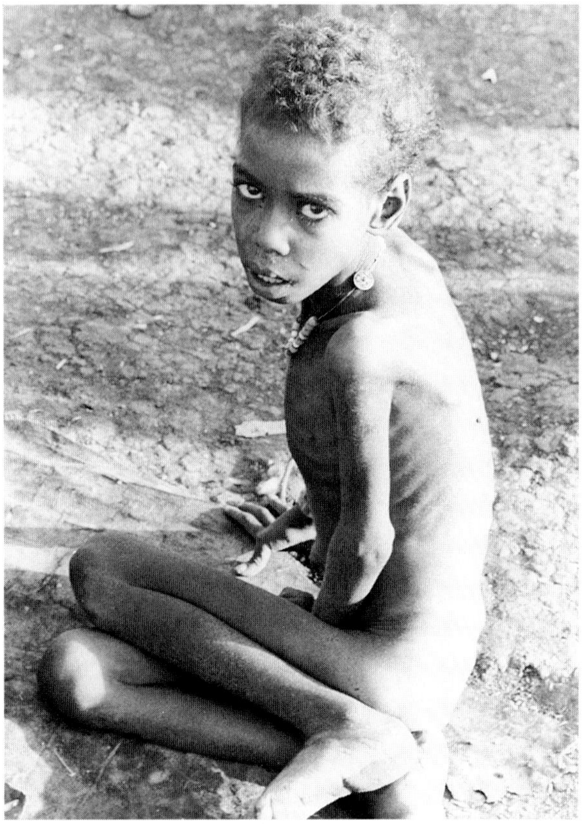

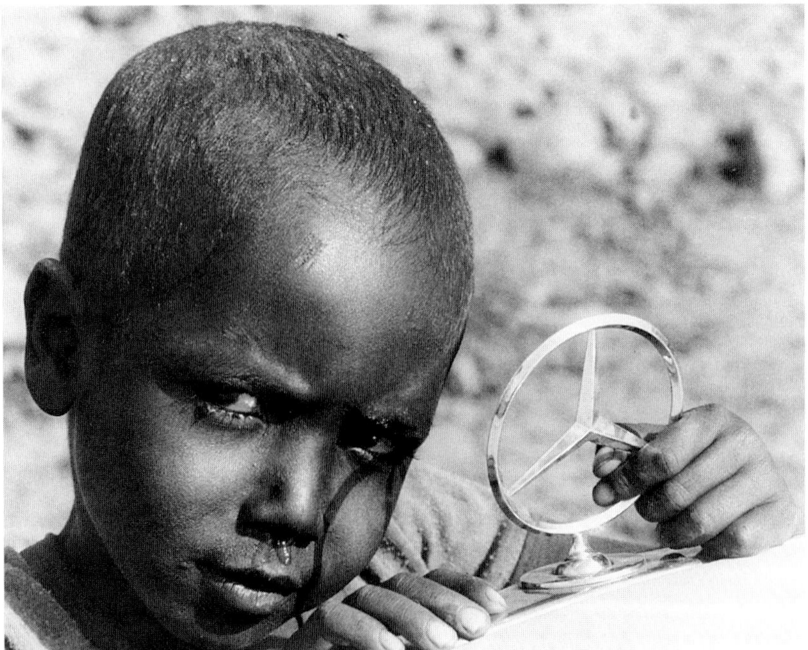

Die Kinder verkraften den Hunger am wenigsten. Wenn endlich Hilfe kommt, ist es meist zu spät. Hinzu kommen Darminfektionen und andere Krankheiten.

Rechte Seite: Die flehenden Augen dieser Mutter sagen alles.

Noch gehfähige Kinder schwärmen aus den Lagern und betteln auf der Straße in Eigenregie, indem sie sich vor heranfahrende Autos legen.

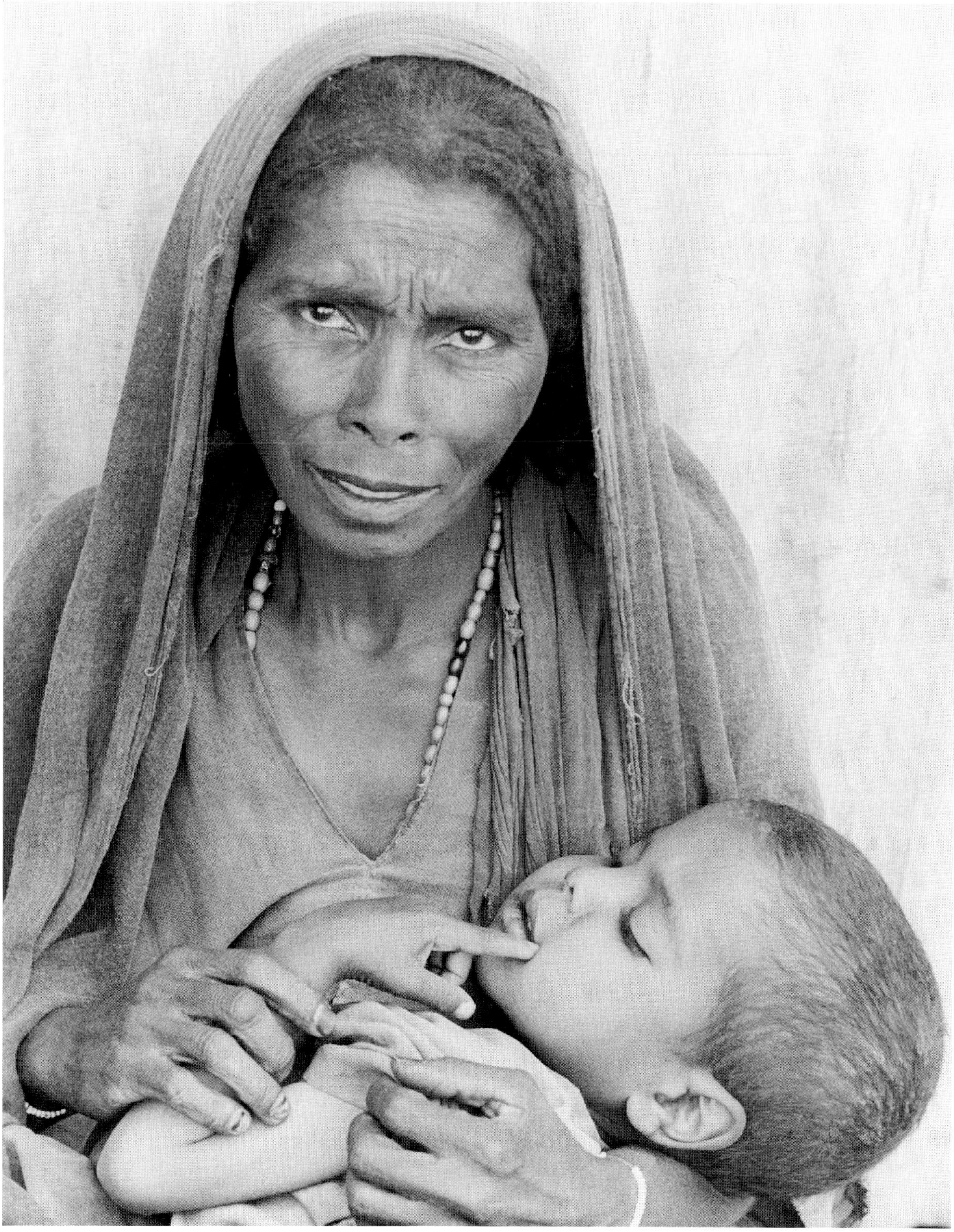

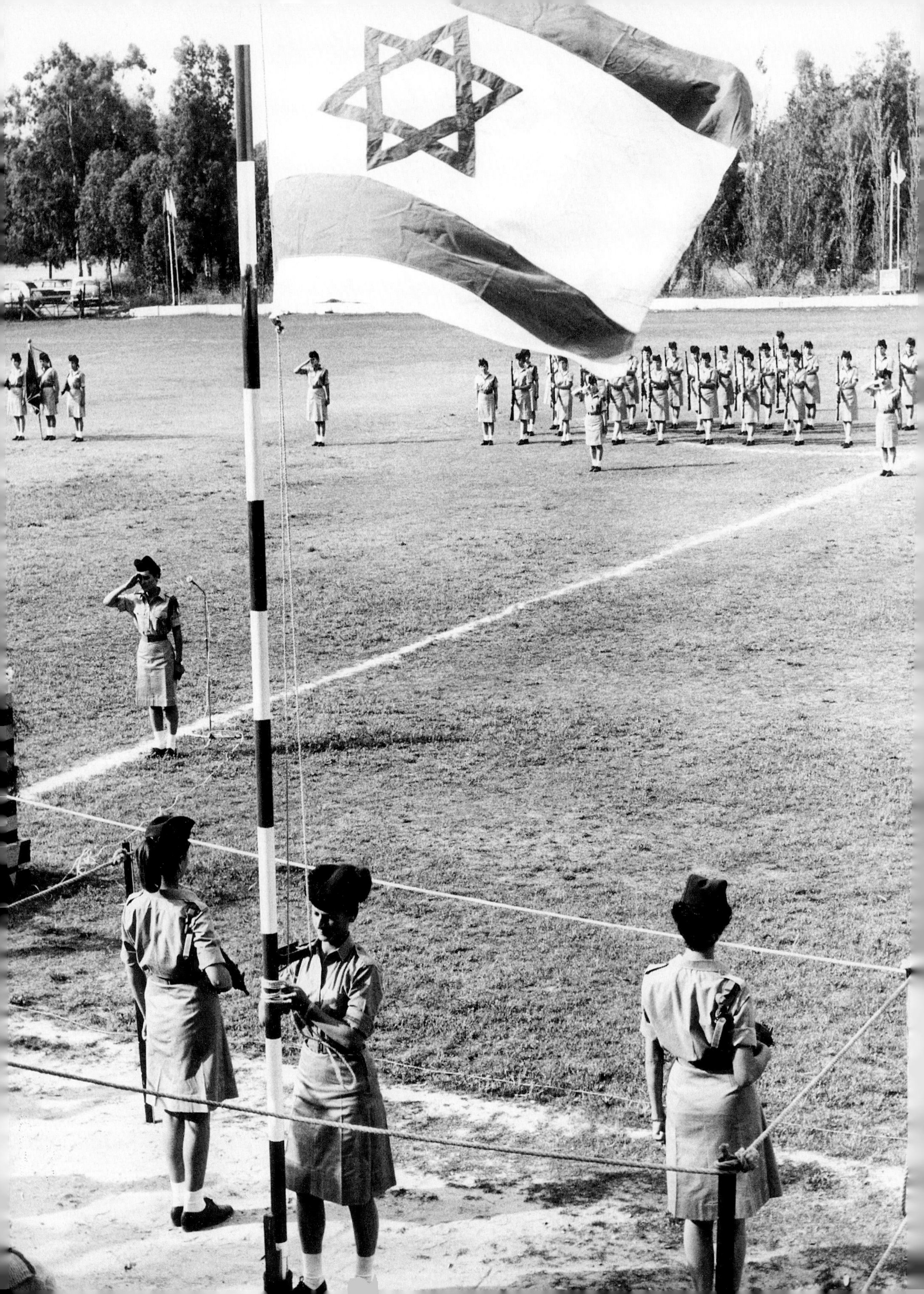

ISRAEL

Die Juden haben ihren eigenständigen und souveränen Staat Israel die letzten Jahrzehnte hindurch buchstäblich erkämpfen müssen; zuerst gegen die Briten – die allen Parteien alles versprochen hatten – in Palästina und dann gegen ihre arabischen Feinde. Der Staat Israel besteht aus einem Konglomerat von Juden aus aller Herren Länder, die sich eigentlich nicht kulturell und ethnisch, sondern durch ihre Religion und ihr Staatsbewußtsein verbunden und vereinigt fühlen. Der jemenitische Silberschmied, der auf seiner Einwanderungsreise im Flugzeug ein offenes Feuer für seine Mahlzeit entfachen wollte, hat mit dem westeuropäischen Einwanderer herzlich wenig gemeinsam. Das Israel vor etwa 30 Jahren ist mit dem heutigen Israel auch nicht mehr ganz kongruent. Der beispiellose bewunderungswürdige pure und junge Idealismus von einst ist in manchen Bereichen leider einer intoleranten innenpolitischen Zerrissenheit gewichen, wo nicht feindliche Araber, sondern ein Jude den israelischen Staatschef ermordet hat. Mit Hilfe der USA und des Westens hat Israel seine äußerst schlagkräftige moderne Armee aufgebaut und verfügt auch über weibliche Soldaten, die sich sehr bewährten. Israel ist ein permanentes und endloses Problem geblieben, das manchmal schon so nahe am Frieden und an der Lösung aller Konfrontationen stand, aber immer wieder durch verschiedene Umstände am letzten Schritt scheiterte. Aus Sicherheitsgründen hat Israel die UNO-Resolution, sich aus den eroberten und besetzten Gebieten gänzlich und endgültig zurückzuziehen, noch nicht befolgt. Das Hauptproblem bildet jedoch, langfristig gesehen, Jerusalem. Sowohl die Israelis als auch die Palästinenser beanspruchen für sich diese heiligen Stätten als Hauptstadt, und es scheint in dieser Schlüsselfrage weder eine Internationalisierung noch sonst ein Kompromiß denkbar.

Weibliche Israel-Militäreinheit bei der Flaggenhissung.

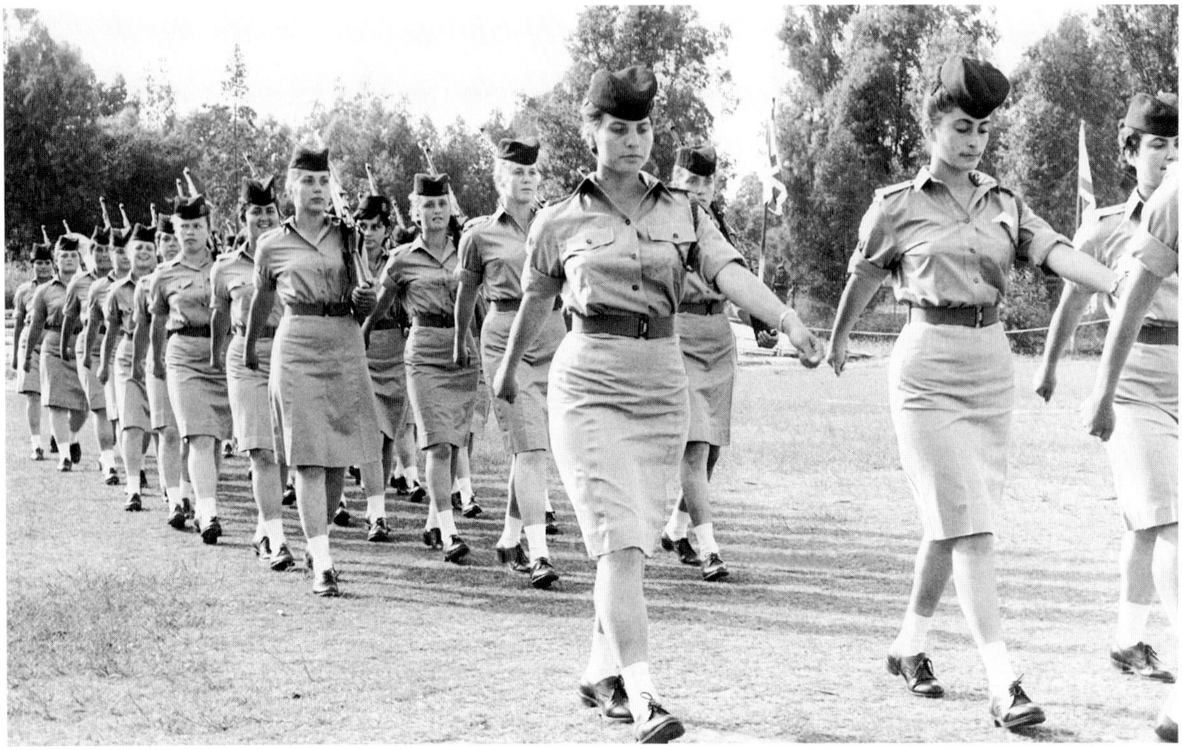

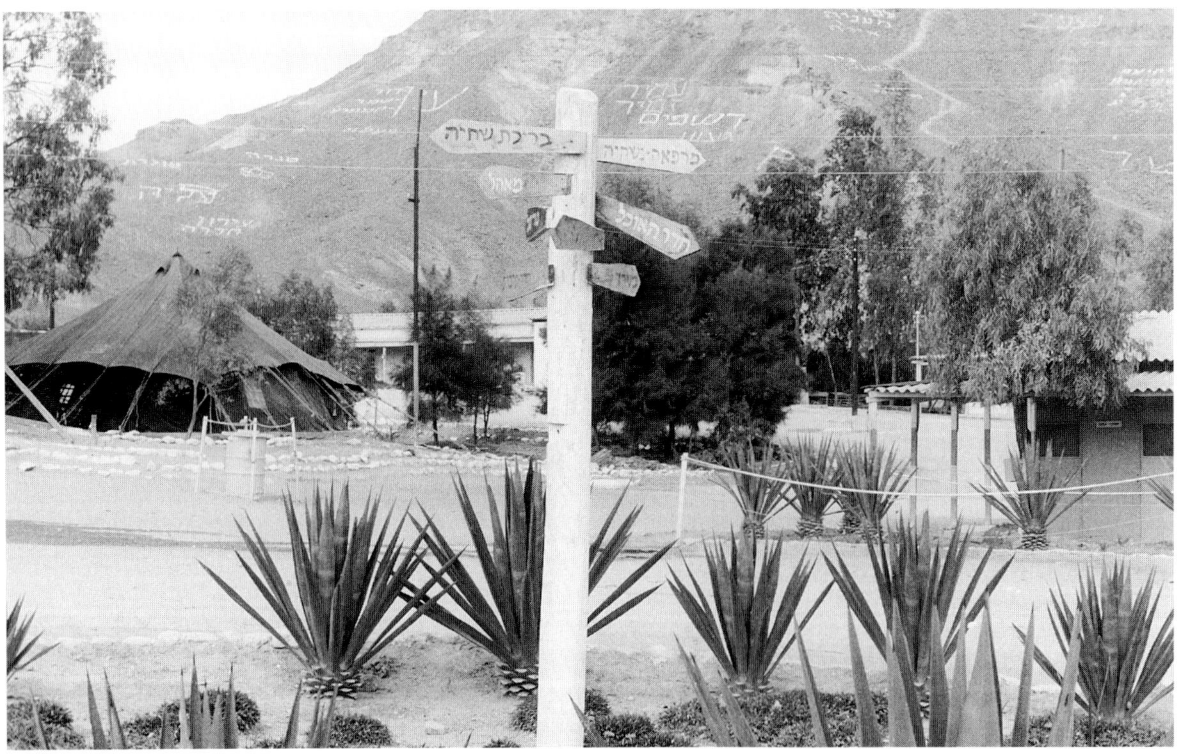
ברכת שחיה

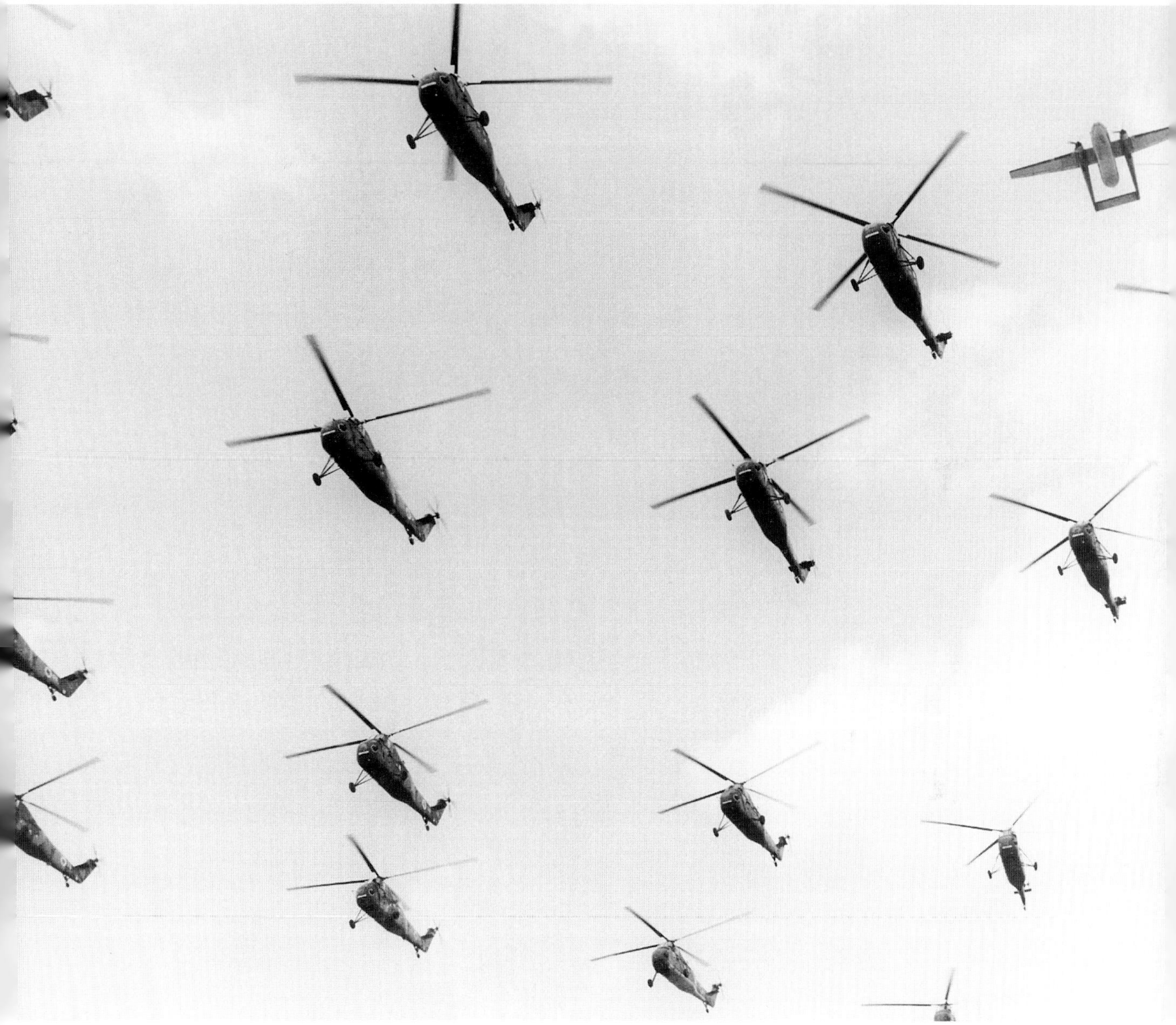

Helikopterparade vor nahezu 40 Jahren.

Linke Seite oben: Attraktive, aber auch effektive weibliche israelische Militäreinheit.
Linke Seite unten: Jugendlager: Der Berg im Hintergrund ist mit Namen und Parolen beschriftet.

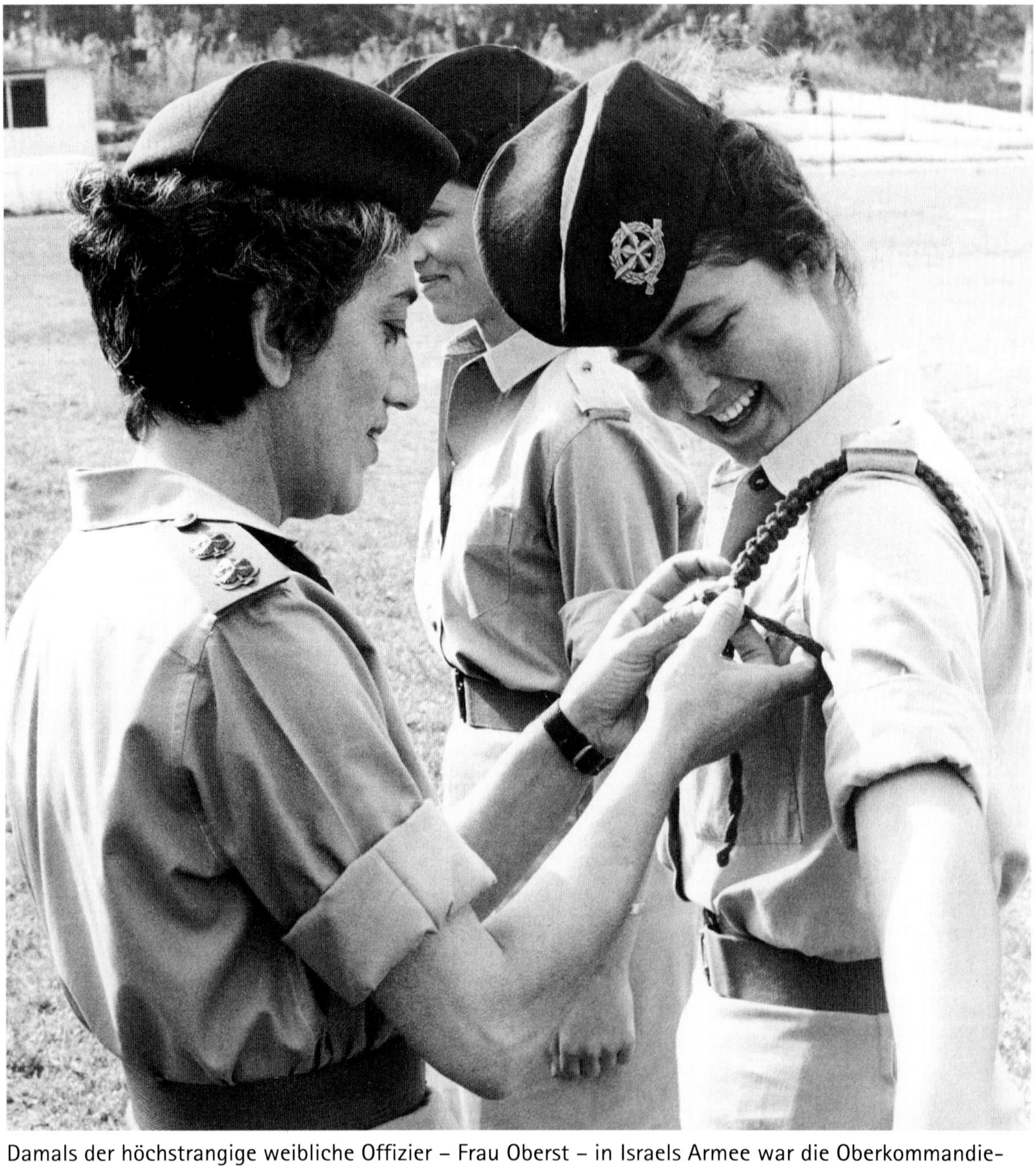

Damals der höchstrangige weibliche Offizier – Frau Oberst – in Israels Armee war die Oberkommandierende aller Soldatinnen.

Rechte Seite oben: Paramilitärische Ausbildung auch bei der Jugend.
Rechte Seite unten: Bei den Soldatinnen geht es absolut nicht immer tierisch ernst zu.

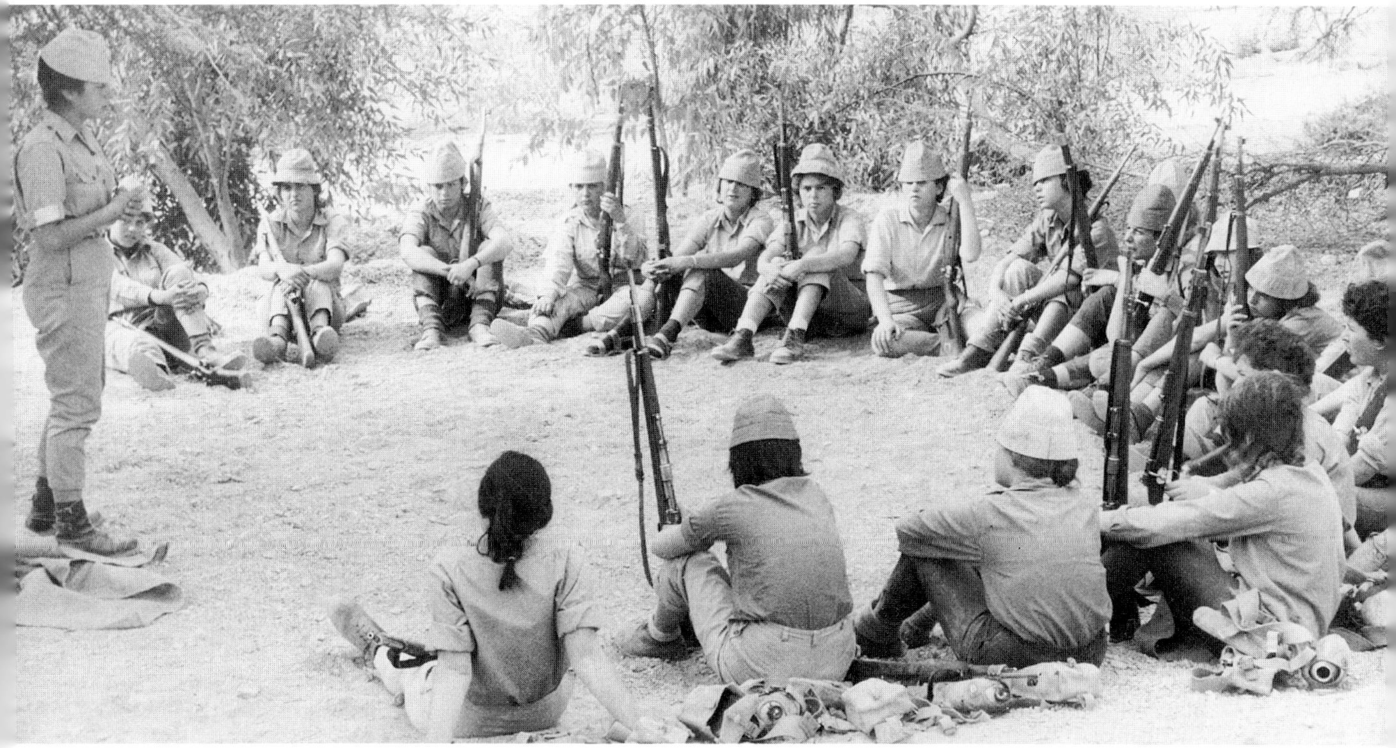

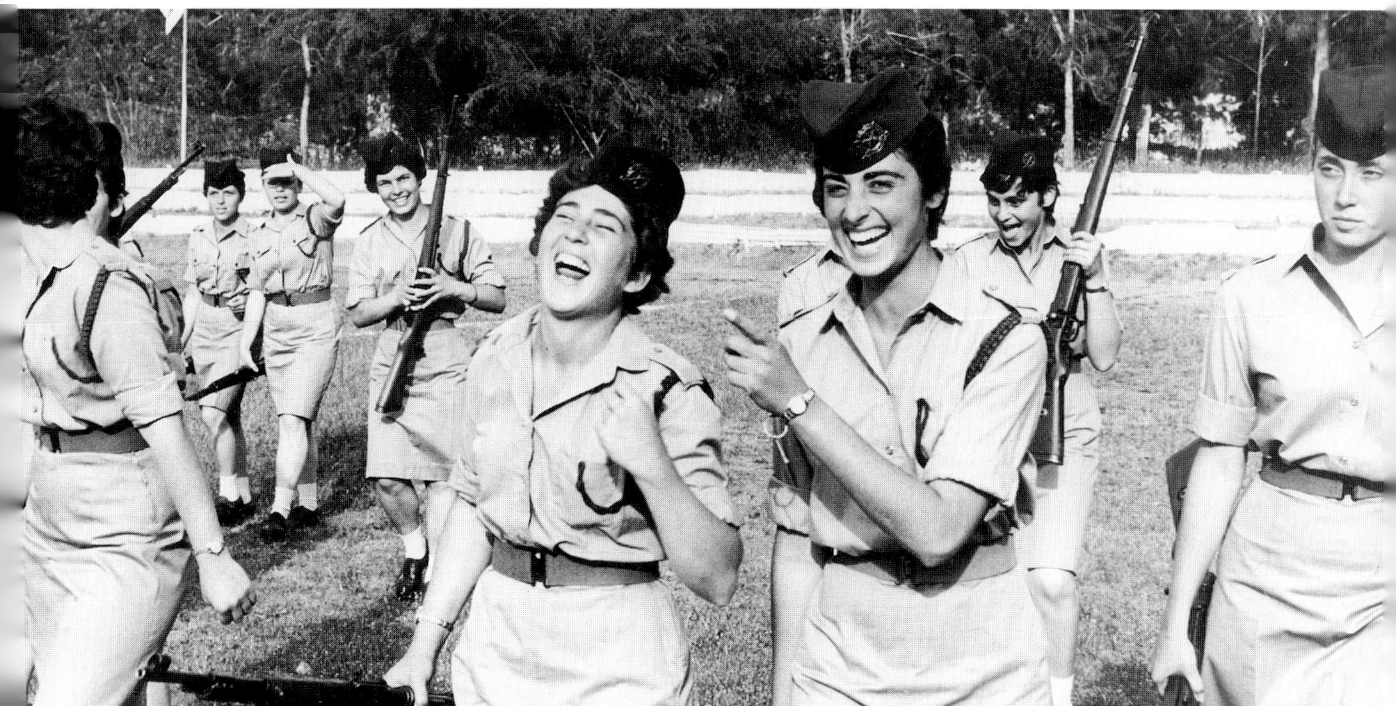

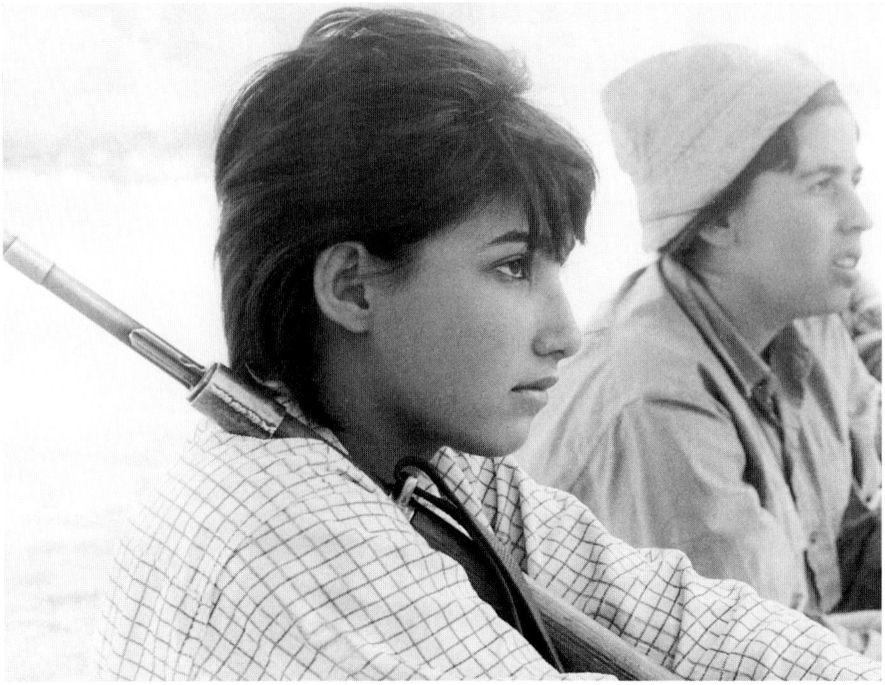

Die Jugend weiß, worum es geht.

Rechte Seite: Jugendorganisationen helfen in der Landwirtschaft ohne Bezahlung.

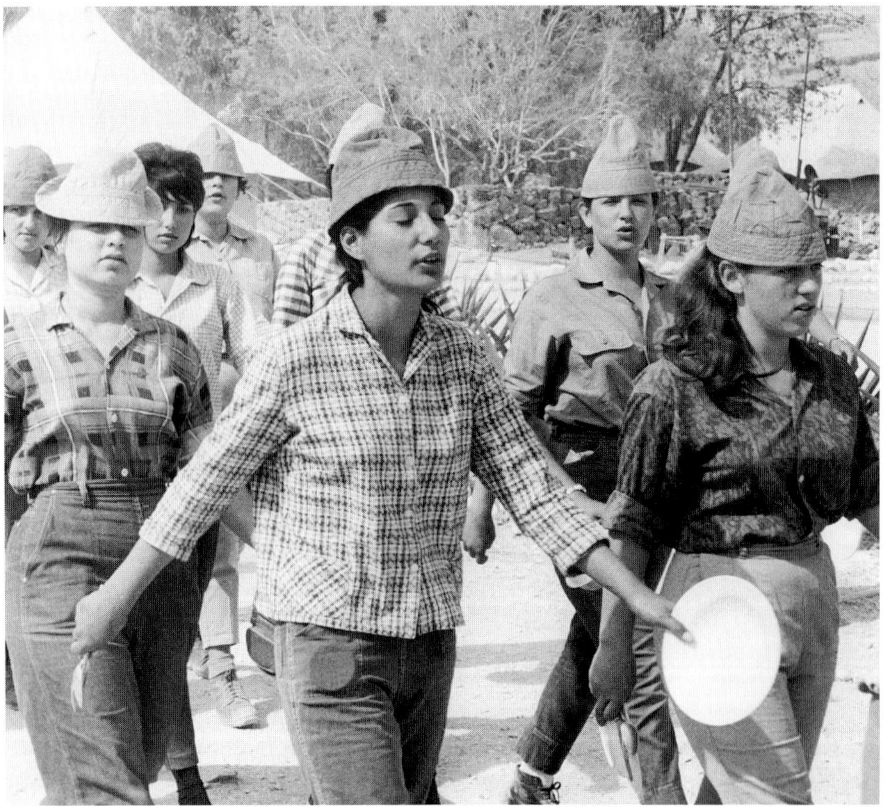

Begeisterung und Zusammenhalt. In unseren Breiten lautet eine der ersten Fragen immer: Was kann ich vom Staat – laut Gesetz – bekommen? In Israel hörte ich seinerzeit bei Jugendlichen immer den Satz: Was kann ich dem Staat für einen Dienst leisten oder helfen?

Rechte Seite: Militärparade in Israel. Ohne seine Armee wäre Israel von der Landkarte weggewischt. Andererseits ist das ganze Nahostproblem auf Dauer für alle Beteiligten militärisch nicht zu lösen.

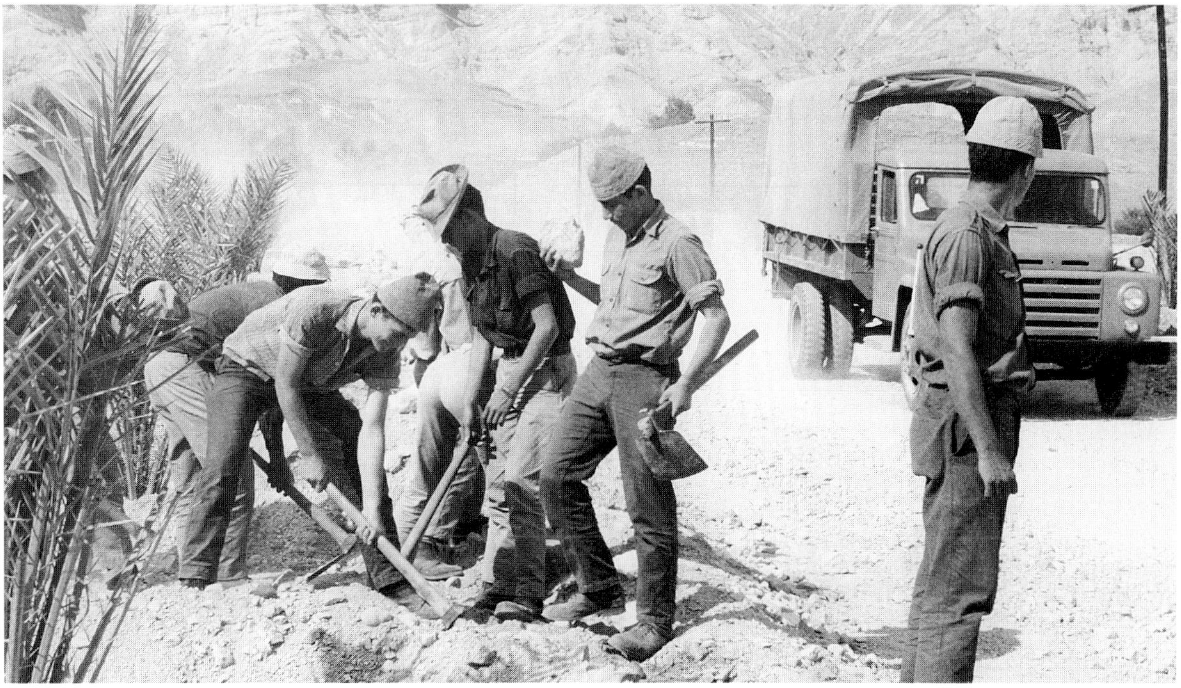

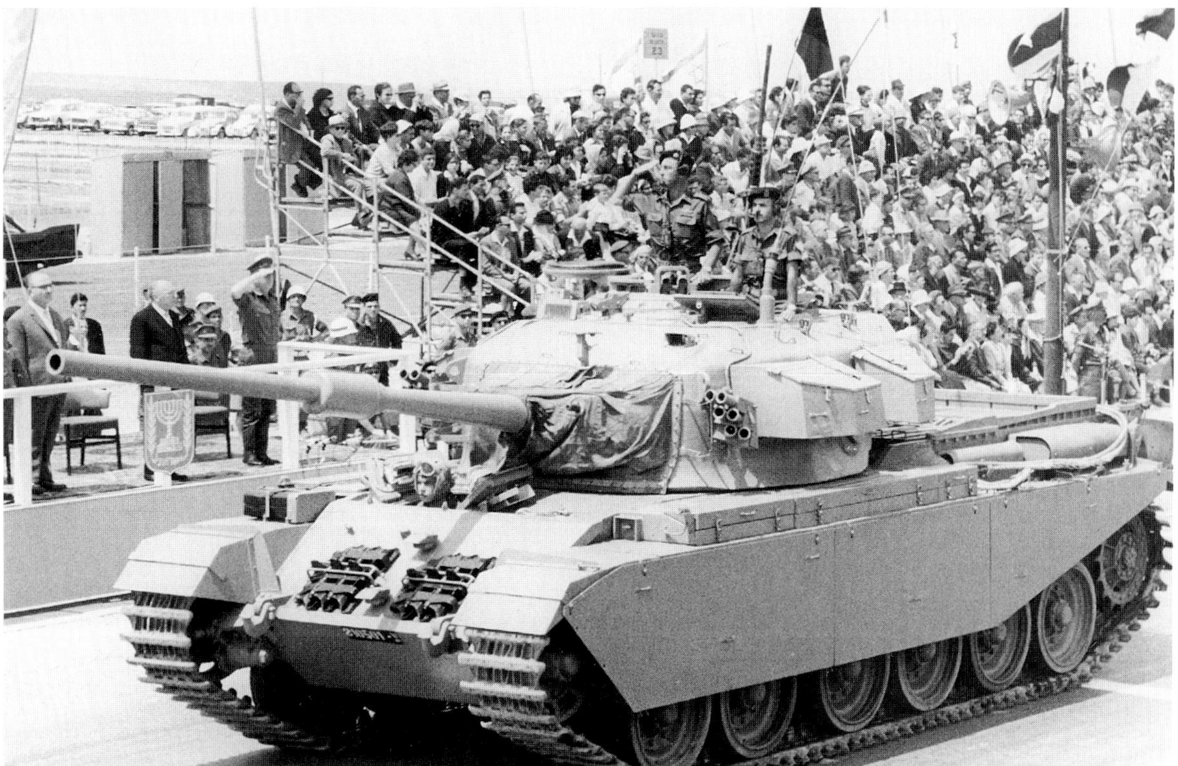

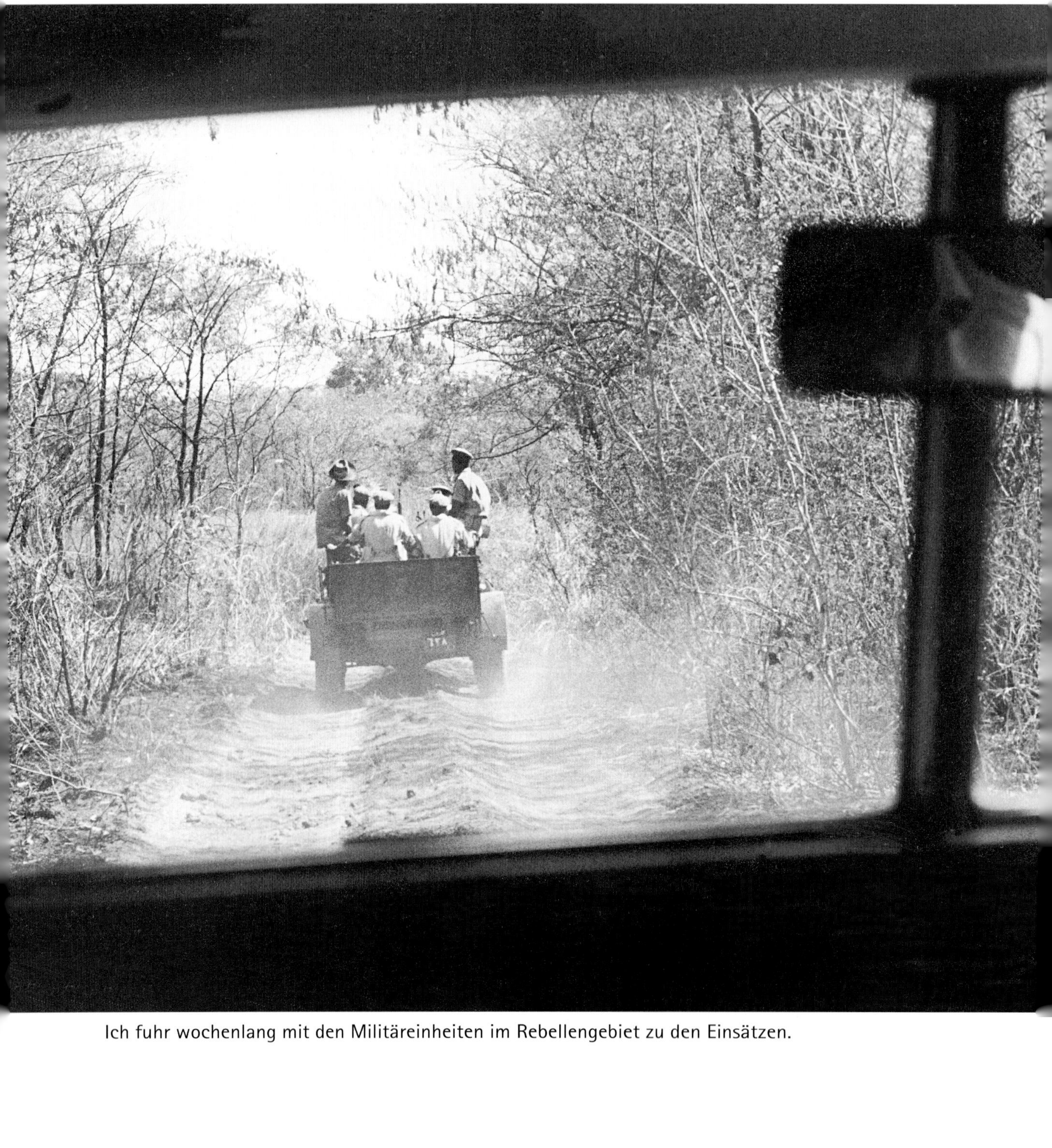

Ich fuhr wochenlang mit den Militäreinheiten im Rebellengebiet zu den Einsätzen.

SÜD-SUDAN

Im Tschad versuchen die im Süden lebenden Schwarzafrikaner die arabische Bevölkerung im Norden zu beherrschen. Im Sudan ist es genau umgekehrt. Der arabische (islamische) Norden bekämpft den schwarzafrikanischen (christlichen) Süden. Im Grunde genommen ist auch dieser Konflikt das Resultat der einst von den Kolonialmächten ganz willkürlich und sinnlos gezogenen Grenzen, die ohne Rücksicht mitten durch Stammesgebiete und Völkerschaften verliefen. Einst noch von den Kolonialmächten mit Gewalt zusammengehalten, zerbröselten diese künstlichen Einheiten und mündeten nicht selten in kriegerischen Auseinandersetzungen.

Es war für mich nicht ganz einfach, von den sudanesischen Regierungsstellen in Khartum die Genehmigung für einen Besuch der Bürgerkriegsregion im Süd-Sudan (Juba, Wau und Malakal) zu erhalten, weil sich bei solchen Konflikten die Beteiligten nicht gerne in die Karten schauen lassen. Außerdem liegen im umkämpften Süd-Sudan zwei Ölgebiete, und das allein erklärt schon den hartnäckigen militärischen Aufwand von beiden Seiten. Man zeigte mir im Süden ganz offen all das, was ich sehen wollte, konnte vom Bischof bis zum kommandierenden General alle Persönlichkeiten treffen und wurde auch vom Militär zu Einsätzen im Rebellengebiet mitgenommen. Hunger, unzählige Flüchtlinge und Sklavenhandel sind in diesen unwegsamen und abseits liegenden Gebieten erschütternde Nebenerscheinungen, für die sich jedoch kaum jemand interessiert. Großmächte im Hintergrund, aber auch die riesigen finanzkräftigen Ölkonzerne finanzieren völlig verdeckt und unsichtbar derartige Kriege, die wegen ihrer jahrzehntelangen Dauer und schweren geographischen Zugänglichkeiten von den Medien und auch von der Weltöffentlichkeit kaum mehr beachtet werden. Derartige Konflikte übten auf mich eine große Anziehungskraft aus.

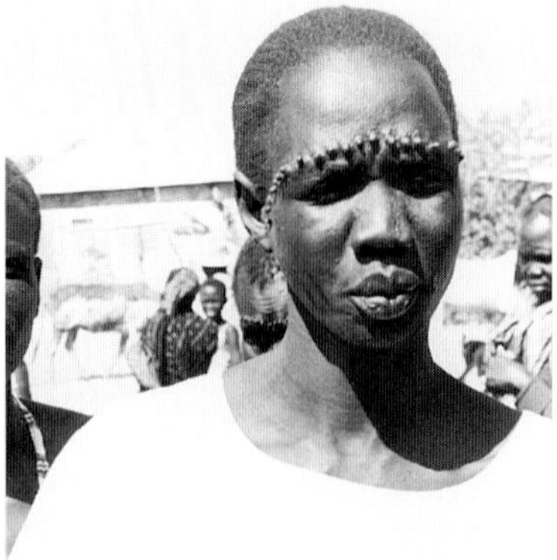

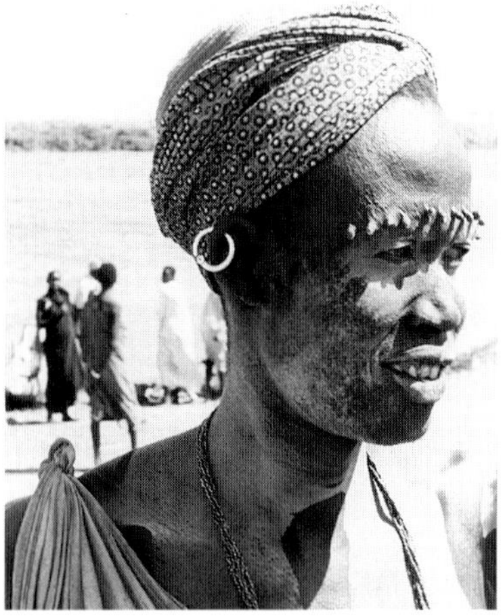

Stammesnarben sind nicht nur Schönheitszierde, sondern vor allem auch eine Art Personalausweis, der die Stammeszugehörigkeit zeigt.

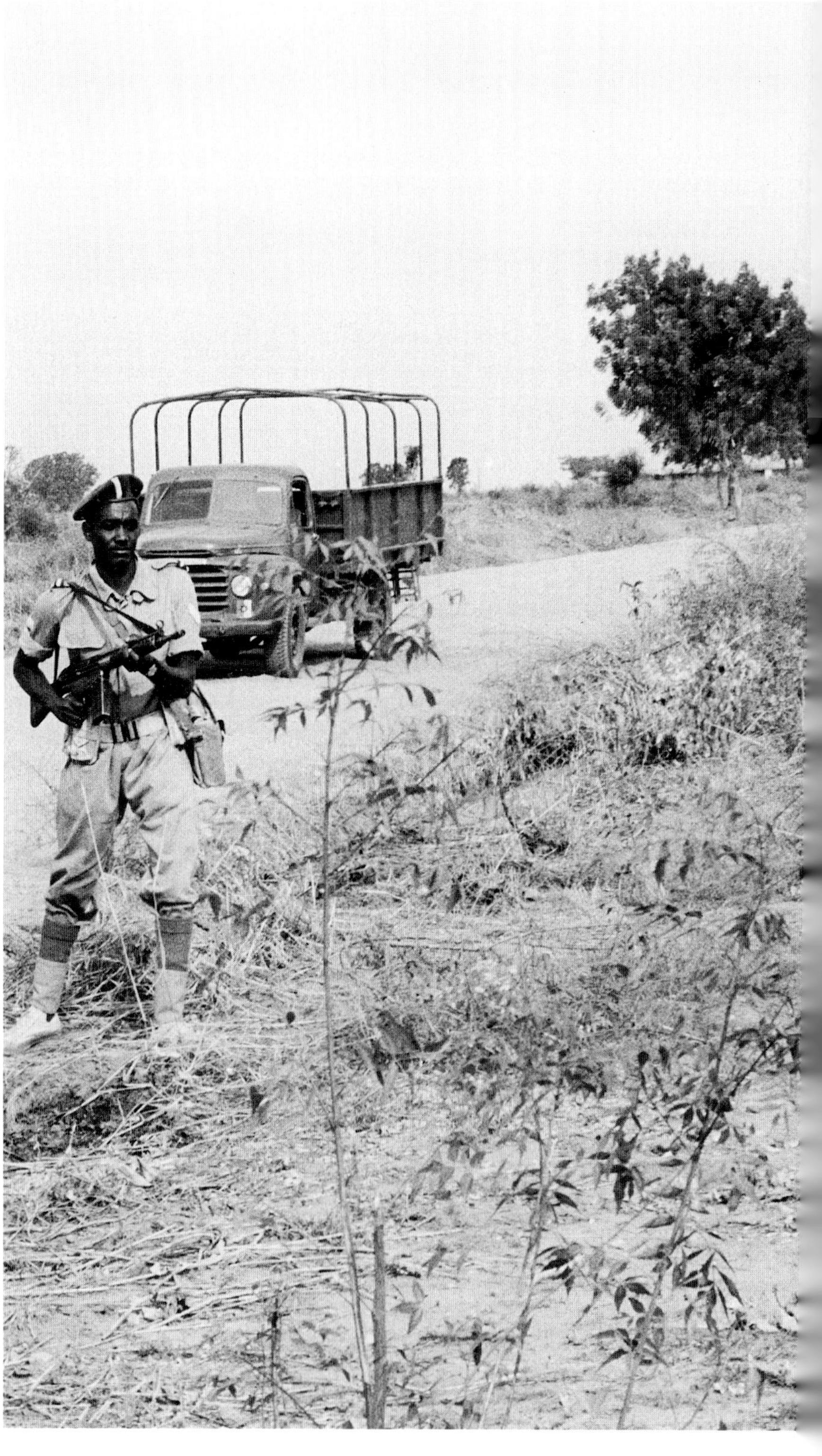

Tagelang und meist vergeblich durchkämmten Militäreinheiten die Buschlandschaft in der Nähe von Städten, um Rebellen aufzustöbern. Rebellen nennt man Aufständische, Freiheitskämpfer, Guerillas etc. nur so lange, bis sie gesiegt haben; dann sind sie plötzlich völlig anerkannte legale Regierungsorgane.

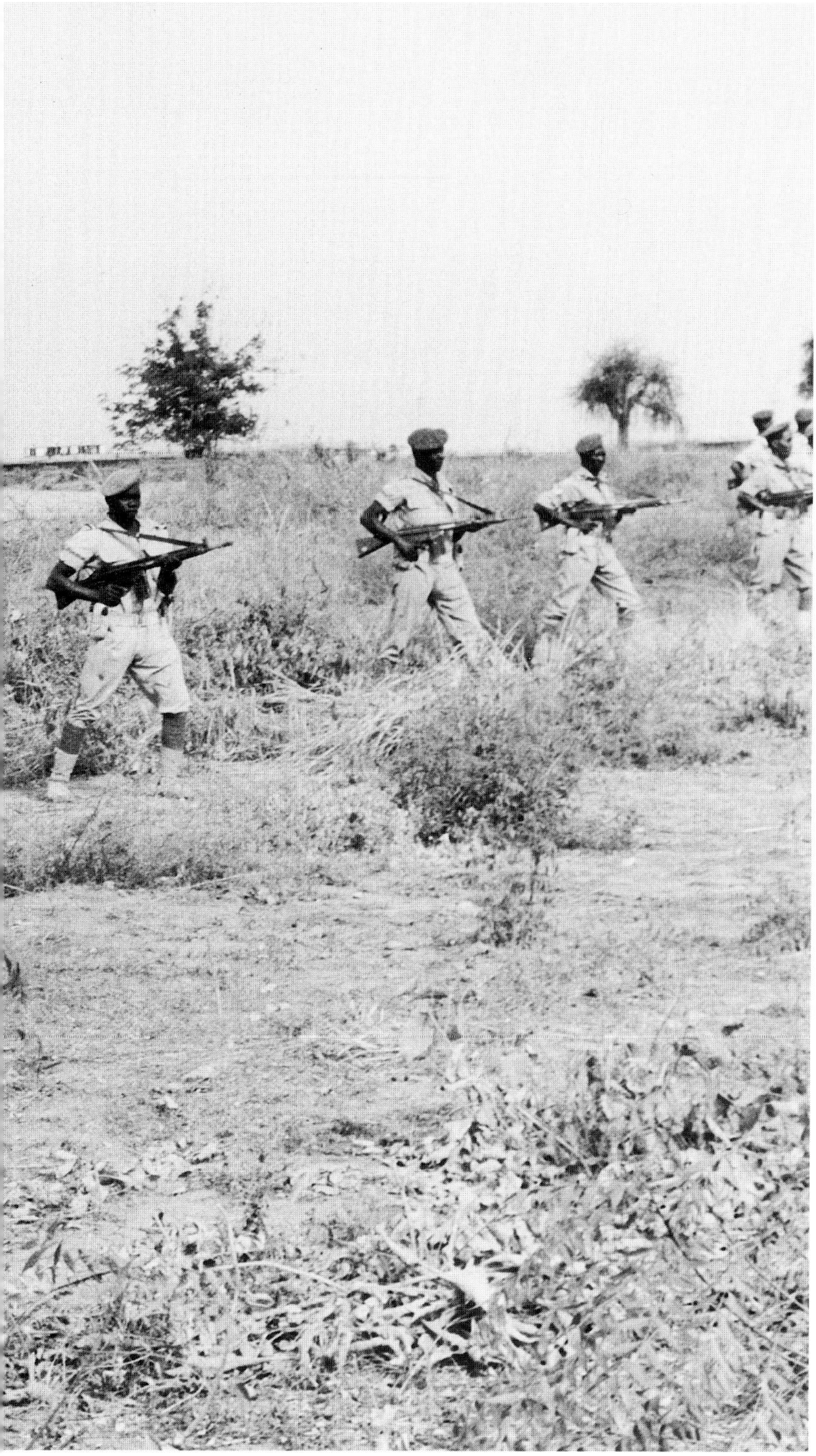

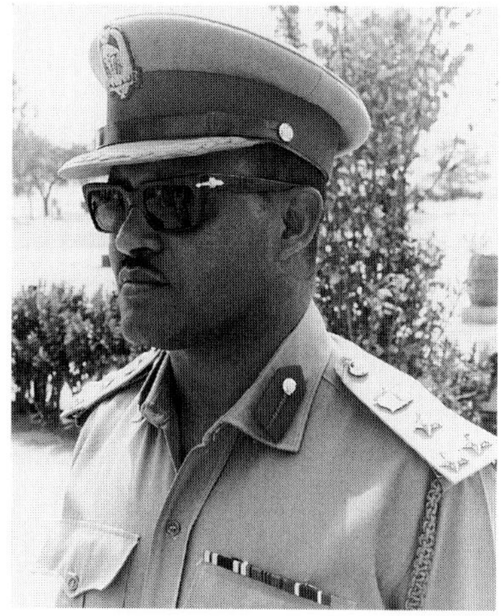

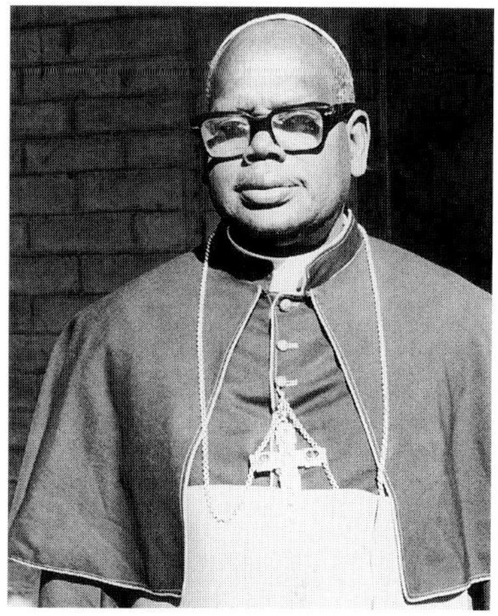

Der Bischof im Süd-Sudan war verständlicherweise nicht immer der gleichen Meinung wie der General und erhielt oftmals auch eine Residenzwache vor die Tür gestellt. Mit anderen Worten: Hausarrest.

Bild oben: Der damals kommandierende General im Süd-Sudan.

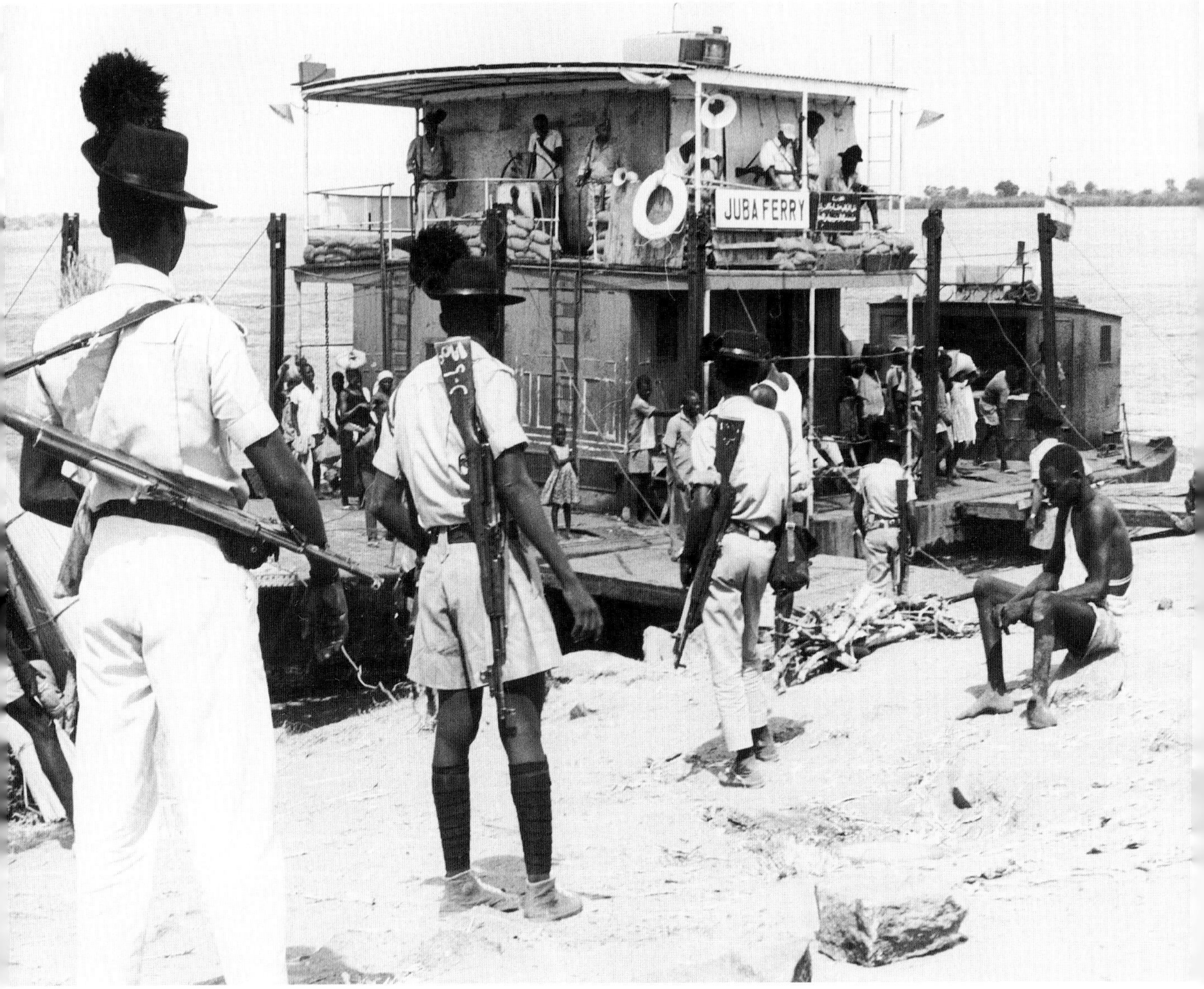

Das uralte und schwer bewachte Fluß-Fährschiff in Juba wurde häufig von den Rebellen beschossen. Ein wichtiger und zugleich neuralgischer Punkt, weil es keine Brücken gibt und der ganze Personenverkehr davon abhängig ist. Bei den Passagieren weiß man nie, ob darunter nicht auch Rebellen sind, die sich auf diese Art und Weise heimlich in die Städte begeben wollen.

Begeistert sind die Soldaten von diesem Krieg keineswegs, aber sie bekommen doppelten Sold bei Einsätzen.

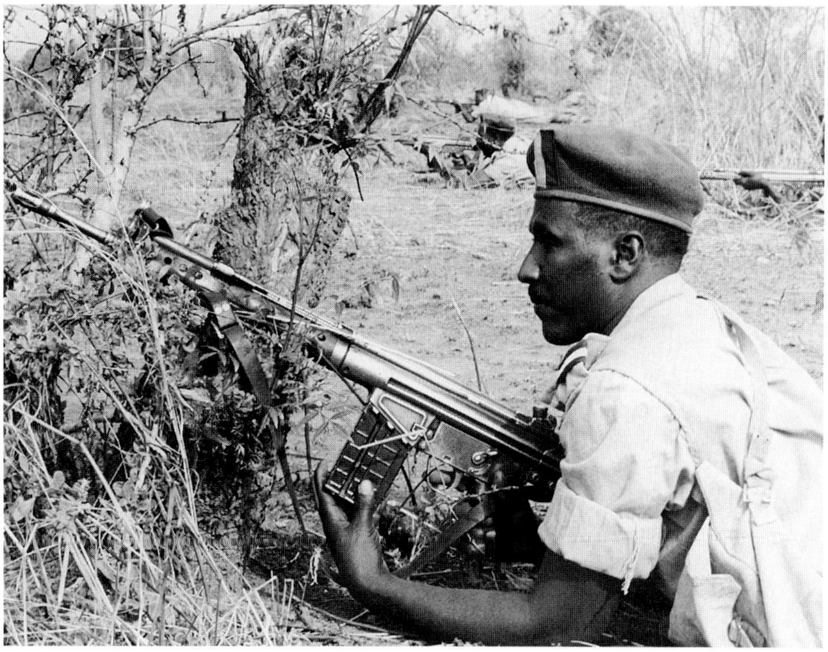

Wasser und sonstige Lasten werden fast ausschließlich nur von den Frauen getragen – und zwar auf dem Kopf.

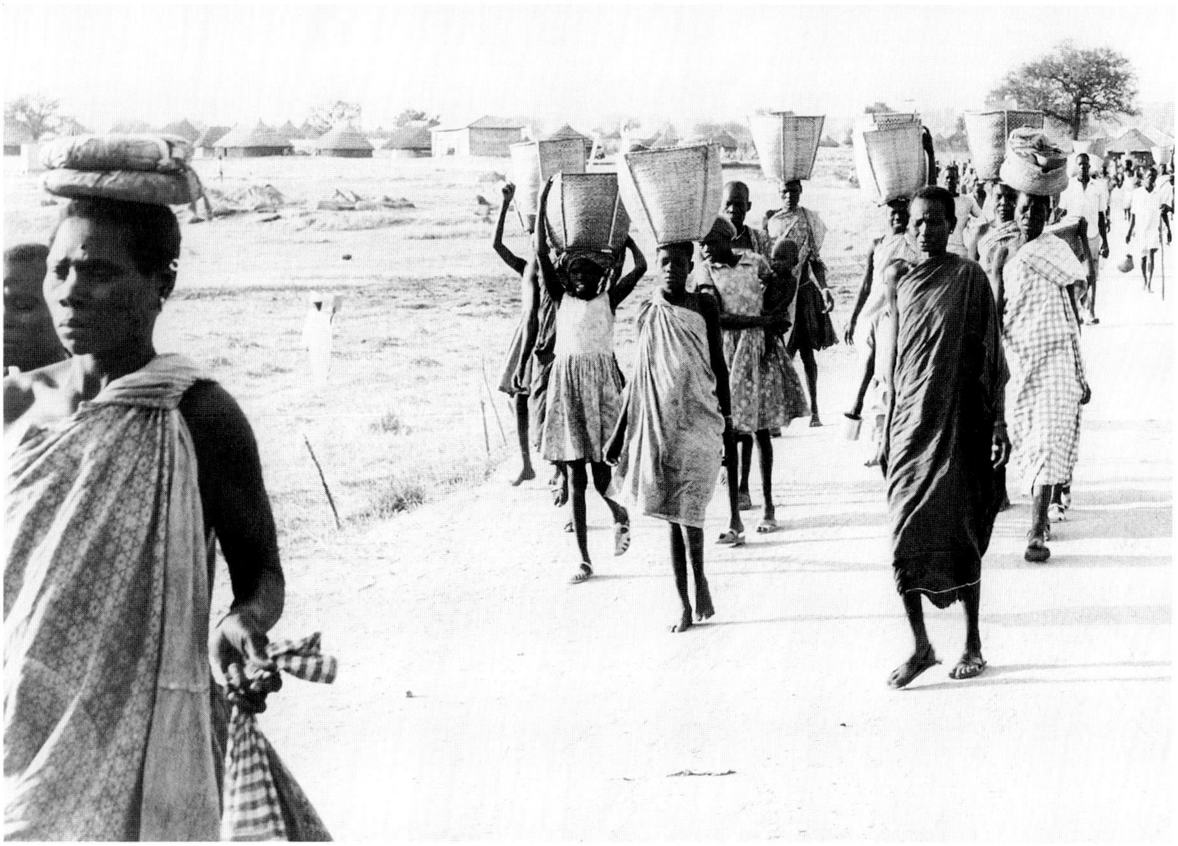

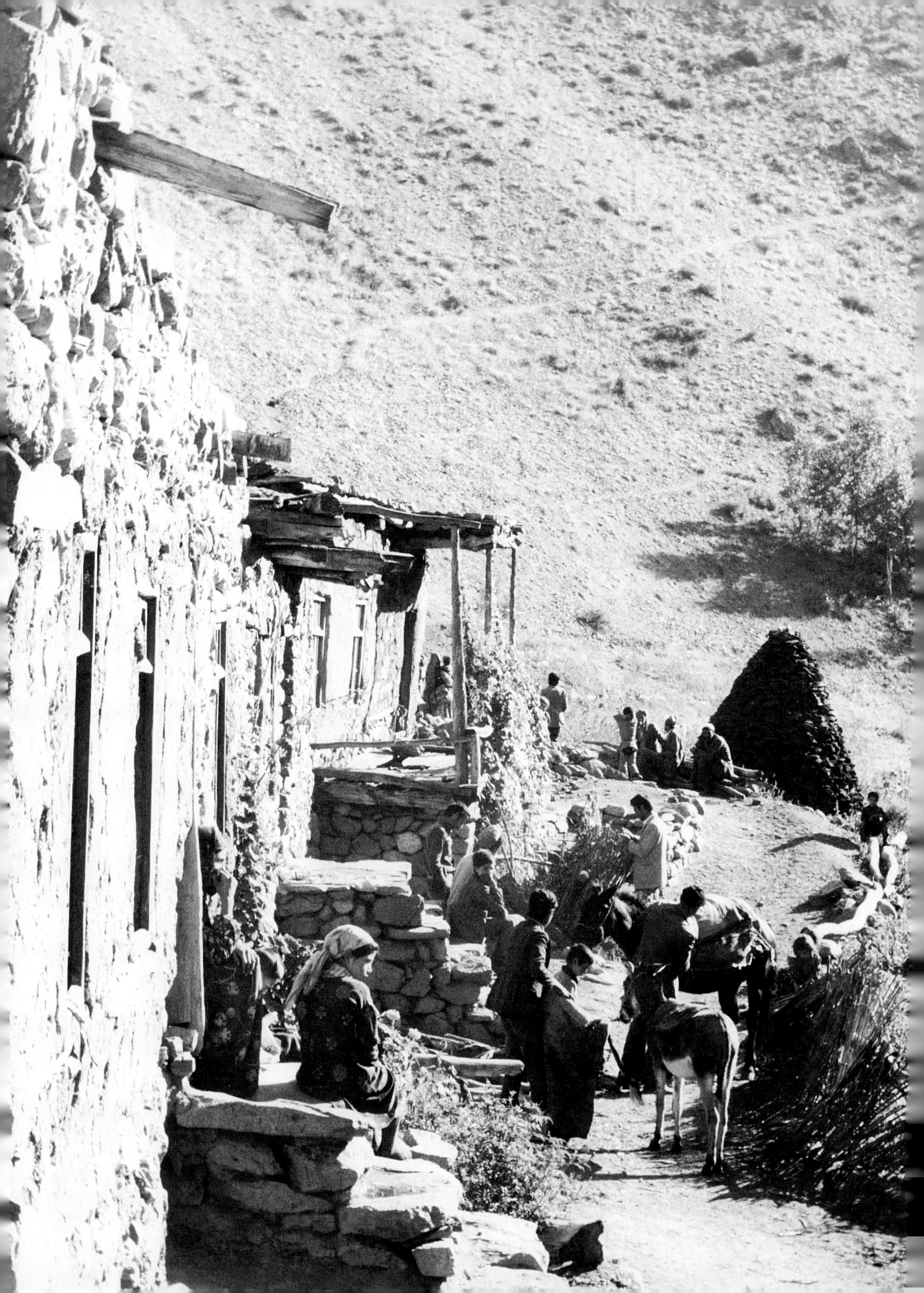

KURDEN

Die Kurden leben weitverzweigt in der Türkei, in Syrien, im Irak, Iran und auch zum Teil in der ehemaligen Sowjetunion. Sie sind ein stolzes und wehrhaftes Volk, das seit Jahrzehnten vergeblich für eine Unabhängigkeit oder einen eigenen souveränen Staat kämpft. Es existieren mehr als ein Dutzend verschiedene kurdische Parteien, die leider untereinander völlig uneinig und zerstritten sind und zeitweise sogar gegeneinander kämpften. Dazu kommt noch, daß viele Kurdengebiete in den Ölregionen liegen und die Kurden an diesem Reichtum verständlicherweise mitnaschen wollen. Als der Schah gestürzt und Khomeini im Iran mit seinen Revolutionswächtern die Macht übernahm, war dies das Startsignal für meine höchst abenteuerliche Reise zu den Kurden. Ein in Schweden im Exil lebender Kurdenführer kam vereinbarungsgemäß nach Köln, wo wir uns in der Bahnhofsrestauration trafen und er dann eine schwedische Kronen-Banknote diagonal durchschnitt. Die eine Hälfte schickte er zu seinen Genossen nach Istanbul, und die andere Banknotenhälfte war mein Ausweis. Es war eine der wenigen Reisen, die ich nie in meinem Leben wiederholen würde. Mit zwei türkischen Kurden machte ich mich von Istanbul nach Ostanatolien über komplizierte Umwege auf den Weg durch Schluchten und über Gebirgsketten. Der türkische Militärgrenzposten wurde von uns bestochen, im Iran wurde ich als Kurde verkleidet, um nicht aufzufallen. Im Hauptquartier traf ich dann den im Iran im Exil lebenden und von mir gesuchten irakischen Kurdenführer Dipl.-Ing. Sami Rachman, der kurz nachher in einem Teheraner Gefängnis landete. Bei den Straßenkontrollposten der iranischen Revolutionswächter krallte ich mir vor Angst die Fingernägel in meine Handballen, bis sie bluteten. Mit knapper Not konnte ich später dann in abenteuerlicher Art bei Nacht und Nebel zurück in die Türkei flüchten und wäre an der Grenze beinahe noch erwischt worden.

Die in ihren Steinhäusern im Gebirge hausenden Kurden halfen mir weiter.

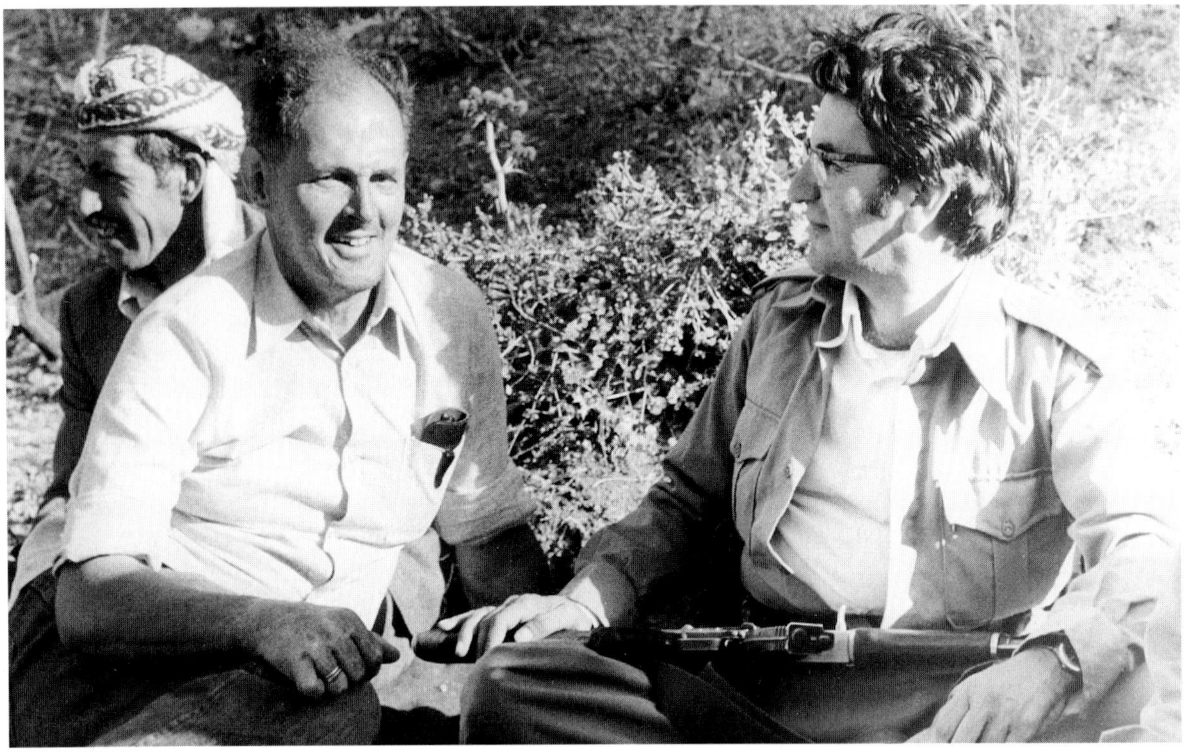

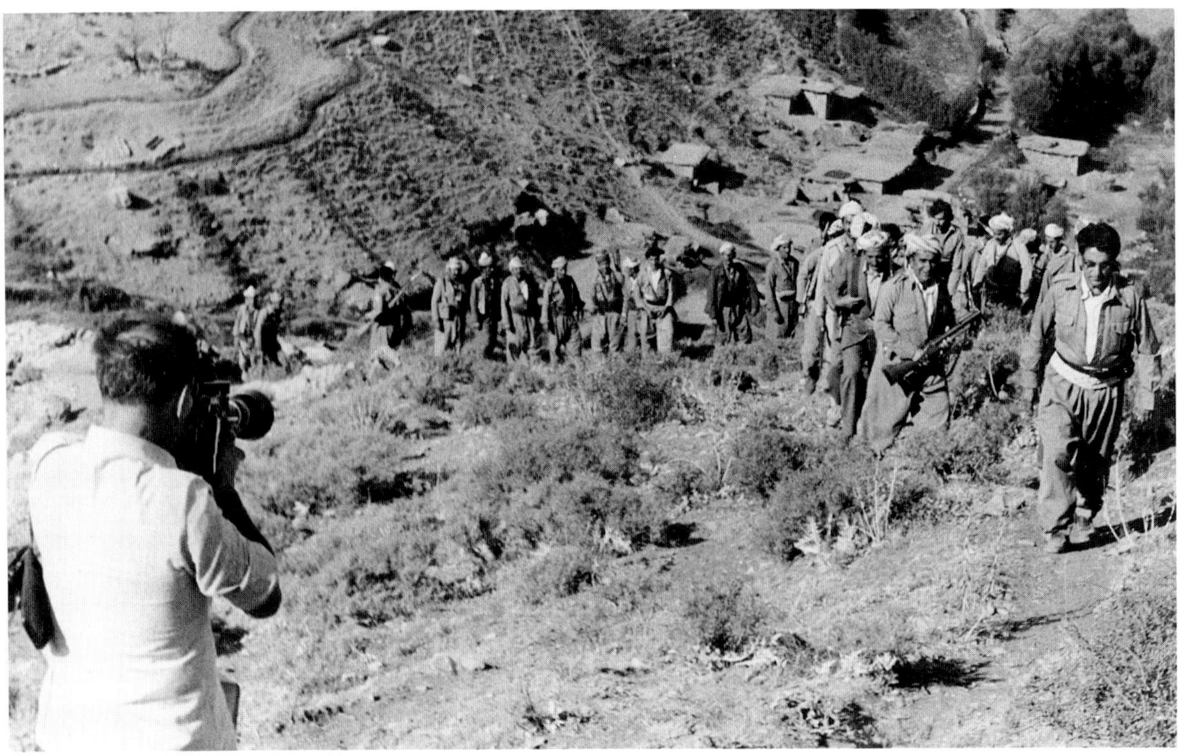

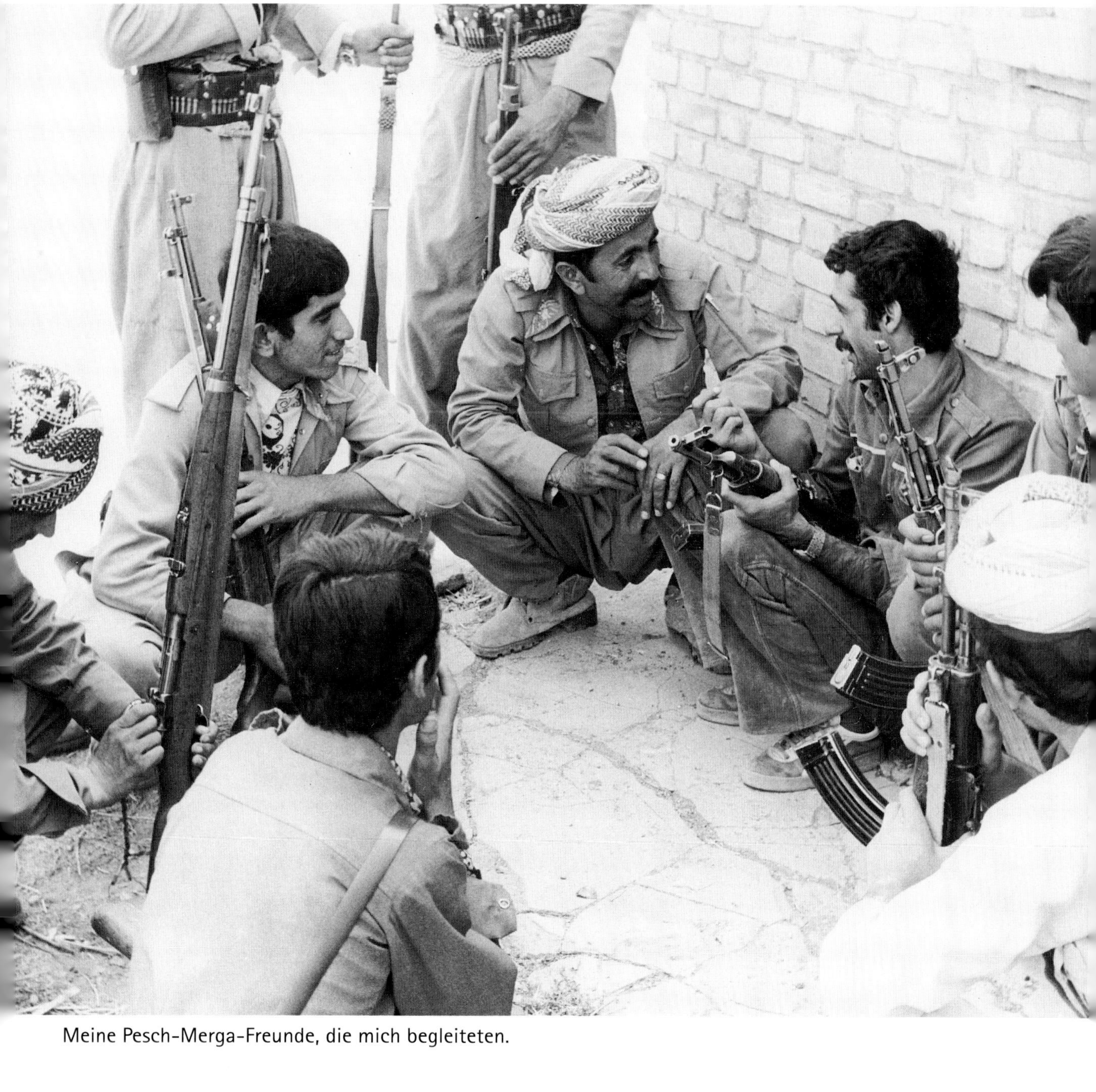

Meine Pesch-Merga-Freunde, die mich begleiteten.

Linke Seite oben: Mein Ziel hatte ich nach abenteuerlichen Märschen erreicht: Interview mit dem Kurdenführer Dipl.-Ing. Sami Rachman im Iran.
Linke Seite unten: Mit den Kurden unterwegs in der unzugänglichen Gebirgswelt zu ihren Stützpunkten im Iran und Irak.

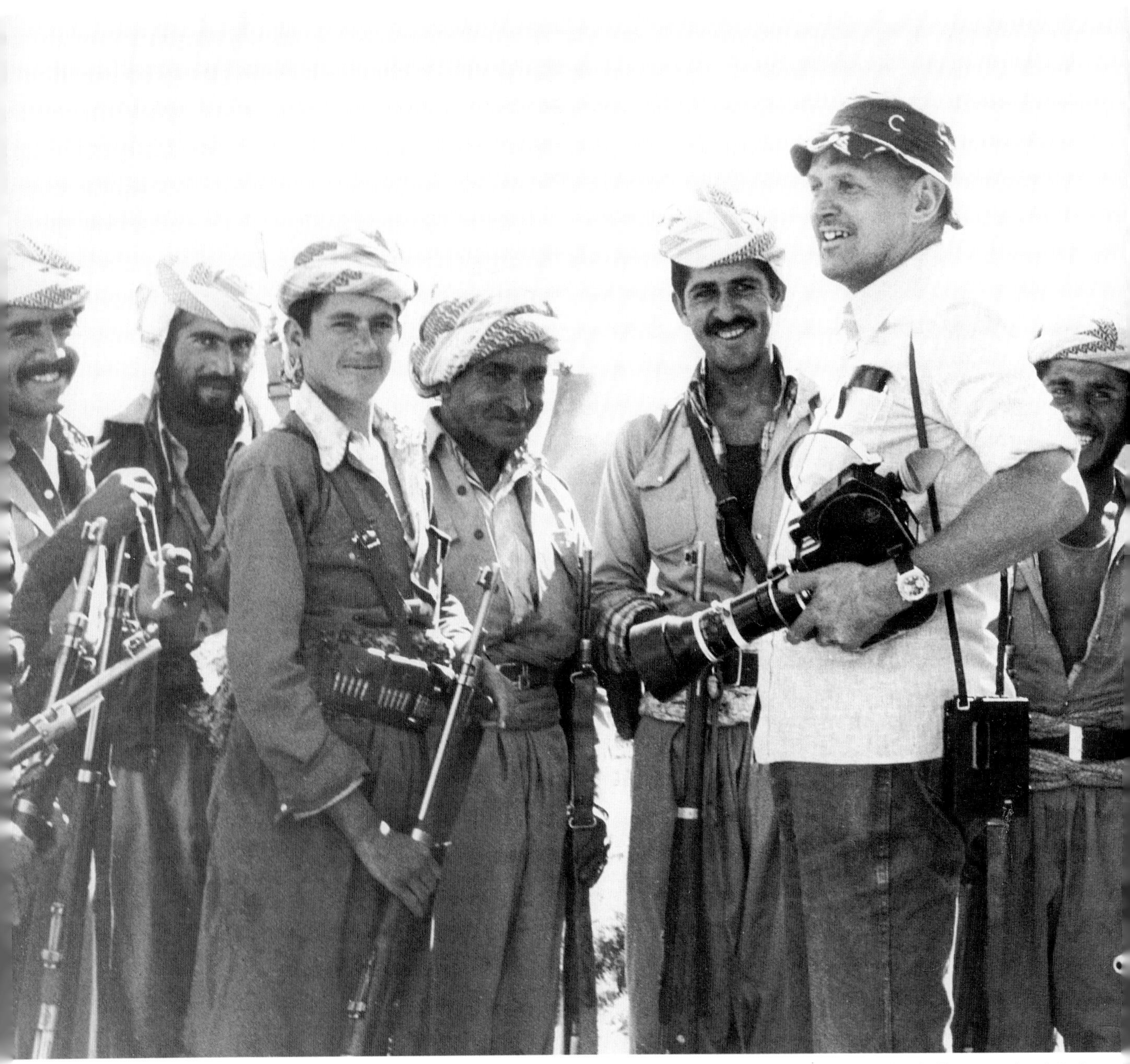

Ich wurde überall äußerst gastfreundlich und willkommen in Empfang genommen und mit Fragen überhäuft, w
die Welt draußen über ihren Kampf denkt.

Rechte Seite oben: Vor irgendwelchen Aktionen fanden immer die obligaten Besprechungen statt, wo jeder einz
Pesch-Merga über alle Details informiert wurde.
Rechte Seite unten: Vorbereitungen für einen bevorstehenden Angriff.

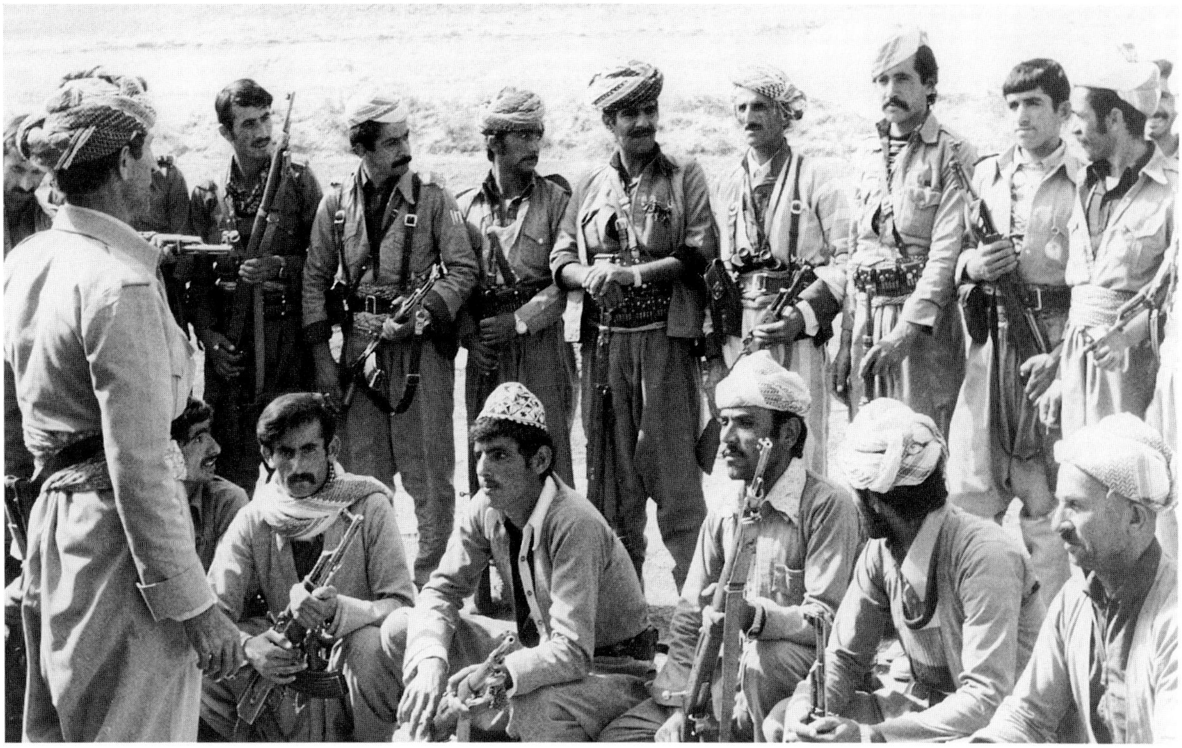

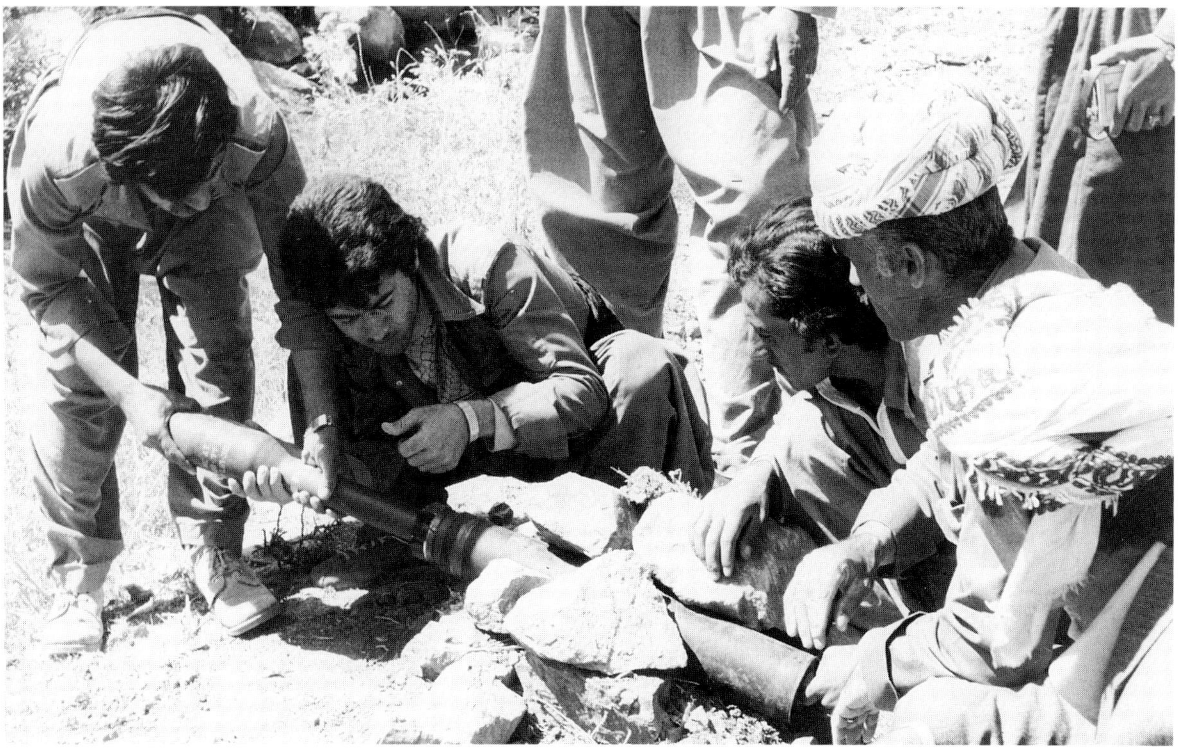

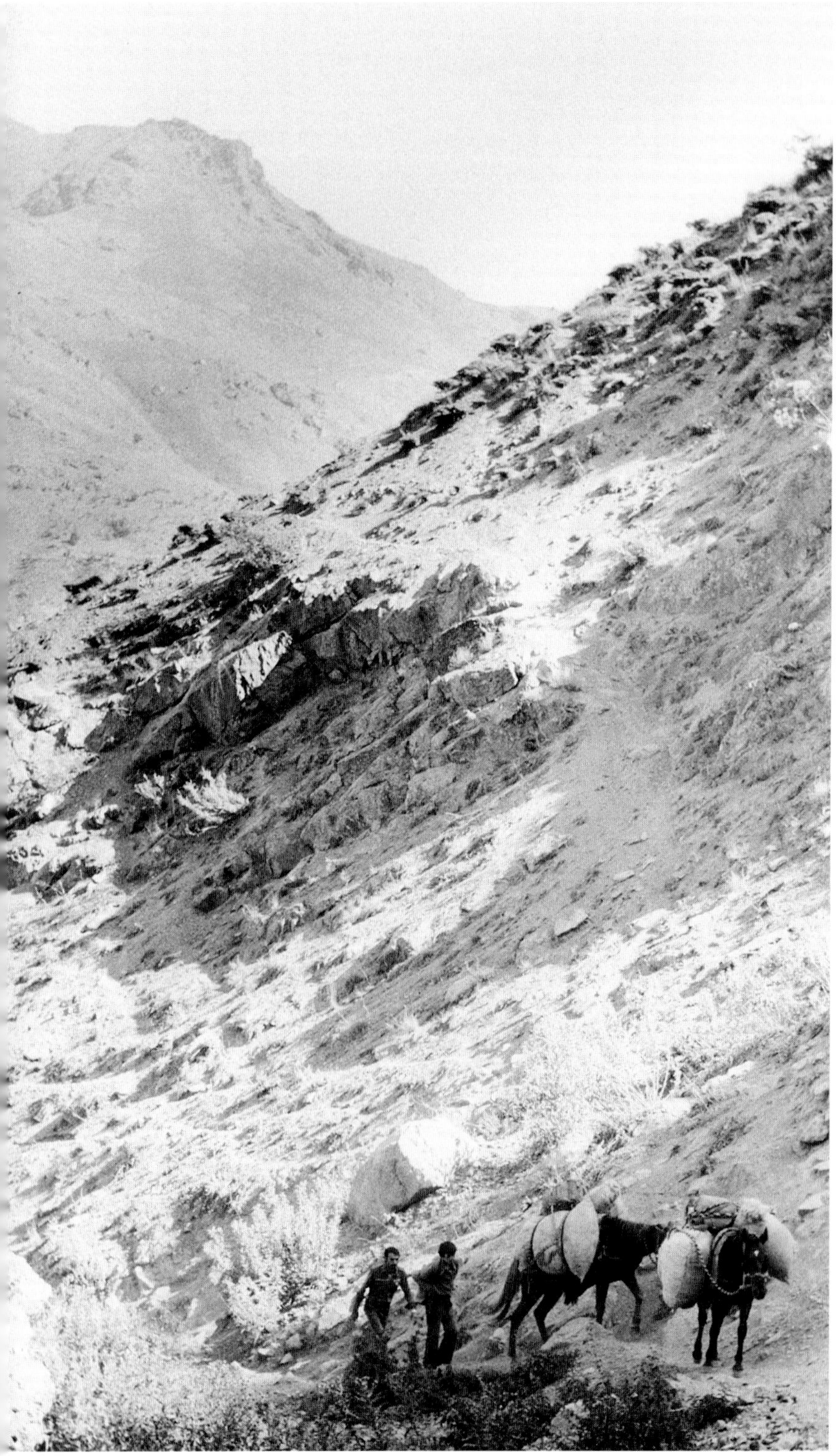

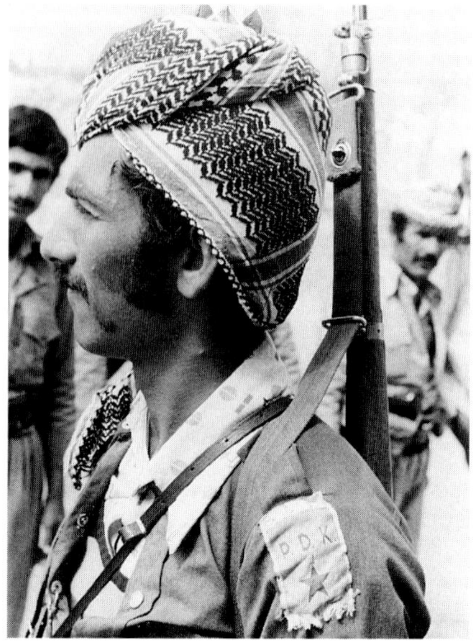

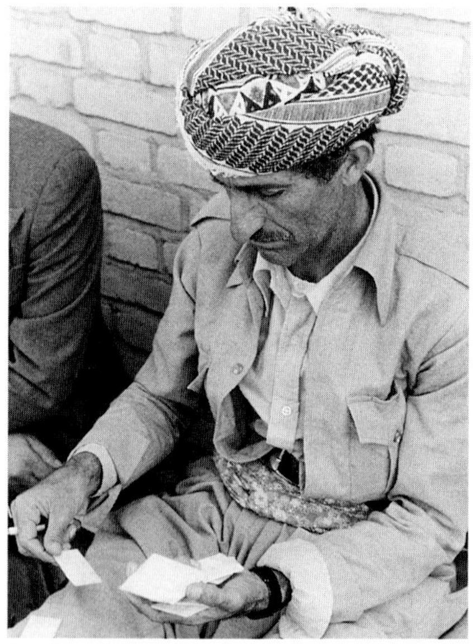

Die beiden Kurdenführer waren für meinen Begleitschutz verantwortlich.

Die Flucht zurück gelang mir mit Hilfe von Teppichschmugglern. Da ich alles andere als ein trainierter Sportler war, bereiteten mir die tagelangen Gewaltmärsche über die Steilhänge der hohen Gebirgsketten beachtliche Schwierigkeiten.

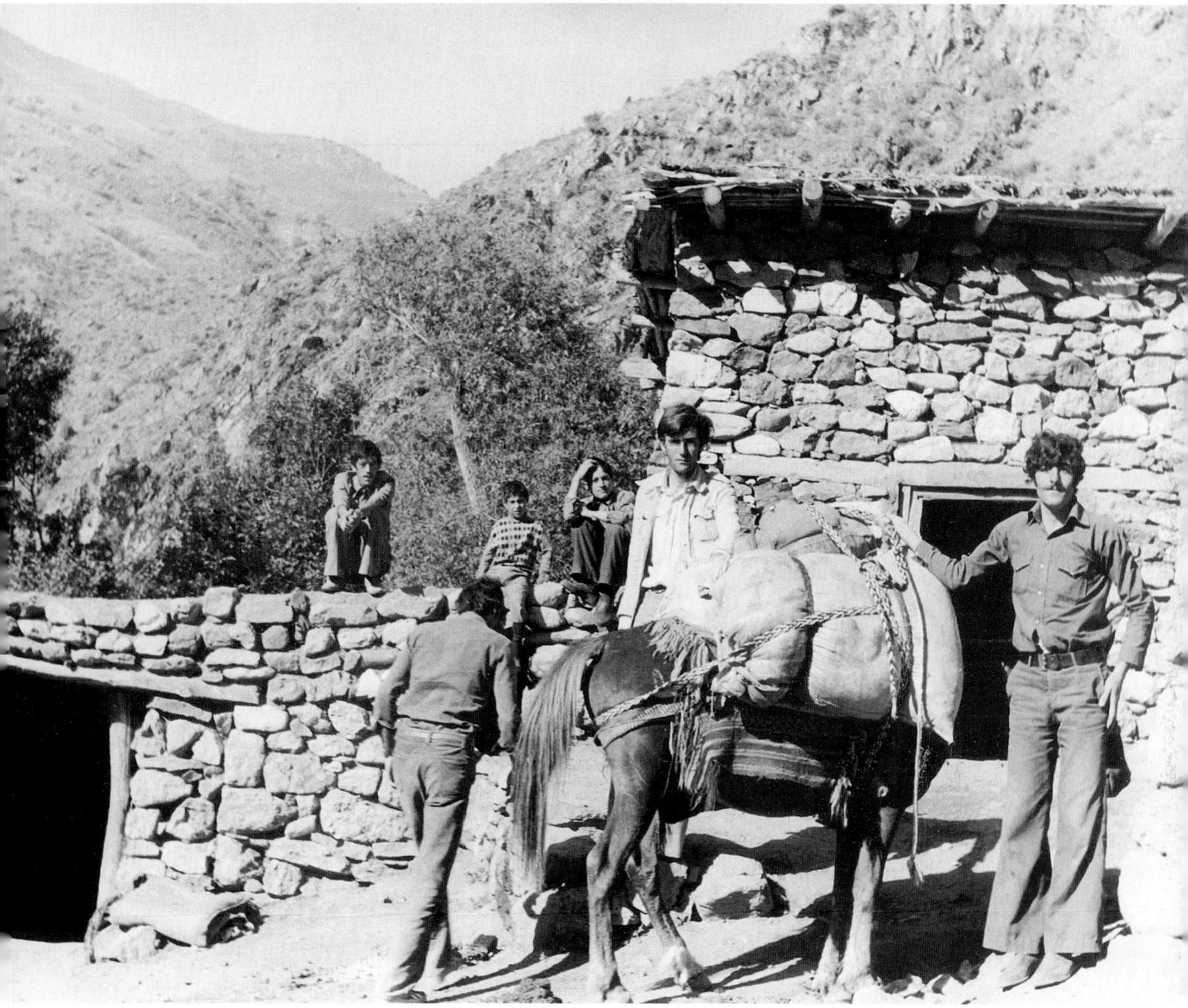

Die Häuser der Kurden im Gebirge werden meist mit Trockensteinmauern ohne Mörtel und Zement errichtet. In einem großen Raum schlief ich oft mit 20 oder 30 Kurden zusammen, was sehr geruch- und geräuschvoll ablief. Wenn nächtlicherweise noch unerwartet ein weiteres Dutzend Pesch-Mergas eintraf, dann mußten wir eben enger zusammenrücken und Platz machen. Kein Gast verläßt das Haus, ohne nicht vorher Essen bekommen zu haben. Gastfreundschaft ist selbst bei den ärmsten Kurden ein Gesetz, das niemals gebrochen wird.

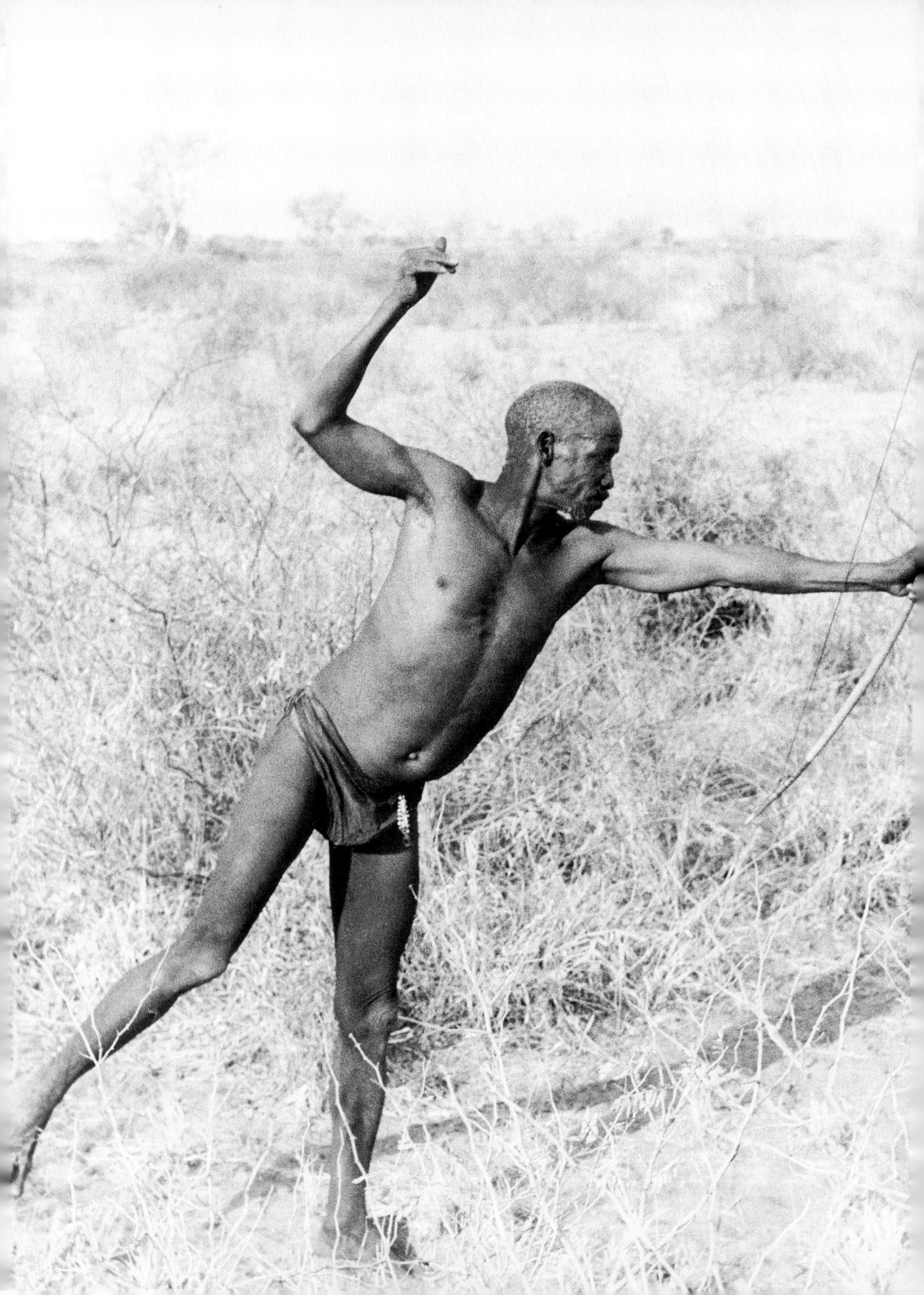

BUSCHMÄNNER

Es ist eine Schande, wie unsere zivilisierte Welt mit den verschiedenen Restvölkern (Indianer, Maoris, Aborigines, Buschmänner etc.) brutal und unmenschlich umgegangen ist. Mich interessierten die Buschmänner im südlichen Afrika, die zum Großteil in der Kalahari-Wüste als Nomaden leben. Die Buschmänner haben die Mongolenfalte bei den Augen, keine schwarze, sondern eher eine fahlgelbe Hautfarbe und sind relativ klein. Sie bildeten einst die Urbevölkerung im südlichen Afrika und wurden dann von den Schwarzen und Weißen als Tiere angesehen und gejagt. Sie leben in Kleinfamilien, sind Jäger mit Giftpfeilen, graben Wurzeln aus und legen sich mit im Sand vergrabenen und wassergefüllten Straußeneiern regelrechte Wassertankstellen in der Wüste an. Sie stellen mit ihrer sagenhaften Spurenlesekunst jeden Jagdhund in den Schatten, haben eine eigenartige Sprache mit Klixen und Schnalzlauten, können nur bis drei zählen – mehr Zahlwörter haben sie nicht. Sie sind friedlich, haben aber früher jedes Rind als legale jagdbare Beute angesehen und kamen dadurch auch in Konflikt mit den Farmern. Diese jagten und „erlegten" die Buschmänner reihenweise so wie die Gazellen. Gerade ihre unverdorbene Naturverbundenheit und Spurenleserei wurde zu ihrem Verhängnis. Sowohl die südafrikanische Armee als auch einige Rebellenbewegungen holten sich die Buschmänner als Spezialisten für ihren Buschkrieg. Die Südafrikaner stellten regelrechte Buschmann-Militäreinheiten auf und setzten sie in kleinen Gruppen mit Fallschirmen in strittigen Gebieten ab, um Rebellen aufzuspüren und zu töten. Da diese Buschmannsoldaten regelrechten Sold, wie alle anderen Soldaten auch, bekamen, war der Weg zum Alkohol frei, und das war ihr Verhängnis. Schützt man die Buschmänner in Reservaten, damit sie ihre Kultur behalten, werden sie als artengeschützte Tiere wie in einem Zoo betrachtet. Baut man ihnen Schulen – aus denen sie davonlaufen – und bringt sie der Zivilisation nahe, dann gehen sie daran zugrunde. Wie man es auch macht, es ist falsch. Ich lebte einige Zeit bei den Buschmännern in Namibia, weil mich dieses Restvolk faszinierte.

Buschmänner sind fantastische Spurenleser, Jäger und Nomaden.

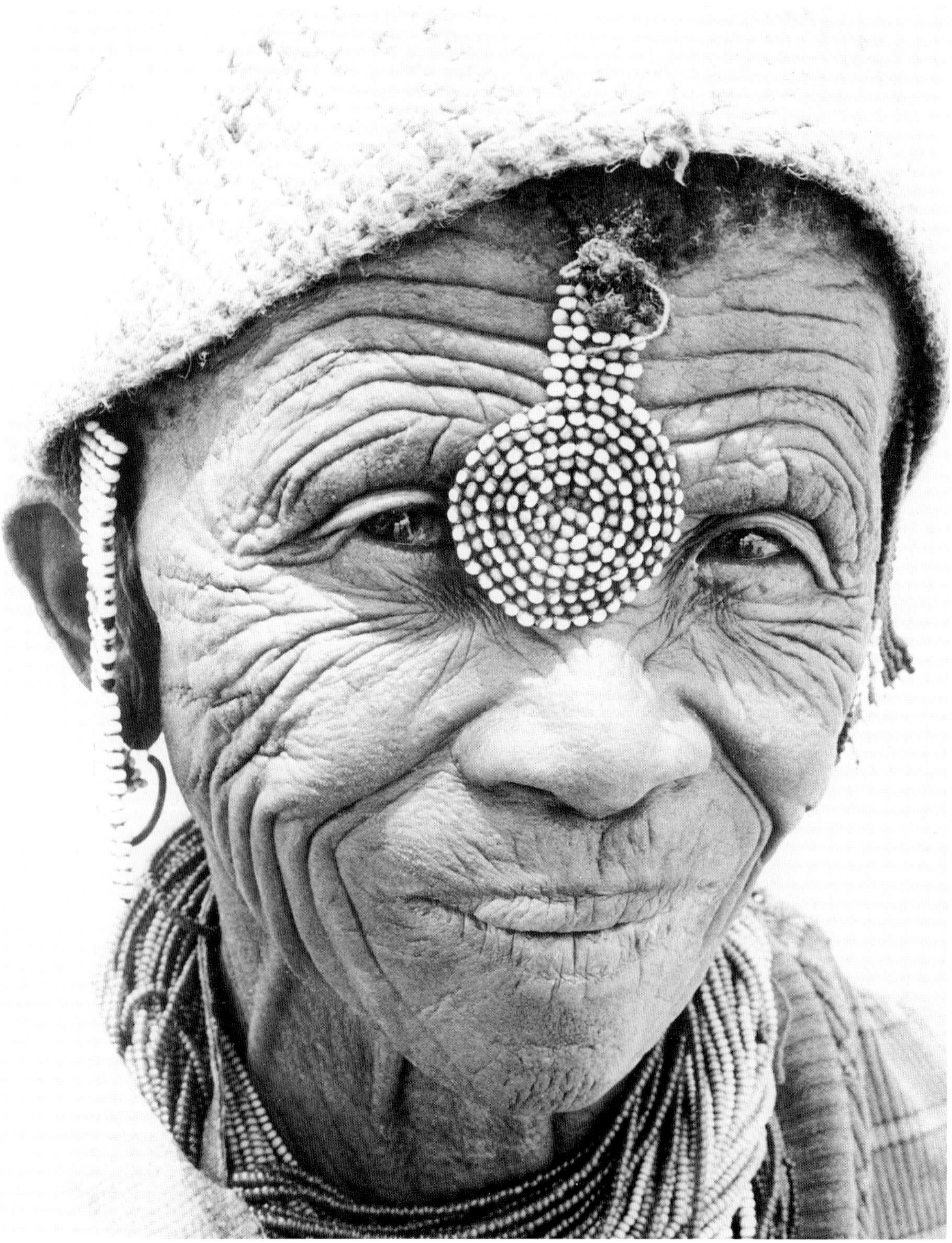

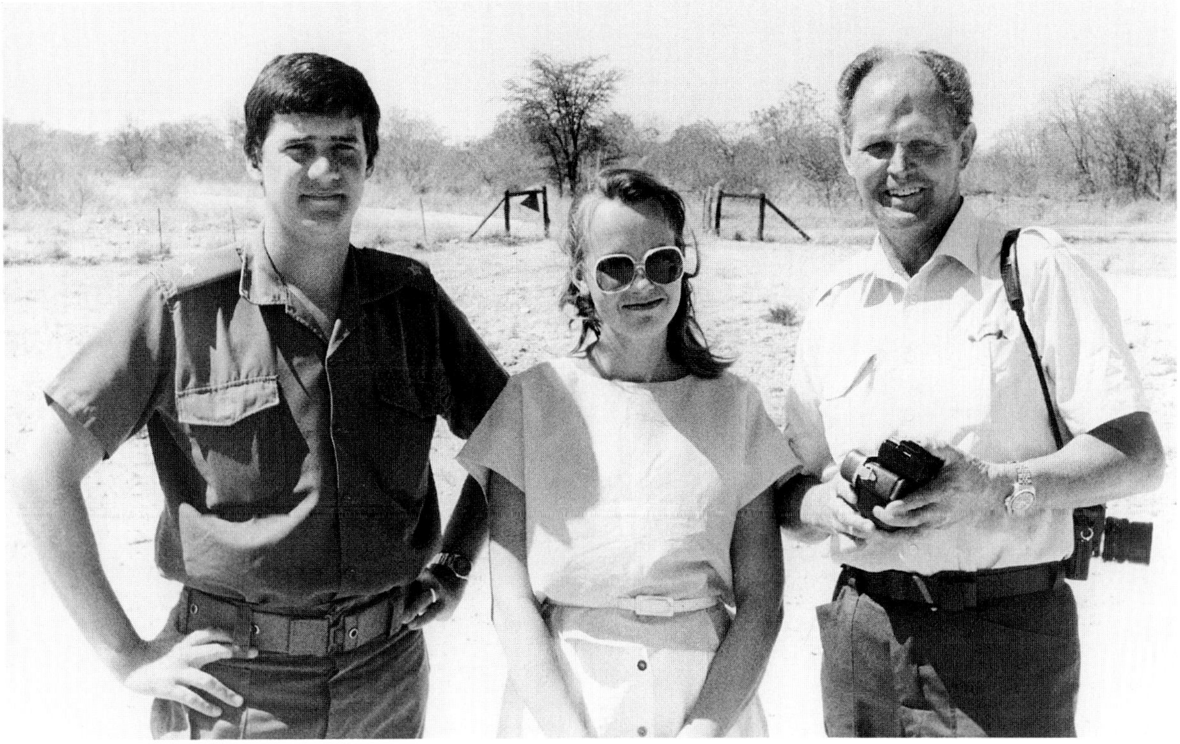

Dieser südafrikanische Militärpastor mit seiner Frau war im Buschmannland aktiv.

Linke Seite: Das faltenreiche Gesicht dieser Buschmannfrau faszinierte mich.

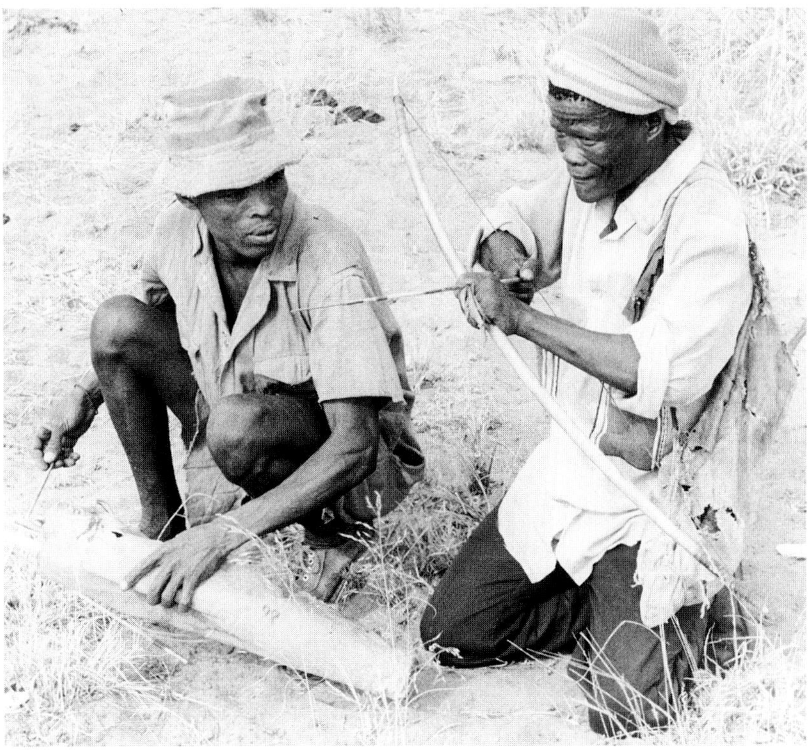

Zwei Buschmänner auf der Jagd.

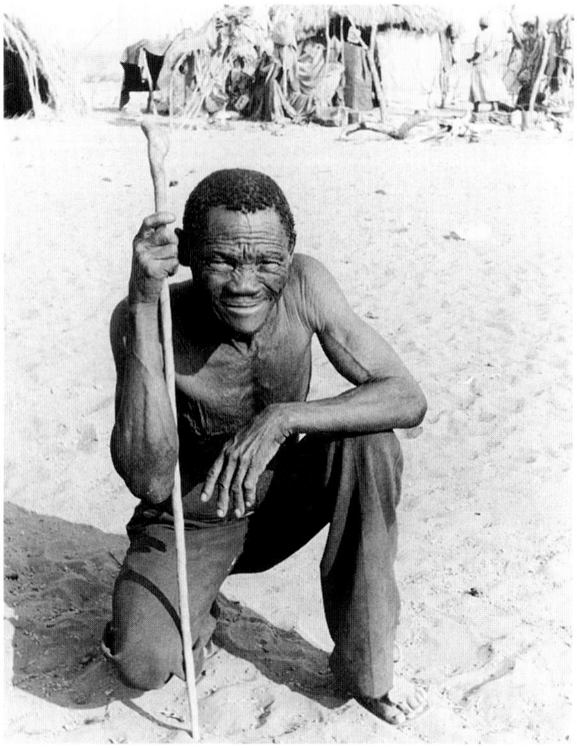

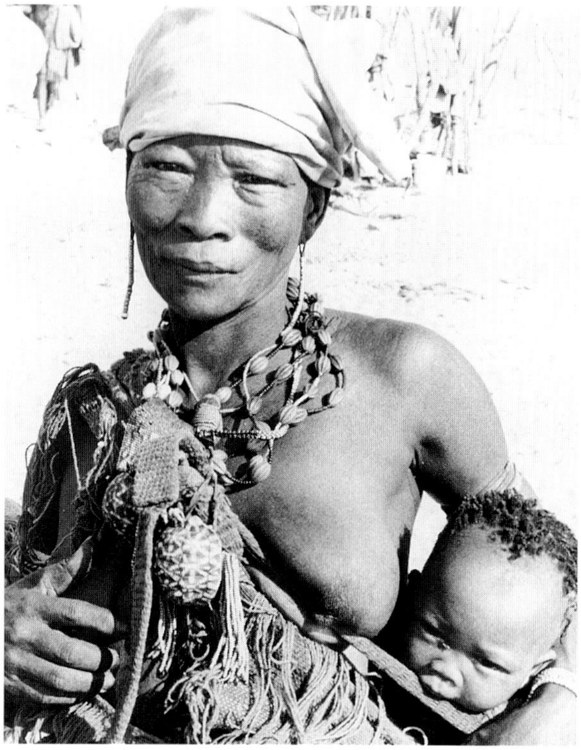

Schwangere Buschmannfrauen gehen oft in den Busch, um Holz zu sammeln, und kommen mit ihrem neugeborenen Baby zurück. Die Nabelschnur beißen sie einfach ab.

Links oben: Bei den Buschmännern sind noch alle natürlichen Instinkte intakt.

Rechte Seite: Erfolgreicher Buschmannjäger kommt mit einem Stachelschwein als Beute zurück.

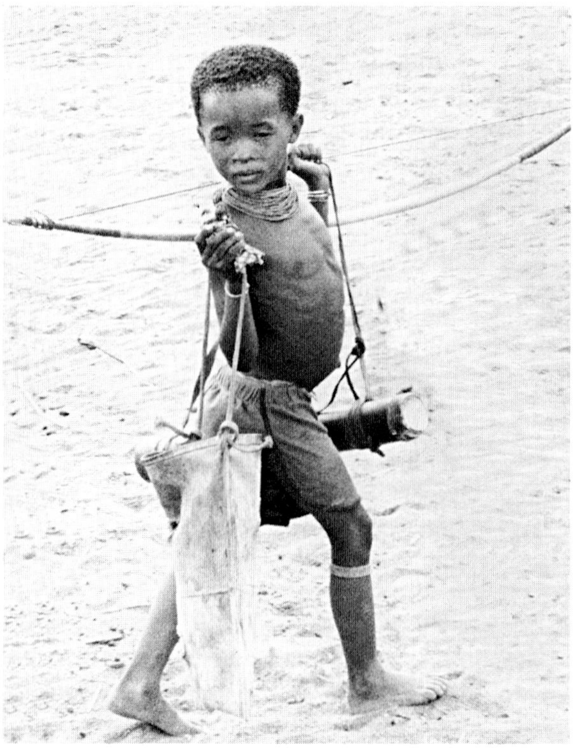

Früh übt sich, wer ein Jäger werden will.

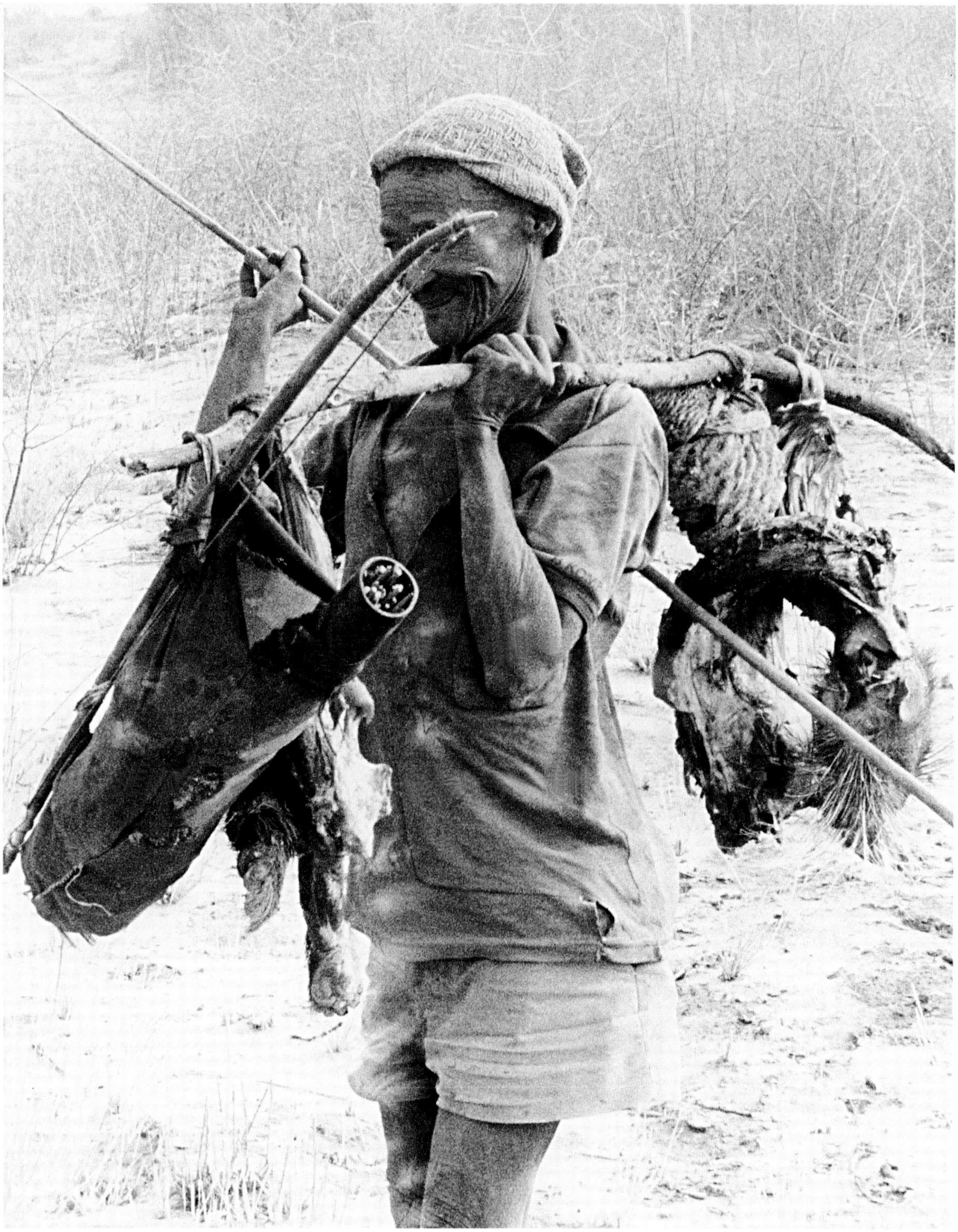

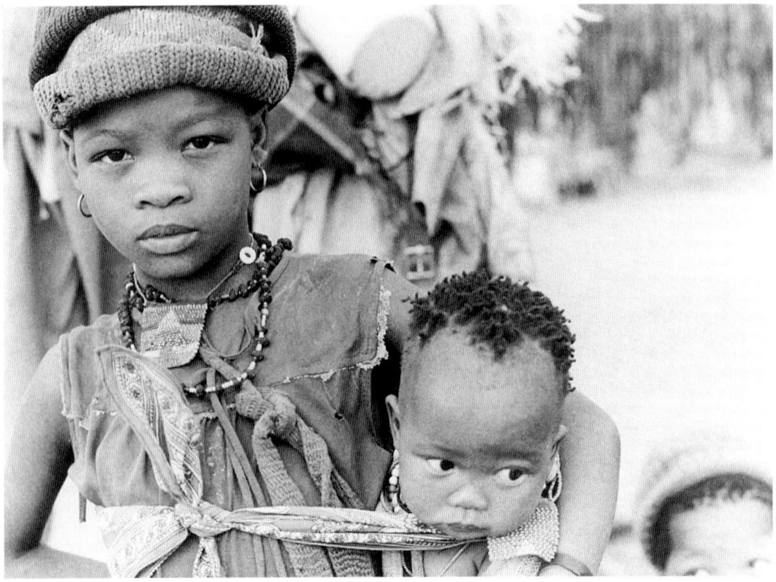

Buschmannfrauen säugen ihre Kinder jahrelang und kauen während dieser Zeit ganz bestimmte Blätter, die wie die Pille empfängnisverhütend wirken.

Buschmannfamilien ziehen als Nomaden durch die lebensfeindlichen Kalahari-Wüstengebiete.

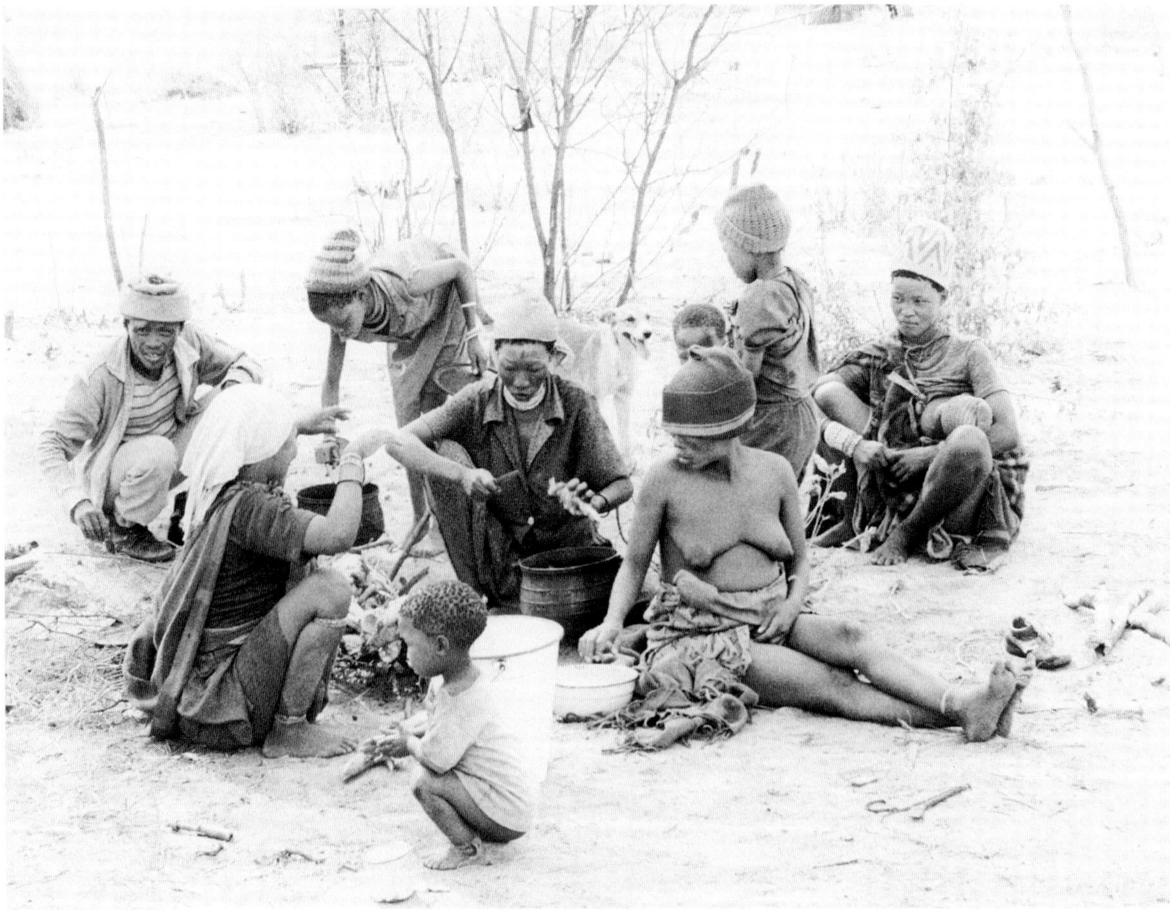

In Namibia hat jeder Buschmann seine Beilagscheibe mit registrierter Nummer und bekommt mit diesem „Personalausweis" in regelmäßigen Abständen an vereinbarten Plätzen sein kostenloses Lebensmittelpaket von der Regierung.

Die Buschmänner haben mit den schwarzafrikanischen Rassen überhaupt nichts gemeinsam. Sie haben eine Naturreligion, bei der die Sterne als die Lagerfeuer der verstorbenen Ahnen angesehen werden. Begraben werden Buschmänner immer sitzend.

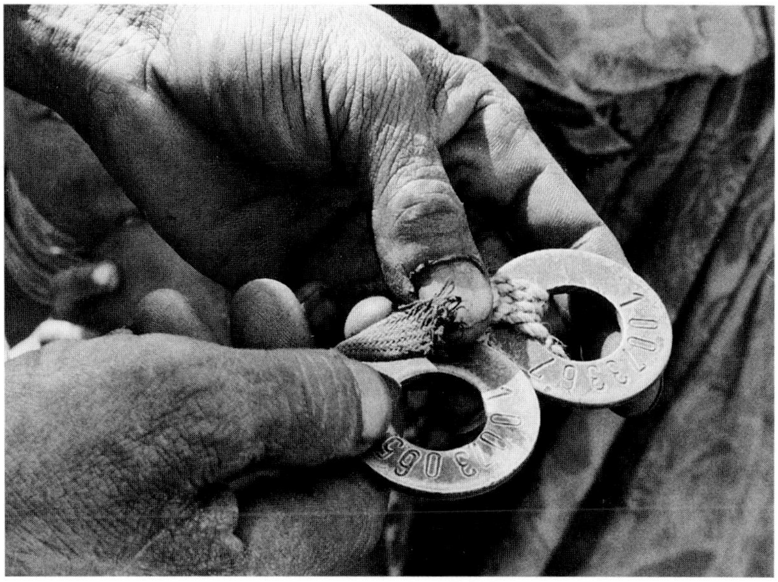

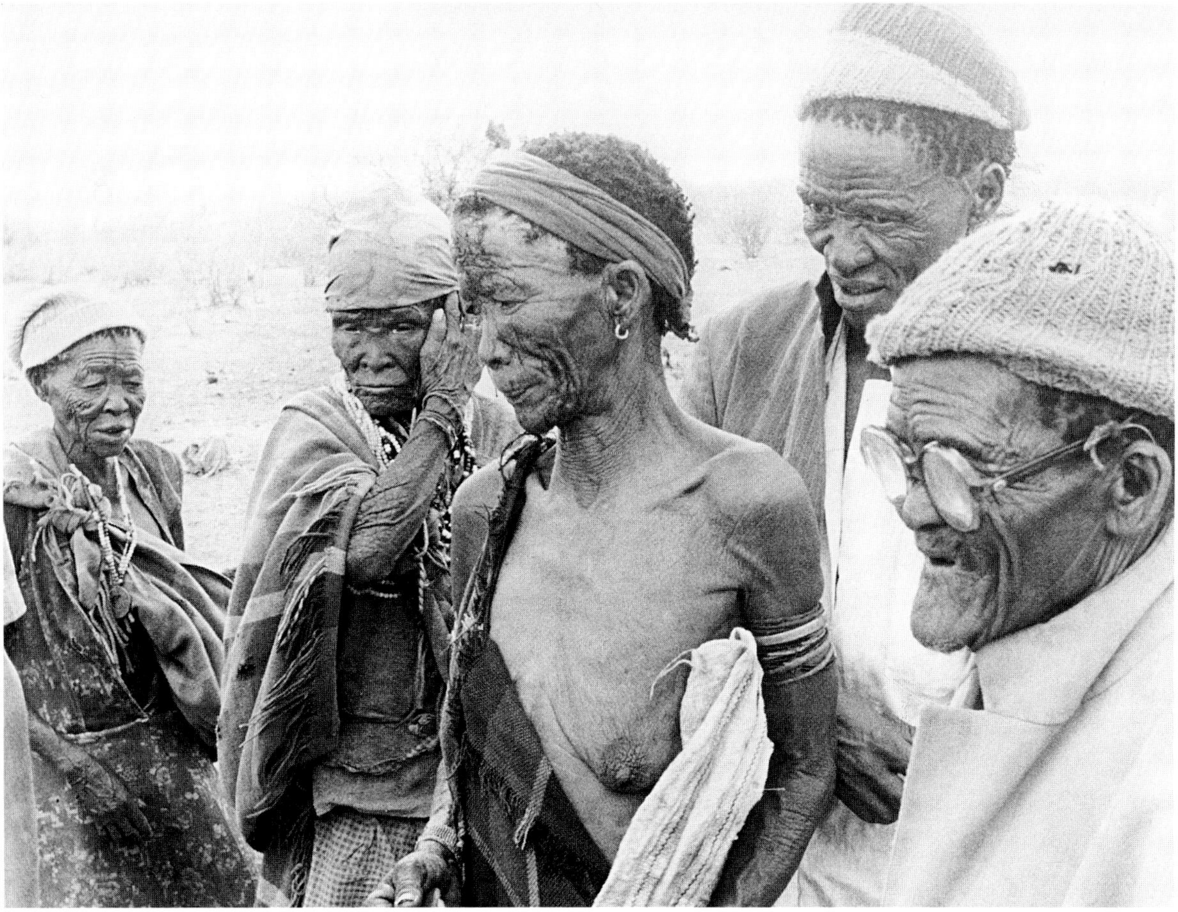

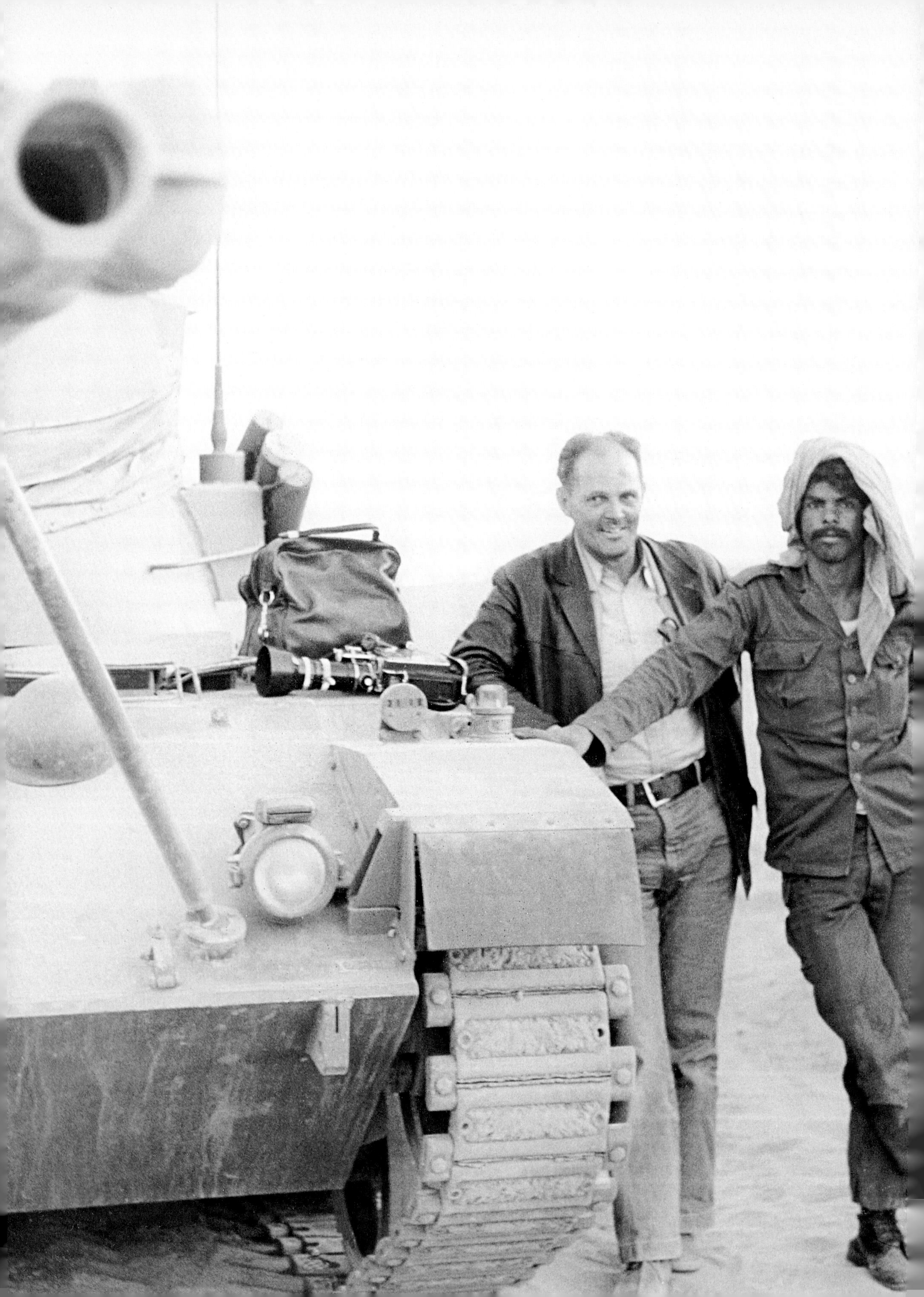

POLISARIO

Ein vergessener Krieg in der gnadenlosen Westsahara-Wüste: Die Frente Polisario rief die Demokratische Arabische Republik Sahara aus. Spanien hatte vor seinem Abzug, unter Umgehung der UNO, heimlich Absprachen mit Marokko und Mauretanien getroffen, wonach der nördliche Landesteil mit den Phosphatvorkommen an Marokko und der südliche Landesteil mit den Erzlagerstätten an Mauretanien fallen sollte. König Hassan schaltete sich persönlich ein und organisierte den bekannten Grünen Marsch, eine Invasion von 300.000 unbewaffneten Marokkanern, die spektakulär den Norden besetzten. Marokkos Truppen besetzten dann das Wüstengebiet bis zur mauretanischen Demarkationslinie. Algerien und Libyen waren mit dieser Lösung nicht einverstanden und bewaffneten die Befreiungsbewegung Polisario. Der Internationale Gerichtshof in Den Haag bestätigte, daß die Bewohner der Westsahara (Saharauis) ein eigenes Volk sind. Flüchtlingsströme machten das ganze Wüstengebiet menschenleer. In dem beginnenden Wüstenkrieg kapitulierte Mauretanien sehr bald und verzichtete auf das von ihm annektierte Gebiet. Bei Bu-Craa steht das längste Förderband der Welt, es ist 98 km lang und kann 2000 t Phosphat pro Stunde bis zum Hafen befördern. Im Küstenschelf von Aiun wurde Öl gefunden. König Hassan zog seine Truppen in die wenigen Städte zurück und ließ einen 700 km langen Schutzwall errichten, um so das Phosphatgebiet abzusichern. Die Polisario vertauschte ihre Kamele mit Landrovern und griff immer wieder wie ein Wespenschwarm an, um sich dann gleich wieder zurückzuziehen. Mitten in der Westsahara – eine Wüste, in der schon mehr Menschen ertrunken als verdurstet sind –, in der Nähe von Tindouf, befindet sich ein riesiges Freilichtarsenal mit Hunderten von erbeuteten marokkanischen Panzern, Kanonen, Fahrzeugen und Flugzeugwracks im Sand verstreut. Diese Wüstenrepublik hat nicht mehr als 140.000 Einwohner. Es gab böses Blut, als sich herausstellte, daß Österreich an Marokko Kürassier-Panzer geliefert hatte, die in diesem Krieg auftauchten.

Ich fuhr mit Polisario-Kämpfern durch ihre menschenleere Republik.

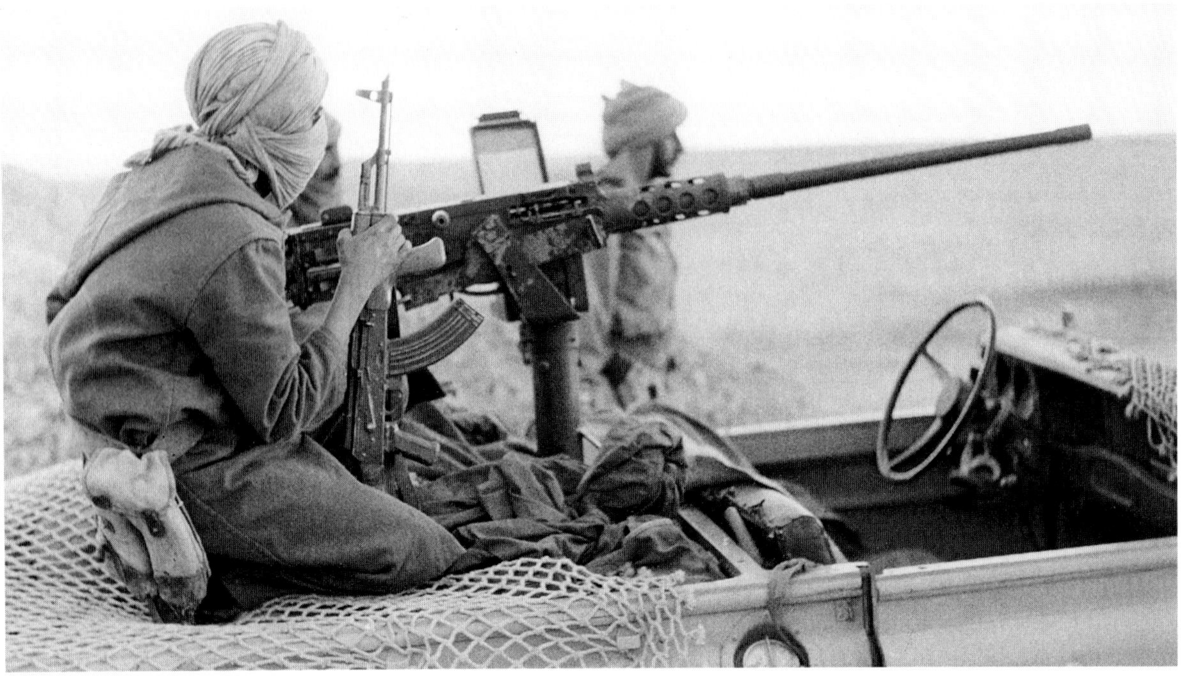

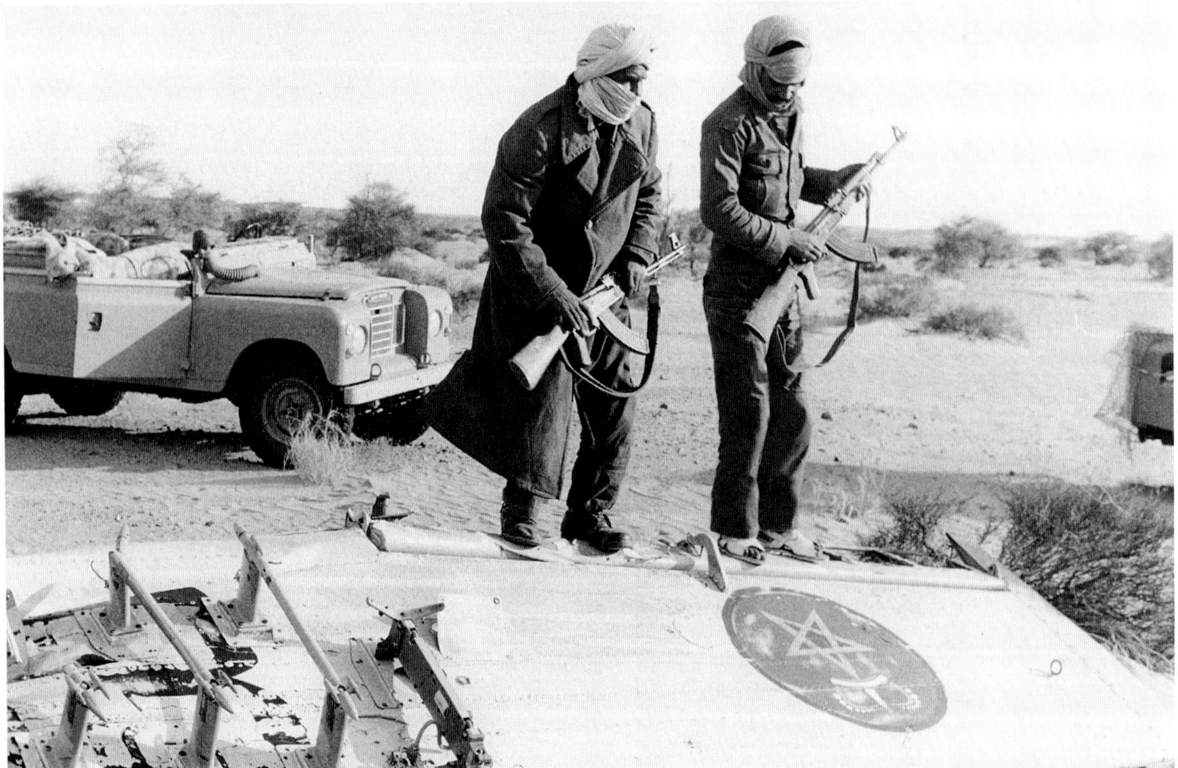

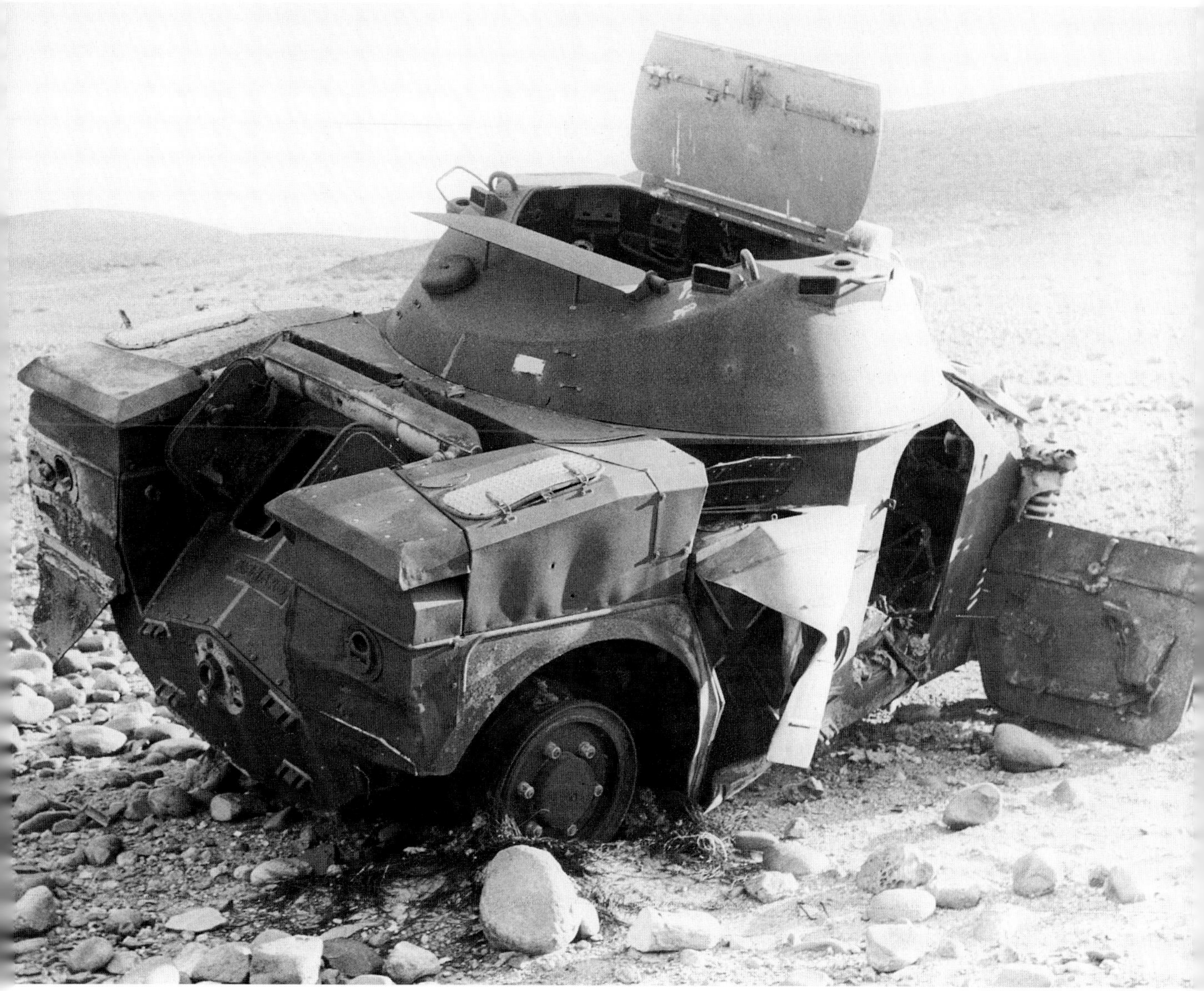

Die Westsahara ist übersät mit zerstörtem Kriegsgerät aller Art.

Linke Seite oben: Eine Flotte von bewaffneten Landrovern schwärmte ständig durch die Westsahara, um die Marokkaner anzugreifen.
Linke Seite unten: Die Trümmer eines abgeschossenen marokkanischen Militärflugzeuges. Ein deutsches Flächenflugzeug der deutschen Antarktisexpedition wurde auf seinem Heimflug allerdings ebenfalls aus unerklärlichen Gründen über der Westsahara abgeschossen.

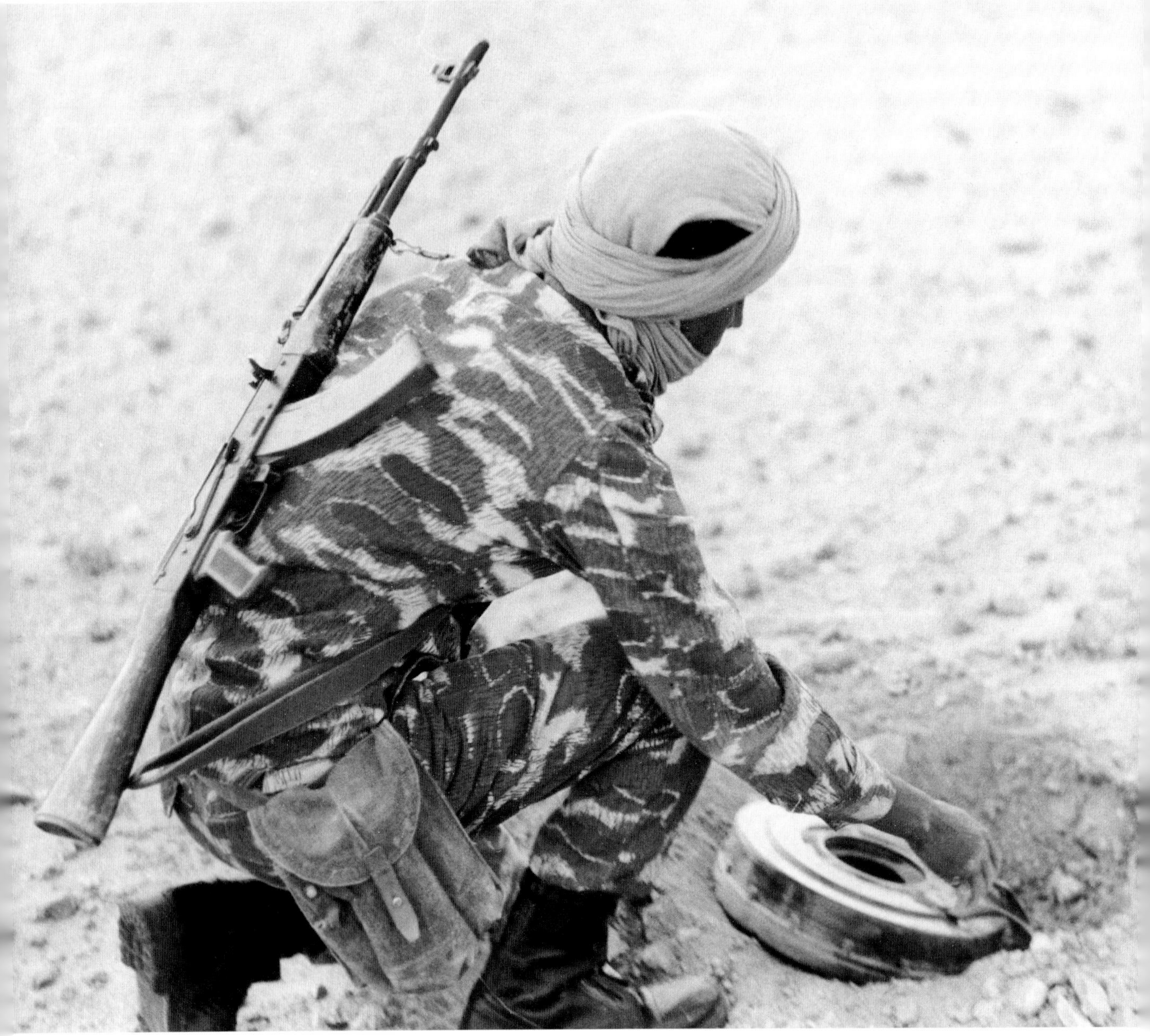

Saharauis entschärften Tausende marokkanische Minen.

Rechte Seite oben: Mit ausländischer Hilfe wurden in den Flüchtlingslagern Schulen errichtet. Eine Schulpflicht einzuführen ist überflüssig, denn diese Wüstenkinder sind bildungshungrig wie kaum in einem anderen Land.
Rechte Seite unten: Der Großteil der relativ geringen Westsahara-Bevölkerung befand sich in gut versorgten Flüchtlingslagern am Rand der Wüste.

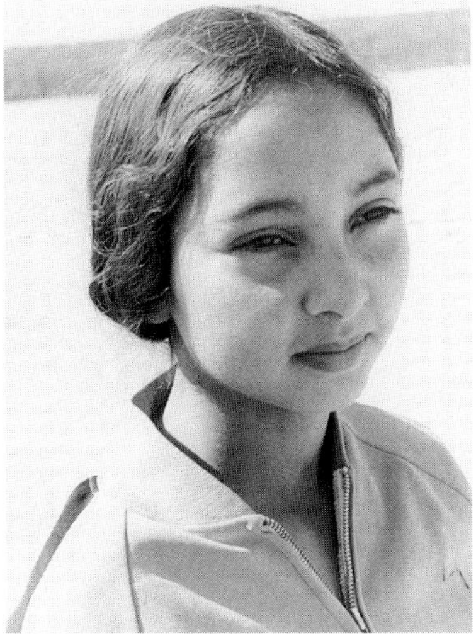

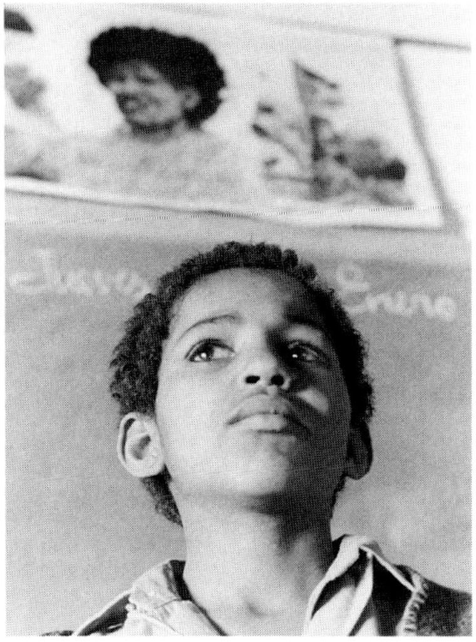

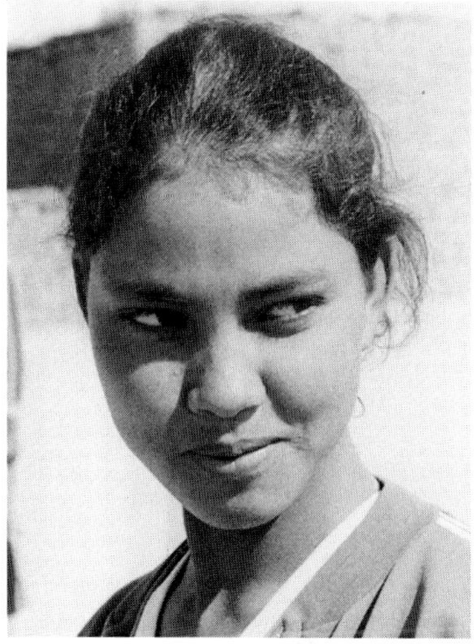

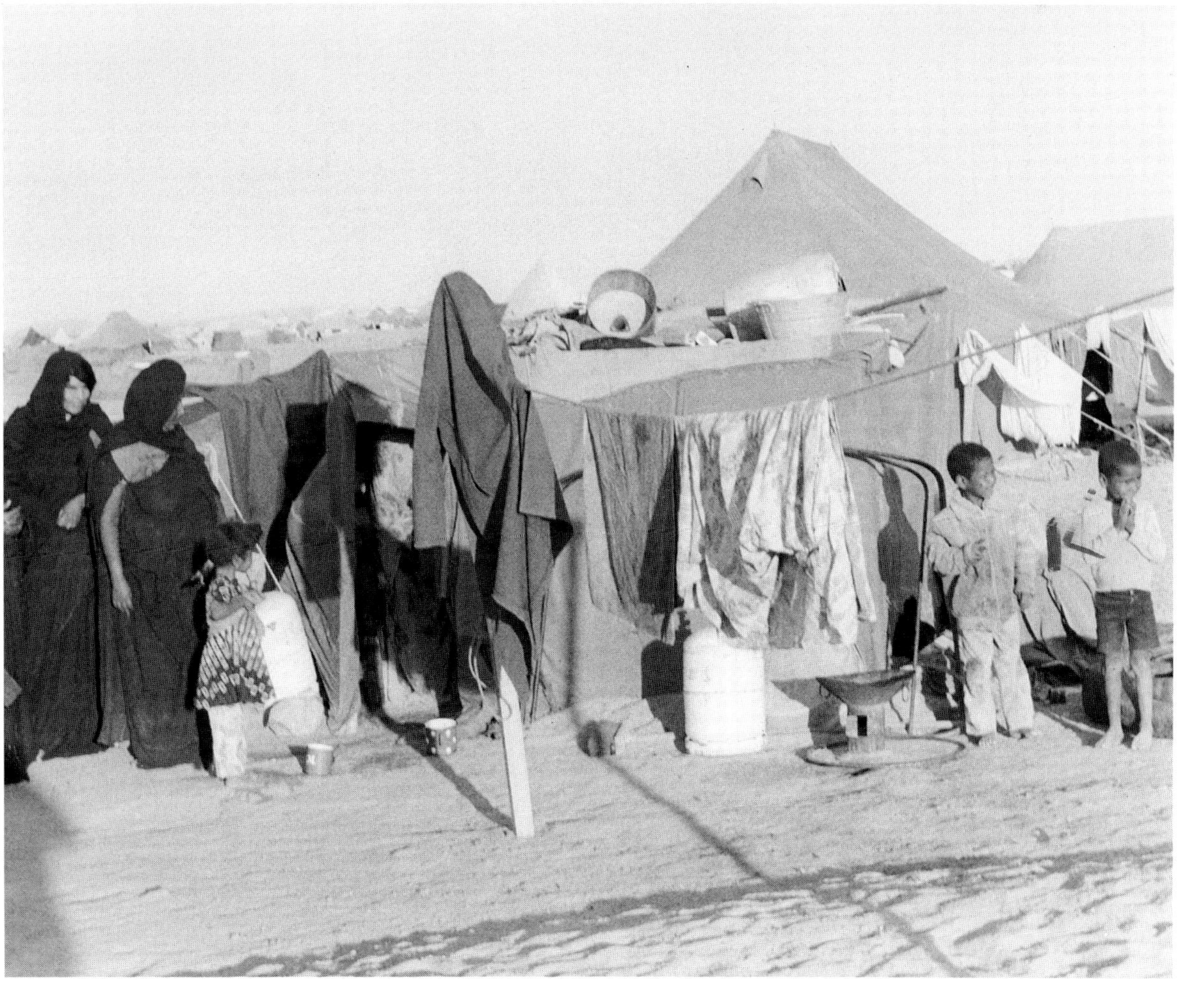

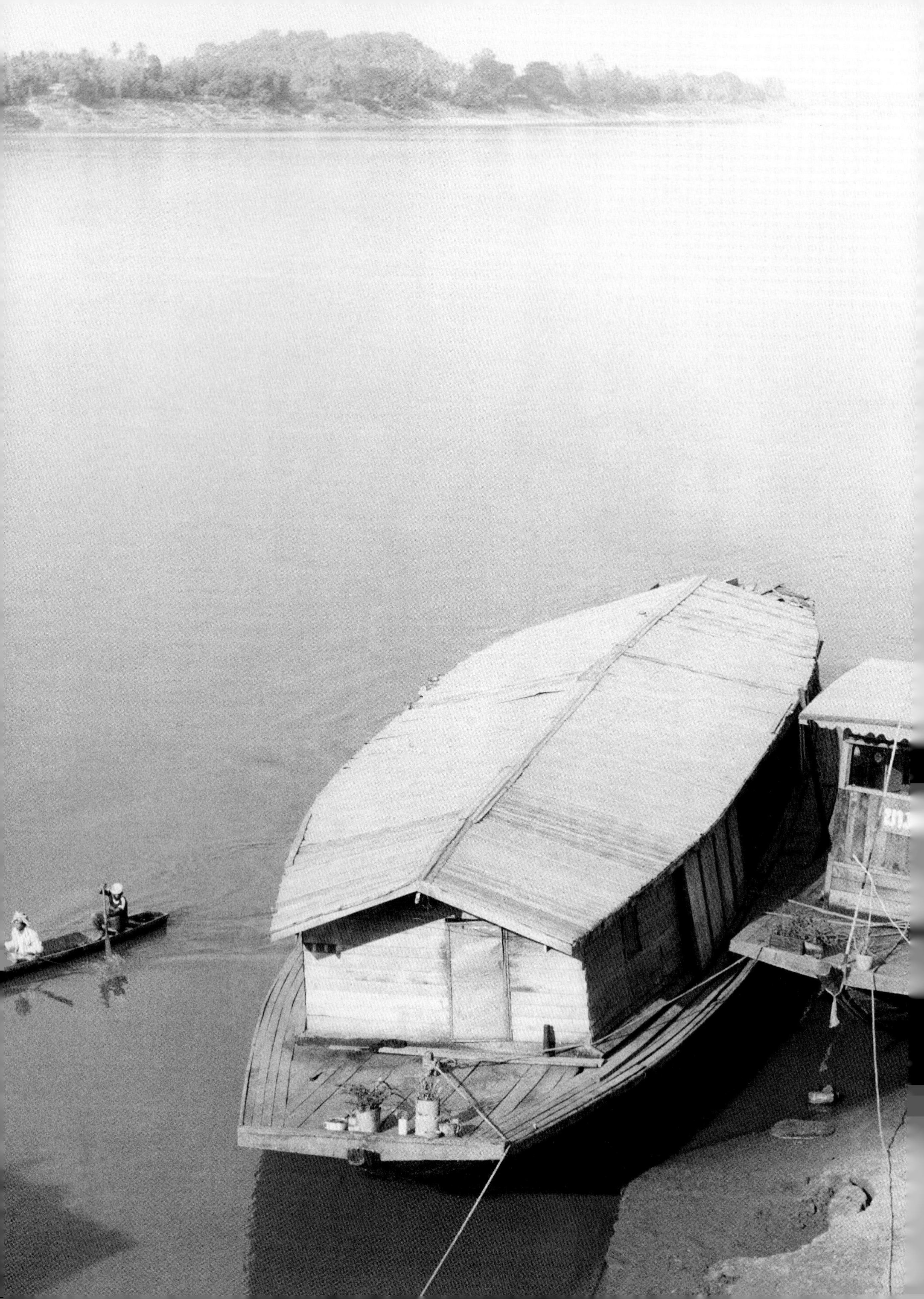

LAOS

Die ehemaligen französischen Kolonien in Indochina – Vietnam, Kambodscha und Laos – gerieten nach dem Vietnamkrieg, also nachdem Frankreich und die USA sich aus dieser Region verabschieden hatten müssen, unter vietnamesischen bzw. chinesischen Einfluß. Laos wurde auch eine typische Demokratische Volksrepublik, von der man herzlich wenig in den Weltnachrichten vernahm. Angeblich sollte es in dem abgeriegelten Laos auch eine Befreiungsbewegung geben, was mich sofort hellhörig machte. Über meine verschiedenen Verbindungen bekam ich heraus, daß sich ein alter Laos-General in einem abgelegenen Viertel außerhalb von Bangkok mit einer Schar Getreuen im Exil befindet und von dort aus die Fäden zu der angezweifelten Befreiungsbewegung in seinem Land zieht. Es dauerte lange, bis ich den alten Herrn ausfindig machen konnte, um ihm meine Bitte vorzutragen, mich illegal nach Laos einzuschleusen. Ich hätte diesen Plan besser fallengelassen, wenn ich gewußt hätte, was mich erwartet. Zuerst einmal forderte der Exil-General einen saftigen Geldbetrag, weil er damit für seine Kämpfer Decken kaufen wollte, und außerdem gab er mir einen sympathischen Offizier mit, der mich über die Grenze nach Laos und zurück begleiten mußte. Zuerst mit einem Bus und dann mit einem chinesischen Lieferwagen ging es bis in das unmittelbare Grenzgebiet. In einem Wald befand sich ein kleines, von den Thais geduldetes Lager der Laoskämpfer, das in Sichtweite des mächtigen Mekong-Grenzflusses lag. Nachts, bei Mondschein, kletterten wir die senkrechte Uferwand hinunter zu einem wartenden Langboot. Der tückische Mekong hat dort eine unangenehme Breite von etwa zwei Kilometern. Die Hinfahrt klappte einigermaßen, aber drüben in Laos fanden wir zwar eine Rebelleneinheit, wurden dann aber nach drei Wochen verraten und durch eine vietnamesische Patrouille aufgestöbert. Wir gerieten in der Nacht bei der fluchtartigen Rückfahrt über den Mekong von beiden Seiten unter Beschuß. Total durchnäßt und verdreckt, fuhr ich zusammen mit meinem Begleiter mit dem nächsten Bus nach Bangkok zurück.

Der Mekong-Grenzfluß – am anderen Ufer liegt Laos.

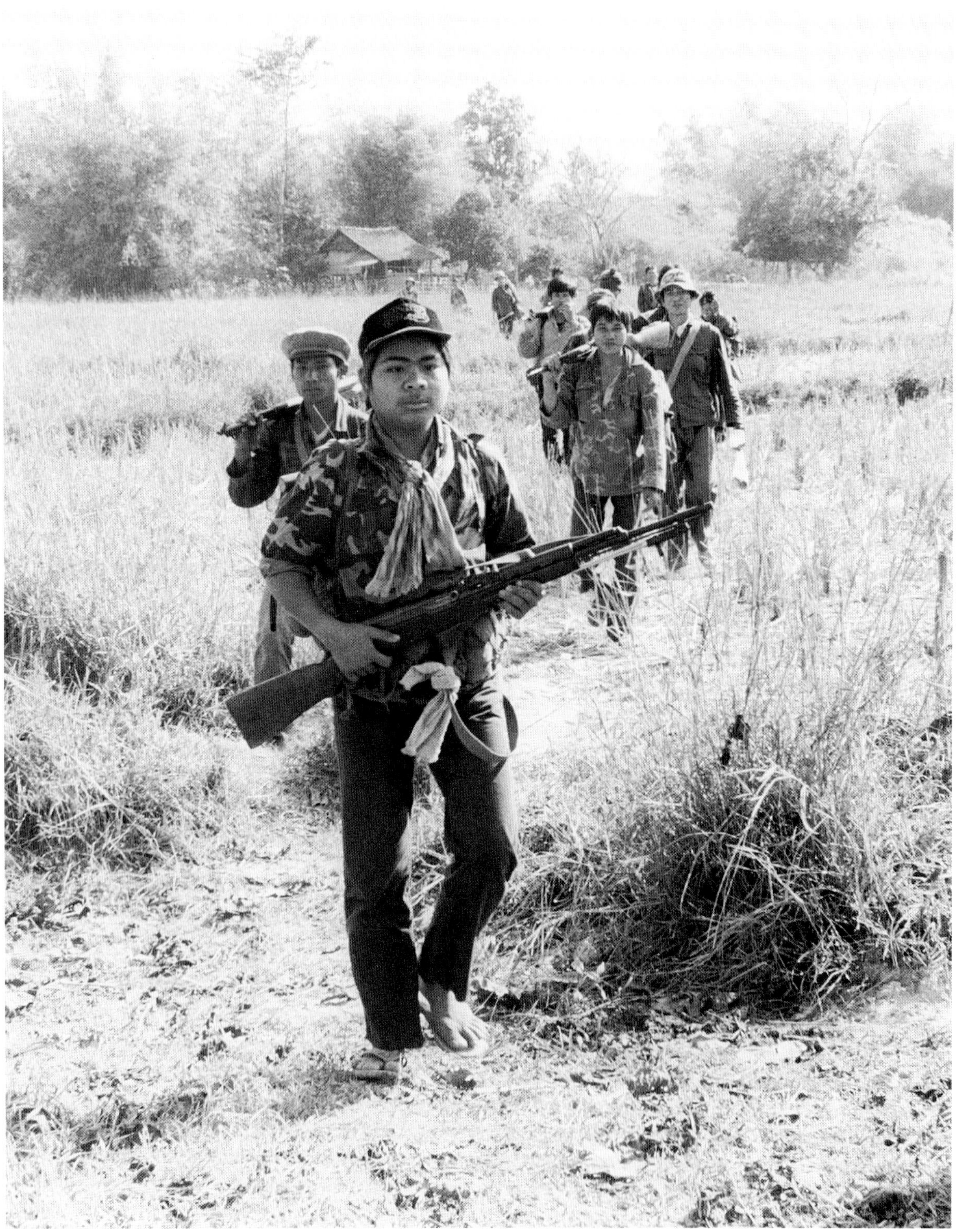

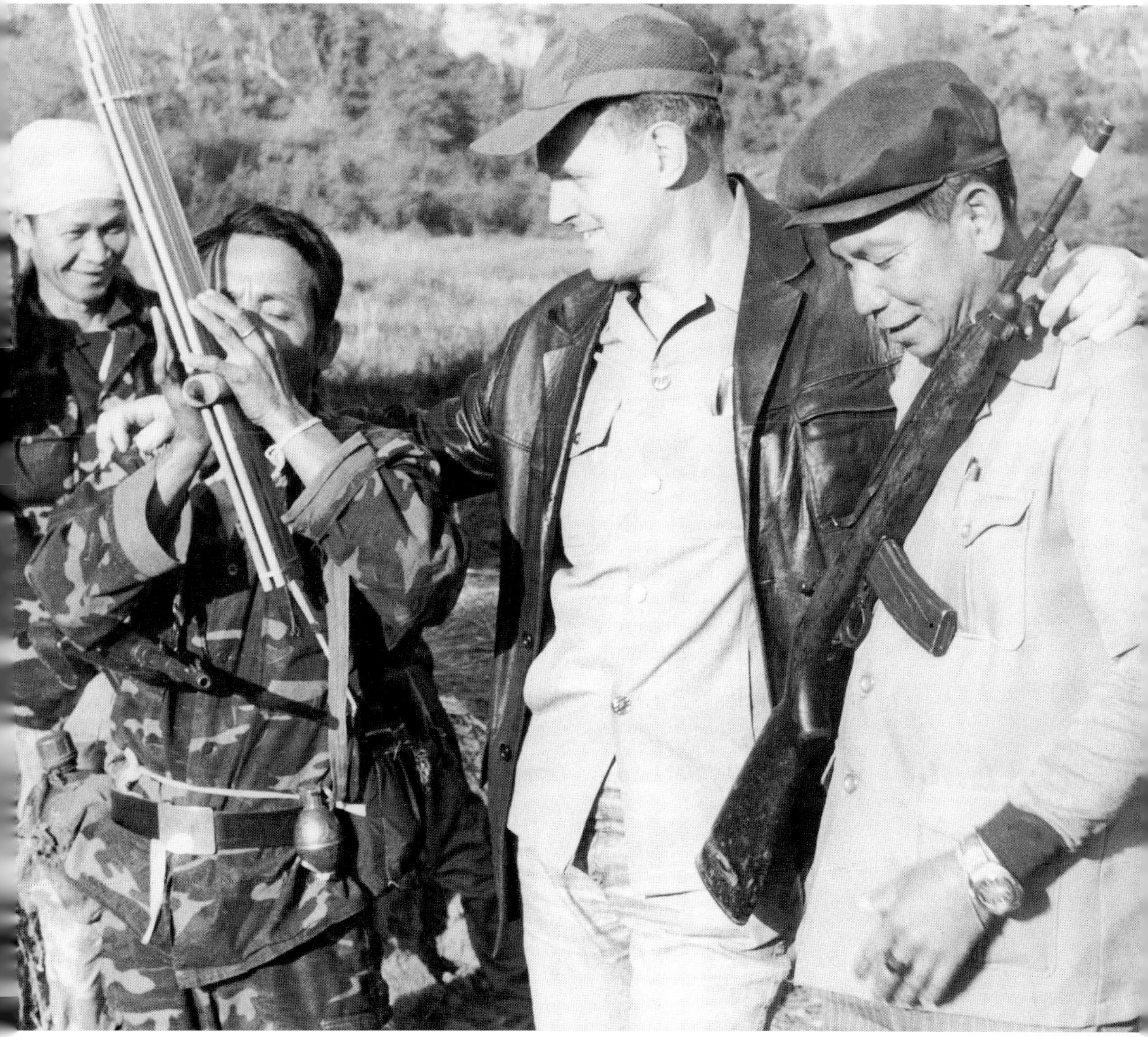

Originell waren die aus Bambus gefertigten Mundorgeln, mit denen sie während der Märsche gerne spielten. Ganz rechts im Bild: Mein ständiger Begleiter, ein Offizier aus dem Stab des Laos-Exil-Generals in Bangkok.

Linke Seite: Wir trafen auf eine laotische Guerilla-Einheit, die uns entgegenkam und bereits erwartete. Disziplin und Ausrüstung waren sehr dürftig. Sie waren im Grenzgebiet zwar präsent, aber nur sporadisch aktiv im militärischen Einsatz gegen die vietnamesische Besatzungsmacht.

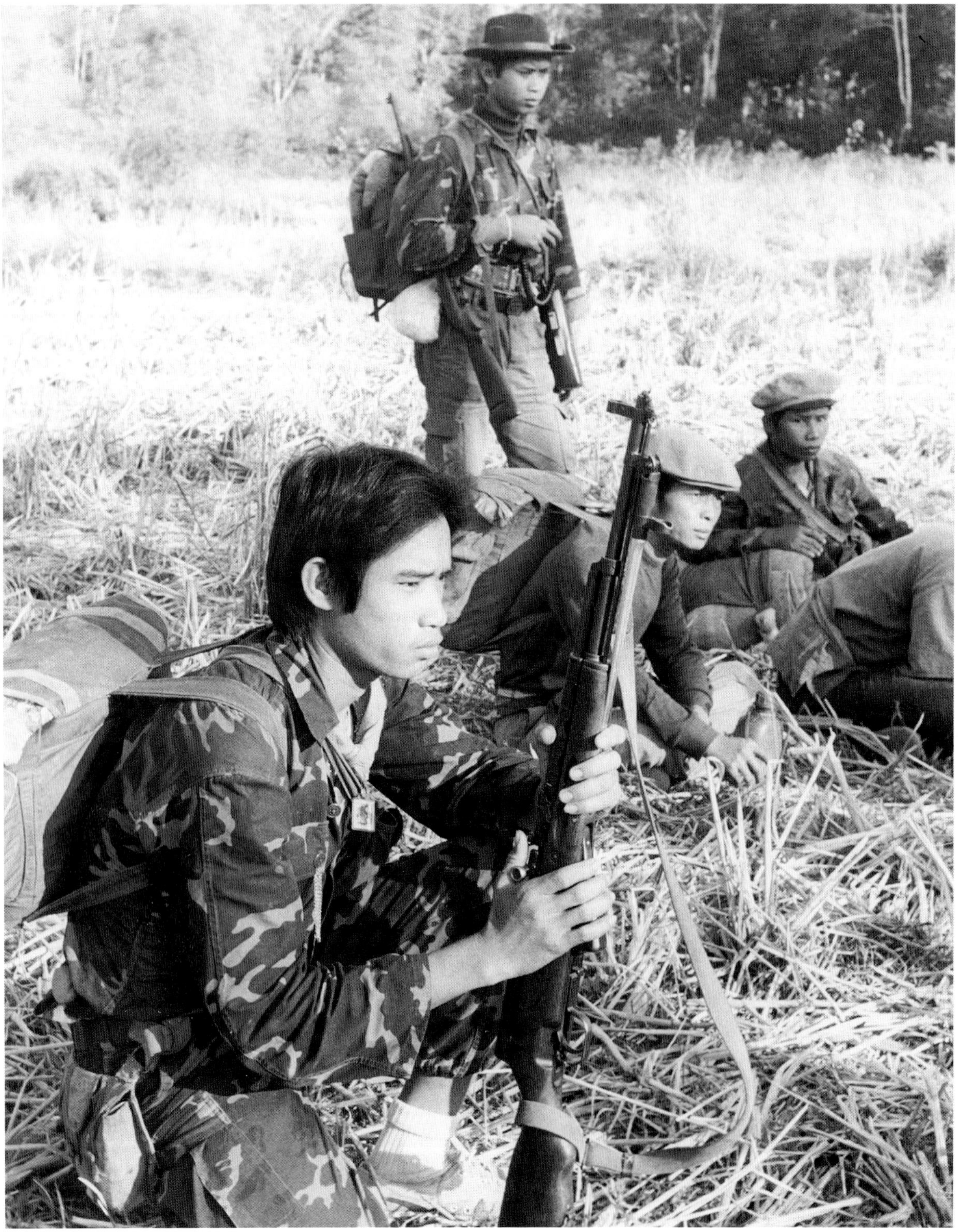

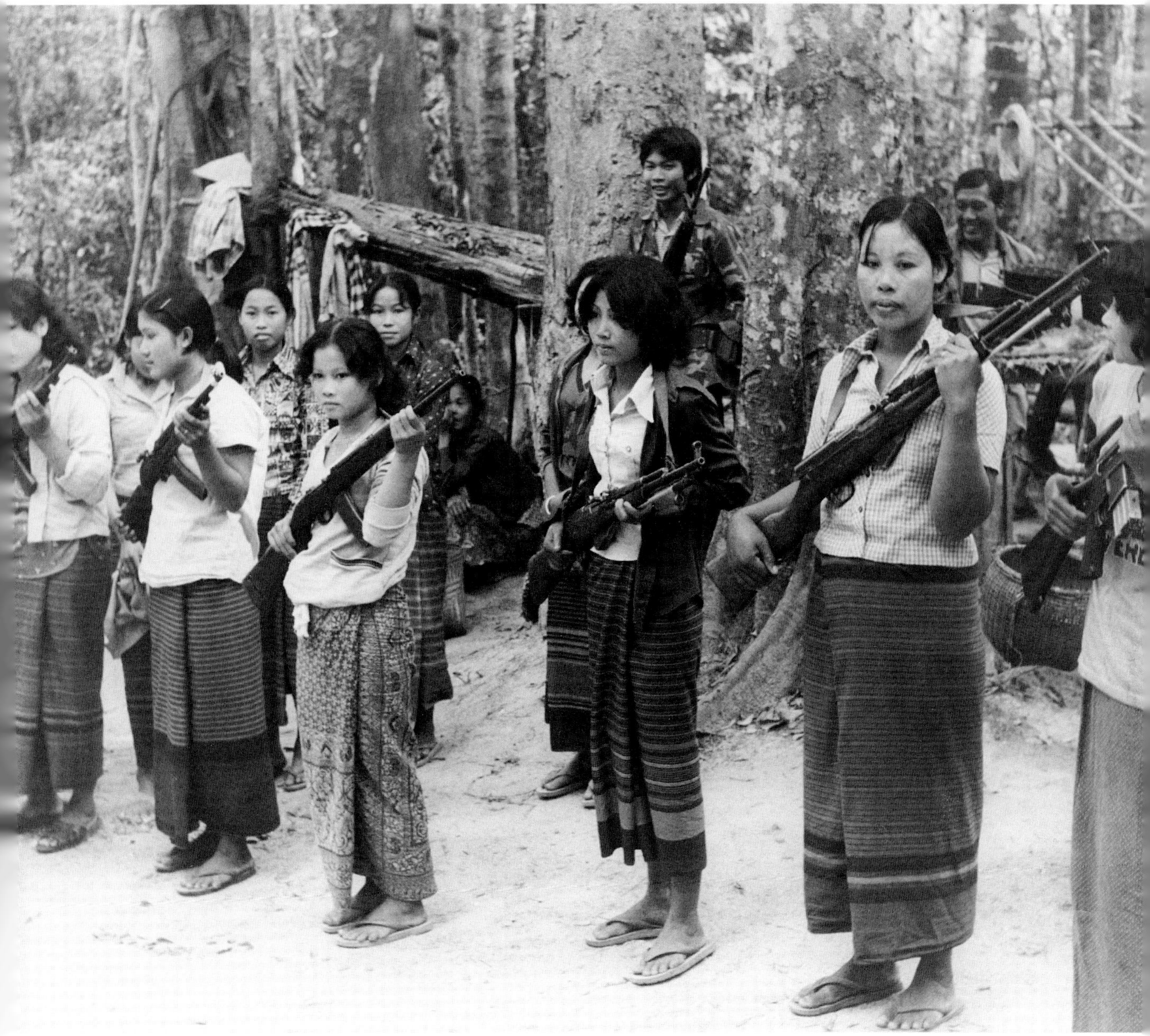

So wie in allen Befreiungs-, Rebellen- oder Widerstandsbewegungen sind auch bewaffnete Frauen und Mädchen immer dabei vertreten. Ausländischen Besuchern gegenüber sind sie sehr mißtrauisch und zurückhaltend.

Linke Seite: Es war eine mehr oder weniger moderate Befreiungsbewegung. Die Kämpfer gingen oft, ohne viel zu fragen, für Wochen und Monate heim zu ihren Familien, um dort bei der Bestellung der Reisfelder zu helfen, und kamen dann später wieder zurück zu ihren Einheiten.

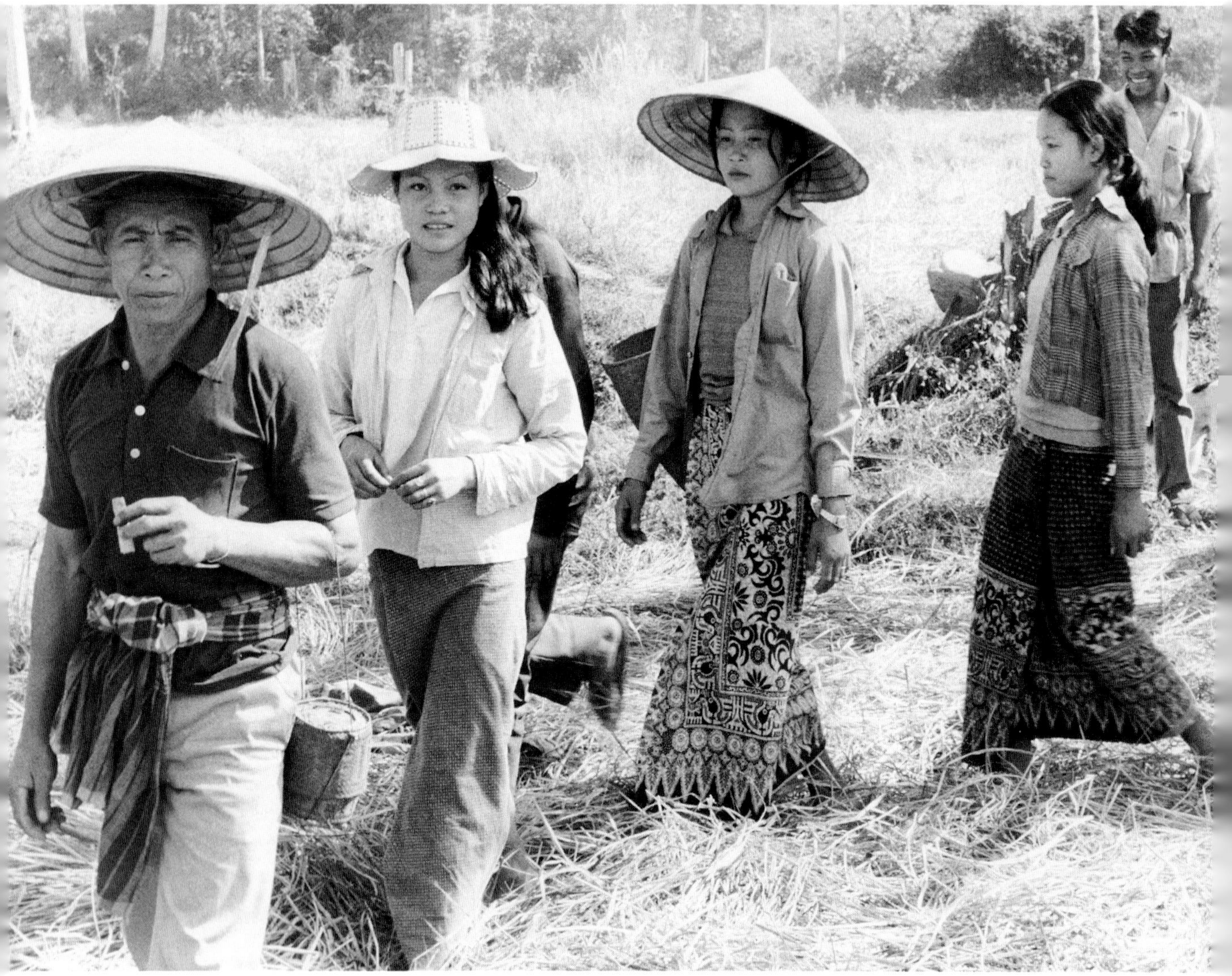

In Laos hungert niemand – das Hauptnahrungsmittel Reis ist im Überfluß vorhanden. Den grazilen Frauen sieht man es nicht an, daß sie eigentlich die gesamte Arbeit in der Landwirtschaft allein bewältigen. Für die Laoten hat sich auch durch das kommunistische System sehr wenig in der Lebensform verändert.

Rechte Seite oben links: Ganz wichtig sind Amulette in Ketten- oder Kästchenform, die gegen Verwundungen und Tod, aber auch gegen Krankheiten und böse Geister helfen.
Rechte Seite oben rechts: Die jungen Männer sehen es schon fast als regulären Beruf an, wenn sie für den Waffengebrauch und Kampfeinsatz ausgebildet werden.
Rechte Seite unten: Wenn, so wie in diesem Fall, ein vom General geschickter hoher Offizier kommt, so wird sofort mit Information, Schulung und politischer Indoktrination begonnen. Wirkung hat es allerdings wenig, wenn ihre Führung im sicheren Ausland sitzt und von dort aus die Kampfparolen an die Front schickt.

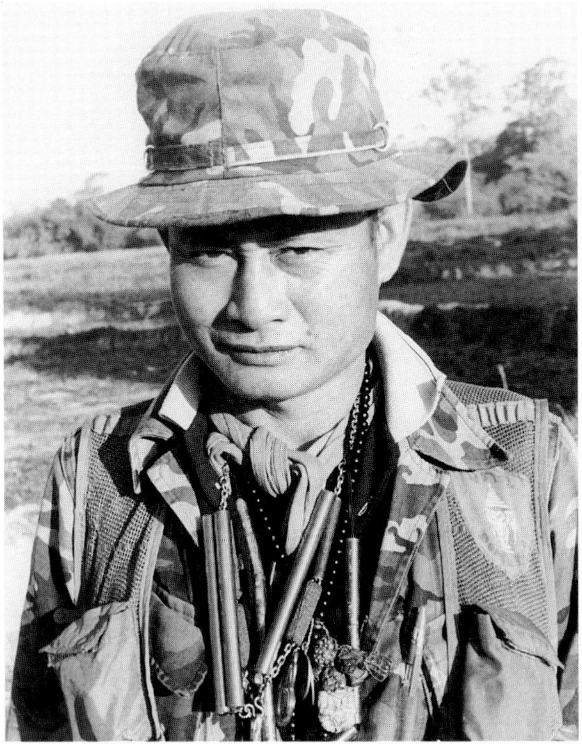

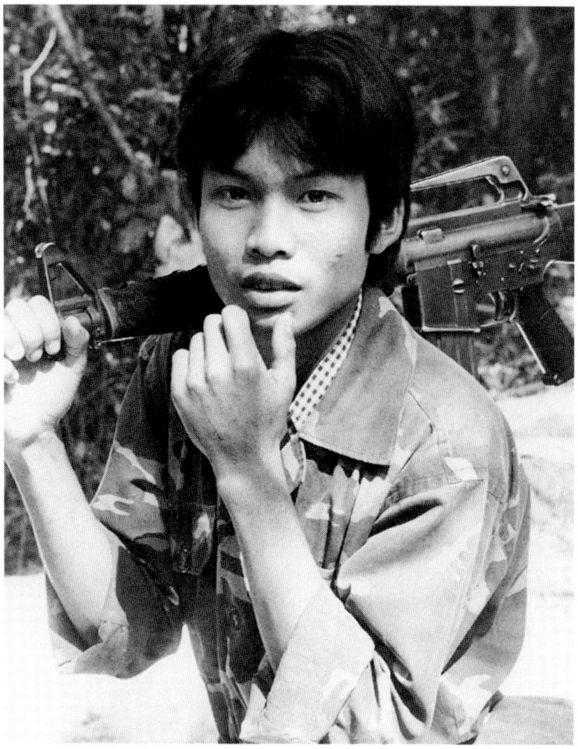

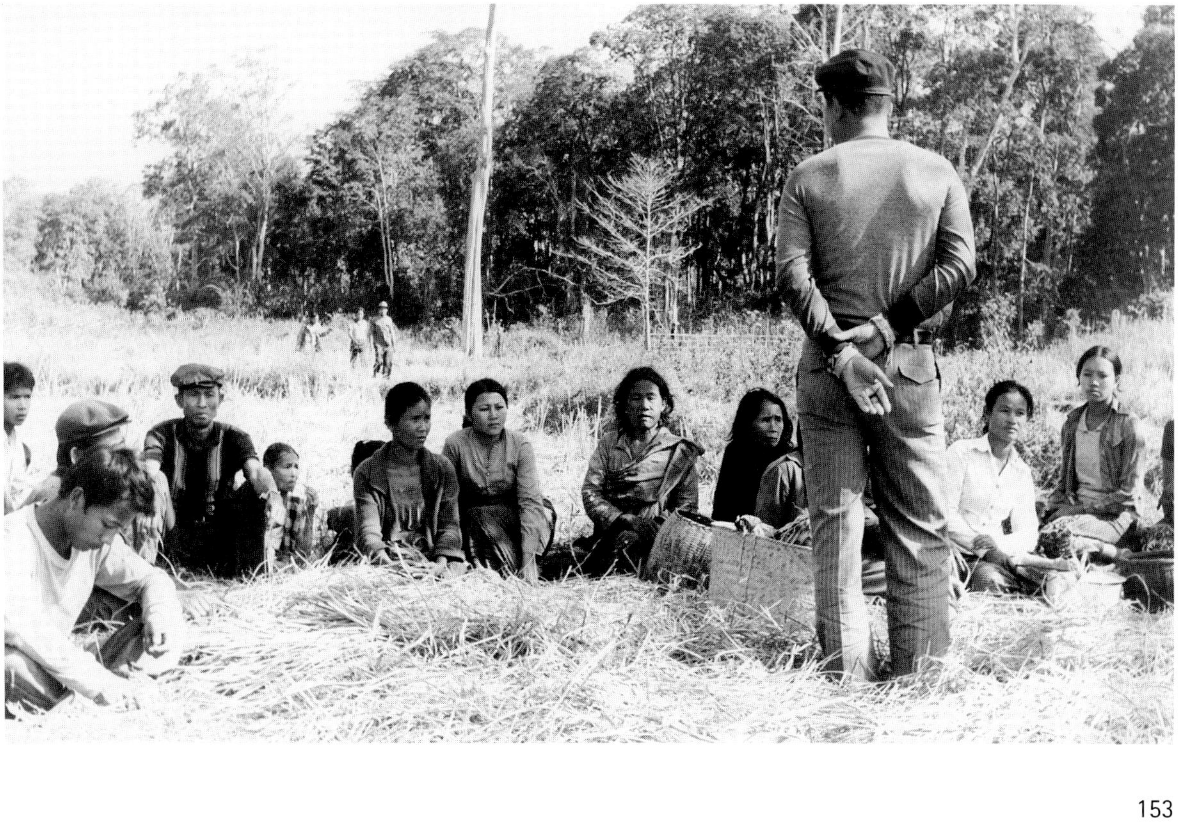

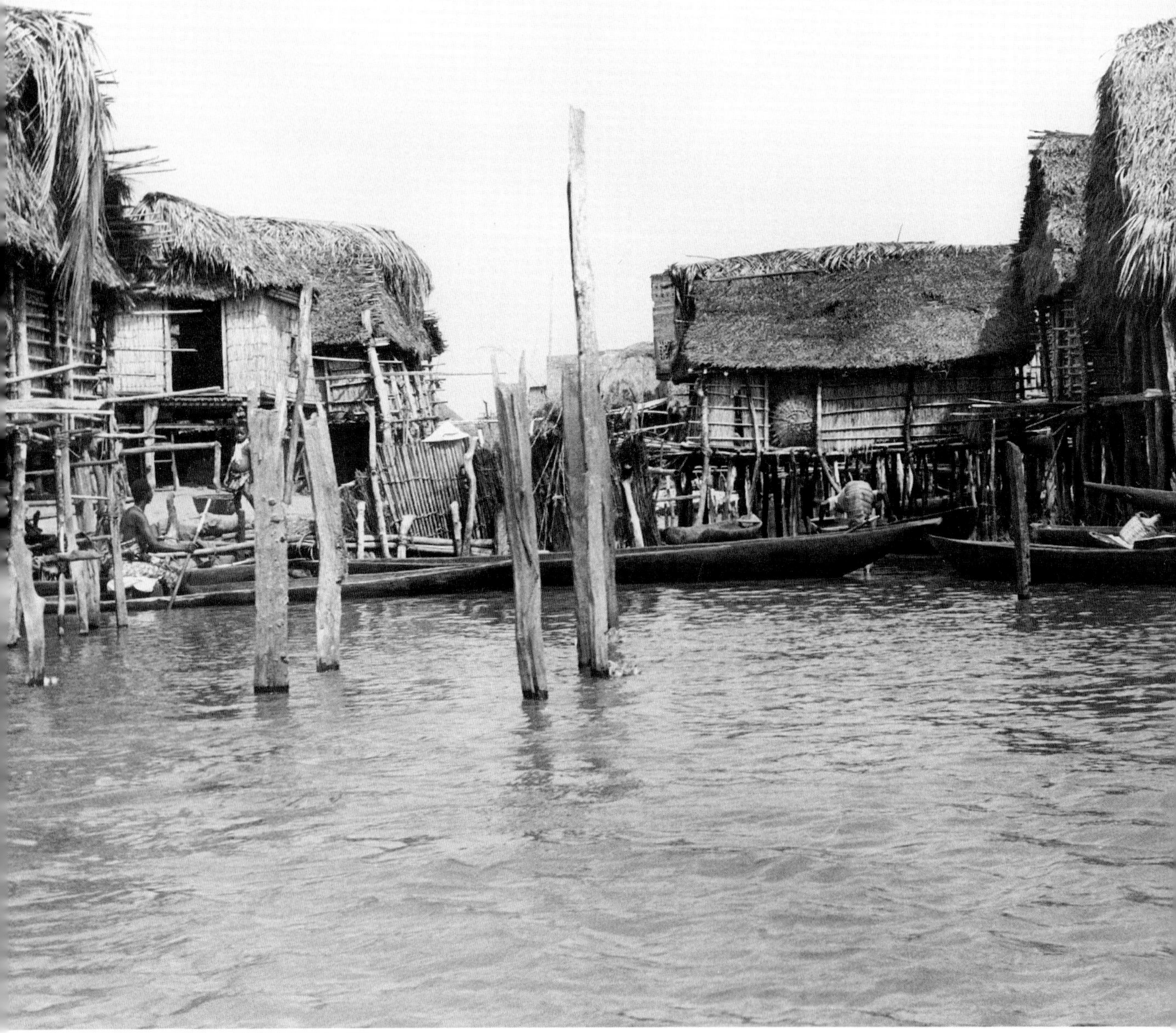

Ganvié, das Venedig Westafrikas, eine der größten noch bewohnten Pfahlbaustädte der Welt.

PFAHLBAUSTADT

Ganvié, das Venedig Westafrikas: Diese Pfahlbaustadt in Benin – früher hieß der afrikanische Zwergstaat Dahomey – ist einer der originellsten Punkte ganz Schwarzafrikas. Es ist das Zentrum und die Hochburg der afrikanischen Wassermenschen, die bereits im 18. Jahrhundert auf dem Nordwestufer des Nokoué-Sees – im äußersten Süden des Landes – Pfahlbausiedlungen angelegt haben. Ganvié ist eine der größten und berühmtesten Pfahlbaustädte der Welt und wird vom Toffinu-Stamm bewohnt. Ursprünglich suchten die Toffinus Schutz vor den benachbarten kriegerischen Stämmen und bauten ihre Behausungen in dem schwer zugänglichen See, von wo aus sie ihre Siedlung leichter gegen Angriffe zu verteidigen vermochten. Heute schätzt man, daß Ganvié etwa 15.000 Einwohner aufweist. Obwohl kaum mehr Gefahr vom Land her droht, wollen die Einwohner keineswegs aufs Land übersiedeln, wo das Leben sicherlich viel einfacher wäre. Sie leben hauptsächlich vom Fischfang, bemühen sich aber auch, eine regelrechte Fischzucht zu betreiben. Eine Einbaumflotte pendelt pausenlos zwischen den Pfahlbauten und dem Ufer, so daß der Vergleich mit Venedig wirklich naheliegt und sehr berechtigt erscheint. Diese Wassermenschen haben eine sonderbare Mentalität und Eigenart, die sich von den Stämmen der Region stark unterscheidet. Ein gewisser Stolz und ein außergewöhnliches Selbstbewußtsein zeichnen sie aus, und sie fühlen sich den Landmenschen gegenüber aus rätselhaften Gründen haushoch überlegen, als wären sie besonders Privilegierte. Lange Zeit hindurch lebte in Ganvié auch ein berühmter – weit über die Grenzen Dahomeys bekannter – weiser alter Medizinmann, der angeblich auch die schwersten Krankheiten zu heilen vermochte. Selbst aus benachbarten westafrikanischen Ländern pilgerten unzählige Kranke, darunter auch Weiße, zu dem schwarzen Heiler in Ganvié. Heute sind es neugierige Touristen, die diese Pfahlbaustadt besuchen.

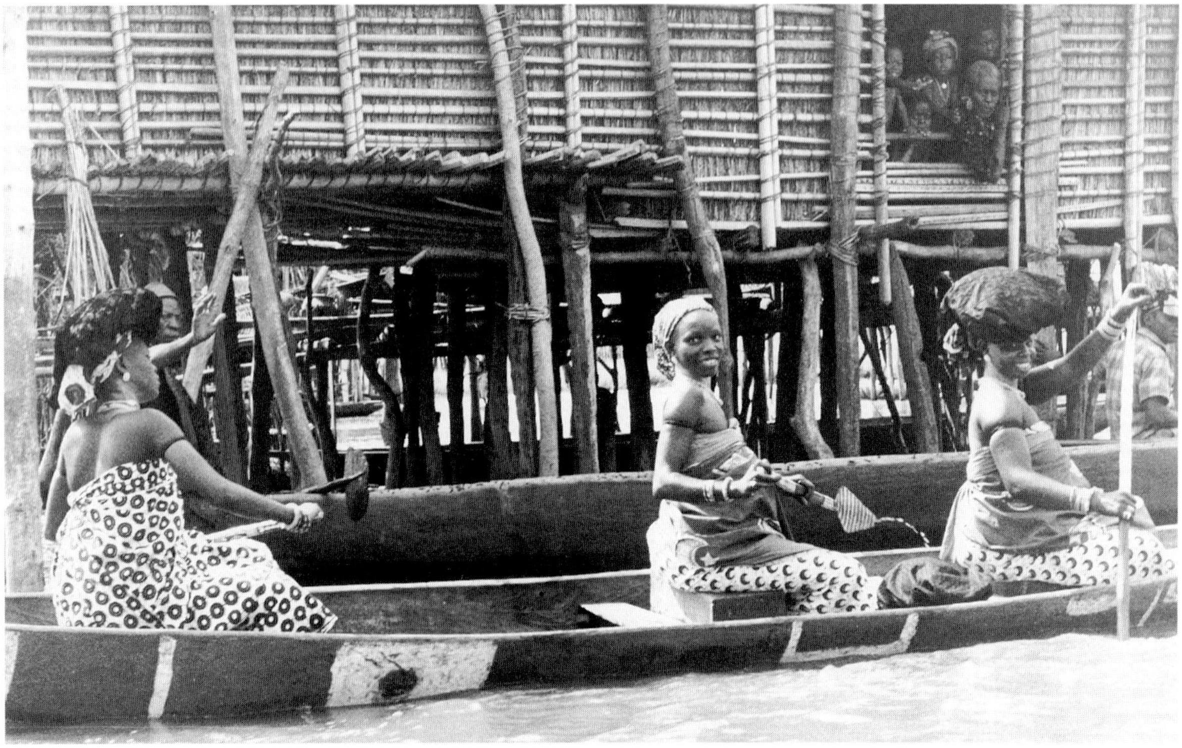

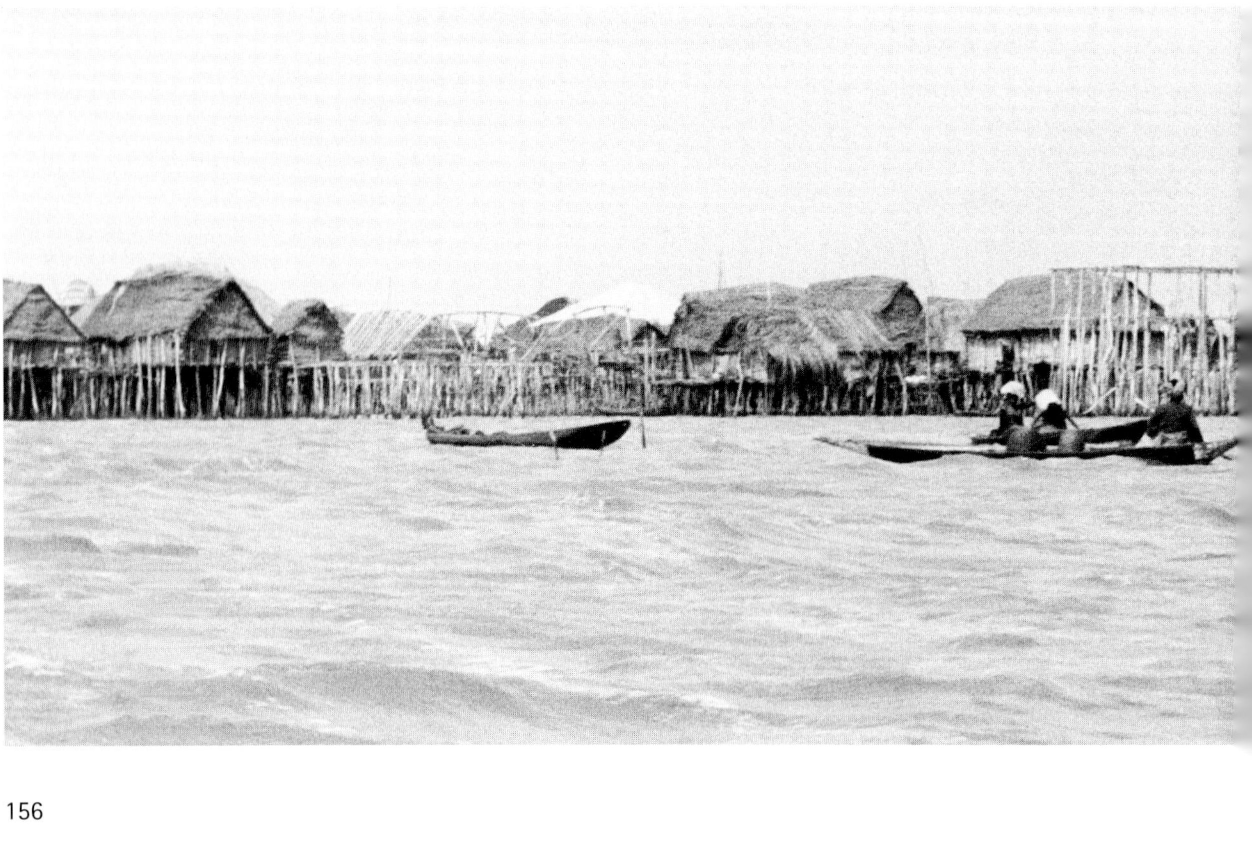

Die unverheirateten Damen von Ganvié gehen gerne oben ohne, um so besser ihre persönlichen weiblichen Reize und Vorzüge zeigen zu können.

Linke Seite: Jedes Haus hat mindestens zwei Boote. Alle Boote sind an den Bordwänden durch farbige Symbole gekennzeichnet und lassen damit den Eigentümer erkennen.

Diese Pfahlbaustadt bildet ein unübersehbares, verwirrendes Labyrinth, worin sich nur die 15.000 Bewohner auskennen. Als Badesee können die Gewässer kaum empfohlen werden, da die gesamten Abwässer und Exkremente ungereinigt im Wasser landen. Angeblich das beste Fischfutter.

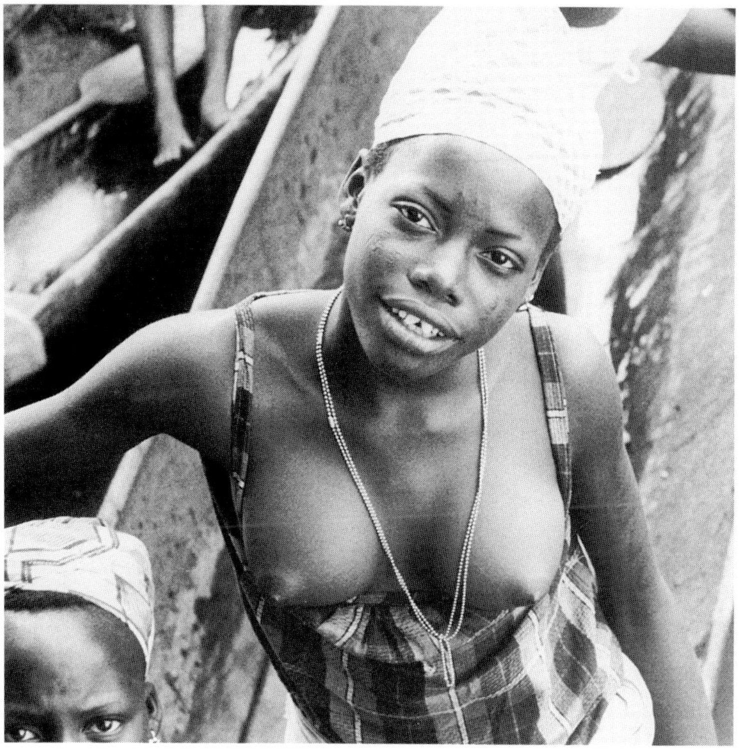

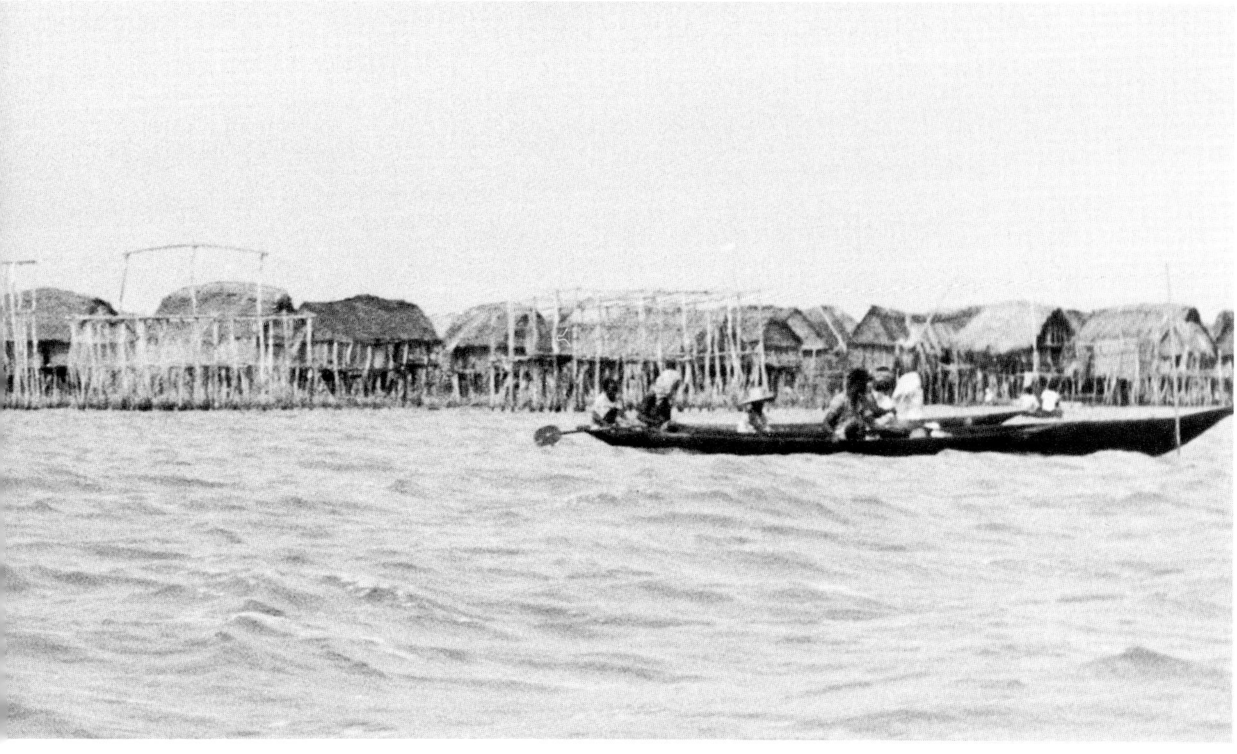

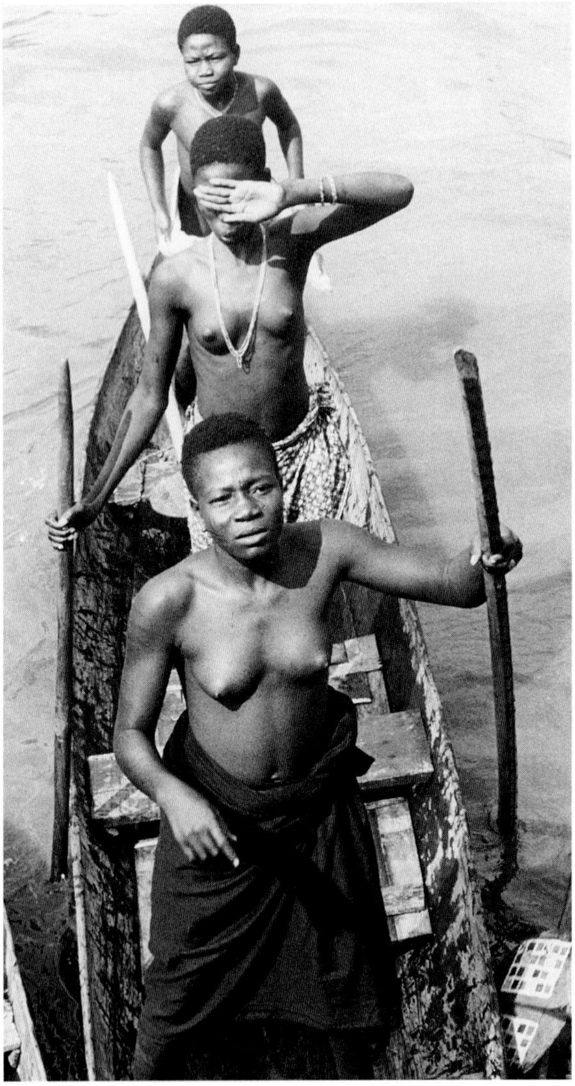

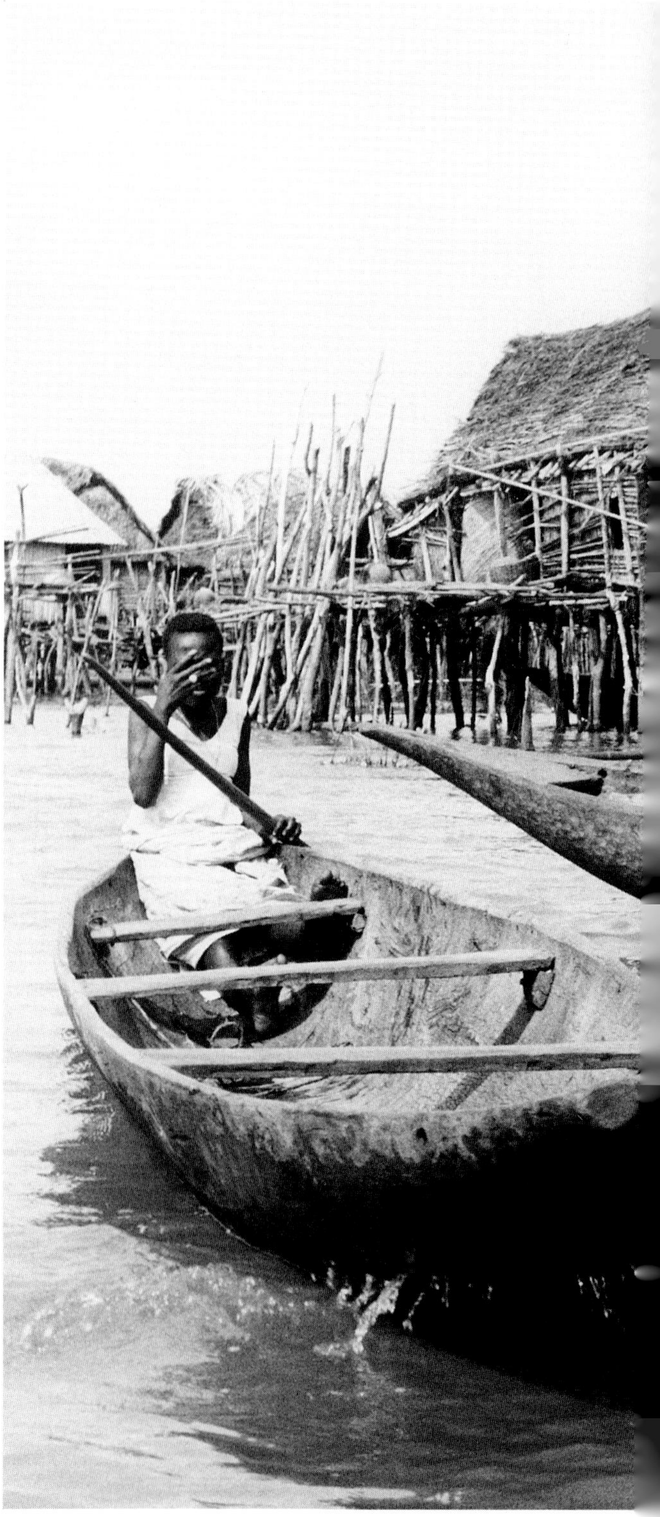

Unverheiratete Frauen und Mädchen sind nicht nur am textilfreien Oberkörper, sondern auch an ihrer kurzen Haartracht erkennbar. Viele Schwarzafrikaner lassen sich nicht gerne fotografieren und decken ihr Gesicht mit der Handfläche ab. Das hat weniger mit dem Schamgefühl als mit dem Foto-Honorarwunsch zu tun.

Auch die größten Boote sind aus einem einzigen Baumstamm gehauen. So gebrechlich die Pfahlbauten auch aussehen, sie sind stabil und elastisch wellengerecht.

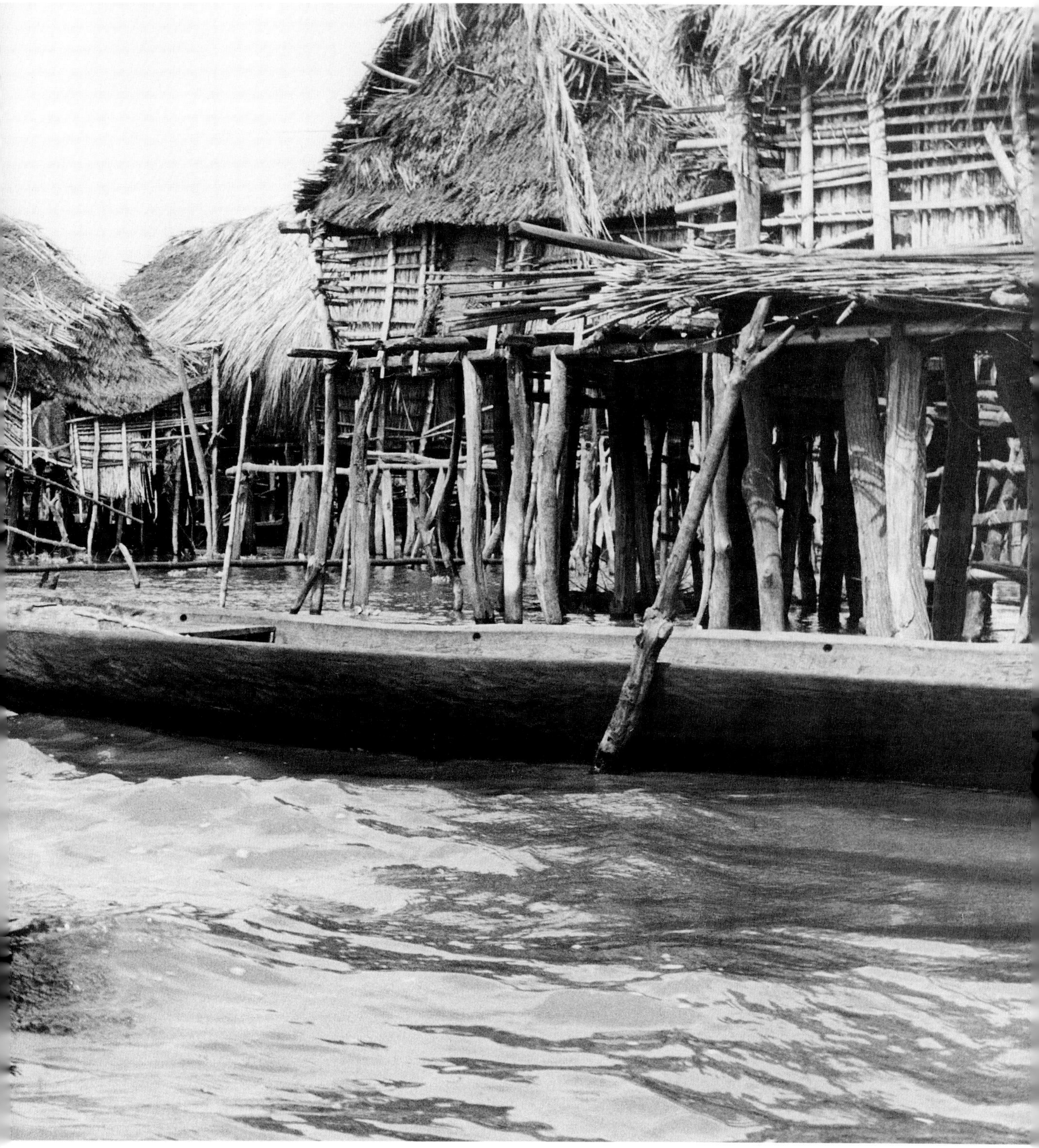

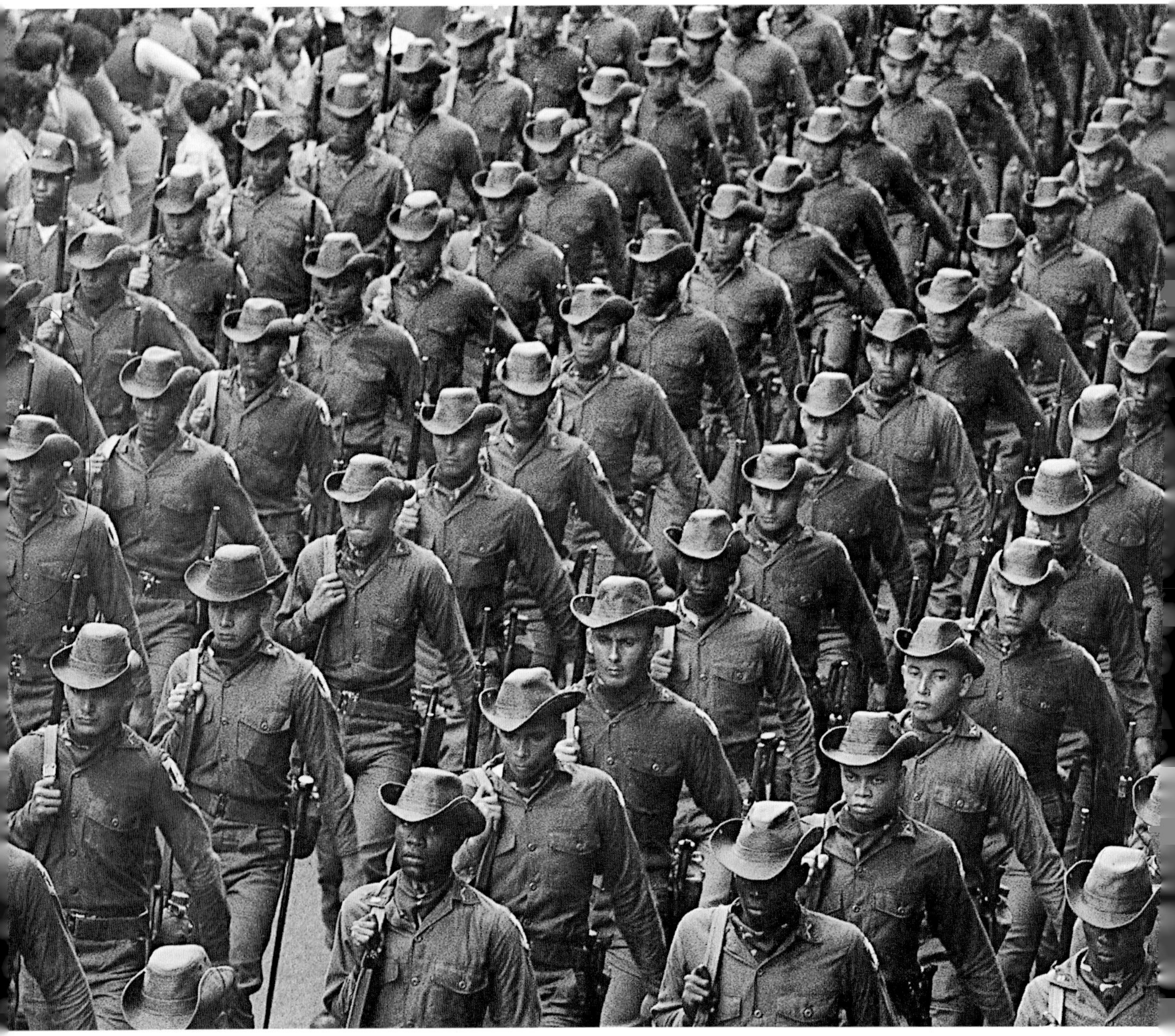

Die Nationalgarde von Panama. Einst Instrument von Diktatoren.

PANAMAKANAL

Panama bildet zweifellos die allerwichtigste strategische Region in ganz Mittelamerika. Nicht nur der Panamakanal, den jährlich ca. 14.000 Schiffe passieren, hat eine enorme Bedeutung, weil damit der Schiffsverkehr zwischen dem Atlantik und Pazifik abgekürzt werden kann, sondern auch die ganze angrenzende Kanalzone, die einen der wesentlichen US-Militärstützpunkte bildet, von dem aus ganz Mittel- und Südamerika „betreut und bearbeitet" wird. Alle US-Geheimdienstoperationen für die „Region Süd" werden von dort aus geleitet, ebenso liegen die Ausbildungscamps für Agenten aus den verschiedenen mittel- und südamerikanischen Staaten in dieser Kanalzone, die dem Hoheitsrecht der USA untersteht. So bleibt es aber nicht. Laut Vertrag übergeben die USA im Jahr 2000 den Panamakanal sowie die Kanalzone der Republik Panama, und das amerikanische Militär muß abziehen. Bisher war Panama an den beträchtlichen Kanalgebühren nur gering beteiligt. Es wird schon jetzt an 166 Projekten gearbeitet, die nach der Übergabe mit einer Milliarde Dollar verwirklicht werden sollen. Die parallel zum Kanal verlaufende Bahnstrecke wird schon jetzt von einem amerikanischen Konsortium modernisiert, und die Taiwanesen bauen einen Container-Terminal im Atlantikhafen Colon (Panamakanal), der zum größten Containerumschlagplatz ganz Lateinamerikas werden soll. Zahlreiche internationale Interessenten investieren Millionenbeträge für den Zeitpunkt der Übergabe. Panama besitzt keine eigene Währung, sondern verwendet den US-Dollar, hat schon jetzt eine stark frequentierte Freihandelszone mit Bankengruppen, will aber den Wirtschaftsplatz noch weiter ausbauen und legt einen Schwerpunkt auf Tourismus durch neue Hotelbauten und auf Anlockung von 200 Kreuzfahrtschiffen. Die Nationalgarde (Wehrmacht) mit ihren führenden Generälen hat in Panama schon mehrmals die Politik und Führung im Land übernommen. Der letzte dieser Sorte, der pockennarbige General Noriega als Panamas Staatsoberhaupt, wurde vor einigen Jahren bei einem amerikanischen Militärschlag gefangen und in Miami wegen Drogenhandels zu 40 Jahren Gefängnis verurteilt, die er dort auch absitzt.

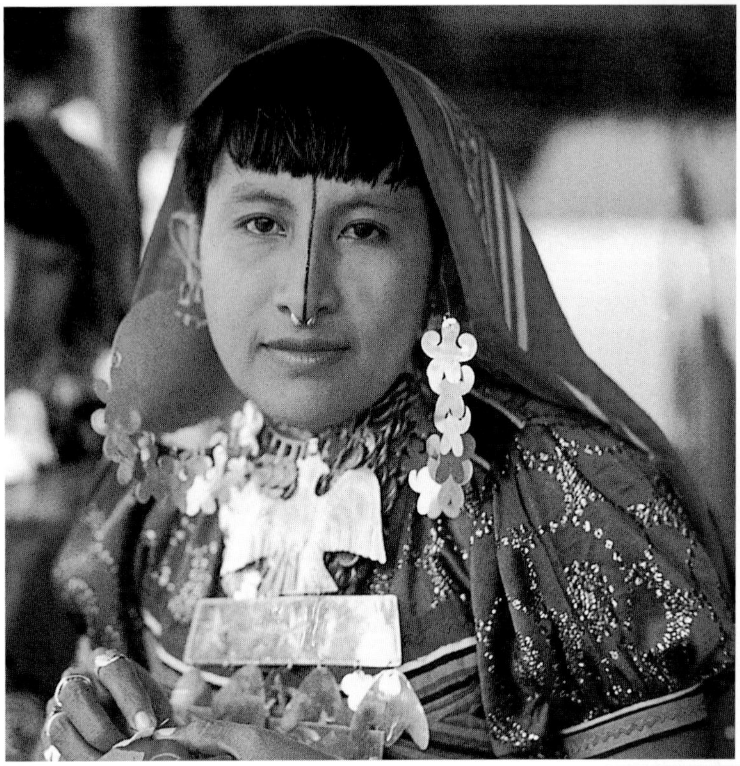

Die Cuna-Indianer leben auf den Panama vorgelagerten Atlantikinseln und sind bekannt durch ihre farbenprächtige Kleidung, bei der Rot vorherrscht.

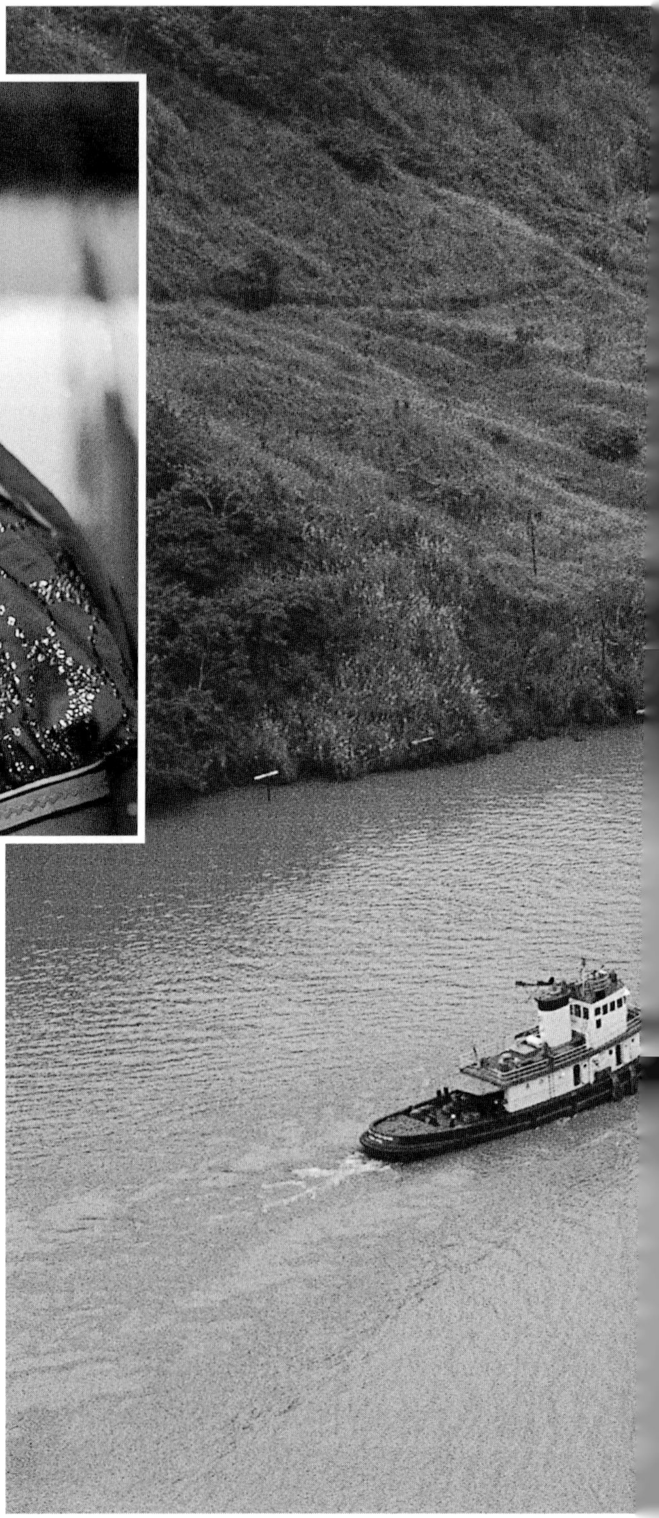

Der 80 km lange Panamakanal ist seit 1914 in Betrieb und hat seine Bedeutung bis heute nicht verloren. 14.000 Schiffe passieren ihn jährlich, wobei immer etliche Schleusen überwunden werden müssen. Im Jahr 2000 übernimmt die Republik Panama die alleinige Herrschaft und den Betrieb des Panamakanals.

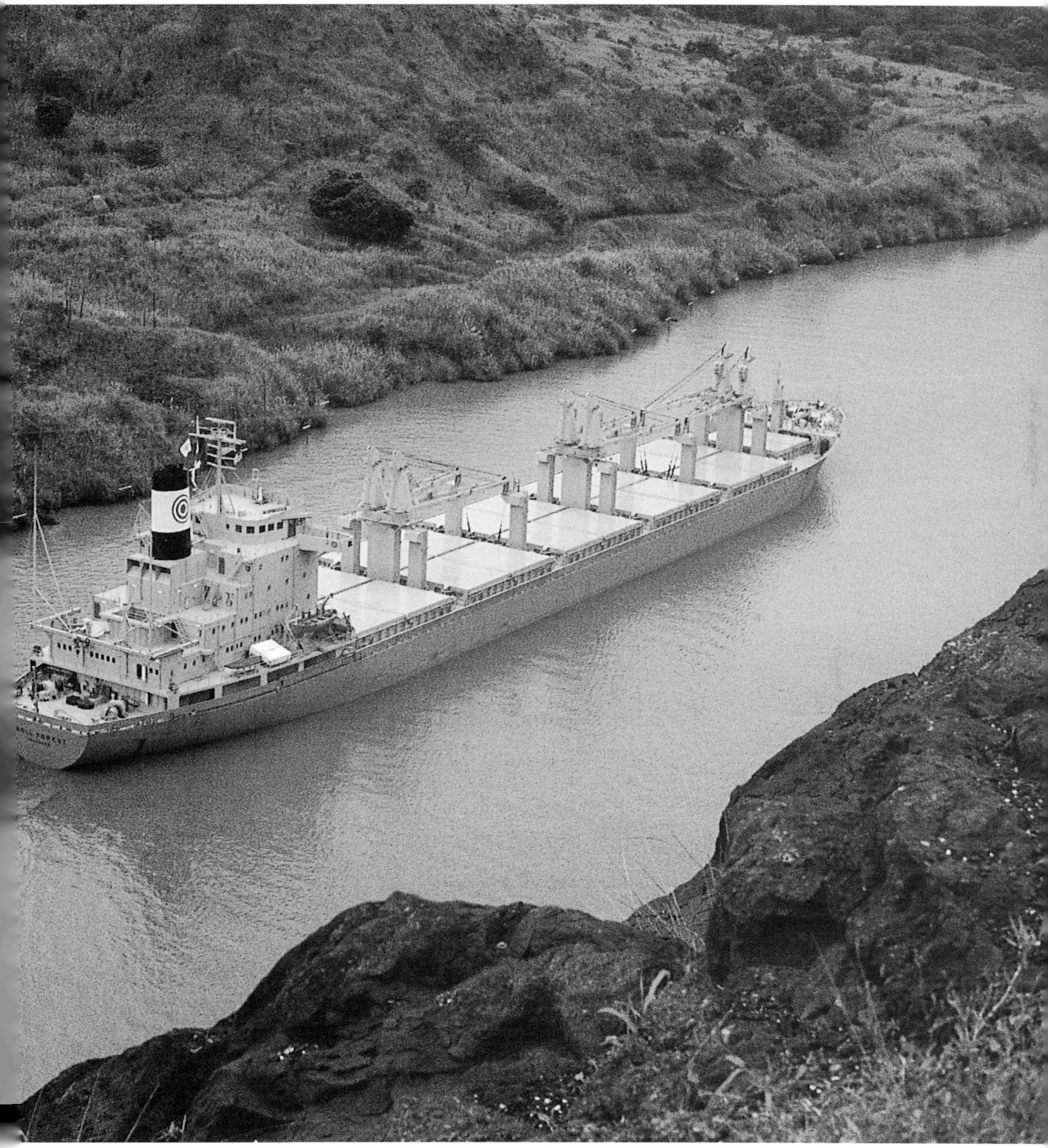

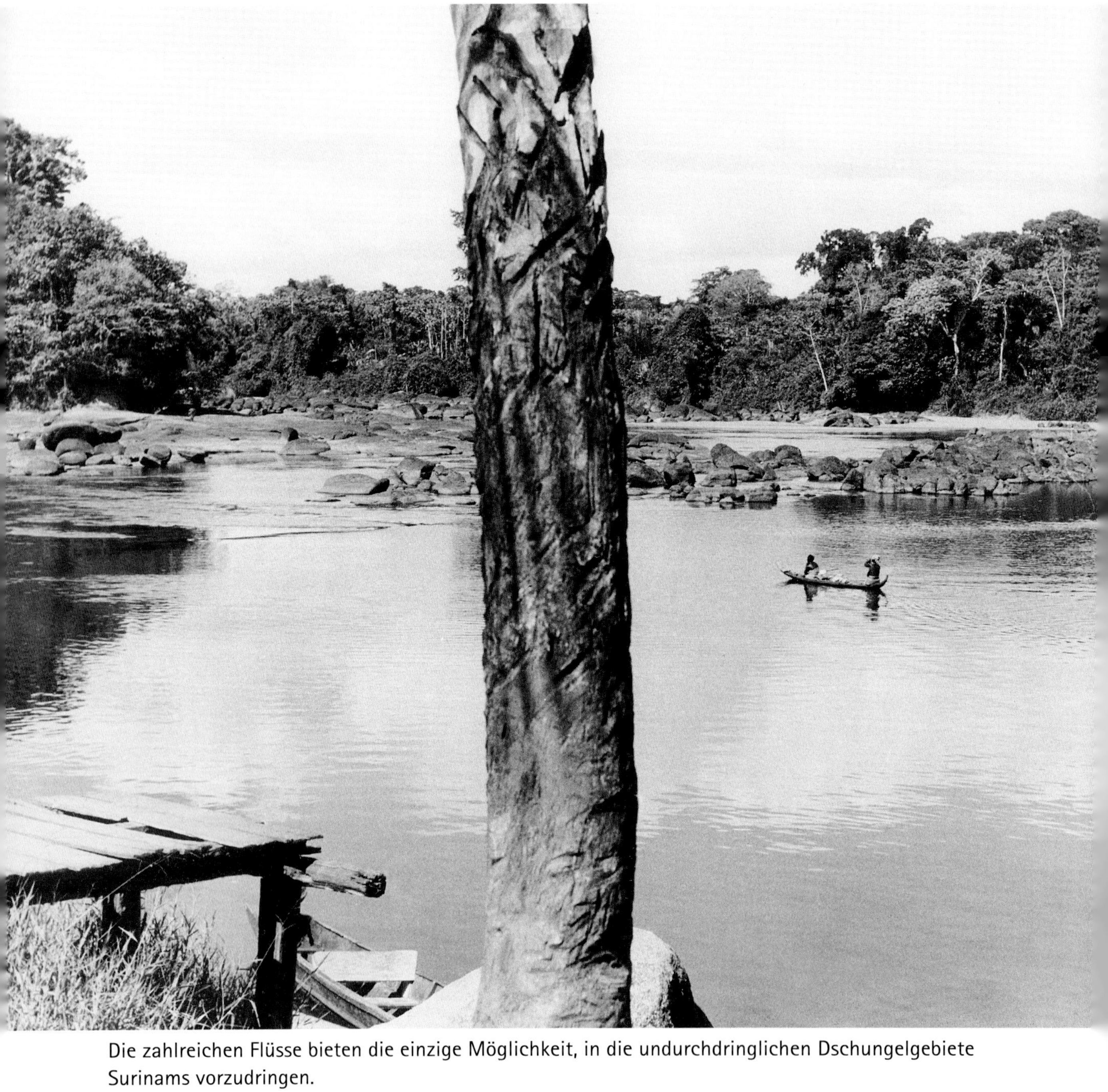

Die zahlreichen Flüsse bieten die einzige Möglichkeit, in die undurchdringlichen Dschungelgebiete Surinams vorzudringen.

SURINAM

Die ehemalige niederländische Kolonie (Holländisch Guayana) Surinam an der Nordküste Südamerikas liegt ziemlich abgelegen vom Tourismusstrom. Das Land ist nur wenig erschlossen, ein Drittel der ganzen buntgemischten Bevölkerung lebt in der Hauptstadt Paramaribo. Wirtschaftlich existieren kann Surinam durch seinen Bauxitreichtum (Aluminium) – eines der größten Vorkommen der Welt. Mich reizte dieses exotische Land, weil es einige aktuelle Besonderheiten aufwies. Die schwarzen Sklaven flüchteten einst in die unwegsamen Urwälder im Landesinneren, gründeten dort ihre Siedlungen und entwickelten eine eigene Kultur. Die Kolonialsoldaten, welche die entflohenen Sklaven wieder zurückholen sollten, vermochten in diese Gebiete höchst selten vorzudringen, denn die Schwarzen verstanden es auch, ihren neuen Lebensraum abzusichern und zu verteidigen. Die Vodoo-Magie ist dort sehr stark vertreten, und man erzählt sich darüber die abenteuerlichsten Geschichten. Noch weit tiefer im Landesinneren soll es angeblich noch die weißen Indianer geben, über die aber keine einzige Forschungsdokumentation existiert. Besonders die Buschneger sind von der Existenz dieser rätselhaften weißen Indianer, die eine fahle Hautfarbe haben sollen, überzeugt und berichteten auch über so manche unangenehme Begegnung. Ich versuchte zusammen mit einem amerikanischen Wissenschaftler in diese völlig abgelegenen Gebiete vorzudringen, aber das Unternehmen schlug fehl. Schulen und Krankenstationen im Landesinneren werden fast ausschließlich von den christlichen Kirchen organisiert. Es scheint paradox, daß Holland mit Stipendien versuchte, Surinamesen die Ärzteausbildung zu ermöglichen. Höchst selten kehrten diese Surinam-Ärzte aber in ihre Heimat zurück, um ihren Landsleuten zu helfen, sondern zogen es vor, in Holland zu bleiben und dort zu arbeiten. In den Dschungel mußten dann europäische Missionsärzte übersiedeln, um den Eingeborenen ärztlich zu helfen. Ich wählte meine Reise zu dem Zeitpunkt, als Surinam unabhängig wurde.

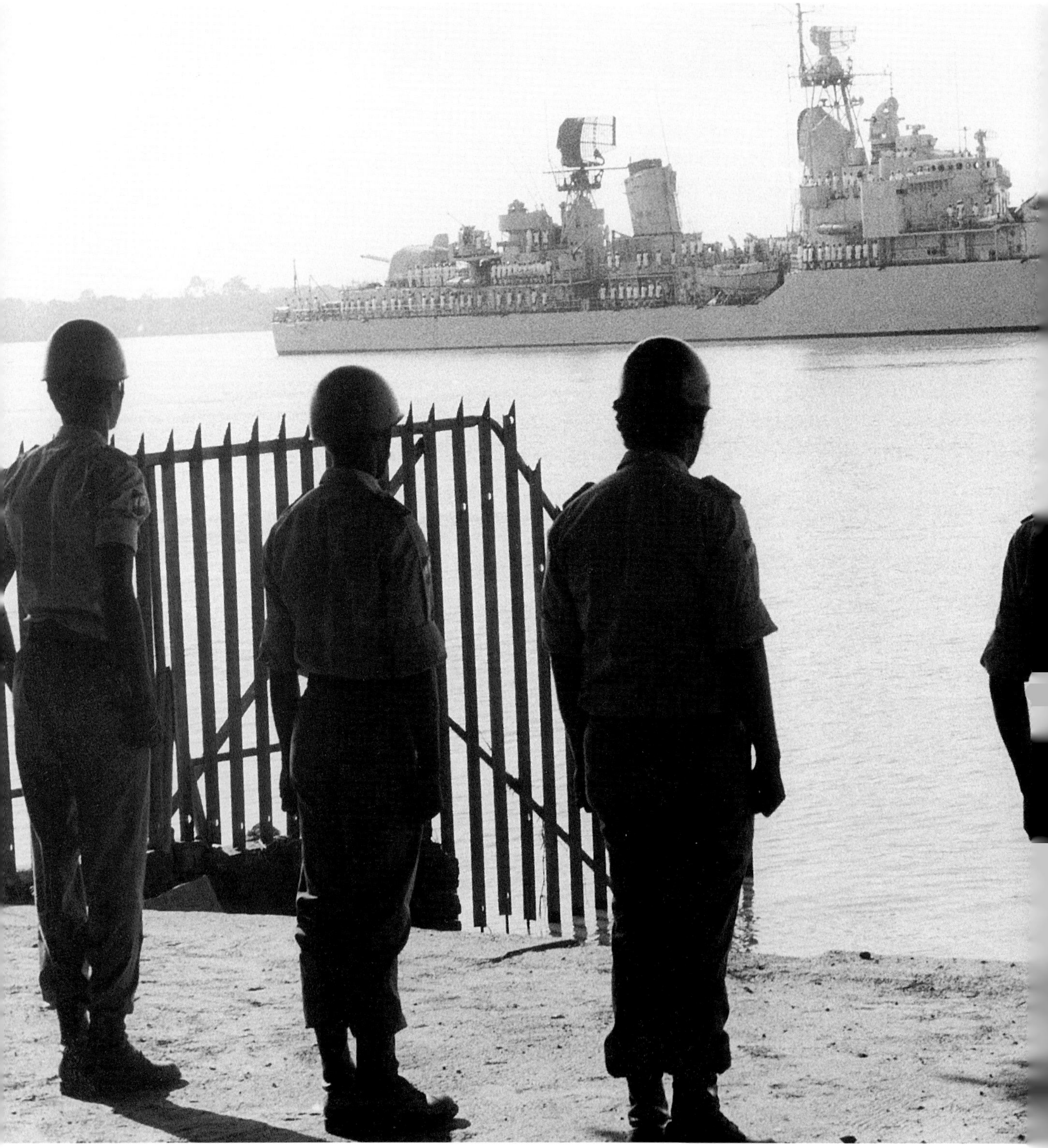

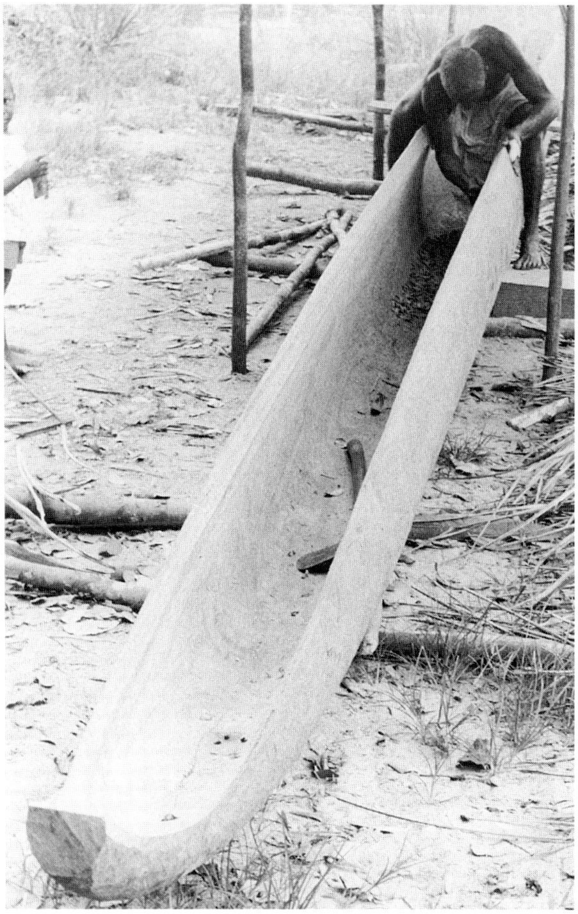

Die Nachkommen der einst entflohenen Sklaven sind Spezialisten für die Einbaum-Erzeugung.

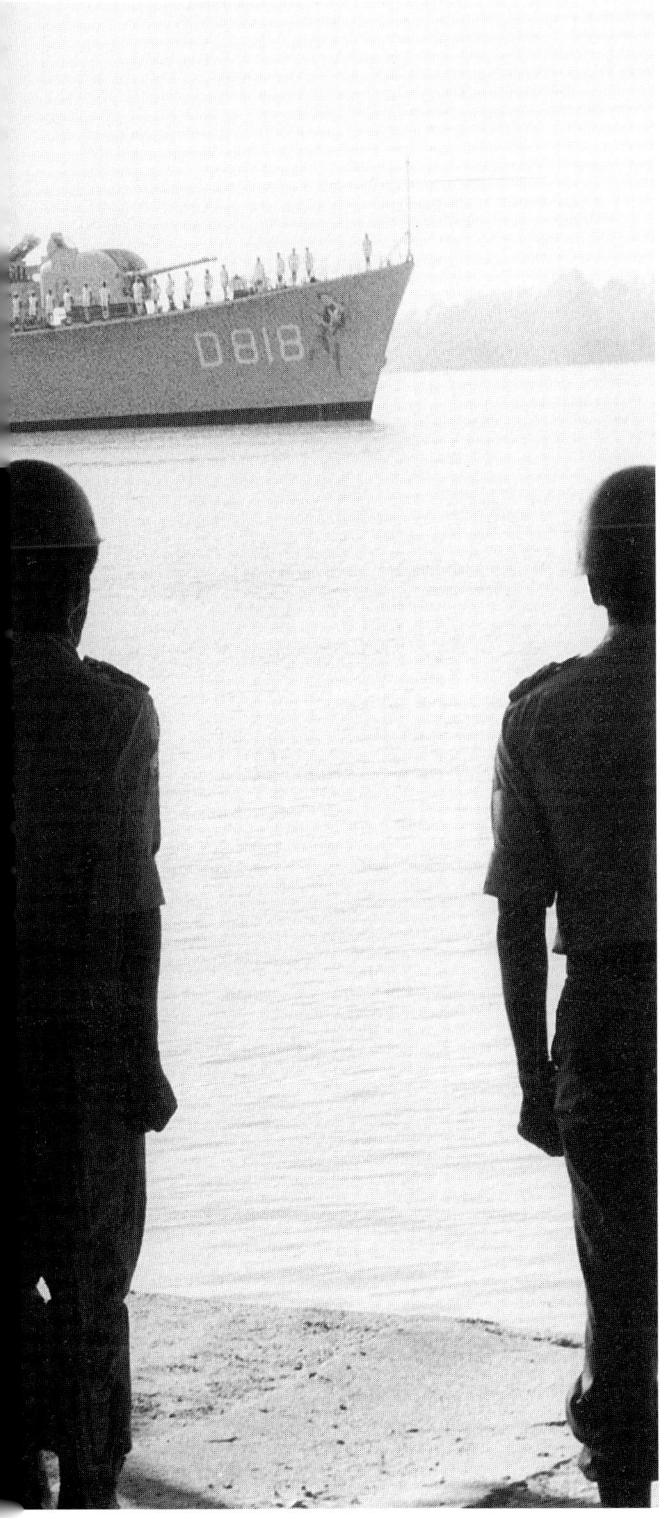

Am Tag, als Surinam unabhängig wurde, tauchte vor der Hauptstadt Paramaribo dieses holländische Kriegsschiff auf und brachte Angehörige des holländischen Königshauses zu den Unabhängigkeitsfeierlichkeiten nach Surinam.

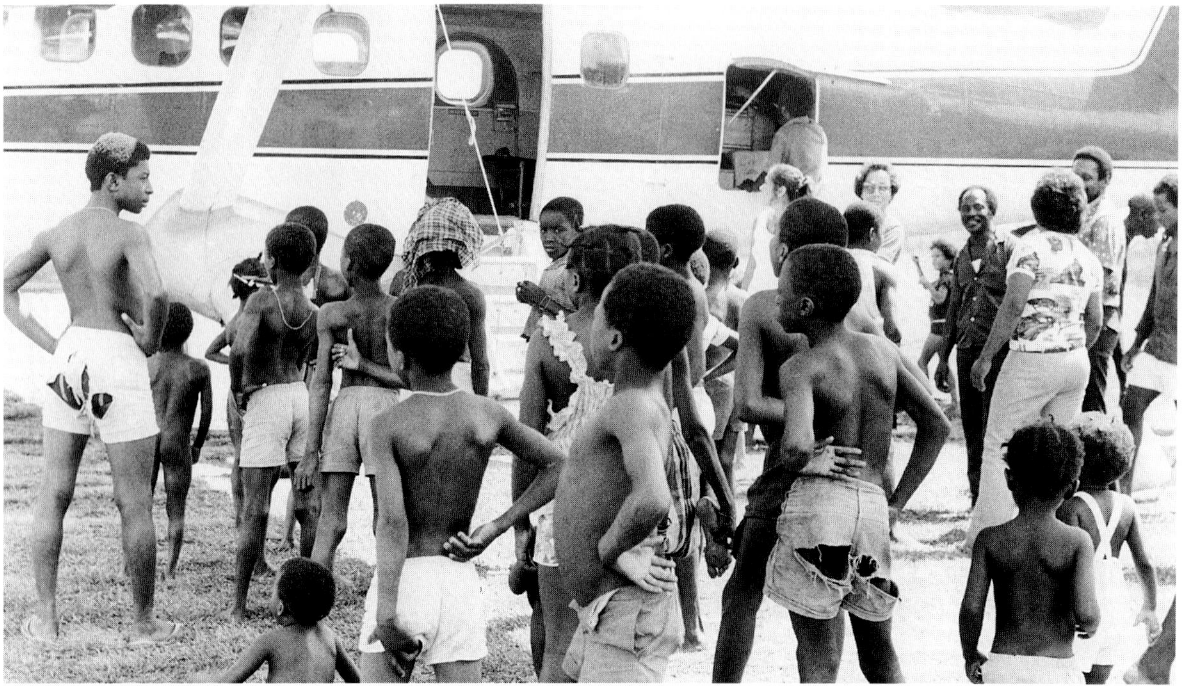

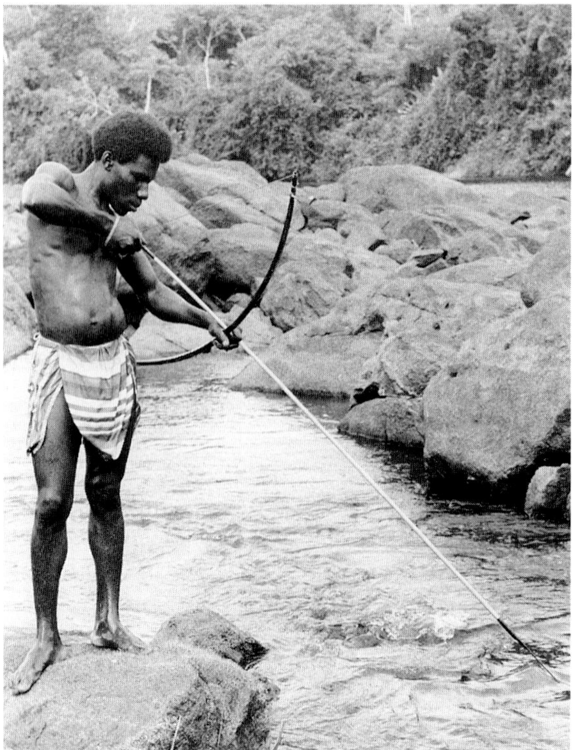

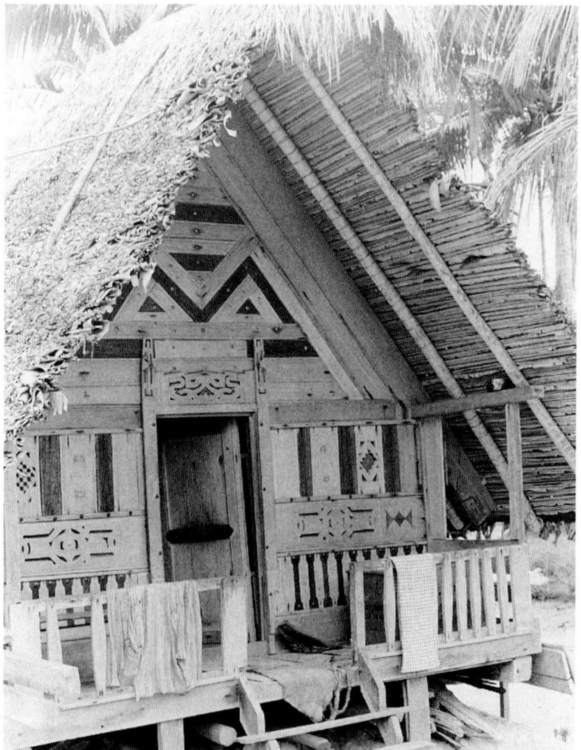

Das Wunder und die Sehnsucht von jedem schwarzen Jungen ist das Flugzeug. Es sollte möglichst viele Motoren haben.

Linke Seite oben: Wenn die Missionsflugzeuge kommen, ist die Eingeborenenjugend in heller Aufregung.
Linke Seite unten links: Die Schwarzen im Dschungel fischen mit Pfeil und Bogen.
Linke Seite unten rechts: So manche Behausung ist sehr dekorativ geschmückt.

Der Missionar ist mit seinem Landrover unterwegs, soweit die Fahrmöglichkeiten reichen.

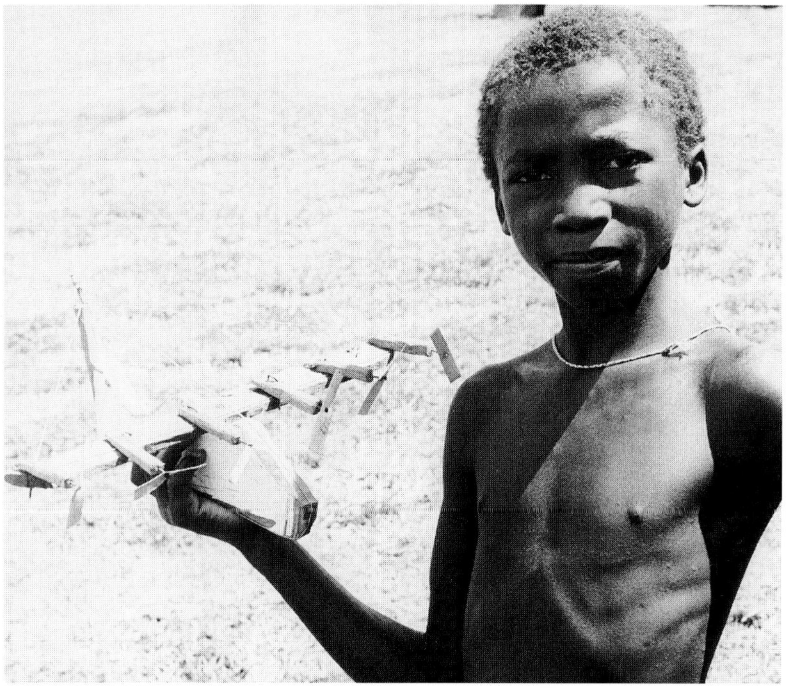

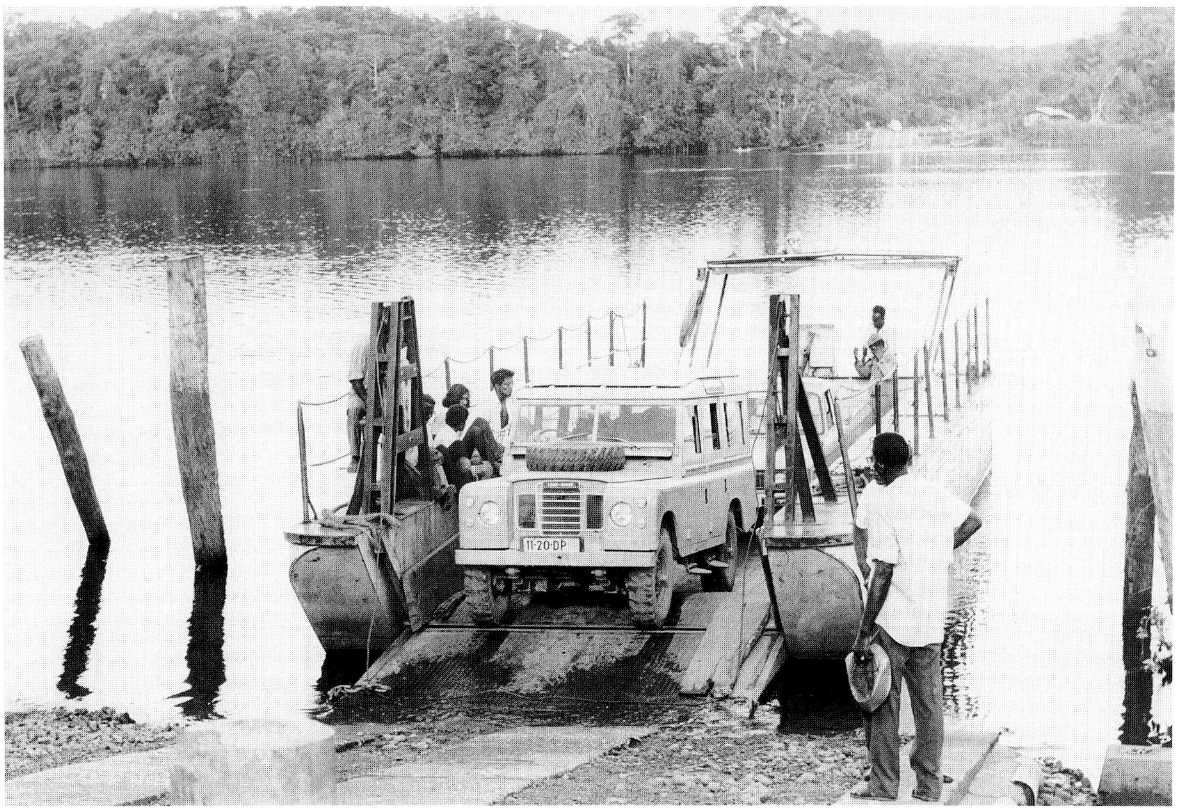

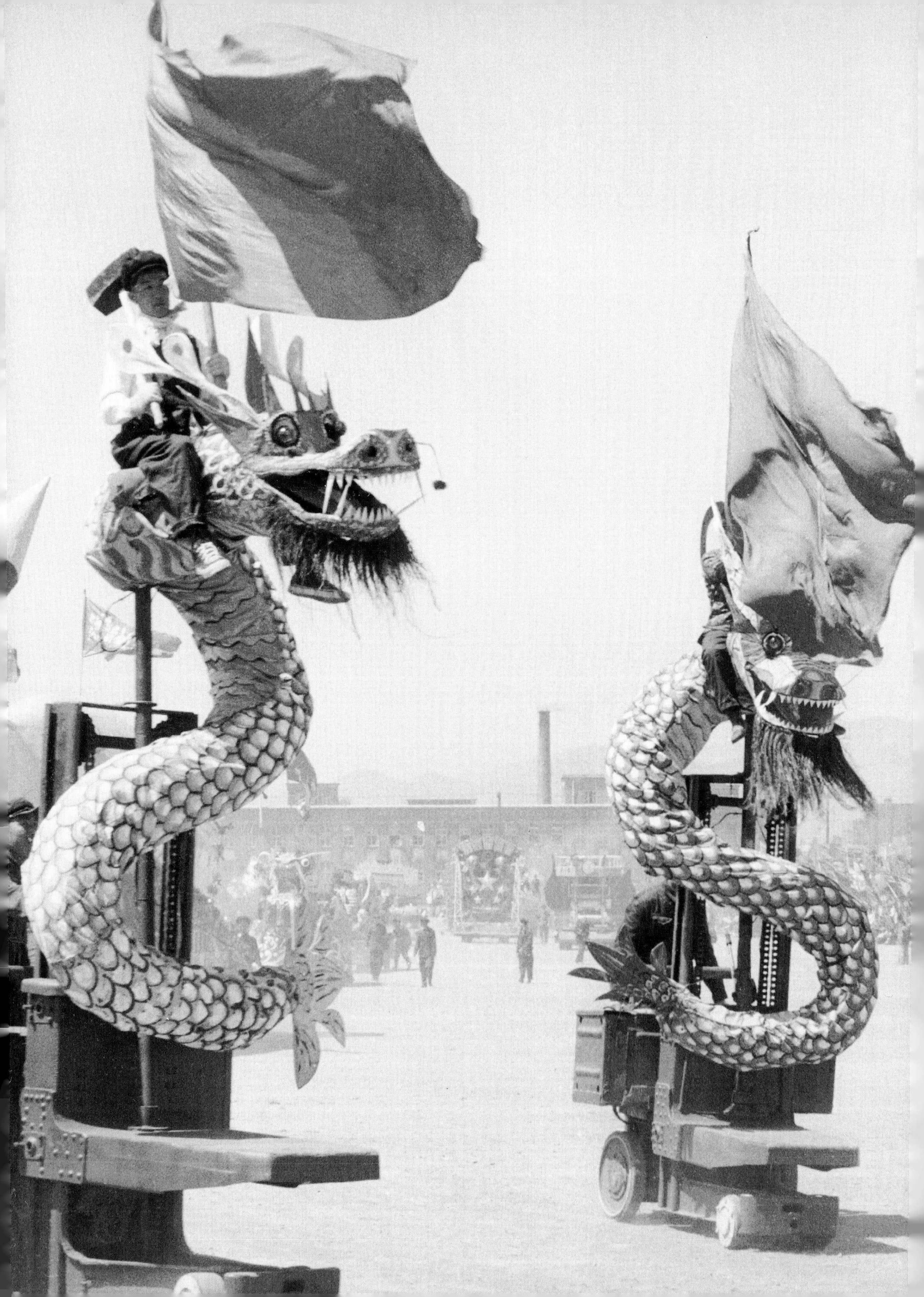

ROTCHINA

Rotchina hatte 1959 – vor 40 Jahren – seine Grenzen für einen Tourismus noch keineswegs geöffnet. Im Gegenteil, alles war hermetisch abgeriegelt, aber gerade deshalb war ich neugierig und wollte unbedingt einen Blick in dieses rätselhafte kommunistische Riesenreich werfen. Ein Visum zu bekommen war unmöglich, da bekam man auf ein Ansuchen nicht einmal eine Antwort. So versuchte ich einen anderen Weg. Ich bekam heraus, daß eine deutsche Reederei mit ihren Schiffen schon vor dem Zweiten Weltkrieg einen regelmäßigen Frachtdienst nach Fernost, speziell nach China, betrieben hatte und nunmehr wieder damit beginnen wollte. Nach intensiven Bemühungen willigte der Reeder ein und gestattete mir die Mitfahrt mit einem soeben in Dienst gestellten neuen Schwergutmotorfrachter. Die Chinesen hatten damals in ihren Häfen noch keine Entladekräne für Schwergutfracht (z. B. Lokomotiven etc.), und so konstruierten die Deutschen dieses Schiff, das solche komplizierten Entladungen mit den eigenen Schiffskränen und Ballastverlagerung selbst vornehmen konnte. Pro forma heuerte ich mit der Mannschaft an und benötigte somit kein Visa. Wir lagen dann etliche Meilen vor der Mandschurei-Küste bei Dairen vor Anker. Ein chinesischer Schlepper brachte zwei Dutzend blaue Overall-Chinesen an Bord. Während die gesamte Besatzung inklusive Kapitän an Deck antreten mußte und mit Personalausweisen identifiziert wurde, durchsuchten die Chinesen das ganze Schiff. Ferngläser, Fotoapparate und die Funkerbude versiegelte man. Erst dann durften wir in den Hafen einfahren. Ich hatte aber immer eine kleine Minox-Spionage-Kamera, so groß wie ein Feuerzeug, für den Notfall mit dabei und konnte so an Land gehen. Mit dem winzigen Fotoapparat fotografierte ich einfach alles, was mir vor die Augen kam. Nach einigen Tagen marschierten die Blauen wieder hastig an Bord, nachdem ihnen gemeldet worden war, daß jemand vom Schiff trotz Verbot fotografiert hatte. Meine winzige Kamera fanden sie nicht, und meine geschossenen Filme hatten wir in großen Butterdosen wasser- und fettdicht eingegossen.

Wir waren am 1. Mai in Dairen, wo die Menschenmassen zwei Tage lang aufmarschierten.

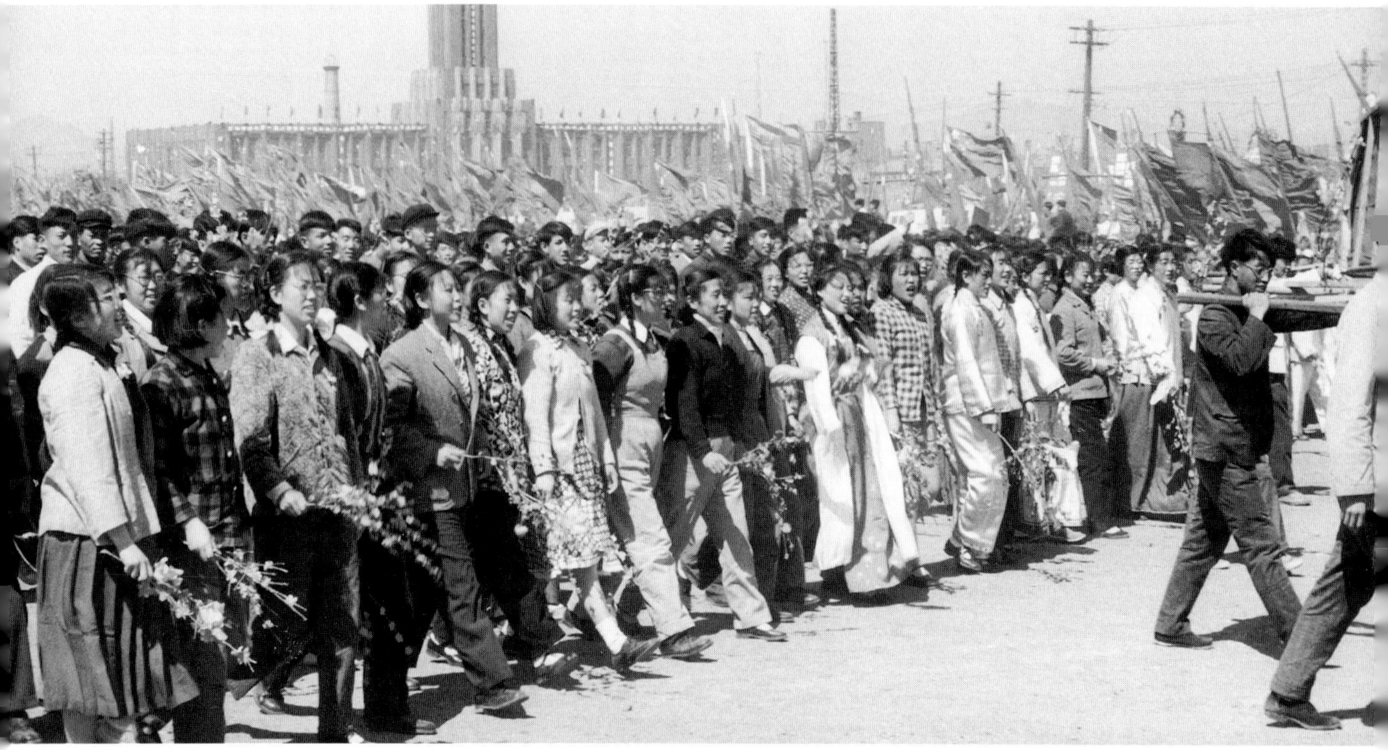

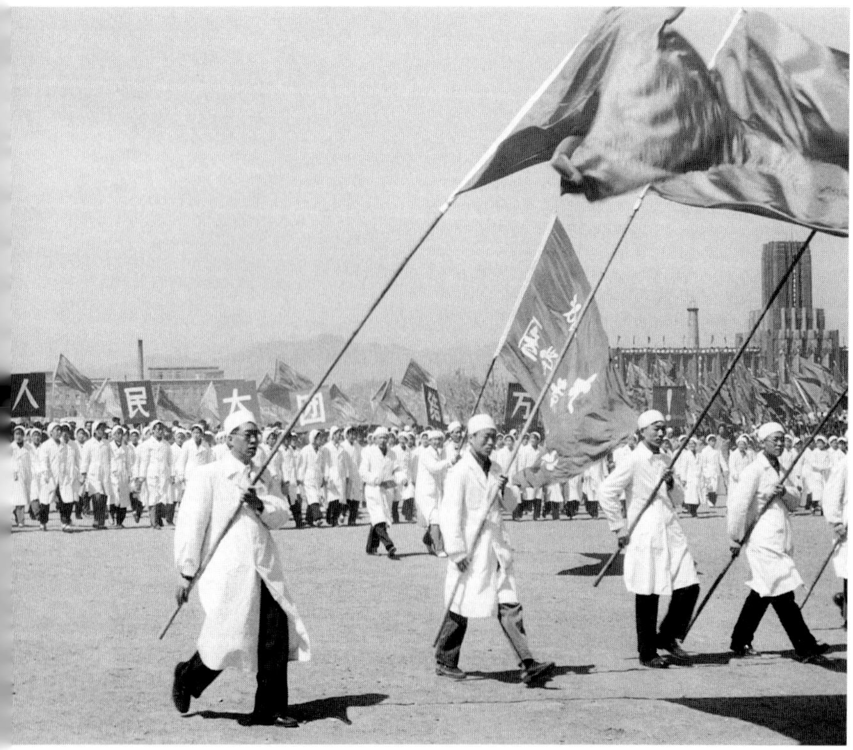

Diese Mai-Aufmärsche in Dairen waren überwältigend. So viele marschierende Menschen hatte ich bisher noch nie in meinem Leben gesehen.

Rechte Seite oben: In Schanghai sah man damals kaum ein Auto. Die Fußgänger bevölkerten die breiten Straßen.
Rechte Seite unten: Nach einigen Tagen in Schanghai hatten die Chinesen meinen Beruf herausbekommen, und ich wurde an Bord verbannt. Es war unser letzter Hafen in China.

Alle Berufsgruppen waren vertreten. Die Stadt, die auf jeder Landkarte so unscheinbar klein aussah, hatte schon damals annähernd die gleiche Bevölkerungszahl wie ganz Österreich.

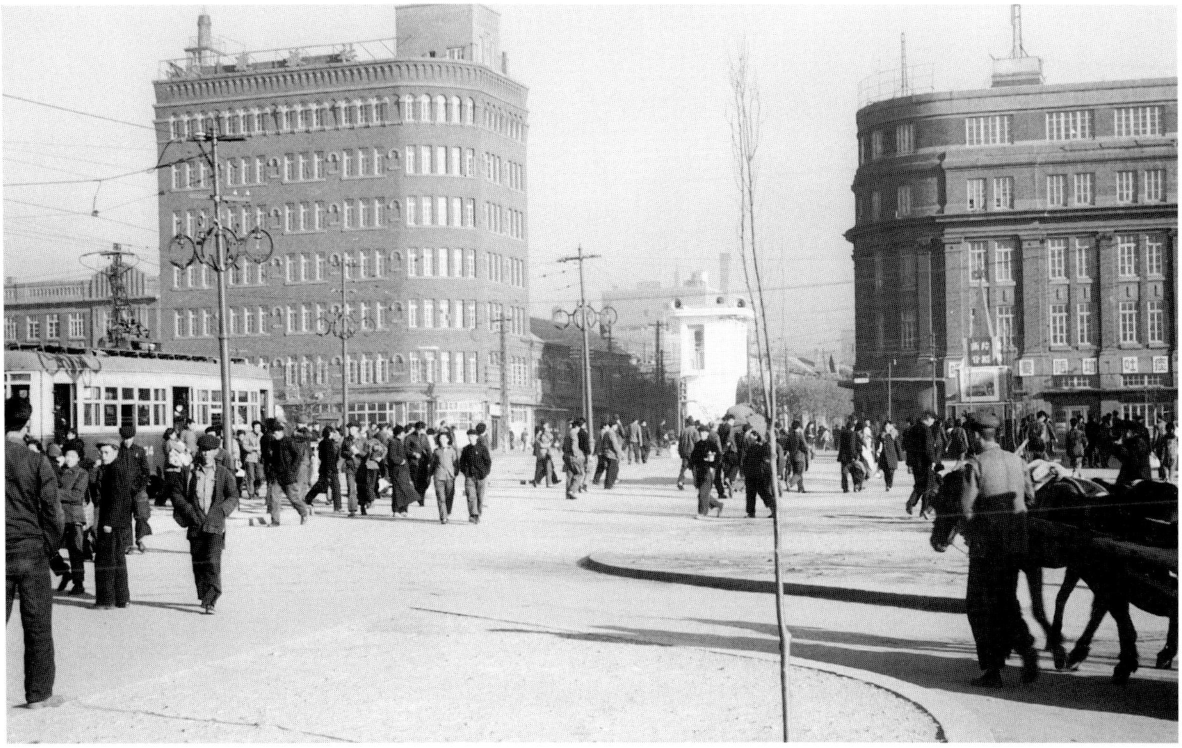

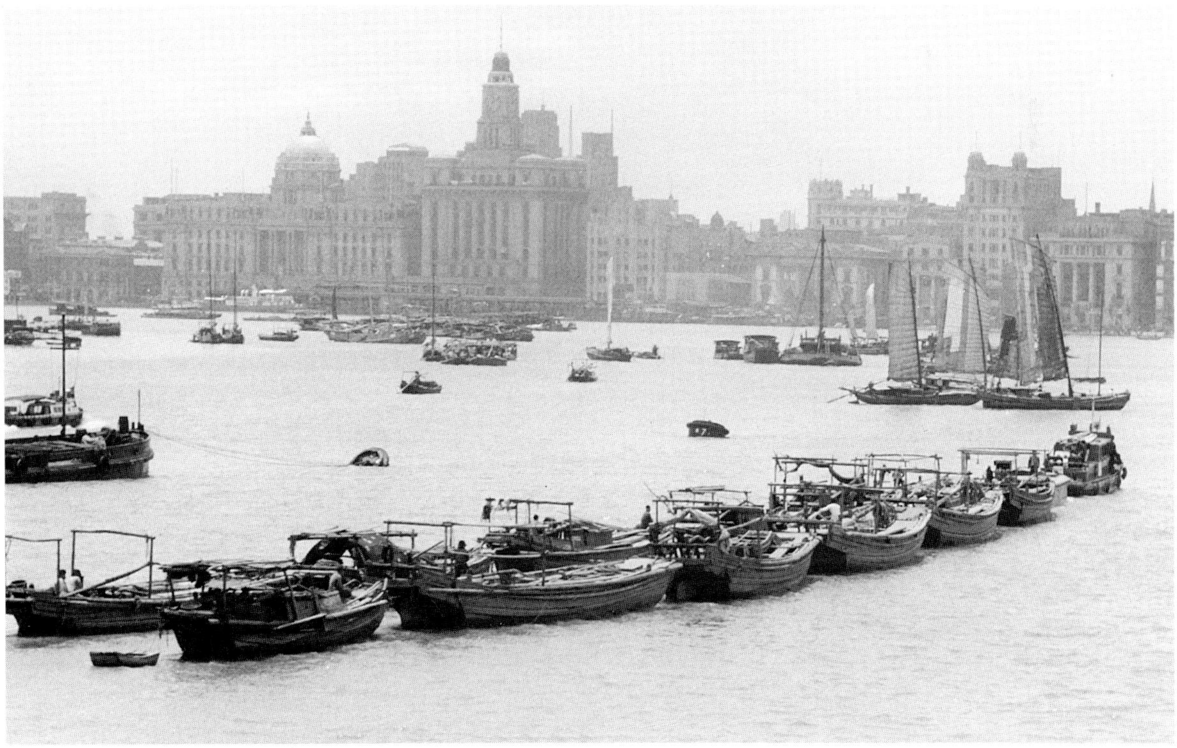

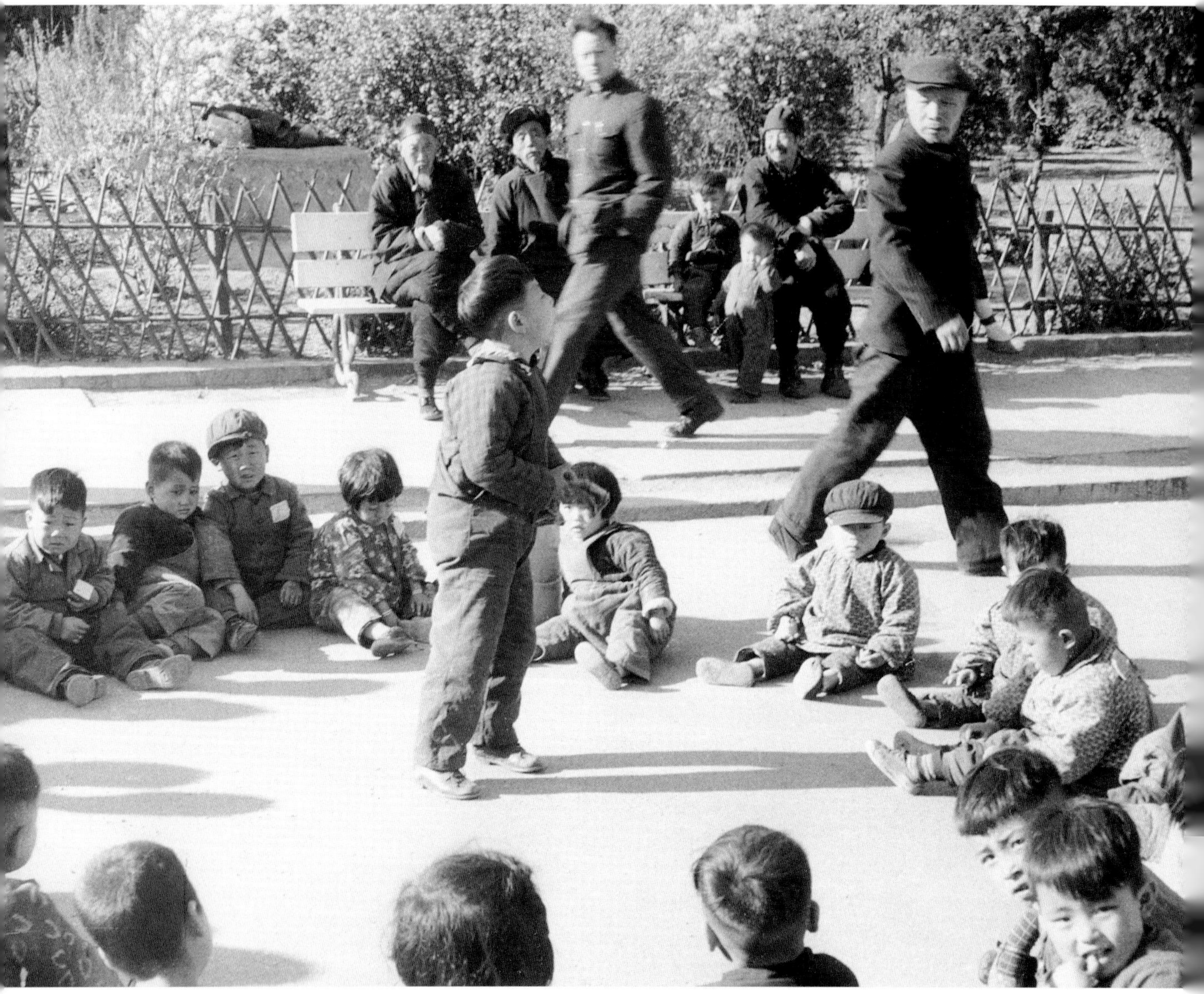

Eine ganze Schulklasse saß im Kreis auf der offenen Straße. Die erwachsenen Chinesen betrachteten mich sehr mißtrauisch.

Rechte Seite oben: Selbst die schwersten Lasten wurden von Menschen gezogen. Ein gelegentlich vorbeifahrendes Auto war eine Sensation.
Rechte Seite unten: Das ganze Leben schien sich auf den Straßen abzuspielen. Laternentänze zur öffentlichen Volksbelustigung.

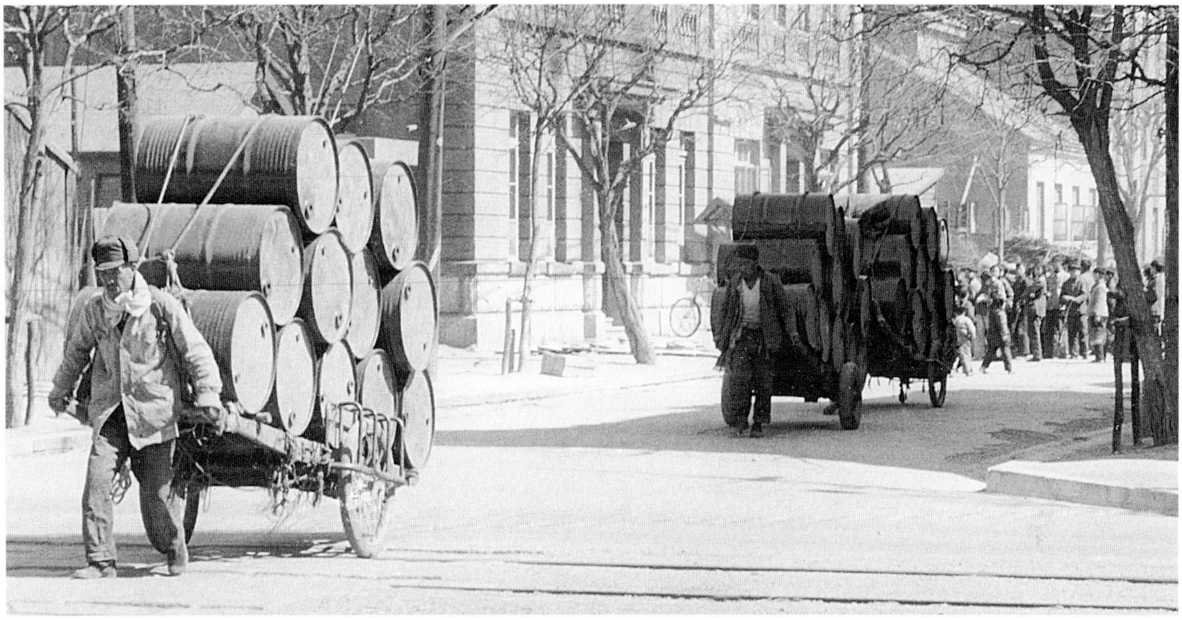

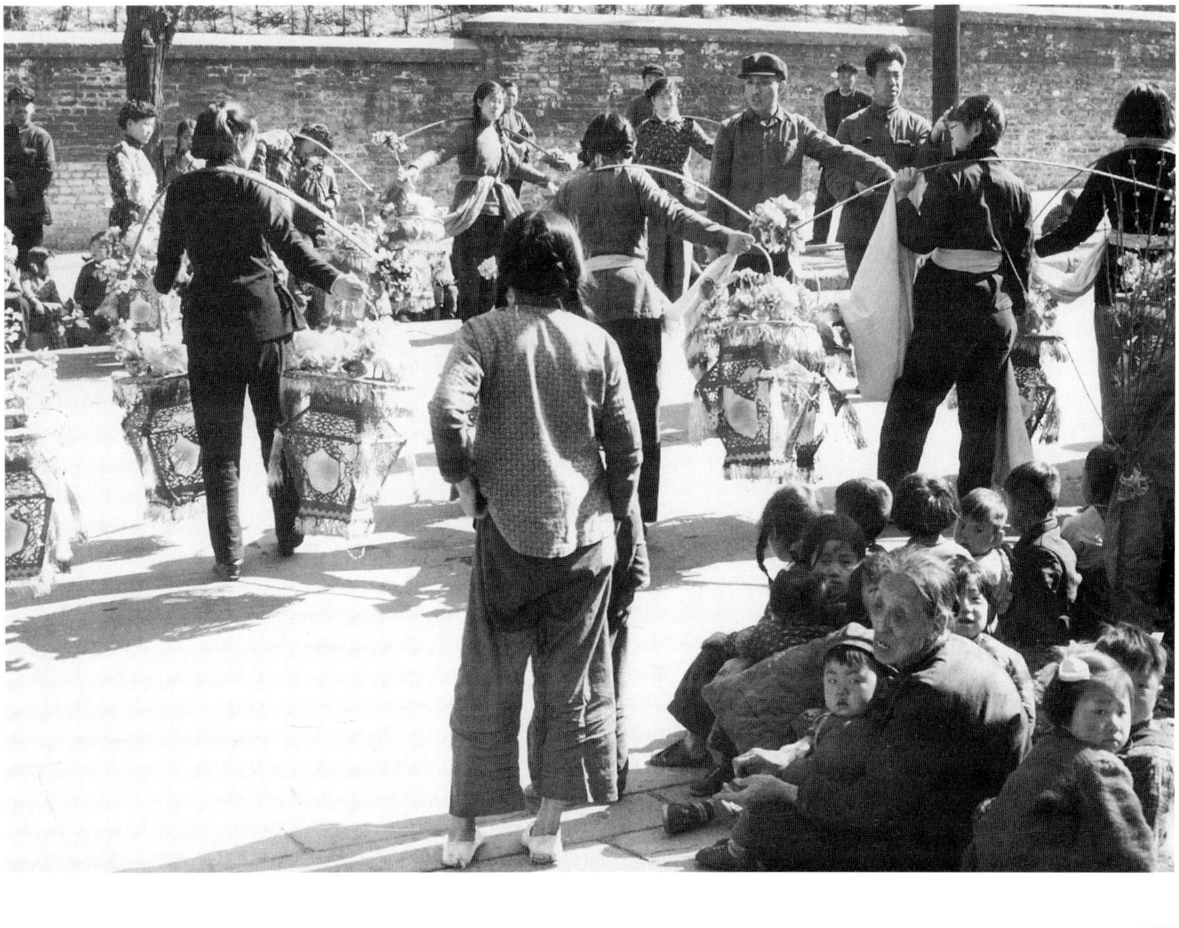

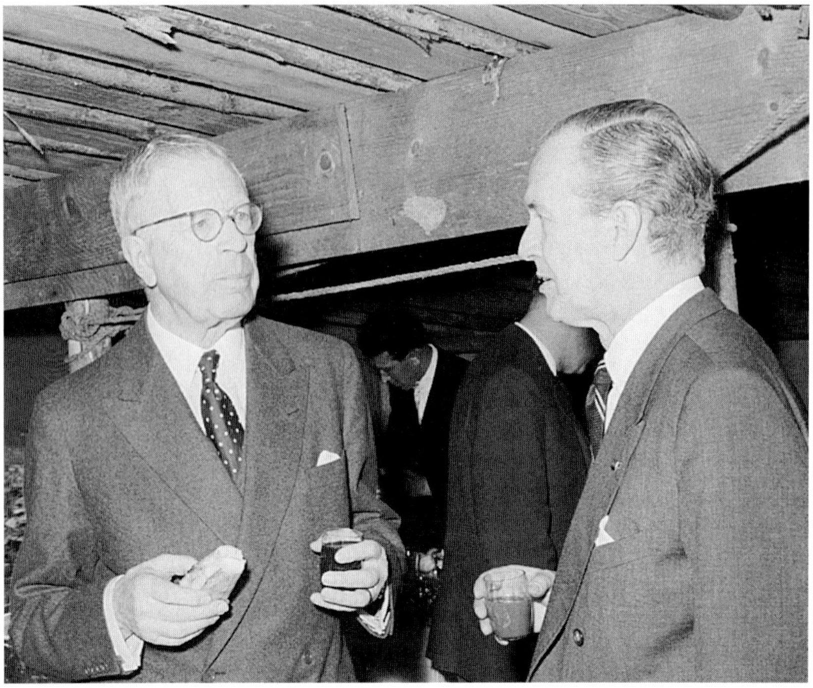

Der Schwedenkönig Gustav Adolf VI. mit Wurstsemmel bei seinem Österreichbesuch auf Burg Hochosterwitz.

Chruschtschow mit Weinglas bei seinem Österreichbesuch auf der Staumauer von Kaprun.

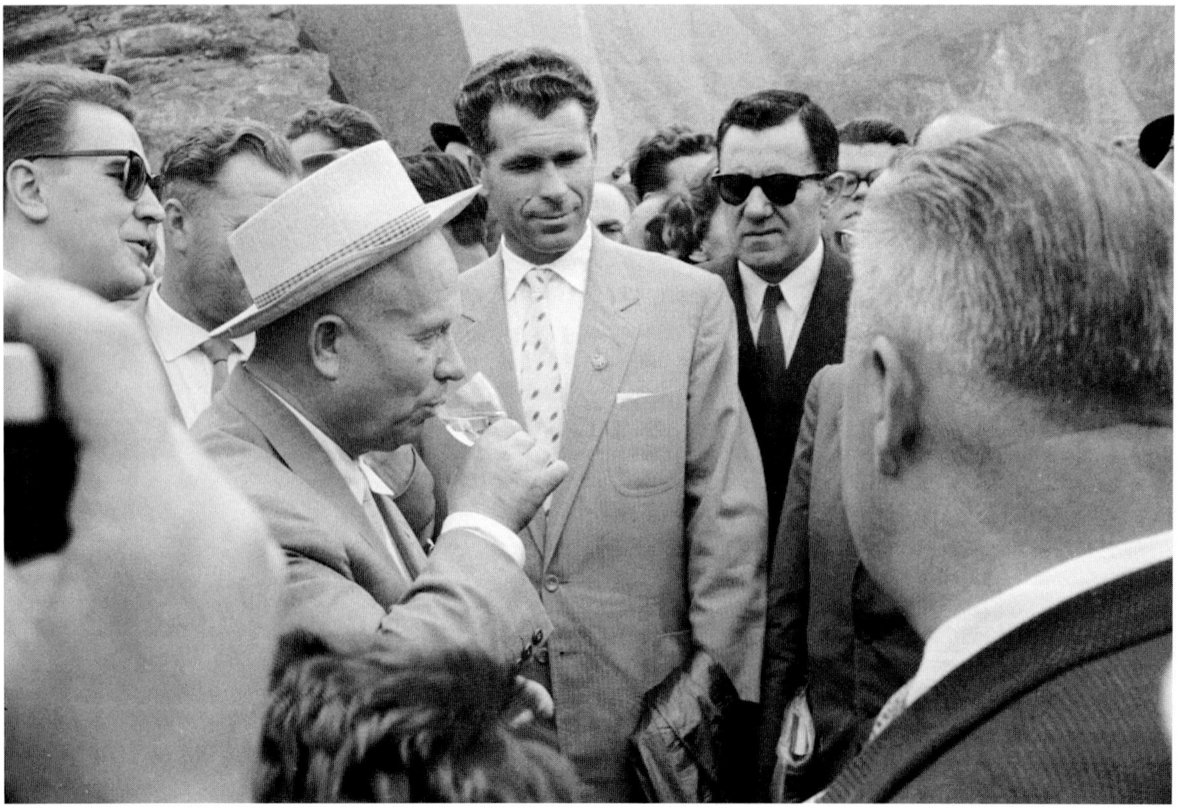

KÖPFE

Ich weiß eigentlich nicht warum, aber seit jeher faszinierten mich schon immer Köpfe und Gesichter, ganz gleich, wie sie aussehen. Es müssen keine schönen Gesichter sein, im Gegenteil, selbst ein Gesicht voller Narben oder Falten bedeutet für mich eine Art Erkenntnis und Offenbarung. Ich lese mit einer aufrichtigen Begeisterung in Gesichtern wie andere in Büchern. Man kann Schicksale, Enttäuschungen, Verzweiflung, Charakter, Verläßlichkeit, Gram, Leid, Furcht, Hoffnung, Begeisterung, Freude oder auch Krankheiten in einem menschlichen Anlitz erkennen. Wenn ich mit einem Menschen zum ersten Mal beisammen bin, kann ich mir innerhalb kürzester Zeit ein grundsätzliches Bild von ihm machen, und höchst selten habe ich mich getäuscht. Falten erzählen mir zum Beispiel unsagbar viel. Mit Worten kann man viel vortäuschen, überspielen oder vorgaukeln, aber Gesichter können nie lügen. Ob das der Augenausdruck allein, der Augenkontakt oder auch der gesamte Gesichtsausdruck ist – alles zusammen ergibt ein wahres und echtes Bild wie ein Fingerabdruck. Diese Art von Menschenkenntnis habe ich mir in all den Jahrzehnten bei Menschen in der ganzen Welt aus allen sozialen und gesellschaftspolitischen Schichten – vom Schwerverbrecher bis zum Staatsoberhaupt (manchmal in einer Person) – angeeignet. Ich habe deshalb auch überhaupt kein Verständnis dafür, daß Menschen mit ihrem Gesicht nicht zufrieden sind, weil ihnen ihre Nase, die Ohren oder das Kinn nicht gefällt und sie unbedingt eine Schönheit laut Werbeprospekt nachahmen und darstellen wollen.

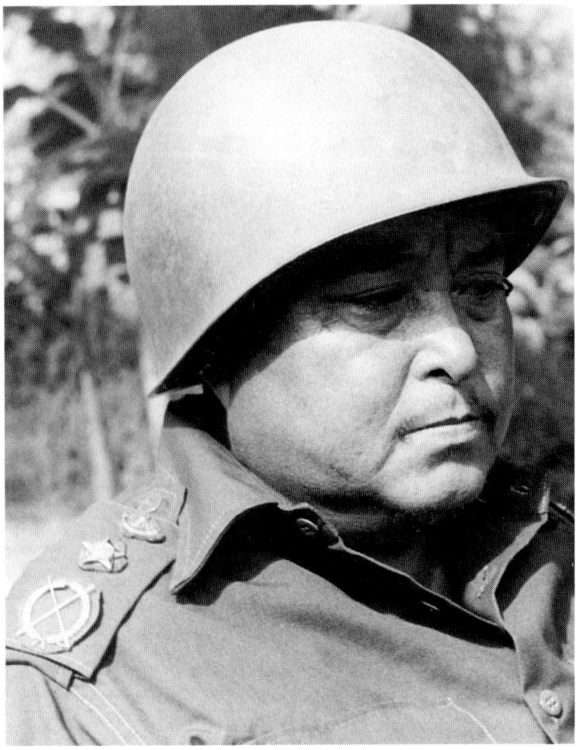

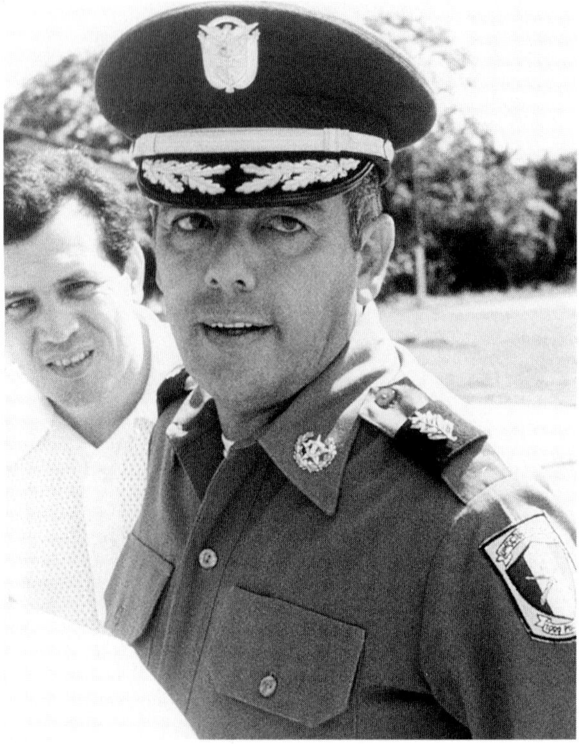

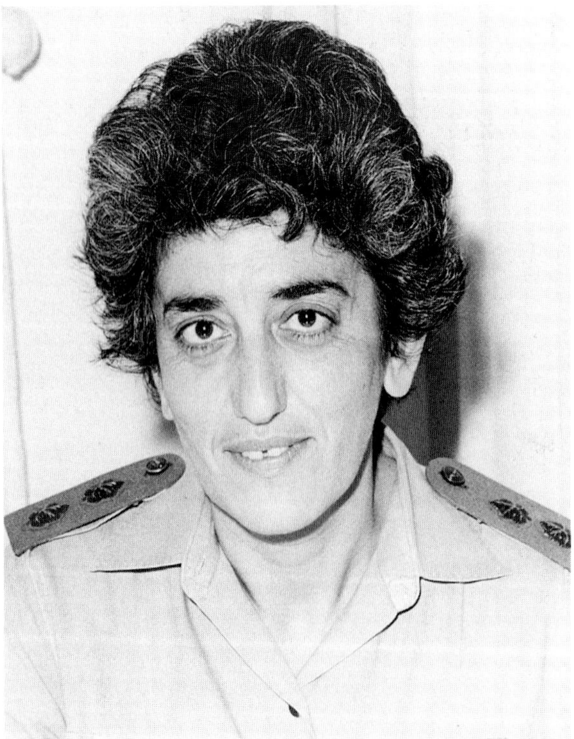

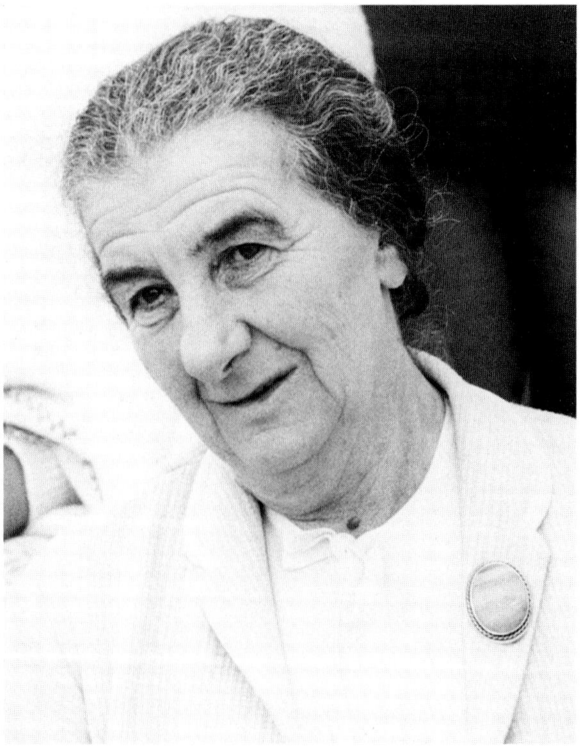

Einer der höchsten Rebellen-Offiziere der FLNA-Angola-Befreiungsbewegung.

Linke Seite oben links: Karen-Rebellen-Präsident und General Saw Bo-Mya.
Linke Seite oben rechts: Panamas Staatspräsident General Omar Torrijos kam bei einem mysteriösen Flugzeugabsturz ums Leben.
Linke Seite unten links: Israels höchstrangiger weiblicher Offizier, die einzige Frau Oberst in der Armee.
Linke Seite unten rechts: Israels Ministerpräsidentin Golda Meir.

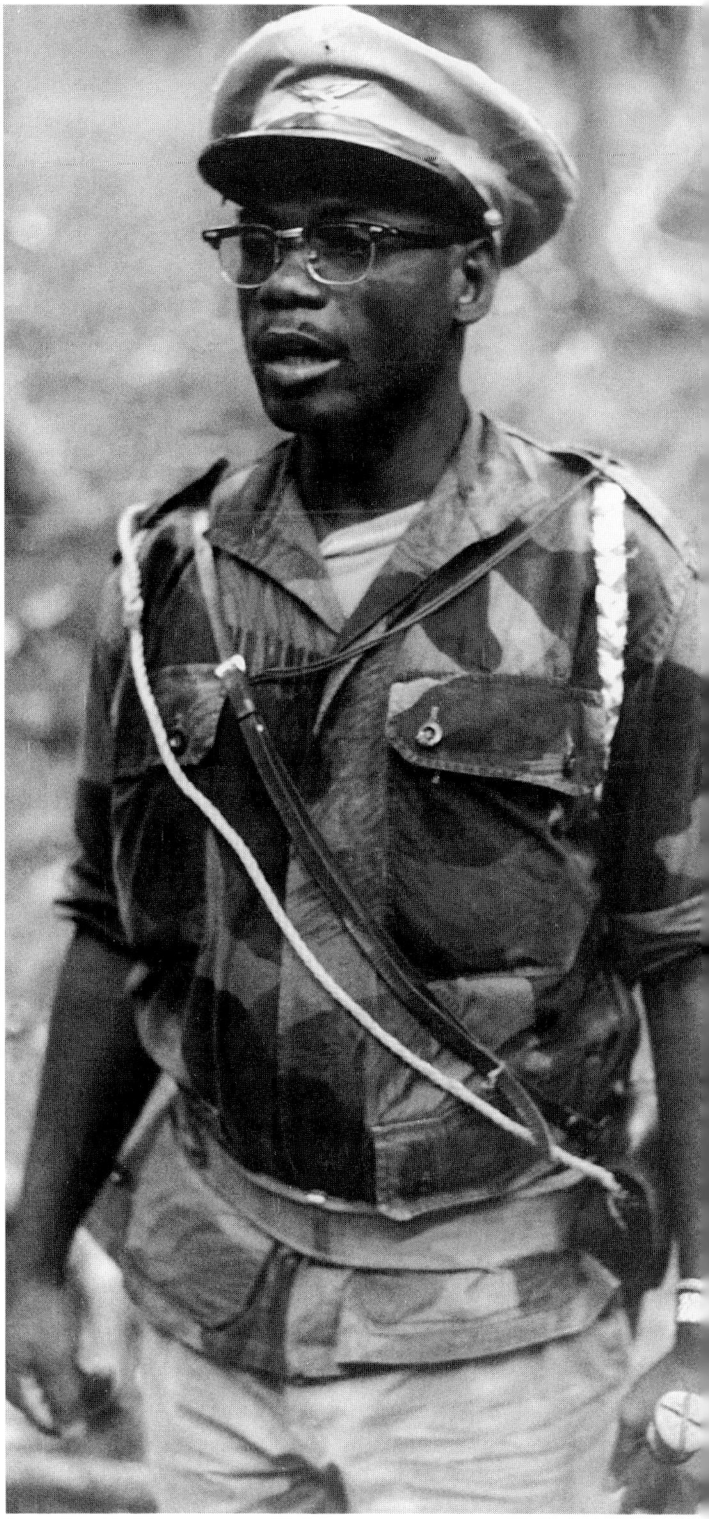

Jemens Staatspräsident Quadi Abdul Rahman Al-Irjani.

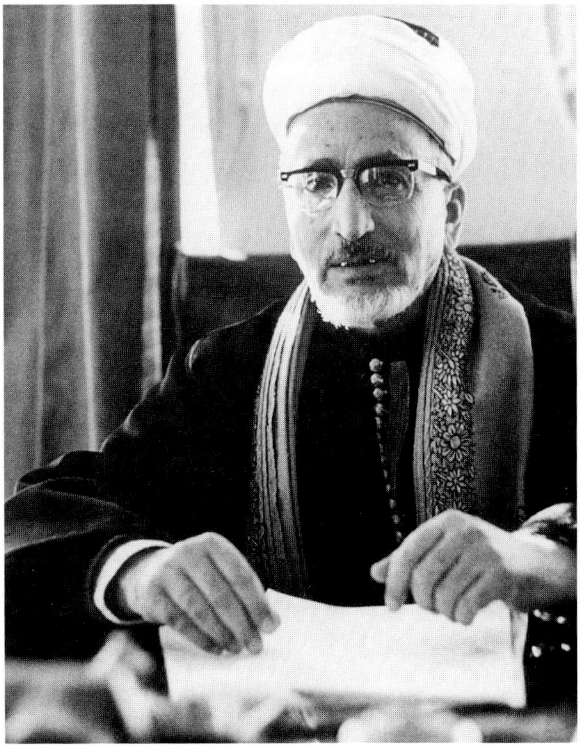

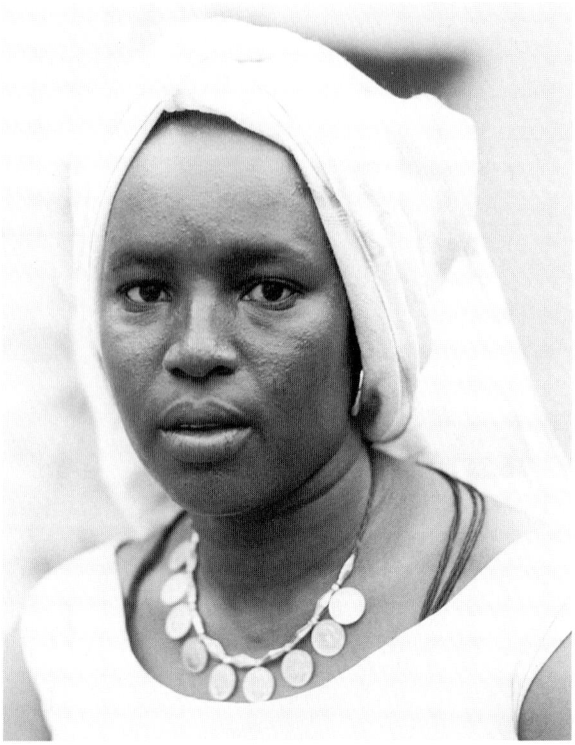

Diese unscheinbare schwarze Dame spielte im Tschad als „Schwarze Eminenz" eine ganz entscheidende politische Rolle.

Rechte Seite oben links: Stammesnarben gelten im Sudan auch als Schönheitsschmuck. Diese Schmucknarben werden bereits den Kindern recht schmerzhaft (mit vielen Eiterungen verbunden) angebracht.
Rechte Seite oben rechts: Die kunstvolle afrikanische Haartracht wird selbst von europäischen Frauen nachgeahmt.
Rechte Seite unten links: Charmantes Nomadenmädchen.
Rechte Seite unten rechts: Weitverbreitete afrikanische Sonnen-Frisur.

Roberto Holden (links), der Führer der FLNA-Angola-Befreiungsbewegung, regierte nur vom Ausland aus und hatte seine Guerillakämpfer in Angola nie besucht.

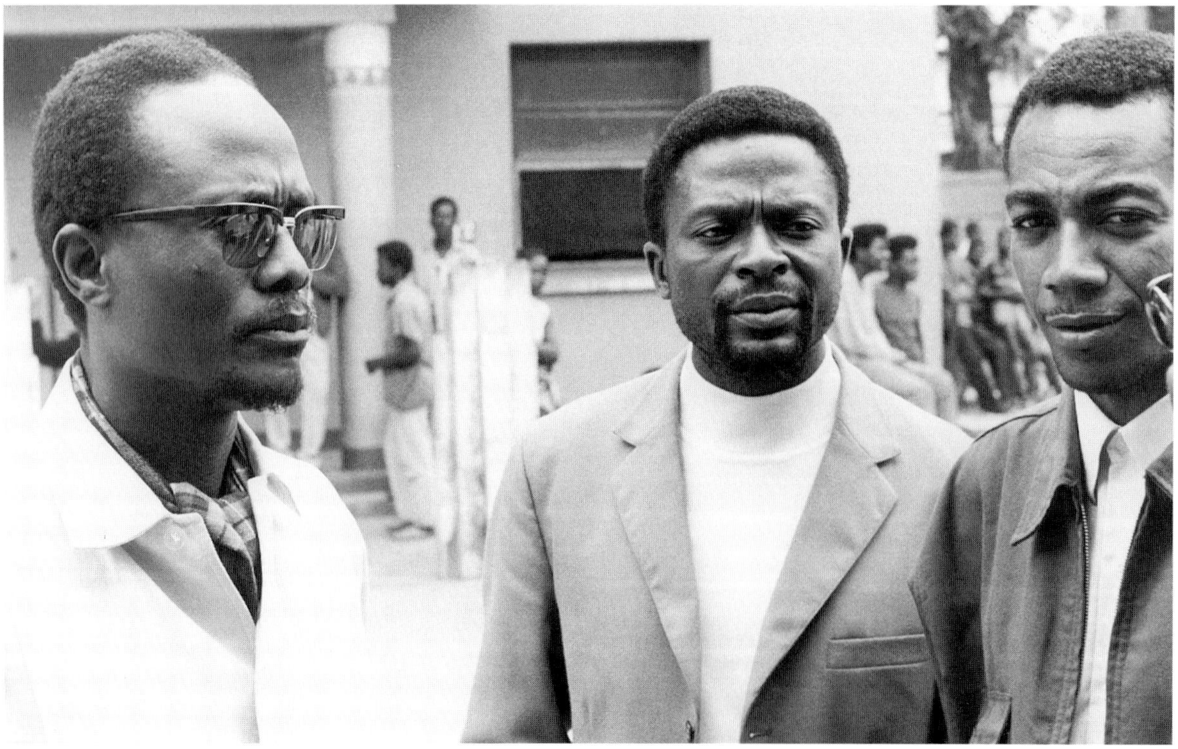

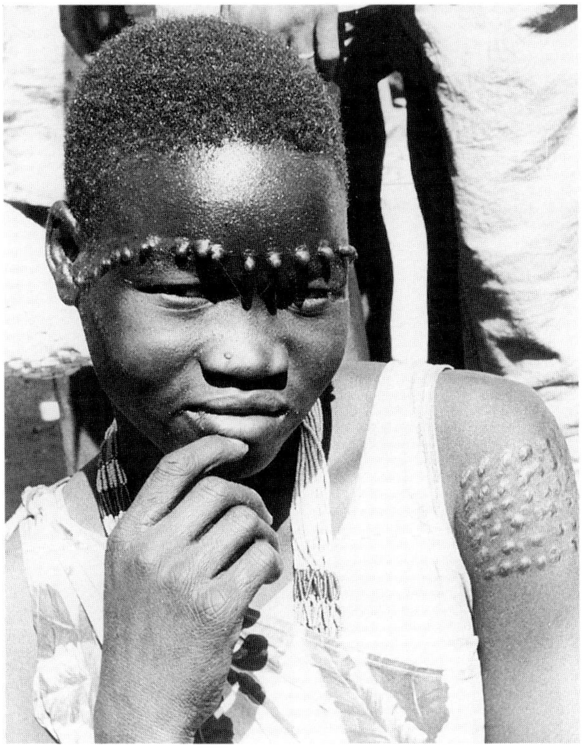

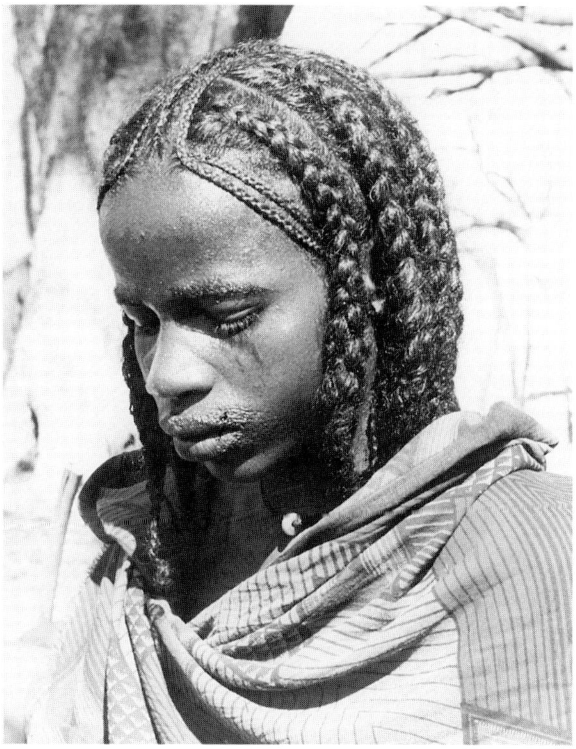

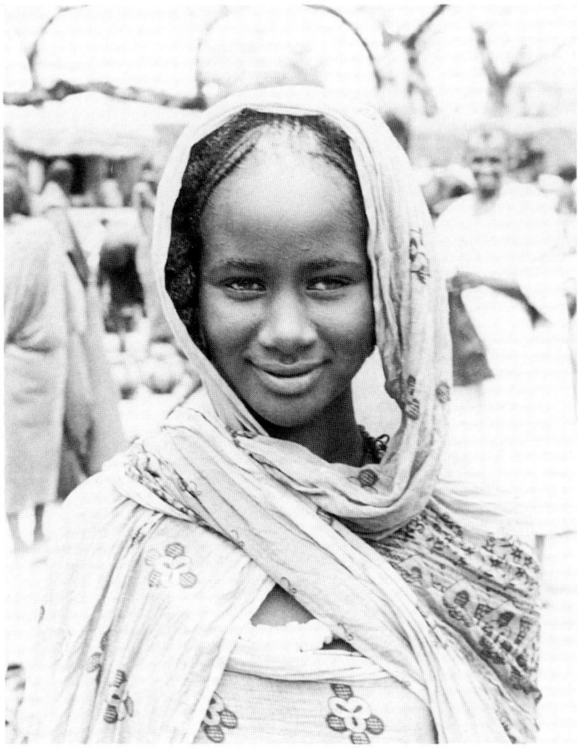

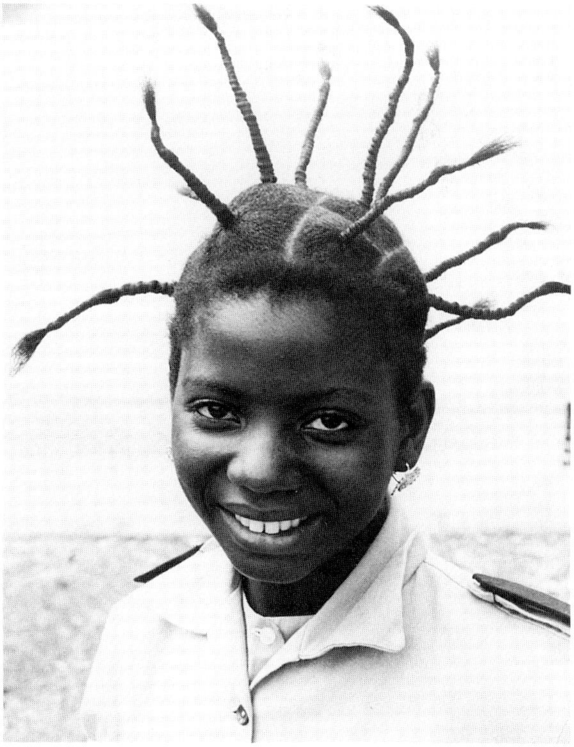

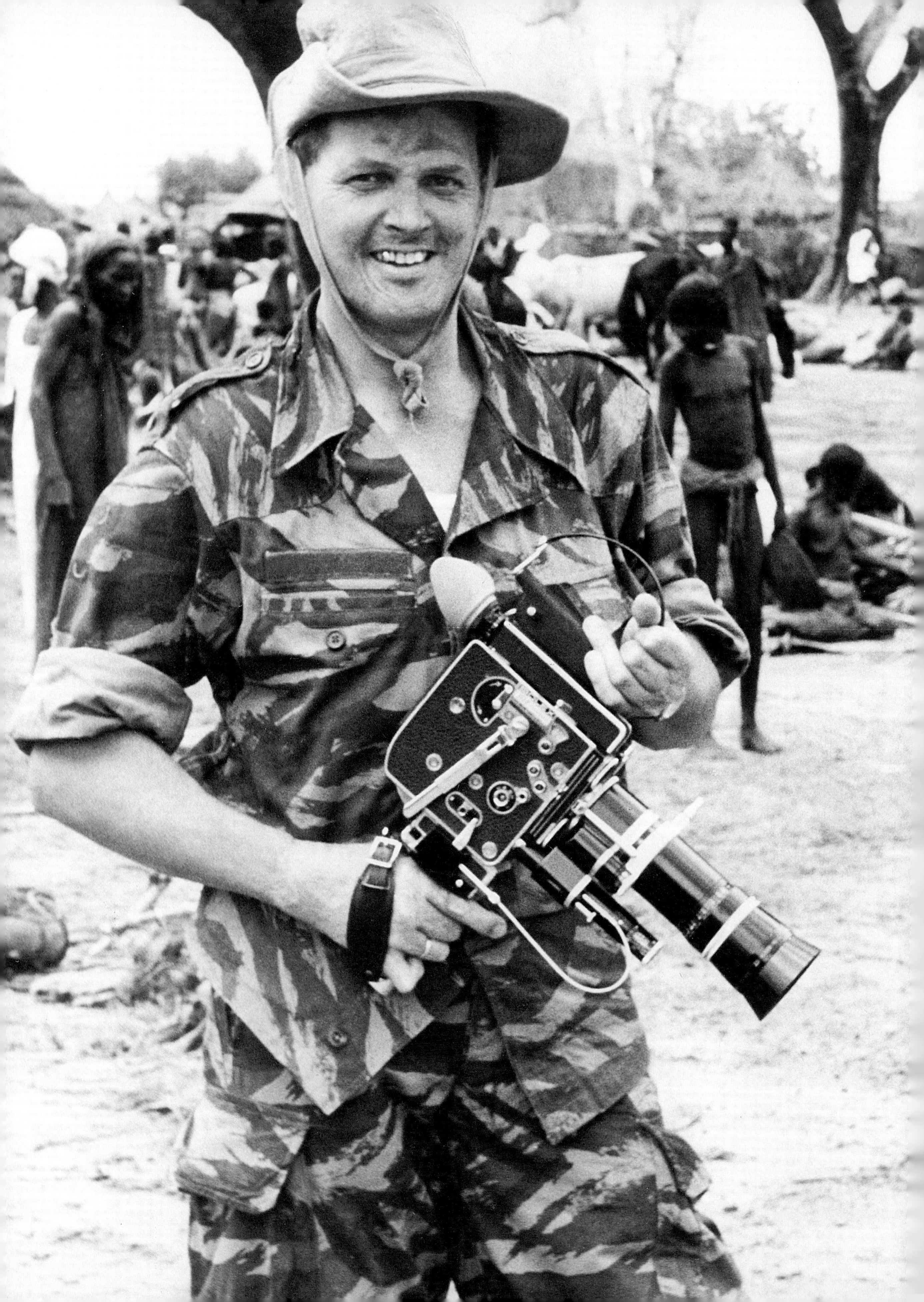

DER AUTOR

Als Extremjournalist und Reporter hatte ich mir häufig spezielle Themen ausgesucht, die mitunter sehr schwer und manchmal auch nicht auf legalen Wegen zu erreichen waren. Sicherlich bin ich wegen meiner sturen Eigenwilligkeit ein schwieriger Mensch, der geborene Einzelgänger und für jede Teamarbeit völlig ungeeignet. Ich fühlte mich jedoch mit dieser persönlichen Prägung zufrieden und glücklich, weil ich mich mit meinem Reporterberuf selbst verwirklichen durfte. Hatte ich das Ziel ausgemacht und angepeilt, so folgte ich der Spur wie ein Jagdhund und nahm alle am Weg liegenden Konsequenzen in Kauf. Es ärgerte mich aber immer, wenn ich als Abenteuerjournalist abgestempelt wurde, denn im Grunde genommen hasse und meide ich alle Abenteuer und kann auch nicht verstehen, daß Zeitgenossen das Abenteuer als solches bewußt suchen. Bei mir lag das Abenteuer immer als lästiges Hindernis im Weg, ich mußte es überwinden und verkraften, um an mein Ziel – an das Reportagenthema – heranzukommen. Was alles in Reisebürokatalogen und Prospekten als Abenteuer angepriesen wird, sollte man nicht allzu wörtlich und ernst nehmen. Es ist für mich auch unbegreiflich, daß es Menschen gibt, die ihr Leben x-fach riskieren und mit Todesverachtung in halsbrecherischer Art mit oder ohne Sauerstoff auf irgendwelche höchste Berge klettern, um dann dort oben an der Spitze eine Fahne einzusetzen. Ich gebe zu, es ist auch das eine bewundernswerte Methode der Selbstbestätigung und Gratwanderung an den Rändern der menschlichen Grenzen. Ganz bestimmt wird es auch viele Menschen geben, die meine Berufsauffassung, Lebensphilosophie und Lebenseinstellung nicht verstehen oder nachvollziehen können oder wollen.

Einen Luxus leistete ich mir aber immer wieder, wenn ich nach Wochen oder Monaten zerschunden und verdreckt aus irgendeinem Schlamassel wieder in die Zivilisation zurückfand: Ich gönnte mir die paar Tage bis zum Heimflug mit der nächsten Maschine ein gutes Hotel, legte mich stundenlang in eine Badewanne mit reinem, heißem Wasser und schwor einen Meineid: Nie wieder!

Ich mußte die Uniform der französischen Fremdenlegion anziehen, um mitgenommen zu werden und nicht als Zivilist aufzufallen.

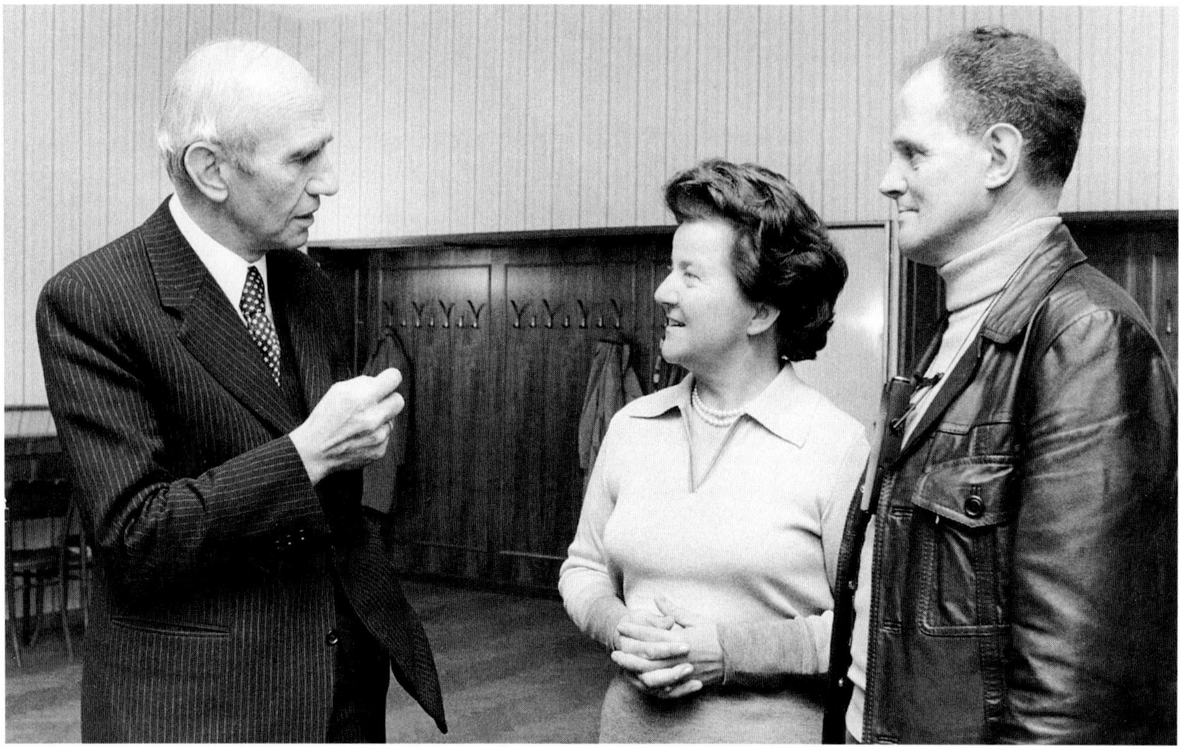

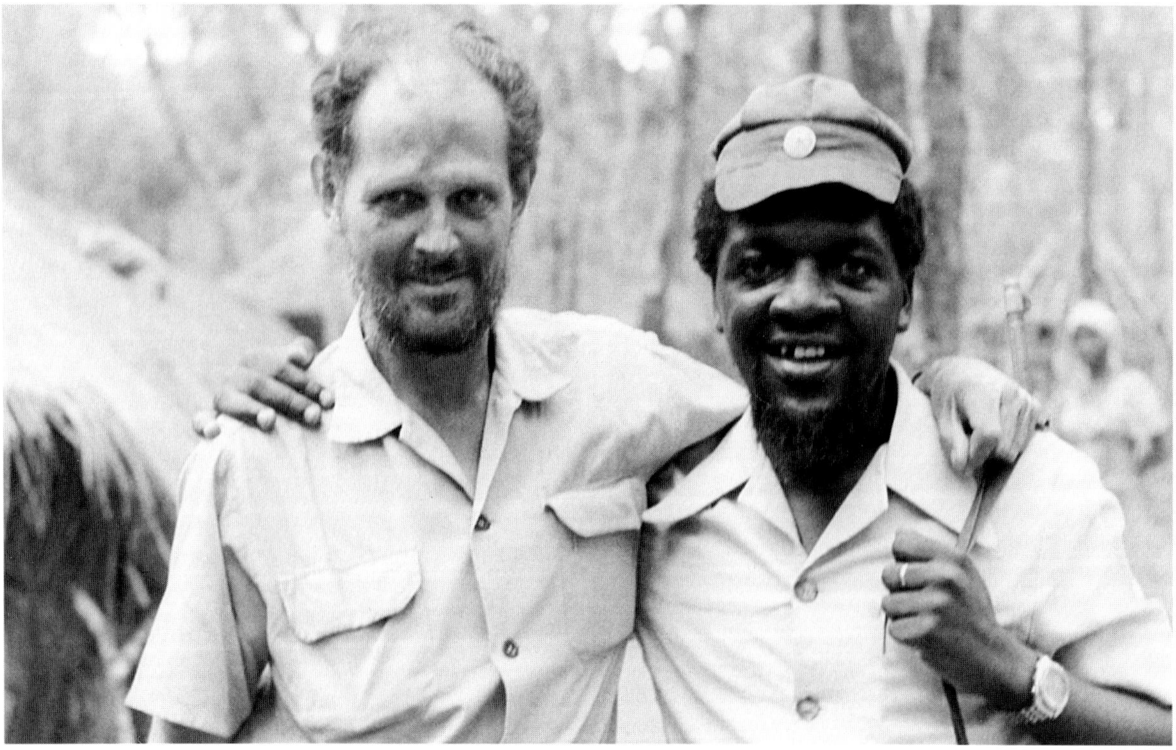

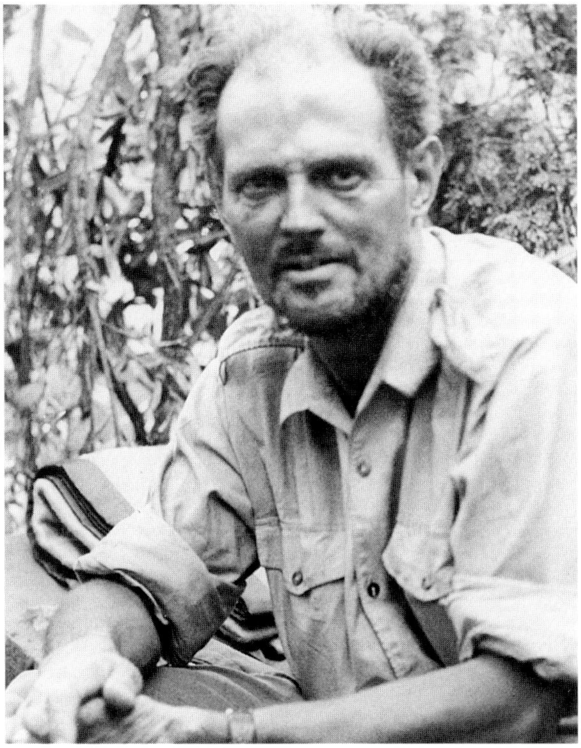

Manchmal fühlte ich mich allein und verzweifelt, am Ende meiner physischen und psychischen Kräfte. Schwer wurde es, wenn ich bei den Gewaltmärschen hoch droben am Himmel ein heimwehverursachendes Verkehrsflugzeug sah.

Linke Seite oben: Bundespräsident Dr. Rudolf Kirchschläger mit dem Ehepaar Sitte.
Linke Seite unten: Jaka Jamba, einer meiner besten Freunde in Angola.

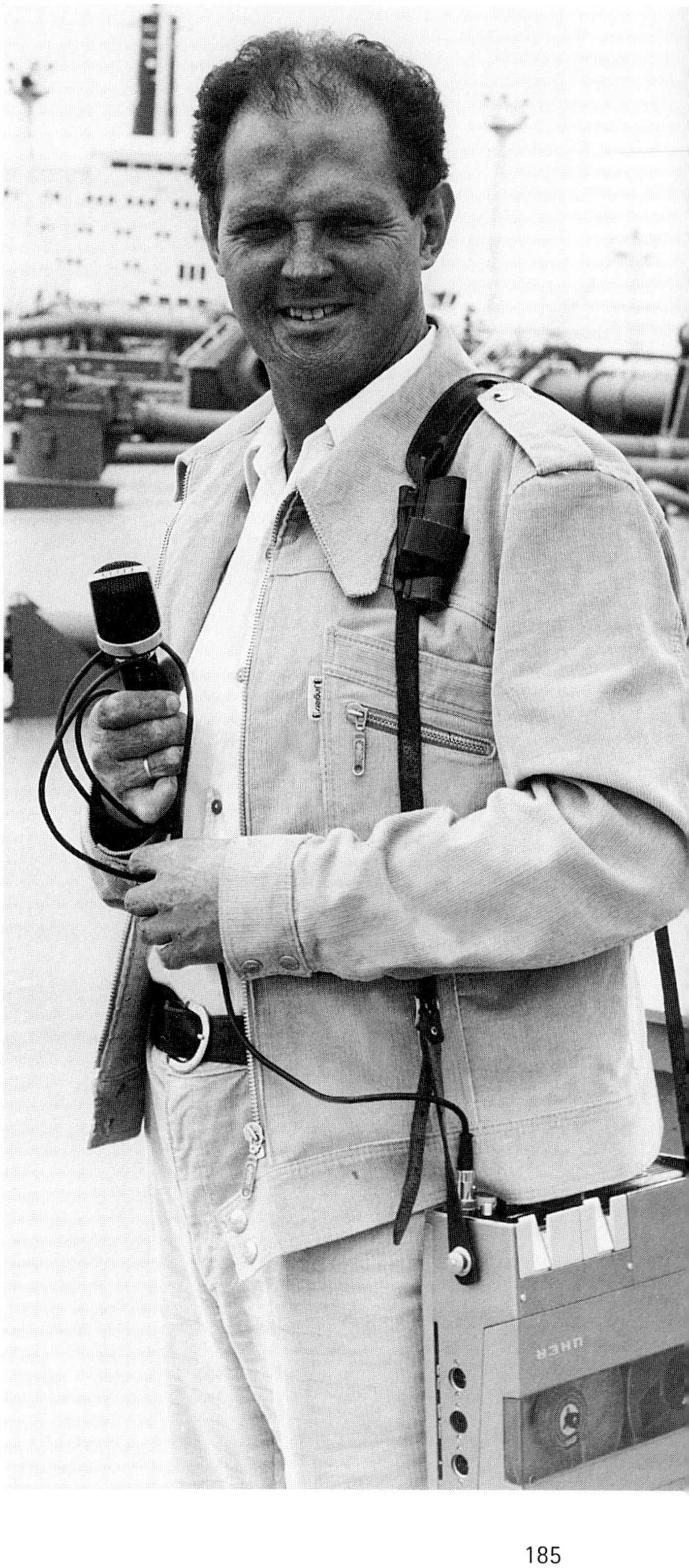

Rund um Afrika an Bord des damals größten deutschen Shell-Ultrasupertankers „Lagena". Die Ölstraße aus der unmittelbaren Nähe gesehen.

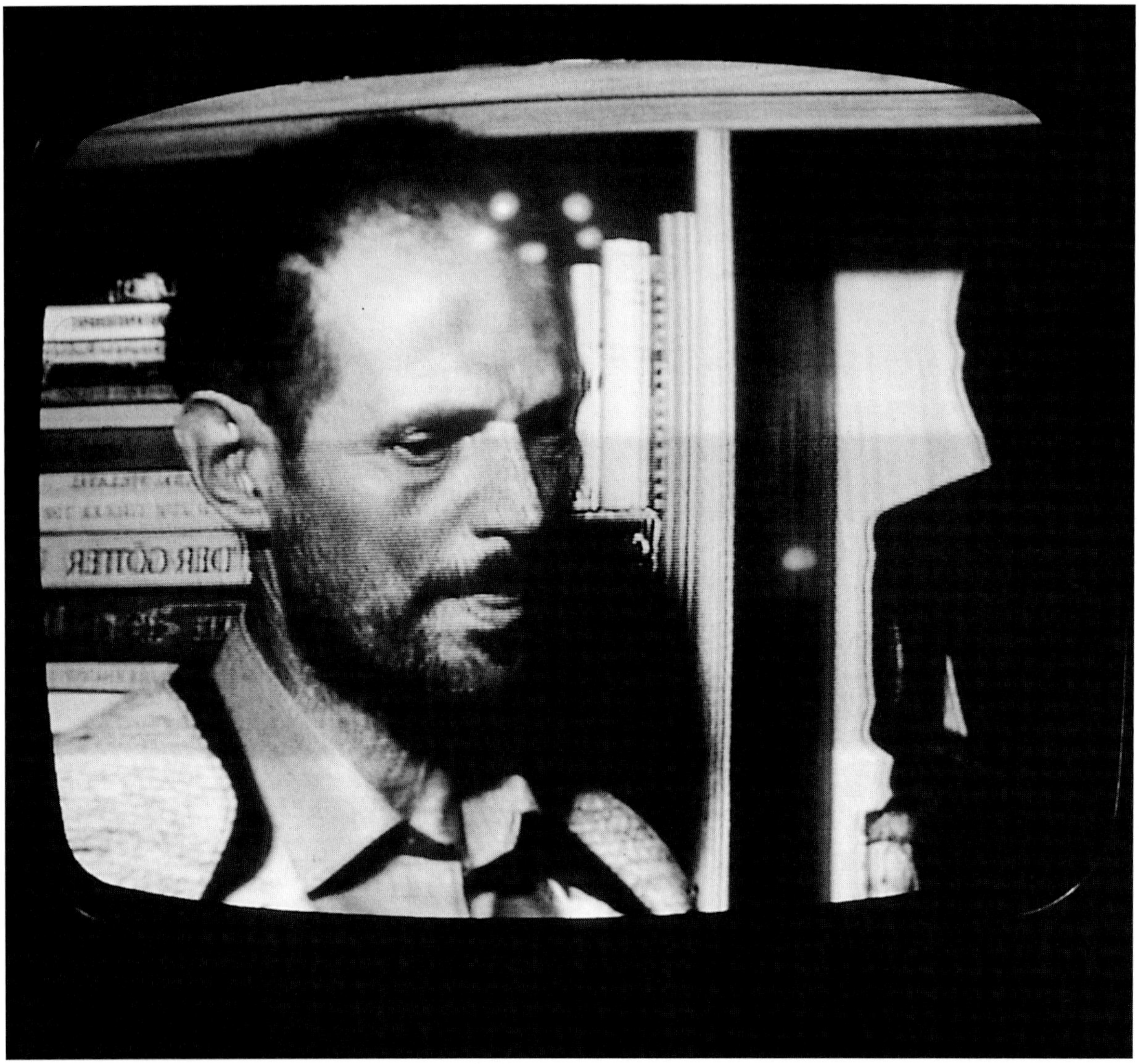

Nach der Rückkehr von meinen riskanten Reisen wurde ich nicht nur von zahlreichen afrikanischen TV-Stationen stundenlang interviewt, sondern auch europäische Fernsehanstalten holten mich vor die Kamera.

Rechte Seite: Es ist ein unsicheres Gefühl, wenn man plötzlich vom Schreibenden zum Beschriebenen wird und auf diversen Titelseiten als „Cover-Boy" landet.

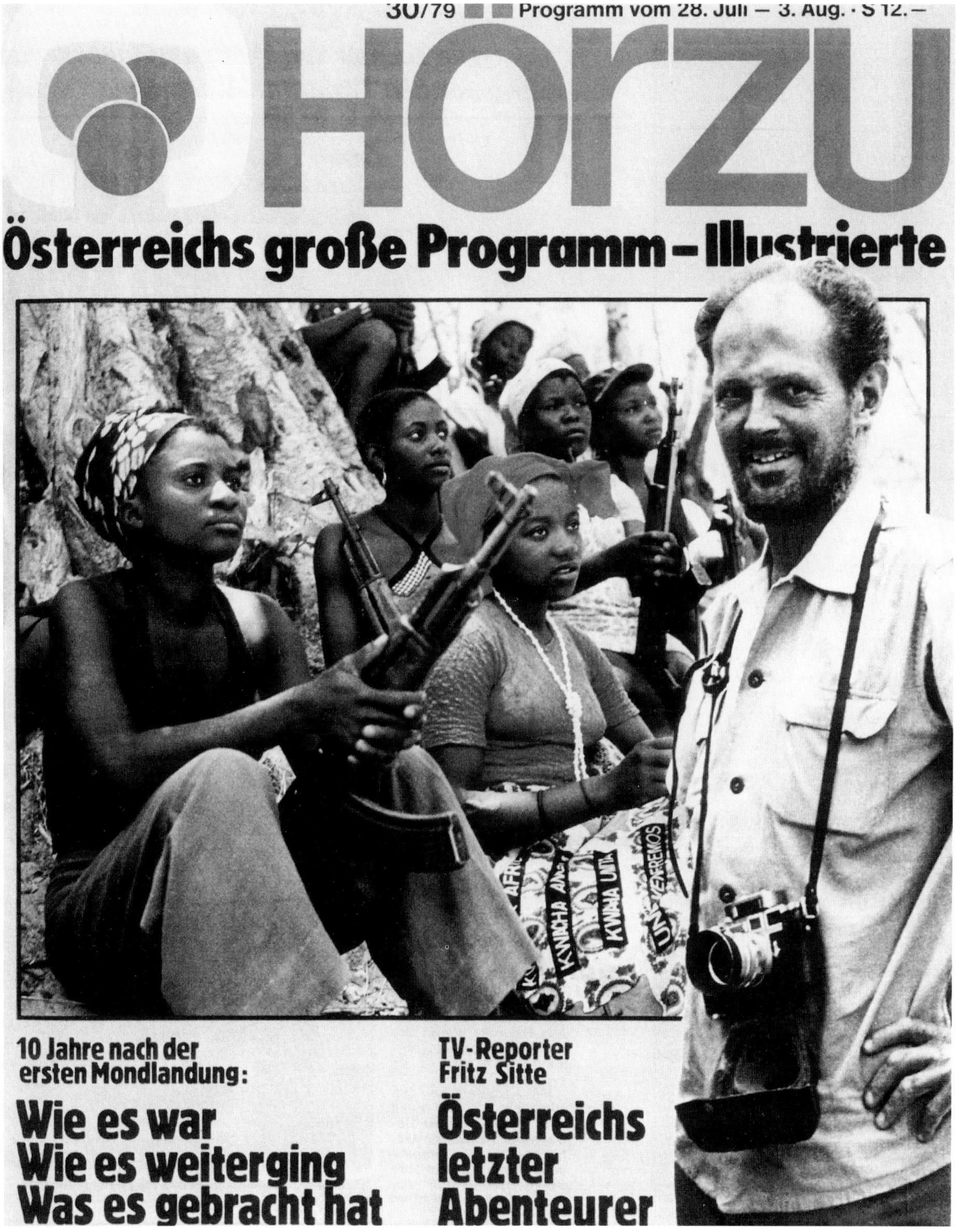
30/79 Programm vom 28. Juli – 3. Aug. · S 12.–
HÖRZU
Österreichs große Programm-Illustrierte
10 Jahre nach der ersten Mondlandung:
Wie es war
Wie es weiterging
Was es gebracht hat
TV-Reporter Fritz Sitte
Österreichs letzter Abenteurer

ZURÜCK AUS ANGOLA:

FRITZ SITTE

KLEINE ZEITUNG

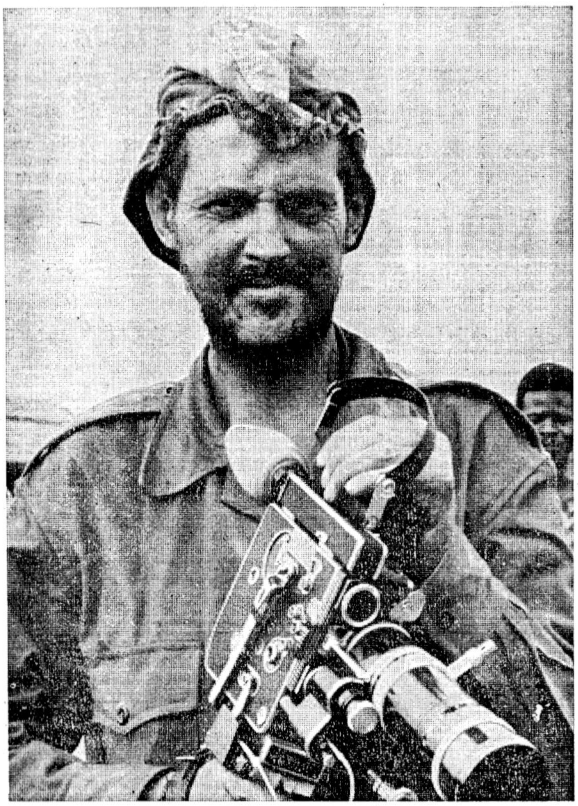

Hochbrisantes Dokumentationsmaterial über den Kampf der prowestlichen Guerilla-Bewegung UNITA gegen die Kubaner und die regierende MPLA brachte der Villacher Journalist Fritz Sitte aus Angola mit. 1971 war er zum erstenmal im UNITA-Hauptquartier in Zentralangola. Sein Buch „Flammenherd Angola" wurde damals ein Bestseller und ist heute vergriffen. Für die „Kleine Zeitung" fuhr Fritz Sitte wieder nach Angola: Unter noch abenteuerlicheren Umständen als beim erstenmal. Bevor der journalistische Einzelgänger seine gefährliche Reise antrat, schrieb er uns in einem Brief: „Ich würde Sie lediglich bitten, meine illegale Aktion bis zum Wiedereintreffen in Zambia geheimzuhalten, weil ich sonst abgefangen werden könnte . . ."

Exklusiv für Österreich

Ab morgen, Freitag

wird Fritz Sitte in der „Kleinen Zeitung" über sein Angola-Abenteuer berichten.

„Das größte journalistische Abenteuer der letzten Jahre"

. . . so kommentierte eine amerikanische Fernsehanstalt den Angola-Report des Villacher Journalisten Fritz Sitte über den Freiheitskampf gegen die Portugiesen. Inzwischen siegte die kommunistische MPLA mit Unterstützung der Kubaner in Angola. Aber immer wieder kommen Meldungen von Kämpfen mit der prowestlichen Guerilla-Bewegung UNITA.

Was ist in Angola wirklich los?

Fritz Sitte fuhr für die „Kleine Zeitung" nach Angola. UNITA-Führer hatten ihn eingeladen und illegal ging er in Zambia über die Grenze.
Das war in der ersten Augustwoche.

19 Wochen war Fritz Sitte in Angola verschollen

Am 10. Dezember erhielten wir dann ein Telegramm Sittes aus Pretoria:

„Ich hab's geschafft"

2500 km war er zu Fuß mit den Guerillas der UNITA durch den Dschungel marschiert.

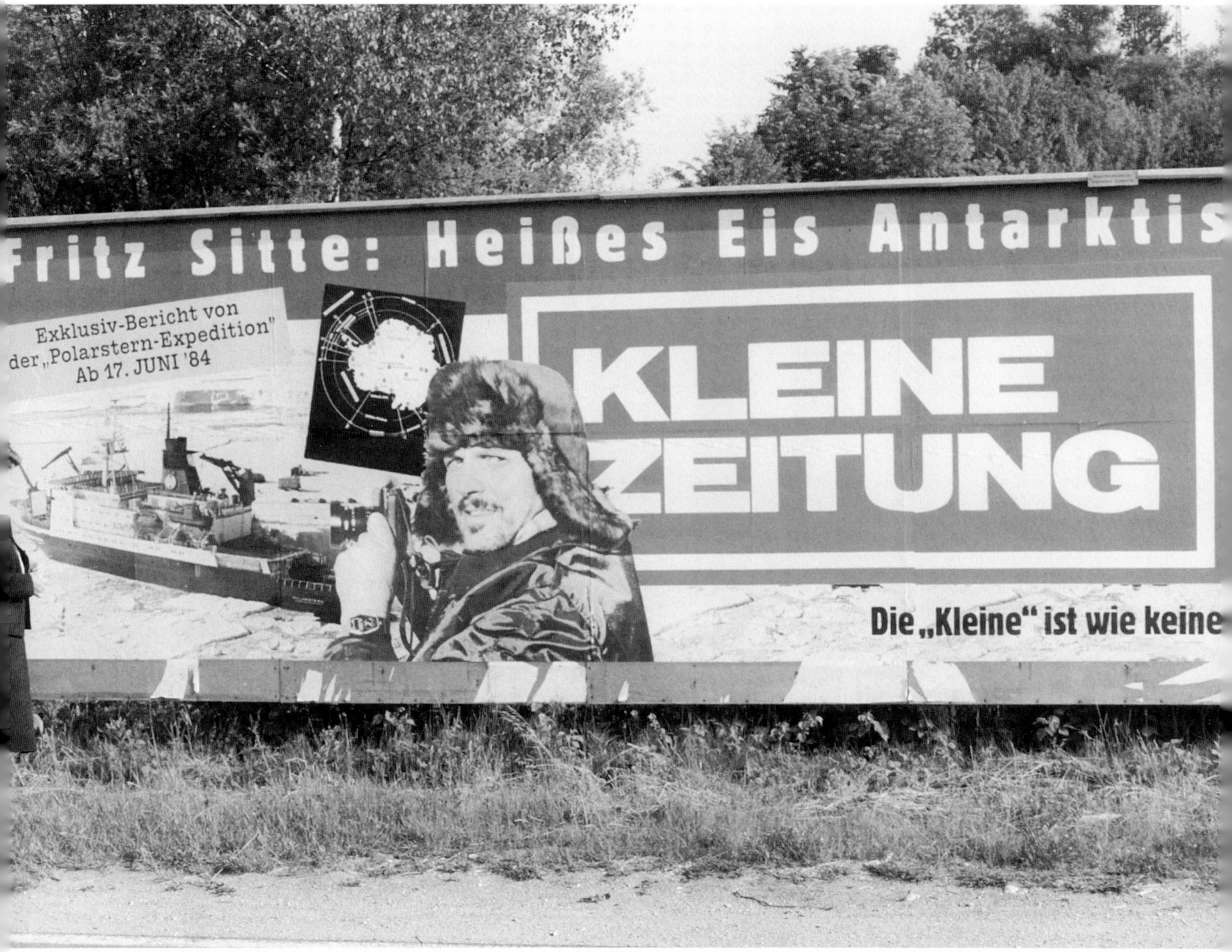

Es ist ein eigenartiges Gefühl des Erfolges und der Genugtuung, wenn man sich dann eines Tages als Blickfang auf einem 16-Bogen-Werbeplakat an allen Ecken und Plätzen im ganzen Land prangen sieht.

Linke Seite: Nachdem ich 19 Wochen in Angola verschollen und bereits von einigen Seiten totgesagt worden war, landete ich nach meiner überraschenden Heimkehr in allen internationalen Medien mit meinen Berichten und Reportagenserien. Das schönste Honorar nach derartigen Reisen ist aber, wieder einigermaßen heil heimzukommen ins „Nest" am schönsten Berg der Welt. Was hätte mein Leben für einen Verlauf genommen, wenn ich nicht solch eine verständnisvolle Frau gehabt hätte?

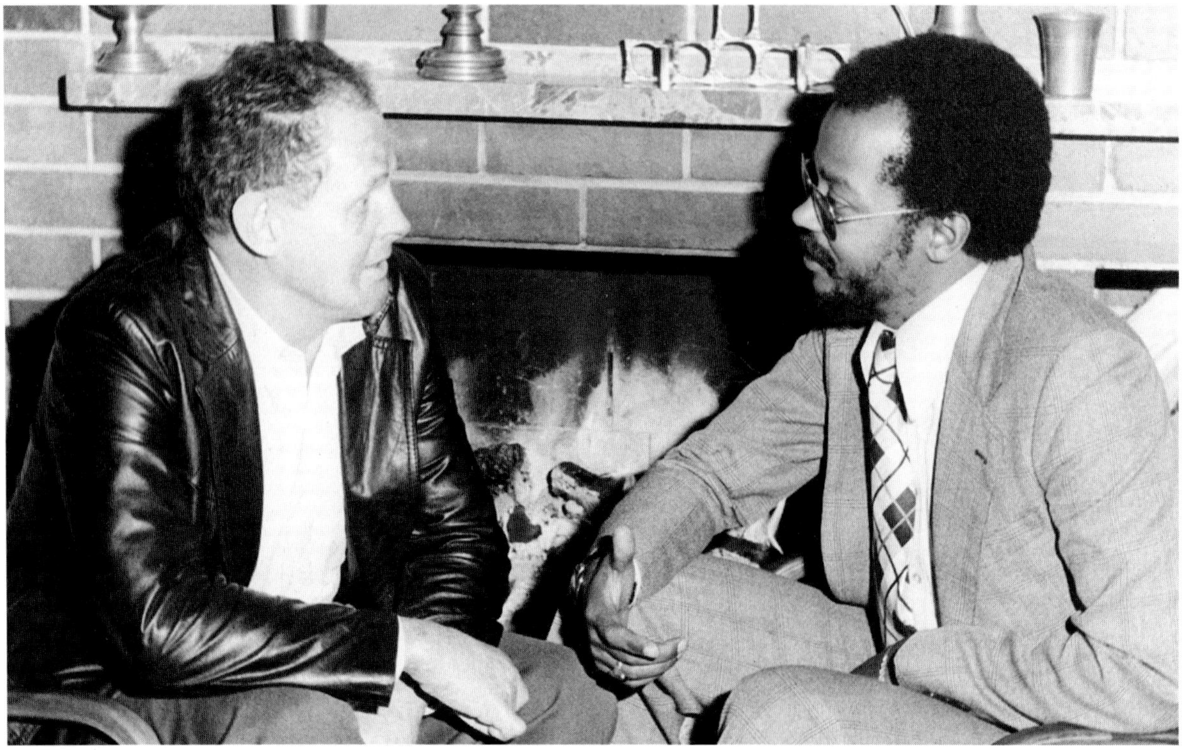

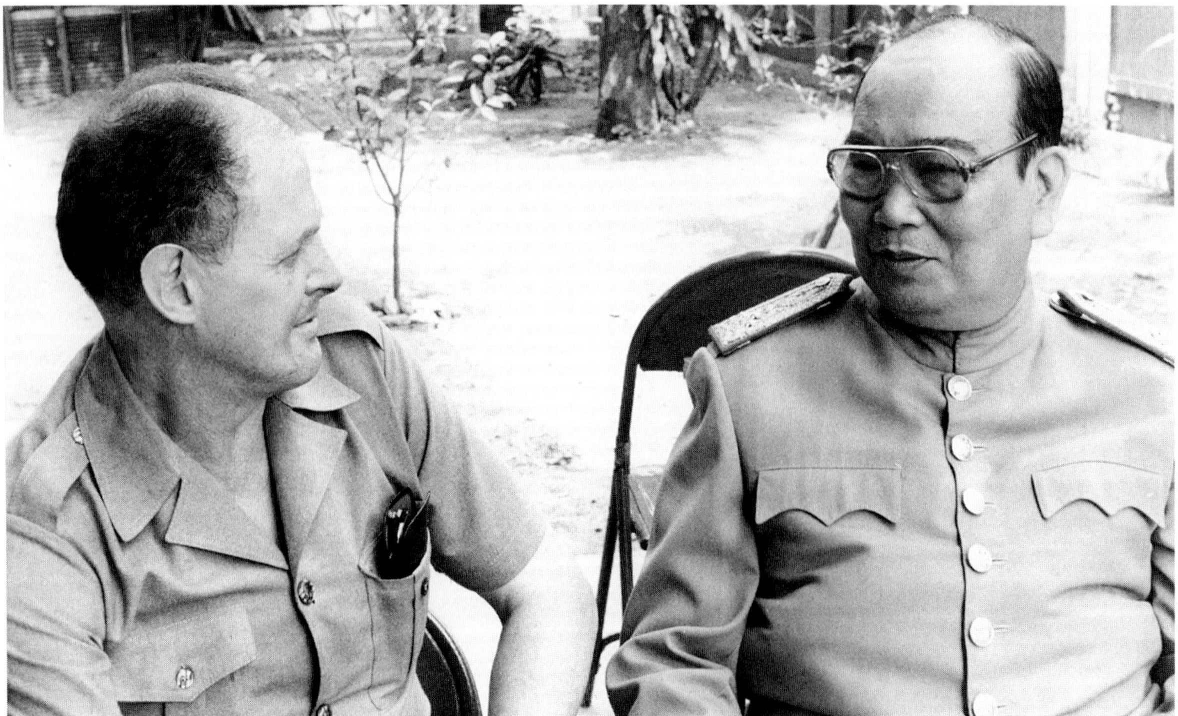

Linke Seite oben: UNITA-Präsident Dr. Savimbi schickte einen hohen Offizier seines Stabes zu mir nach Villach, um die Details meiner nächsten Angola-Reise festzulegen.
Linke Seite unten: Der Laos-General im Exil in Thailand gab mir die Möglichkeit, illegal über den Mekong-Grenzfluß nach Laos zu kommen.
Nächste Seite: Ein derartiger Bücherberg ist dann das Resultat und Produkt eines jahrzehntelangen Reporter-Berufslebens. Ein fast eitles Gefühl trägt die arrogante und beruhigende Gewißheit, daß meine Bücher noch in vielen Bücherregalen stehen werden, wenn ich einmal nicht mehr unter den Lebenden bin. Es ist fast ein bunter Grabstein aus Papier.

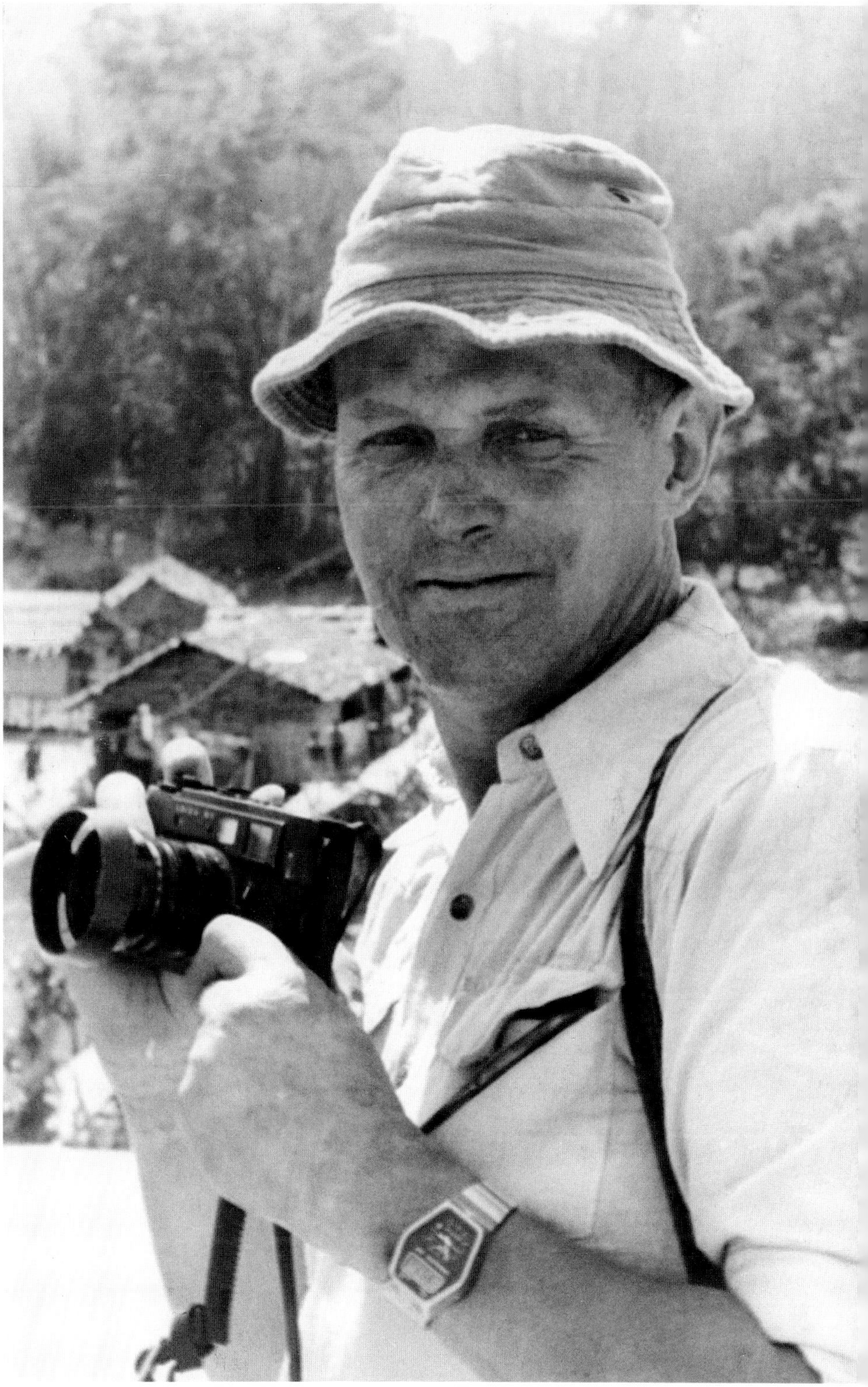

Wenn man auch mit einem Haufen Rebellen unterwegs ist, fühlt man sich dennoch einsam und allein mit all seinen Sorgen und Ängsten. Meine ständigen Begleiter waren meine Foto- und Filmkameras, die meine geschriebenen Worte dokumentierten und bewiesen.

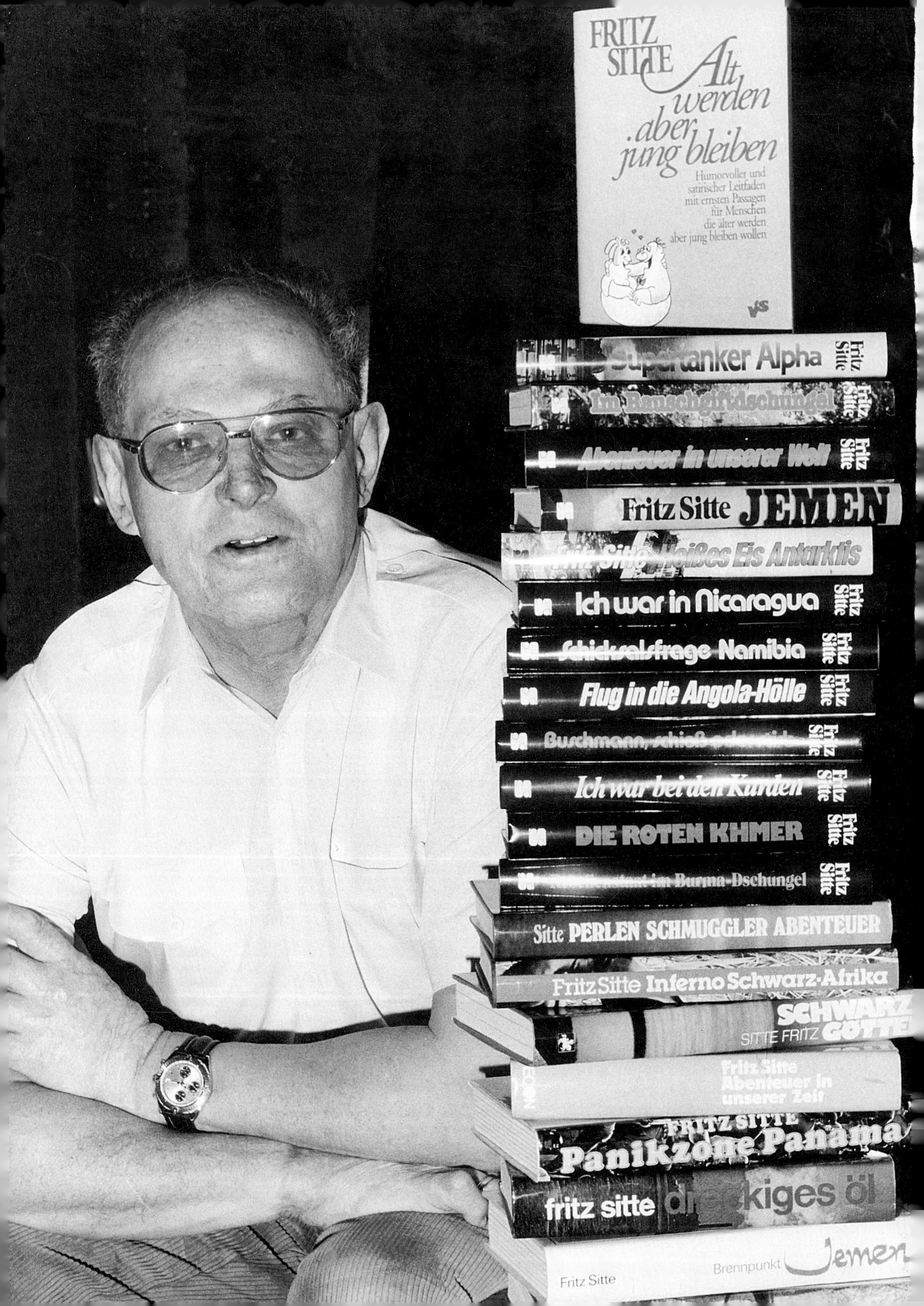
FRITZ SITTE
Alt werden aber jung bleiben
Humorvoller und satirischer Leitfaden mit ernsten Passagen für Menschen die älter werden aber jung bleiben wollen
Supertanker Alpha Fritz Sitte
Fritz Sitte
Abenteuer in unserer Welt Fritz Sitte
Fritz Sitte JEMEN
Heißes Eis Antarktis
Ich war in Nicaragua Fritz Sitte
Schicksalsfrage Namibia Fritz Sitte
Flug in die Angola-Hölle Fritz Sitte
Fritz Sitte
Ich war bei den Kurden Fritz Sitte
DIE ROTEN KHMER Fritz Sitte
Fritz Sitte
Sitte PERLEN SCHMUGGLER ABENTEUER
Fritz Sitte Inferno Schwarz-Afrika
SCHWARZ
SITTE FRITZ
Fritz Sitte Abenteuer in unserer Zeit
ECON
FRITZ SITTE
Panikzone Panama
fritz sitte
Fritz Sitte
Brennpunkt Jemen

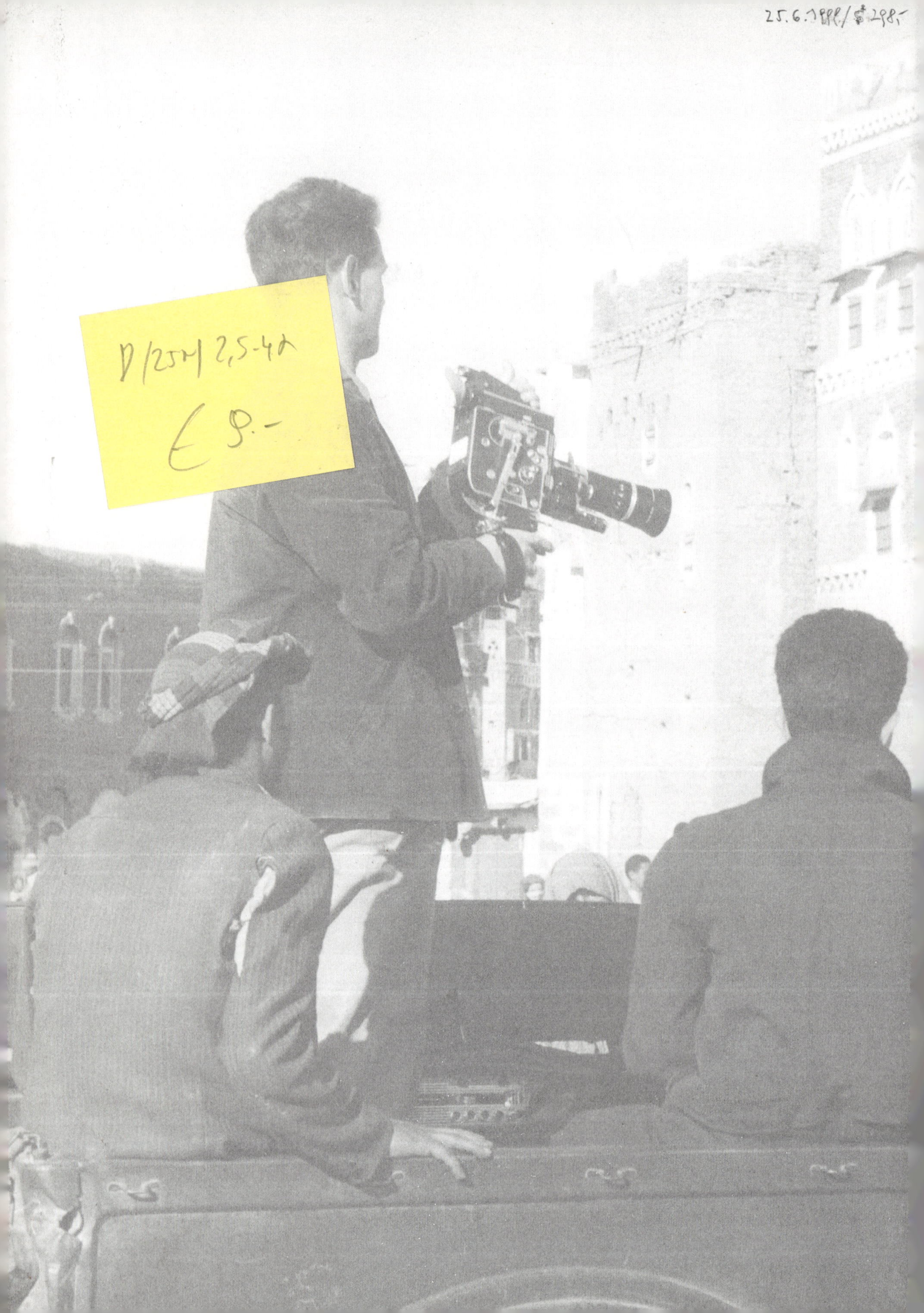